KB162316

횡보, 분단을 가로지르다

횡보, 분단을 가로지르다

-염상섭 연구 2022

초판1쇄 인쇄 2022년 8월 22일
초판1쇄 발행 2022년 9월 8일

지은이 김종욱 김경은 유예현 김희경 천춘화
나보령 유건수 유서현 장두영 윤국희
펴낸이 이대현
편집 이태곤 권분옥 임애정 강윤경
디자인 안혜진 최선주 이경진
마케팅 박태훈 안현진

펴낸곳 도서출판 역락
출판등록 1999년 4월 19일 제303-2002-000014호
주소 서울시 서초구 동광로 46길 6-6 문창빌딩 2층(우06589)
전화 02-3409-2060
팩스 02-3409-2059
홈페이지 www.youkrackbooks.com
이메일 youkrack@hanmail.net

ISBN 979-11-6742-385-6 93810

횡보, 분단을 가로지르다

- 염상섭 연구 2022

김종욱
김경은
유예현
김희경
천춘화
나보령
유건수
유서현
장두영
윤국희

역락

책을 펴내며

한국근대소설사에서 염상섭이 어떤 위치에 있는지를 새삼스럽게 말할 필요는 없을 것입니다. 그는 저물어가는 봉건왕조의 도덕을 배우며 성장했고, 야만적인 식민 착취를 외면한 채 풍요와 번영을 예찬하는 제국의 윤리를 견뎌야 했습니다. 그럼에도 불구하고 삶을 옥죄는 오래된 인습과 날선 이념에 쉽게 몸을 의탁하지 않았습니다. 때로 외로웠을지도 모릅니다. 때로 두려웠을지도 모릅니다. 그래도 과거에 대한 미련이나 미래에 대한 기대 어느 곳에서도 머물지 않은 채 표표히 역사가 만들어가는 길을 걸었습니다. 예언서는 버려두고 나침반도 팽개친 채 오직 자신이 지닌 몸의 감각을 믿고 이성의 지혜를 활용하며 가야할 길을 찾았습니다. 어디로 갈지 목적지를 만들지 않았으니 지름길이 아니어도 상관없었습니다. 걷고 걷고 또 걸었습니다.

염상섭이 걸었던 풍경들은 이제 우리들에게 낯설기만 합니다. 불과 수십 년 만에 우리는 그가 살았던 시대에서 멀리, 그리고 빠르게 떠나왔습니다. 그동안 저자거리에서 생산되고 유통되고 소비되던 이야기는 한 사람의 책상 앞에서 씌어지고 인쇄되어 팔리는 소설로 탈바꿈했습니다. 그리고 '문학'이라는 새로운 제도 아래 편입되어 독자적인 영토를 확보하고, 한 걸음 더 나아가 시대정신을 이끌던 낯선 풍경을 잠시 펼쳐보였던 적도 있었습니다. 그래서 오래 전에 잊혀진 지층에 뿌리내리고 있는 그의 말들을 지금 다시 읽는 일들이 쉽지 않았습니다. 그가 활자로 새겨놓은 말들은 오롯하게 하나의 줄기를 만들기보다 여러 개로 나뉘어 갖가지 의미를 만들어 내기 일쑤였습니다. 한 번 읽고 두 번 읽으면 점차 명료해지는 것이 아니라 세 번 읽고 네 번 읽을수록 더욱 불투명해진다는 뜻입니다.

21세기에 우리가 읽은 염상섭은 언제나 어눌한 척 중언부언하며 삶을 이야기했습니다. 깔끔하게 잘 만들어진 이야기를 만들 능력이 있었는지는 알 수 없으나 그런 이야기를 만들고 싶어하지는 않았던 듯합니다. 그렇지만 우리는 모든 이야기를 명료한 형태로 다시 그려내야 했습니다. 우리가 작가 염상섭보다 뛰어나기 때문이 아닙니다. 우리에게 허용된 방식이 그러할 뿐입니다. 그러니 염상섭이 뿌옇게 그려낸 세계를 항상 투명한 것처럼 만들어 내는 왜곡을 범하고 있다는 당혹감을 지금도 떨쳐버릴 수 없습니다.

이 책은 지난 2020년 규장각한국학연구원의 "한국학연구클러스터구축사업"의 도움을 얻어 한 해 동안 염상섭 소설을 읽었던 기록입니다. 염상섭 소설을 다시 읽기로 마음먹었을 때만 하더라도 코비드19라는 낯선 이름 때문에 우리의 삶이 어떤 모습으로 바뀔지 짐작하지 못했습니다. 하지만 얼마 지나지 않아 알게 되었습니다. 백 년 전에도 사람들이 팬데믹을 겪었고, 공포와 무기력 속에서도 삶을 지속해 왔다는 것을 말이지요. 그렇듯 이미 지나가버린 과거를 뒤늦게 뒤적거리면서 우리는 의미라는 것이 언제나 사후적이라는 해묵은 진리를 다시 배웁니다. 그리고 소설은 혼자 읽기보다 함께 읽을 때 훨씬 재미있다는 사실도 말입니다. 세미나를 진행하거나 책을 만들면서 생겨났던 여러 가지 번거로운 일을 도맡아 처리했던 유건수와 유서현 덕분에 누리게 된 기쁨입니다.

2022. 8. 9.

글쓴이들을 대신하여, 김종욱 씀

차 례

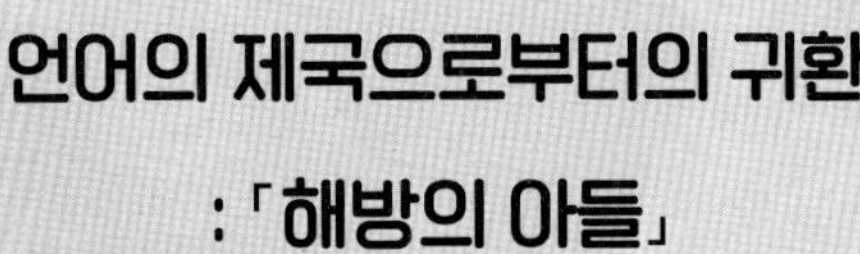

언어의 제국으로부터의 귀환

:「해방의 아들」

김종욱

* 이 글은 『현대문학의 연구』 35호(한국문학연구학회, 2008.10)에 게재되었던 「언어의 제국으로부터의 귀환—염상섭의 〈해방의 아들〉」을 수정한 것이다.

1. 들어가는 말

1930년대 이후 '만주(manchuria)'는 조선인에게 있어서 어떤 의미였을까? 일본제국주의의 지배 아래 있다는 표면적인 유사성에도 불구하고, 조선과 만주국은 많은 차이를 지니고 있다. 일본제국의 전일적인 식민 통치를 받고 있던 조선인들은 제국/식민지, 내지/외지, 국민/비국민과 같은 대립항 속에서 차별적 대우를 감내할 수밖에 없었다. 이와 달리 형식적이나마 독립국의 형태를 갖추고 있었던 만주국에서 다양한 종족들은 하나의 국민으로 통합되는 과정을 겪어야만 했다.[1] 그런 점에서 만주국은 국민국가의 탄생을 보여주는 '근대의 실험실'과도 같다고 말해도 좋을 것이다.

1930년대 초반 이후 많은 조선인들이 만주국으로 이민을 떠났던 사실은 이와 무관하지 않을 것이다. 비록 경제적인 동기에서 촉발된 것이기는 하지만, 오족협화의 이념 속에서 식민지적 차별을 벗어나려는 정치적인 동기 또한 내포되어 있었던 것이다. 다민족국가로서 오족협화를 통치이념으로 내세웠던 만주국이었지만, 건국 초기에 조선인들은 만주국민이 아니라 일본국민으로 범주화되면서[2] 일본인(내지인)과 마찬가지로 치외법권적 특권을

---

1 김태국, 「'만주국'에서 일제의 식민지배 논리」, 『한국근현대사연구』 35, 한국근현대사학회, 2005.

2 만주국에서 일본인이 차지는 비중은 매우 낮았다. 한 조사자료에 의하면 1940년 10월 1일 현재 만주국 인구는 총 43,202,889명이었는데, 민족별·국적별 인구수는 다음과 같다.(滿洲國史編纂委員會 편, 『滿洲國史』(各論), 東京, 滿洲同胞援護會, 1971, 226~227면. 김태국, 위의 글, 128면에서 재인용)

부여받고 있었던 것은 기억할 만하다. 1937년 11월 5일 「만주국에서 치외법권의 철폐 및 남만주철도 부속지 행정권 이양에 관한 일본국과 만주국 사이의 조약」이 체결되기까지 조선인은 일본대사관·영사관·조선총독부의 직접 지배를 받았던 것이다.

조선인에 대한 이러한 치외법권적 특권은 러일전쟁 이후 만주 이주 조선인들을 '일본 신민'의 범주에 포함시켜 만주에 대한 영향권을 강화해오던 일본의 대외정책 때문에 빚어진 일이었다. 이처럼, 일본제국주의의 식민 통치 아래에서 비국민으로서 배제되었던 조선인들은 만주국에서 일본국 국민으로서 치외법권을 누리거나, 적어도 만주국 국민으로의 재탄생을 통해 주체화될 수 있다는 환상에 사로잡혔던 것이다.

이러한 주체화에 대한 환상이 깨어진 것은 바로 일본제국주의의 패배와 만주국의 붕괴라고 할 수 있다. 1945년 8월 소련군이 만주에 진입하면서 이러한 국민에의 꿈이 터무니없는 환상에 지나지 않았음이 분명해진다. 그

국적별	민족별	인구수	비율
만주국인	한족	36,870,987	85.3%
	만주족	2,677,288	6.2%
	몽골족	1,065,792	2.5%
	회족	194,473	0.5%
	기타	49,942	0.1%
일본인	내지인	819,614	1.9%
	조선인	1,450,384	3.4%
	기타	1,497	0.003%
제삼국인		3,732	0.008%
무국적인		69,180	0.2%

들은 일본제국주의에 의해 이식된 '식민'의 다른 이름에 불과했다. 해방 이후 한국문학에 등장했던 귀환의 서사는 만주국에 이식되었던 조선인들의 운명을 잘 보여주고 있다. 허준의 「잔등」과 김만선의 「압록강」, 그리고 염상섭의 「해방의 아들」 등으로 대표되는 귀환의 서사는 새롭게 재편되는 동아시아적 질서 속에서 만주국 이주민이 겪어야 했던 정체성의 재확인 과정이다.

최근 만주 지역에 대한 학문적 관심이 높아지면서 해방 직후 염상섭의 문학적 활동에 대한 연구도 활발해지고 있다. 지금까지 염상섭에 대한 연구는 장편소설을 중심으로 진행되어 왔지만, 만주 체험이 지니는 양가적 성격을 해명하려는 필요성과 함께 해방 직후에 발표된 단편소설이 새롭게 관심 영역으로 부각되고 있는 것이다.[3] 염상섭은 1933년 무렵 처음으로 만주를 여행한 적이 있었지만,[4] 『만선일보』 주필이 되어 만주로 것은 1937년 봄이었다. 1936년 3월 『만몽일보』와 『간도일보』가 통합되어 만주국 수도 신경에 『만선일보』가 자리잡을 무렵에도 염상섭은 경성에 머물고 있었다. 1936년 12월까지 『매일신보』에 장편 「불연속선」을 연재하고 있었고, 「장편 작

3 권영민, 「염상섭의 중간파적 입장-해방 직후의 문학 활동을 중심으로」, 『염상섭전집』 10, 민음사, 1987.
전영태, 「해방에서 피난으로 이르는 길-창작집 『삼팔선』, 『해방의 아들』을 중심으로」, 『염상섭 문학 연구』, 민음사, 1987.
조남현, 「1948년과 염상섭의 이념적 정향」, 『한국현대문학연구』 6, 한국현대문학회. 1988.
박혜주, 「염상섭 단편소설 연구」, 이화여대 박사논문, 1993.
조영미, 「염상섭 해방 이후 단편소설 연구」, 홍익대 석사논문, 1999.

4 "想涉 氏는 얼마 전에 巨軀를 들어 滿洲行을 하고 近日 돌아왔다. 이번 여행에 氏의 일이라 괄목할 制作의 재료를 가지고 돌아왔으리라 함은 京童의 이야기 소리."(「滿州國行의 廉想涉氏」, 『삼천리』 5-10, 1933.10)

가 회의」(『삼천리』, 1936.11) 참석한 바 있으며, 「'예술'이냐 '사(死)'냐, 문사 심경」(『삼천리』, 1936.12)이라는 설문에도 참여하고 있는 것이다. 따라서 해방 후 경향신문 편집국장으로 발령받으면서 자필 이력서에 쓴 "1936년 매일신보 정치부장을 지냈고 1937년 4월 만주에서 일시 귀국하여 가족을 데려갔다"라는 내용은 착오가 있는 듯하다. 『매일신보』 정치부장으로 활동하기 시작한 것은 1935년 무렵이었고,[5] 모친상 때문에 일시 귀국했다가 가족과 함께 만주로 되돌아간 것 역시 1938년 4월 무렵이었기 때문이다.[6]

1937년 4월 무렵 만주국 국무원 참사관이었던 진학문[7]의 권유를 받아들여 『만선일보』 주필로 부임한[8] 염상섭은 1938년 10월 신문사 혁신 과정에서 편집국장으로 취임한다.[9] 그리고 최남선을 고문으로 하고 만주국 홍보처 감

---

5 "小說家 廉想涉씨는 最近 每日申報 政治部長으로 入社하여 勤務 중" (「삼천리 기밀실」, 『삼천리』 7-6, 1935.6)

6 "염상섭 씨 = 그동안 內艱喪을 당하여 歸京 중이든 씨는 다시 新京으로 가다."(「문단귀거래」, 『삼천리』 10-5, 1938.5)

7 진학문과 염상섭의 관계에 대해서는 김윤식의 『염상섭 연구』에 자세히 언급되어 있다. 진학문은 1936년 박석윤과 함께 만주국 국문원 참사관(장관급)에 임명된 바 있다.(김윤식, 『염상섭 연구』, 서울대출판부, 1987, 633~634면)

8 최익현, 「1930년대 염상섭의 글쓰기와 만주행의 의미 : 민족적 알레고리의 이중성」, 문학과 비평연구회 편, 『1930년대 문학과 근대 체험』, 이회문화사, 1999, 99~101면.

9 "정부의 언론통제 하에 滿洲國에선 오직 朝鮮文新聞으로는 유일기관인 滿鮮日報는 이번에 社內 陳容을 일신하고 滿鮮 일대에 향하야 약진을 試하리라 하는데 이번 기구개정의 요령은 現에 建國大學 교수로 있는 崔六堂이 名은 고문이나 社是 決定에 多分의 통제권을 가지는 지위에 있게 되고 協和會 首都本部 간부로 있는 金璟載 씨가 촉탁으로 社說班의 1인이 되고 그 밖게 外交部 朴錫胤 씨 또 內務部 秦學文 씨 또 關東軍의 尹相弼 씨 등이 모다 명예객원격으로 모다 집필하게 되어 논객 다수를 외곽에 배치하게 되었다 하며 신문도 14段制 朝夕刊으로 판매광고망에 대하여도 적극적으로 활약을 개시하리라는데 당국의 보조도 금년부터 년 64,000원으로 결정을 보았다고 한다. 이와 동시에 내부직제도 일신하여 종래 주필로 있든 廉尙燮(雅號 想涉) 씨가 편집국장(주필제는 폐지)으로 또 前 滿鮮일보 정치부장으로 있든 洪陽明 씨가 정치경제부장으로 또 前 中央日報 사회부장이든 朴八陽 씨가 사회부장으로 취임하였

독관 야마구치(山口) 아래에서 『만선일보』를 이끌다가 1939년 9월 만주 안동시 대동항 건설 사업 선전부로 자리를 옮긴다. 이에 따라 신경(길림성 신경시 장춘6가 104번지)에서 안동(안동성 안동시 대화구 6번통 6정목)으로 이사한 후 해방을 맞이할 때까지 "일생 중 가장 풍요한 생활"을 영위한다.

만주 시절의 염상섭을 신문기자로 이끈 것이 최남선과 진학문 등 『동명』, 『시대일보』 시절의 인적 네트워크였다면, 평범한 회사원으로 이끈 것은 형 염창섭이었다. 잘 알려져 있다시피 염창섭은 일본육군사관학교 출신이다. 1909년 7월 대한제국 육군무관학교 2년을 수료했으나 학교가 폐교되자 일본에 건너가 같은 해 9월 일본 육군중앙유년학교 예과 제3학년에 편입하여 1910년 8월 수료한 뒤 곧이어 9월 육군중앙유년학교 본과에 입학하여 1912년 5월에 졸업했다. 그리고 사관후보생으로서 일본군 제16사단 예하 보병 38연대(교토연대)에 6개월간 배속되었다가 1912년 12월 일본 육군사관학교에 입학해 1914년 5월 제26기로 졸업했다. 졸업 후 일본 육군 보병소위로 임관했고, 1918년 7월 중위로 승진한 뒤 1918년 9월 일본의 시베리아 출병 당시 일본 육군 제12사단 소속으로 블라디보스톡으로 파견되었다가 1924년 2월 대위로 진급과 동시에 예비역에 편입되었다.

염창섭은 군문에서 벗어나자마자 곧바로 교토제대 경제학과(선과)에 진학하여 1927년 3월 졸업했다. 일본 육사 출신으로 시베리아 출정에 대한 보상 차원이었을 것이다. 대학을 졸업한 뒤 염창섭은 평안북도 정주에 있는 오산중학 교감으로 재직하다가 동맹휴학 때문에 학교를 떠나게 되었다.[10]

고 그 아래에 18명의 敏腕記者로써 편집국을 조직하였다 한다, 정예분자를 이와 같이 모은 同紙는 新年號 지면부터 生彩를 보일 모양이라고 기대된다."(「機密室, 우리 社會의 諸 內幕」, 『삼천리』 10-12, 1938.12, 19~20면)

그가 선택한 것은 만주행이었다. 1932년 2월 조선총독부 총독관방 외사과 촉탁으로 임명되어 1936년 12월까지 만주국 요녕성을 비롯하여 봉천성, 길림성, 흑룡강성 등지의 일본영사관에서 파견 근무를 했다. 1933년 무렵 염상섭이 처음 만주를 여행한 것도 염창섭과 관련되어 있을 것이다. 당시 만주국 건국을 전후하여 남만주 일대에서 반만항일무장투쟁이 벌어지고 있었는데, 일본영사관에 근무하면서 재만조선인들을 통제하는 일을 맡았던 것으로 보인다. 이처럼 염창섭은 만주국 건국 과정에서 조선총독부 촉탁으로 재만조선인 통제에 적극 협력한 공로로 1934년 3월 만주건국공로장을 받았고, 만주국 체제가 자리잡은 뒤에는 조선총독부 촉탁 신분을 벗고 1936년 12월 만주국 봉천성공서 민정청 행정과 사무관에 임명되었다가 1938년 봉천시 재무처 이사관(천임관 5등)으로 승진하여 관재과장을 맡았다.

염창섭이 안동으로 옮긴 것은 1938년 12월이다. 안동성 민생청 이사관(천임관 3등)으로 근무를 시작한 뒤, 이듬해 2월 안동성 이사관으로서 민생청 사회과장을 맡았고, 안동현협화회 보도부 부부장으로 활동하기도 했다. 염상섭이 대동항 건설 사업 촉탁으로 갈 수 있었던 것은 이처럼 안동에서 영향력 있는 관료였던 형 염창섭 덕분이었다. 대동항 건설 사업은 만주국의 국책사업이었다. 1938년 10월 7일부터 이틀 동안 만주 신경에서는 만주국·관동군·만철·조선총독부 관계자들이 참석하여 안동 대동구에 대규모 항구를 건설하는 계획을 세운다.[11] 그리고 이듬해 3월에는 만주국 교통부 산하에

---

10 1920년대 초반 염상섭이 동아일보사를 그만두고 오산중학에 근무한 것이 형과 관련되어 있으리라는 추정은 일본군 장교로 시베리아에 출정해 있었던 염창섭의 사정과 부합하지 않는다. 염창섭이 오산학교와 인연을 맺은 것은 1920년대 후반이었다.

11 「압록강 하구 일대에 대공업지 항만 건설」, 『동아일보』, 1938.10.13.

'대동구건설국(大東溝建設局)'을 설치하고, 안동성 차장이 겸무하기로 직제를 개편[12]하고 10월부터 본격적인 건설 작업에 들어가게 된다. 염상섭이 합류한 것은 대동항 건설 사업이 본격화되던 바로 그 무렵이었다.[13] 그렇게 1941년 3월 염창섭이 흑룡강 지역의 동안성으로 전근할 때까지 형제는 안동에서 함께 살았다. 시인 백석이 안동세관에서 일년 여 동안 머물 수 있었던 것도 모두 염창섭 덕분이었다.

이처럼 염상섭은 만주국에서 일찍이 조선에서 누릴 수 없었던 특권적인 지위를 만주국에서 향유할 수 있었다. 따라서 그의 경험은 허준이나 김만선과 같은 듯하면서도 다른 점을 지니고 있다. 그래서 1945년 10월 신의주를 거쳐 1946년 서울로 돌아오던 경험을 담고 있던 일련의 작품들, 「첫걸음」(『신문학』, 1946.11), 「엉덩이에 남은 발자국」(『구국』, 1948.1), 「그 초기」(『백민』 14, 1948.5), 「혼란」(『민성』 31, 1949.1), 「모략」(『삼팔선』, 금룡도서, 1948.1) 등은 만주국에서의 조선인의 삶에 대한 기록이자, 만주국 국민으로서의 환상에서 벗어나 '조선'이라는 민족/국민으로서의 정체성을 재구성하는 과정을 담아내고 있다는 점에서 주목할 필요가 있는 것이다.

---

12 「대동구 건설국 2일 직제 결정」, 『동아일보』, 1939.3.2.

13 "……만주국 정부는 동계획(대동항 축항 계획-인용자)의 종합 수행의 만전을 기하고, 만철과의 일체화 하에 대동항건설공서 설립, 건설 사업을 관장하기로 되었다. 동 항의 건설개요는 건설 소요기간 8개년, 1억 1천 4백 6십 만원의 공비로 부두 연장 4킬로, 탄토(呑吐)능력 2백 여 만톤(?)이라는 대축항 계획으로 이에 임항 공업지구를 중점으로 하는 5천만평방미의 공업지대와 인구 40만을 목표로 하는 대동항 대공업도시계획도 진척되고 있는데……"(「대동항건설계획 본격적으로 개시」, 『동아일보』, 1939.10.28.)

2. 언어의 제국, 제국의 언어

해방 직후에 씌어진 염상섭의 단편소설들은 만주에서 해방을 맞이한 조선인들이 한반도로 귀환하는 과정을 그리고 있다. 그러한 개인적 체험의 소설화 과정은 여러 의미를 지닐 수 있을 것이다. 만주에서의 10년 동안 작가적 불모 상태를 벗어나지 못했던 염상섭이 새롭게 작가로서의 창작의욕을 불태우고 있다는 점을 먼저 지적할 수 있다. 이러한 작가로서의 새로운 출발을 알린 작품으로 우리는 「해방의 아들」(『신문학』, 1946.11 ; 원제는 「첫걸음」이었으나, 금룡도서에서 단행본으로 묶어내면서 개제되었다)을 들 수 있다.

「해방의 아들」은 1945년 9월을 시간적 배경으로 하고 있다. 주인공 홍규는 해방을 맞아 아내와 함께 신의주로 건너온다. 당시 신의주에는 소련군이 진주하고 있어서 조선에 살고 있던 일본인들은 숨어지내는 형국이었다. 그런데, 우연하게 홍규 내외는 안동에서 함께 지내던 이웃집 여자를 만나게 된다. 그녀는 조선인이라는 소문과는 달리 순수한 일본인이었으며, 대신 그녀의 남편이었던 마쓰노가 조선인 아버지와 일본인 어머니 사이에 태어난 혼혈로 밝혀진다.[14] 그런데, 「해방의 아들」에서 눈길을 끄는 것은 소설 속의

---

14 조선 내에서 일본인과 조선인 사이의 '내선결혼(內鮮結婚)'은 1926년 50~60건이었던 것이, 1935년에 250건, 1939년에는 2,405건에 달할 만큼 급속하게 증가했다. 1938년부터 1943년까지 5년간에는 총 5,458건, 연평균 1,902건이었다. 사실혼은 그보다 많았다고 한다. 이러한 현상은 1938년 8월 총독부 시국대책협의회에서 "내선일체를 철저하게 시행할 것에 관한 건"이 자문의제로 제출되었던바, 이에 따라 "내선인의 통혼을 강려할 적당한 조치를 강구할 것" 등이 의결되었던 것과 무관하지 않을 것이다. (다카사키 소지, 이규수 옮김, 『식민지 조선의 일본인들』, 역사비평사, 2006, 168면)
염상섭 소설에 나타난 '혼혈'의 의미에 대해서는 나병철의 「식민지시대 문학의 민족인식과 탈식민주의」(『현대문학의 연구』 13, 한국문학연구학회, 1999), 이혜령의 「인종과 젠더, 그리고 민족동일성의 역학」(『현대소설연구』 18, 한국현대소설학회, 2003), 최현식의 「혼혈/혼종

등장인물들이 나누는 대화 상황이다.

(가) "글세 십분 이십분이면 건너설 것을, 다리 하나 격해서 빤히 바라보면서 이 지경이니 말라 죽겠세요. 집에서들은 죽었는지 살았는지 그 동안 무슨 일이 일어났는지 누가 알겠세요"

옆집 일본 여자의 조카딸인지 조카 며느리인지가 안동서 건너왔다가 길이 막혀서 못 가고 있다는 말은 안집 주인댁에서 들은 말이지마는 부엌 뒷문 밖에서 빨래를 널고 섰던 안해가 일본말로 이렇게 수작하는 소리에 홍규는,

'누구길래, 알던 사람인가'

하며, 보던 신문을 놓고 일어나서 부엌쪽 유리창을 내어다본다.(11면)15

(나) 팔월 십오일 후에 이 거리의 일본집 처놓고 앞문에 첩을 박지 않은 집이 없지마는 마쓰노 집의 뒷문을 가까스로 찾아들어가니, 마주 내달아온 마쓰노는 하도 의외의 사람인데에 겁을 집어 먹은 듯이 벙벙히 섰다. 털복숭이가 된 검은 진 앓은 얼굴에는 충혈된 두 눈만 공포와 경계에 살기가 어리어서 빈틈없이 반짝인다. 그 눈은 네가 적이냐 내 편이냐를 쉴 새 없이 묻는 것 같았다.

홍규는 냉정히 한참 간색을 하고 나서 저 편의 긴장을 느꾸어주려고, 짐짓 미소를 띠어 보았다.

"나 신의주서 왔소이다.……"

과 주체의 문제」(『민족문학사연구』 23, 민족문학사학회, 2003), 김승민의 「염상섭 소설에 나타난 '혼혈'의 문제」(『문학사상』 381, 2004.7) 등을 참조할 것.

15 「해방의 아들」의 텍스트로는 1987년 민음사에서 간행한 『염상섭전집』 제10권을 사용하였고, 인용 말미에 면수를 밝혔다.

홍규는 물론 조선말로 부쳤다.(22면)

인용문 (가)는 마쓰노의 아내와 홍규의 아내가 일본어로 대화를 나누는 장면이다. 그런데, 두 사람이 대화를 나누는 장소는 평안북도 신의주다. 인용문 (나)에서 안동에 머물고 있던 마쓰노를 데리러 간 홍규는 조선어를 사용한다. 조선에서는 일본어가 사용되고, 만주에서는 조선어가 사용되는 아이러니컬한 상황이 펼쳐지고 있는 것이다.

이러한 상황을 이해하기 위해서는 먼저 일본제국의 언어 정책을 살펴볼 필요가 있다. 식민지 조선에서는 국민통합정책이 완전히 적용되지 않았다. 그래서 조선인에게는 일본 국적이 부여되었지만 제국의회에의 참정권은 부여되지 않았다. 대외적으로는 '일본인'이었지만, 대내적으로는 '비일본인' 내지 '비국민'의 지위에 놓여 있었던 것이다. 소위 '내지'와 '외지'의 구별의 그것이다. 이에 따라 권력의 지배 역시 중앙정부의 내무성 관할이 아니라 조선총독부 관할 사항이었다. 이러한 모호한 위치는 언어의 측면에서도 그대로 나타난다. '국어(國語)'가 중요시되기는 했지만, 현지어(혹은 방언)으로서의 '조선어' 역시 유지되었다. 그런데, 태평양전쟁이 본격화되면서 국민통합의 필요성 때문에 이러한 정책적 모호성은 철회되고, 일본어가 조선어를 대신하려는 '국어(國語)' 상용 정책이 강제적으로 시행되게 되기에 이른다.[16]

이러한 조선과는 달리 만주국은 '건국선언'에서 "한족, 만주족, 몽고족과 일본·조선의 각 종족뿐만 아니라, 기타국 인으로서 장기간 거주하기를 원하

---

16 오구마 에이지, 「일본의 언어제국주의-아이누, 류쿠에서 타이완까지」, 이연숙·고영진·조태린 옮김, 『언어제국주의란 무엇인가』, 돌베개, 2005, 75면.

는 자도 평등한 대우를 받을 수 있다"고 규정하고 있기 때문에 언어의 측면에서도 식민지 조선과는 달리 지배와 피지배, 제국과 식민의 관계를 설정할 수 없었던 것이다. 이에 따라 만주국은 다민족 다언어 국가가 될 수밖에 없었고, 이러한 다중언어제의 관점에 따라 만주국에서는 '일본어' 외에도 다른 언어를 어느 정도 배려하는 듯한 태도를 취한다. 이 때문에 만주국은 여러 언어들이 함께 공존하는 언어의 제국을 이루고 있거니와, 그것은 일본을 중심으로 한 대동아공영권의 관점에서 모든 국가가 공존·공영한다는 '동아신질서'의 관점과도 무관할 수 없다.

그런데, 중일전쟁이 일어난 뒤 문화적·정치적인 힘의 우위를 바탕으로 언어의 서열화가 본격화된다. 초기 만주국에서 중국어가 차지하던 제도적 지위가 일본어로 옮겨가고, 만주어(중국어), 조선어, 몽골어 등은 최소한의 지위만을 부여했던 것이다. 이 시기 공문서에서 일본어 정문화(正文化), 관리 등용 제도에서 '일본어' 중시 경향과 그에 따른 어학 검정시험의 실시, 언어 정책 기관의 설치, 교과목으로 '국어'에 '만주어', '몽골어' 등과 함께 '일본어'를 포함하는 등의 움직임이 나타났던 것은 그 때문이었다. 그런데, 이러한 개념은 '국어'라는 개념과는 분명히 구별되는 것으로서, "모든 기관의 공용어, 혹은 국가가 국무를 집행할 때 사용하는 언어"라는 의미에서의 '국가어'의 개념에 부합한다고 할 수 있을 것이다.[17]

이처럼 만주국의 언어 정책 실행자들은 '일본어'를 국가 제도의 틀에서 만주어(중국어)보다 높은 위치에 두려고 노력했다. 더욱이 일본제국주의의 확장에 따라 일본어에 '공영권의 공통어' 혹은 국제어로서의 지위를 부여하

---

17 고모리 요이치, 정선태 옮김, 『일본어의 근대』, 소명출판, 2003, 322면.

는 것이 매우 현실적인 과제로 떠올랐던 것이다. 그러나 '일본어'는 만주국 내에서 지배적인 언어로 자리잡을 만한 역량을 충분히 갖추지 못하고 있었기 때문에 제도적인 차원에서 빠르게 침투한 것과는 달리 비제도적인 차원에서는 느리게 보급될 수밖에 없었다. 결국 공식적인 언어생활과 일상적인 언어생활 사이에 괴리가 나타나게 된다.[18]

이러한 만주국에서의 언어상황을 고려해 볼 때, 일상적인 언어생활에까지 일본어가 깊이 침투하고 있다는 사실은 홍규가 만주국에서 그만큼 깊이 일본적인 생활 방식에 익숙해 있음을 말하고 있다고 할 수 있다. 특히 조선인의 경우 식민지 교육을 통해서 습득한 일본어를 통해서 만주국인과 차별되는 정신적 우월감을 얻을 수 있었다.[19] 이처럼 모국어인 조선어 때문에 차별당했던 경험을 간직하고 있는 조선인들은 만주국에서 제국의 언어인 일본어를 통해서 특권적인 위치에 올라설 수 있었다. 이처럼 대동아공영권이라는 제국주의적 인터내셔널리즘 속에서 조선인들이 일본어를 사용하는 것은 현실적인 동기에서 비롯된 것이다. 따라서 신의주에서 일본어로 의사소통을 한다는 것은 주인공 홍규가 만주에서 차지했던 사회적 지위를 보여준다. 홍규는 안동 중심가의 일본인 거주 지역에서 일본인들과 함께 생활했다. 마쓰노가 "단 세 식구가 아이보기까지 두고 살"(28면)만큼 여유롭던 생활을 했던 것과 마찬가지로 홍규 역시 "자기가 입 한번만 버리면 조선인회의 피난민 증명서를 얻어주어서 당장으로 끌고 올 수 있을"(18면) 만큼의 지위에 있었던 것이다.[20]

---

18 오구마 에이지, 위의 글, 96~98면.

19 김려실, 「인터/내셔널리즘과 만주」, 『상허학보』 13, 상허학회, 2004, 402면.

그런데, 마쓰노 아내의 부탁을 받고 만주로 건너간 홍규는 인용문 (나)에서처럼 마쓰노에게 '조선말'로 말을 건넨다. 마쓰노는 부산 동래가 원적이었는데, 아버지가 죽은 후 어머니에 의해 나가사키에 있는 외가에서 성장하면서 외조부의 민적에 올랐던 것이다. 그가 일본인 행세를 하며 살아갈 수 있었던 것은 아버지의 성을 따르게 하는 한국과는 달리 어머니의 성을 따를 수 있었던 일본의 가족제도와 연관된다. 그리고 "가봉(加俸)이니 배급(配給)이니 이로운 점이 없지 않았던"(17면) 현실적인 문제도 간과할 수 없다. 오족협화를 내세운 만주국의 이념에도 불구하고 현존했던 종족간의 위계 질서가 조준식이 아니라 마쓰노로, 조선인 아버지를 감추고 일본인으로 살아가게끔 했던 것이다. 따라서 지금까지 일본인으로 살아왔던 마쓰노는 '조선말'을 앞에 두고 갈등에 사로잡힌다.

> 마쓰노는 잠깐 풀렸던 표정에 다시 무장을 하면서 무슨 말을 꺼내려 하였으나, 목이 말라서 그런지, 조선말이 서툴러서 선뜻 나오지를 않는지, 입만 뻥긋하고는 머리를 자꾸 흔든다. 피로와 긴장이 뒤섞여서 머릿속이 혼탁해지는 눈치다.(23면)

마쓰노에게 있어서 모어인 일본어 대신에 조선말로 호명하는 행위는 지극히 폭력적인 성격을 띠고 있다. "다만 한 가지 분명히 들어야 할 것은

---

20 이러한 홍규의 모습은 만주에서의 삶을 다루고 있는 「혼란」과 「모략」을 통해서도 확인해 볼 수 있다. 두 작품은 해방을 맞이한 만주에서 조선인회의 주도권을 둘러싸고 벌어지는 사건을 통해 만주국 붕괴 직후 일본인-조선인-만주인 사이의 긴장 관계를 선명하게 보여주고 있거니와, 주인공 창규는 일본인이 모여 살던 중심지대에서 일본인들과 교유하면서 살아온 인물로서 일본인 중심의 자치회와 조선인 중심의 민회에 함께 참여하고 있는 것으로 나타난다.

조선으로 가겠느냐 일본으로 갈 것이냐는 것이요. 다시 말하면 당신은 조선 사람이냐? 일본 사람이냐는 말이오"(23면)라는 질문이 함축하고 있듯이, 마쓰노에게 있어서는 하나를 얻음으로써 다른 하나를 잃을 수밖에 없다는 점에서 아버지/어머니 중에 한 사람만을 선택하도록 강요받는 어린아이처럼 당혹스러운 상황인 셈이다.

'서툰' 조선어와 '익숙한' 일본어 사이에서 전자를 선택하기란 쉽지 않은 일이다. 그런데, 만주국에서 일본인으로서 누렸던 특권적인 지위는 만주국의 붕괴와 함께 사라져 버렸다. 마쓰노는 일본인으로서의 특권이 오히려 멍에가 되어 신변의 위협마저 받게 되는 상황에 처하게 된 것이다. 결국 마쓰노는 어머니의 나라를 버리고 아버지의 나라를 선택한다. 그리고 "아버지를 찾겠다는 일념이야 사내자식으로 태어나 가지고 어찌 없겠습니까"(24면)라는 말로 자신의 선택을 정당화한다. 이제 마쓰노는 조선인으로 살아가기로 결심하면서, 지금까지 사용해 왔던 일본식 이름을 버리고 조준식이라는 이름으로 새롭게 태어난다. 결국, 홍규는 '조선말'로 호명함으로써 마쓰노/준식이라는 복합적인 정체성을 하나로 환원하고 있다. 일본인으로 살아가는 것이 "잘못된" 것이라는, 그래서 "이 기회에 바루 잡아 놓"겠다는 의지가 "사내자식으로 태어나" 잃어버린 "아버지를 찾겠다"라는 논리와 결합하면서 조준식이라는 '조선인'으로 탄생시켰던 것이다.

3. 가해의 망각과 피해의 기억

아버지/어머니, 조선(어)/일본(어)의 대립이 중첩되고 있는 상황에서 하나를 선택할 수밖에 없도록 만드는 폭력적인 상황은 오족협화를 내세웠던 만주국에서의 경험을 송두리째 부정하는 것과 무관하지 않다. 만주국에서의 경험이란 민족 간의 경계를 넘나드는 제국주의적 인터내셔널리즘의 경험이라고 할 수 있다. 민족 간의 경계가 '대동아'라는 개념 속에서 흐트러지고, 일본은 '대동아'를 구성하는 여러 민족의 이익을 대변하는 위장된 대표자로서 자신의 역할을 부여했던 것이다.[21] 이에 따라 만주국에서는 일본적인 것들이 동아시아 보편성의 이름 아래 지배적인 것으로 자리잡게 되었다.

마쓰노/준식은 이러한 제국주의적 인터내셔널리즘을 상징하는 기표라고 할 수 있다. 조준식이 조선인으로 새롭게 태어난다고 하더라도 아내와의 일상적인 대화에서는 분명히 일본어를 사용할 수밖에 없을 것이고, 홍규와의 공식적인 대화에서만 조선어를 사용할 것이다. 따라서 일상적인 '모어'와 공식적인 '국어' 사이에 존재하는 이중언어적인 상황은 지금껏 조선인이면서 일본어를 능숙하게 사용할 수 있는 홍규가 겪었던 언어적 경험과 다를 바 없다. 다만, 일본어와 조선어가 맺고 있던 위계적인 관계가 역전되었을 뿐이다.[22]

홍규가 마쓰노/준식을 돕는 이유도 바로 그러한 차원에서 이해될 수 있다. 홍규는 마쓰노/준식를 돕는 것이 담배 사단 때 입었던 도움을 갚는다는 개인적인 차원도 아니고, 민족반역자라든가 친일파와 같은 정치적인 차원

21 고야스 노부쿠니, 이승연 옮김, 『동아·대동아·동아시아』, 역사비평사, 2005, 87~88면.

22 일본제국주의의 패망 후 만주국 내에서 언어 문제를 정치적인 차원과 결합시켜 그리고 있는 작품으로 「모략」이 있다. 이 작품에서 일본인 노사키는 조선어를 능숙하게 구사할 수 있는 능력을 바탕으로 조선인 흉내를 내면서 조선인과 만주인 사이의 민족적 갈등을 부추김으로써 일본인의 생존을 도모하는 인물로 그려진다.

과도 별개의 것임을 애써 강조한다. 그 대신 가정적인 문제라고 누누이 반복하고 있다.

"그러기에 힘써 보마는 말이요. 그런 경우에 제일 무서운 것이 중국 사람이지마는 일본 사람이면 일본 사람으로서 끝끝내 버티고 일본인회에서 탐탁히 가꾸어준다면 나역 아랑곳할 필요가 없겠지요. 허나 결국에는 내 동족 아닙니까! 그것도 정치적 의미로 소위 친일파니 민족반역자니 하면 낸들 별 도리 있겠나요마는 이것야 단순히 가정 문제요 가정 형편으로 자초부터 그리된 거니까 이 기회에 바로 잡아놓는 것이 좋겠죠"(19면)

여기에서 가정적인 문제란 조선인 아버지와 일본인 어머니 사이에서 태어난 마쓰노/준식의 정체성을 규정한다는 점에서 혈연적인 문제를 의미한다. 그것은 또한 "아버지 찾기"와 동일한 의미를 지니고 있다. "아버지를 찾겠다는 일념이야 사내자식으로 태어나가지고 어찌 없겠습니까"(24면)라는 언급이 함축하고 있듯이 아버지-아들이라는 가부장제적 논리로 민족을 구성하는 것과 다를 바 없는 것이다.[23] 이처럼 마쓰노/준식의 정체성을 규정하는 행위는 제국주의적 인터내셔널리즘을 민족주의적 논리로 재편하려는 것과 깊이 관련되어 있다고 할 수 있다. 그런 맥락에서 보자면, 마쓰노/준식은 제국주의적 인터내셔널리즘과 무관할 수 없는 홍규의 '과거' 혹은

---

23 이러한 젠더적 시선은 마쓰노/준식을 단일한 정체성으로 환원시키는 것에만 멈추는 것은 아니다. 미장원 여자라고 불리는 마쓰노의 아내가 조선인이라고 알려져 있을 때, 홍규는 "조선 사람이 일본 여자와 사는 것"과 "일본 사람이 조선 여자와 사는 것"이 다르다고 주장한다. "동족의 남자가 얼마나 놈들에게 부대끼고 악착한 꼴을 당하였던가를 생각하면, 아무러기로 그놈들에게 시집을 가드람? 못된 년들이야"이라고 말하고 있는 것이다. 말하자면, 혈연적 순수성을 지키지 못한 책임을 여성들에게만 부과하고 있는 것이다.

‘분신’에 해당한다. 따라서 마쓰노/준식을 향해 조선말로 호명하는 것은 기실 홍규 자신을 향한 것이었던 셈이다.

하지만, 만주국 체험을 의식적으로 망각하려는 노력에도 불구하고 홍규의 삶에서 일본적인 것을 완전히 제거하는 것은 불가능하다.[24] 앞서 말한 듯이 일상적인 삶의 차원에서 일본어를 사용하는 것처럼 이미 습속화되어 있기 때문이다. 이 과정에서 흥미로운 것은 홍규가 자신과 유사한 경험을 공유하고 있는 안집 친구의 과거 친일 행적을 들추어내고, 마쓰노/준식을 갱생으로 이끈 원조자로 자신을 정당화하고 있다는 점이다. 홍규가 묵고 있는 안집 친구는 해방되기 전만 해도 “가네기(金城)”라는 이름으로 창씨개명을 한 바 있고, 일본인 하야시와도 가까이 지내던 인물이었다. 안집 친구는 마쓰노와 함께 식민체제 아래에서 지배적인 것으로서의 제국적인 정체성을 받아들였던 인물인 셈이다. 그래서, 홍규는 끊임없이 “해방자라는 자ㅅ자는 왜놈의 잔재야”(21면), “일인의 본을 뜨는 것은 아니나”(40면)와 같은 표현은 만주국에서의 제국적 정체성을 은폐하는 것이라고 할 수 있다.[25]

이러한 은폐와 망각의 과정은 안동에서의 삶을 일본인에 의한 차별로

---

24 「삼팔선」에서는 이러한 트랜스-내셔널한 외모와 행동 때문에 빚어진 해프닝이 다음과 같이 드러나고 있다. 만주에서 신의주를 거쳐 월남하는 피난 과정을 담고 있는 이 작품에서 “지지던 머리지마는, 피난민 주제에-하는 말이 나오지 않은 것도 아니었으나, 서울 가면 비쌀 것이라고 떠나기 전에 지진다기에 내버려 둔 것이었으나, 이런 험난한 길에 남의 눈에 띄는 것이 아무래도 싫었다”라는 대목이나, “정거장 문턱에서 보안대원이 일일이 묻는 것은 하여간에 동행인 K군을 붙들고 **우리 내외가 일본사람 아니냐고 묻더라**는 것은 요절을 할 노릇이었다.”(염상섭, 「삼팔선, 『염상섭전집』 10, 민음사, 1987, 63면)

25 조선에 남아 있는 친일적인, 혹은 제국적인 잔재에 대한 비판적인 시선은 「삼팔선」에도 자주 등장한다. “이상한 억양이 있는 언설 구조”(63면)로 “민주주의가 어떠니 건국 도상이니 무어니 한바탕 설교”(63면)을 늘어놓은 차장의 모습을 반복적으로 등장시킴으로써 제국주의 잔재에 대한 강박적인 거부를 표현하고 있다.

재구성하는 과정에서 더욱 극명하게 드러난다.

> 십 년 가까이 회사에 다녔어야 고원 첩지밖에 못 받아본 홍규는 속만은 제 아무리 살았어도 일본 사람에게 이렇게 공대를 받아보기는 생전 처음이다(16면)

> 몇몇해를 두구 방공연습에 함께 나가구 해야, 나 같은 것은 거들떠 보지두 않구 그렇게 쌀쌀하던 것이, 제가 아쉬우니까 죽었던 어머니나 살아온 것처럼 반색을 하고 뛰어나와서 안동 소식을 묻겠지.(13면)

만주에서 홍규의 삶은 이렇듯 차별과 피해의 경험으로 구성된다. 사실, 1930년대에 만주로 이주했던 조선인의 사회적 위상은 매우 이중적이었다. 만주국에서 조선인이 일본인의 지배 아래 놓여 있었다는 사실은 부인하기 어렵다. 하지만, 다른 한편으로 조선인들은 만주국에서 이민족을 식민 경영함으로써 자신들의 우월성을 증명하고자 했던 것 또한 사실이다. 일본인이 지배하는 공간 속에서 일본인을 대신하여 토착민으로서의 만주족을 지배했던 까닭에 일본인-조선인-만주인이라는 민족적·종족적 위계질서 속에서 지배자이자 동시에 피지배자라는 이중적인 속성을 지니게 된 것이다. 만주국 성립 이후 만주는 조선이 일본인들에게 그러했던 것처럼 식민의 공간으로 발견되었던 셈이다.[26]

하지만, 홍규의 기억 속에서 만주에서의 경험은 일본인에 의한 차별과

---

26 임성모, 「식민지 조선인의 '만주국 경험'과 그 유산」, 역사문제연구소 심포지움 자료집, 2002, 71면.

억압'만'이 부각될 뿐, 중국인에 대한 차별과 억압이 은폐되어 있다. 이러한 기억의 재구성 과정의 핵심에 놓여 있는 것이 '담배 사단'이다. 담배 조합 간부가 조선 사람 몫으로 할당된 담배를 암시장으로 빼돌려 많은 이익을 본 사건을 홍규는 일본인과 조선인 간의 민족적 울분으로 채색한다.

> "그래서 우셨세요"
>
> 주인 애기씨가 놀리듯이 웃는다.
>
> "값싼 눈물이지만 화가 나면 울기도 하는거죠. 하하하. 그 사품에 담배를 한 일주일쯤 끊어보았지"
>
> "어떻게 쌈을 하셨던지, 화가 난다고 온 종일을 끙끙 앓으시다가 약주를 잡숫고 나시더니 남 부끄러운 줄두 모르시구 엉엉 우시면서 자식은 애초에 날 생각두 말라는 호령이시군요. 죽은 뒤에 물려줄 것이라고는 가난과 굴욕과 압박밖에 없는 신세가 무엇하자고 자식을 바라느냐고 종주먹을 대고 생트집이시군요"
>
> 홍규 아내는 이렇게 말을 맺고 자기 배를 슬며시 내려다 본다.
>
> "오죽 분하셔야 그러셨겠세요. 하지만 인제는 아들 낳세요. 네 활개를 치고 옥동자를 낳아드리세요"(21면)

이처럼, 홍규는 만주에서의 경험을 조선인의 관점에서 피해의 서사로 구성한다. "죽은 뒤에 물려줄 것이라고는 가난과 굴욕과 압박밖에 없는 신세"(21면)로 단순화시키면서, 국가의 부재 상태로 말미암아 한민족의 구성원들이 일본인에 의해 끊임없이 피해를 입을 수밖에 없는 상태에 놓여 있었다고 상상하는 것이다. 이제 망각과 은폐를 통해 '창조된' 기억은 근대 국민국가의 건설이라는 역사적 과제로 이어진다. 이처럼 피해의 역사를 통해서 민족은 상상되거니와, 그 밑바탕에는 가해의 망각이 가로놓여 있었던 셈이다.

이러한 망각과 재구성의 과정 속에서 정작 사라진 것은 만주국에서의 과오에 대한 민족적 자기반성이다. 앞서 살핀 대로 주인공이 일본인 거주 지역에서 살았다는 사실은 만주에서 특권적인 위치에 있었음을 보여준다. 개인적인 차원에서 나타나는 이러한 지배의 경험들은 지배집단 내부의 민족적 갈등이나 차별로 전이됨으로써 은폐된다. 즉, 홍규는 만주에서 있었던 다양한 경험들을 민족적 억압의 경험으로 재구성하고 있다. 이를 통해 만주국에서 있었던 식민세력에 대한 은밀한 공모와 타협 또한 은폐된다. 과거에 제국적 정체성을 가졌던 자신의 분신들, 예컨대 안집 친구를 삐딱한 시선으로 바라보고, 마쓰노/준식을 민족적으로 갱생하도록 유도했다는 자부심을 통해서 자신의 과거를 은폐하고 자신을 기만하고 있는 것이다.[27]

4. 맺는 말

'대동아' 개념은 1937년 중일전쟁의 개시와 중국대륙 내부로의 전쟁 확대, 그리고 1941년 태평양전쟁의 발발과 남방지역으로의 확전과 더불어 구성된

---

27 이와 관련하여 「해방의 아들」, 「혼란」, 「모략」, 「삼팔선」 등과 같이 만주국에서의 경험을 담고 있는 여러 소설들에서 주인공의 과거는 매우 불분명하게 제시된다. 「해방의 아들」에서 홍규는 만주에서 10여 년동안 회사 고원으로 활동한 정도로만 나타나고 있으며, 「혼란」에서 창규 역시 "전쟁이 시작되자 조선 안에서 들볶이기가 싫어서 이 땅으로 피해 온"(153면) 인물로 "관계나 공직자들 사회의 비평을 모르고 지낸"(158면) 것으로 그려지고 있다. "전쟁 말기에 조선 사람에 대한 회유책으로 유력자만 추려서 일본 사람과 같이 배급을 받게 한"(158면) 배급통장 변경 사단 때에 창규는 "그 차례에도 못 갔던 축"(158면)이었던 것이다. 이처럼 주인공의 과거를 은폐함으로써 만주국 패망 이후 그들이 어떻게 조선인회에서 지도적인 위치를 차지하게 되었는지에 대해서 소설적 설득력을 얻지 못하게 된다.

개념이다.[28] 기존의 서구 중심적 세계질서를 재편하려는 동양 세계의 욕망을 담고 있는 이 개념은 표면적으로 동아시아에서 국가·민족이라는 틀을 넘어서는 인터내셔널한 면모를 띠고 있다. 특히, 만주국은 여러 민족의 협력과 공존을 내세운 동양적·제국주의적 인터내셔널리즘의 실험실이라고 할 수 있을 것이다. 다양한 종족을 만주국민으로 재통합하는 과정에서 사해동포주의, 박애, 만국평화, 만국도덕 등이 강조했던 것도 이와 무관하지 않을 것이다. 일본제국주의의 지역적 확장으로서의 '대동아'는 일본을 아시아 민족을 대표(representation)하는 위치로 격상시키면서, 제국주의와 식민지 간의 모순을 은폐하는 역할을 수행했던 것이다.

이 과정에서 식민지배자를 모방하는 제국적 정체성은 '대동아'라는 인터내셔널한 논리 속에서 상이한 모습으로 나타난다. 조선의 경우, 식민지배자의 모방이 궁극적으로 차이에 대한 자각으로 이어질 수밖에 없었겠지만, 만주의 경우에는 동아 공통어로서의 일본어, 동아 신질서를 대표하는 일본 문화에 대한 친연성, 그리고 일본 국적을 통한 치외법권적 특권을 바탕으로 새로운 식민지 주민에 대한 인종주의적 편견과 멸시를 보여줄 수 있었던 것이다. 이렇듯 외지 '일본인'으로서의 정체성을 내면화한 만주에서의 조선인들은 궁극적으로 일본에 대한 동화 내지는 '동아 신질서'라는 제국주의적 침략 전쟁을 내면화할 수밖에 없었던 것으로 보인다.

그런데, '대동아'라는 일본 중심의 인터내셔널리즘이 패배하자, 만주에서의 제국적 정체성은 급속히 민족주의의 논리 속으로 수렴된다. 해방 직후 만주국에서의 귀환을 다루고 있는 여러 소설들을 살펴보면, 제국주의를 모

28 고야스 노부쿠니, 위의 책, 85면.

방하거나 동화되었던 경험들은 은폐되거나 혹은 민족주의 속에서 재해석된다. 염상섭의 「해방의 아들」 역시 개인적 경험 혹은 기억을 재구성하고 있다. 소설 속에 등장하는 주인공들을 살펴볼 때, 만주에서의 삶은 은폐되어 있거나, 제국주의에 의한 억압이라는 논리 속에서 의미부여되고 있는 것이다. 식민지배자로서 토착민을 억압했던 지배의 경험은 망각되고, 피해의 경험만이 부각되는 것이다. 이렇듯 기억을 창조하는 과정은 식민지배의 역사에 대한 반성을 불가능하게 만들고, 민족/국민으로서의 정체성 역시 제국주의에 의해 파괴된 단일한 정체성을 복원하는 것으로 귀결된다. 이러한 동일화의 경험과 반동일화의 경험은 식민주의에 대한 진정한 극복을 불가능하게 만든다는 점에서 많은 한계를 지닌다.

참고문헌

1. 1차 자료

염상섭, 「해방의 아들」, 『염상섭 전집』 10, 민음사, 1987.

2. 논문 및 단행본

권영민, 「염상섭의 중간파적 입장 - 해방 직후의 문학 활동을 중심으로」, 『염상섭전집』 10, 민음사, 1987.

김려실, 「인터/내셔널리즘과 만주」, 『상허학보』 13, 상허학회, 2004.

김승민, 「염상섭 소설에 나타난 '혼혈'의 문제」, 『문학사상』 381, 문학사상사, 2004.

김윤식, 『염상섭 연구』, 서울대출판부, 1987.

김태국, 「'만주국'에서 일제의 식민지배 논리」, 『한국근현대사연구』 35, 한국근현대사학회, 2005.

나병철, 「식민지시대 문학의 민족인식과 탈식민주의」, 『현대문학의 연구』 13, 한국현대문학연구학회, 1999.

박혜주, 「염상섭 단편소설 연구」, 이화여대 박사논문, 1993.

이대규, 『한국 근대 귀향소설 연구』, 이회, 1995.

이재선, 『현대한국소설사 : 1945~1990』, 민음사, 1991.

이혜령, 「인종과 젠더, 그리고 민족동일성의 역학」, 『현대소설연구』 18, 한국현대소설학회, 2003.

임성모, 「식민지 조선인의 '만주국 경험'과 그 유산」, 역사문제연구소 심포지움 자료집, 2002.

전영태, 「해방에서 피난으로 이르는 길 - 창작집 『삼팔선』, 『해방의 아들』을 중심으로」, 『염상섭 문학 연구』, 민음사, 1987.

조남현, 「1948년과 염상섭의 이념적 정향」, 『한국현대문학연구』 6, 한국현대문학회, 1988.

조영미, 「염상섭 해방 이후 단편소설 연구」, 홍익대 석사논문, 1999.

최현식, 「혼혈/혼종과 주체의 문제」, 『민족문학사연구』 23, 민족문학사학회, 2003.

한석정, 『만주국 건국의 재해석』, 동아대출판부, 1999.

고모리 요이치, 정선태 옮김, 『일본어의 근대』, 소명출판, 2003.

______________, 송태욱 옮김, 『포스트콜로니얼』, 도서출판 삼인, 2002.
고야스 노부쿠니, 이승연 옮김, 『동아·대동아·동아시아』, 역사비평사, 2005
다카사키 소지, 이규수 옮김, 『식민지 조선의 일본인들』, 역사비평사, 2006.
릴라 간디, 이영욱 옮김, 『포스트식민주의란 무엇인가』, 현실문화연구, 2000.
베네딕트 앤더슨, 윤형숙 옮김, 『민족주의의 기원과 전파』, 사회비평사, 1991.
오구마 에이지 외, 이연숙·고영진·조태린 옮김, 『언어제국주의란 무엇인가』, 돌베개, 2005.

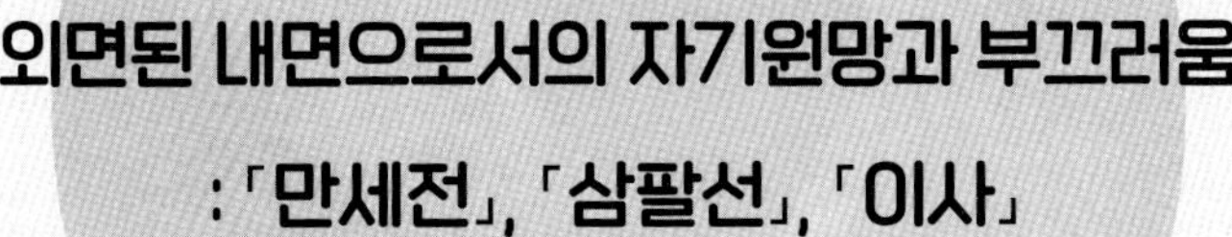

외면된 내면으로서의 자기원망과 부끄러움
:「만세전」,「삼팔선」,「이사」

김경은

1. 들어가는 말

소설은 작가와 현실, 독자가 같이 만들어낸 일종의 마음의 연대기이며, 어떤 작품이든 읽을 때마다 독자가 속해 있는 현실과 시대가 작품에 대한 새로운 독법을 만들어낸다. 또한 일관된 흐름 혹은 경향 속에 놓인 작가나 작품은 없으며, 특정한 시기에 발표된 상이한 작품들이 어떤 한 작가를 구성하며, 저마다 다른 특징들이 모두 한 작가를 가리키기도 한다. 염상섭도 그렇다. 염상섭이 해방 후에 발표한 작품, 특히 염상섭이 중도파라는 이름으로 통칭될 때 배제되거나 누락되는 작품들이 대개 그렇다. 이 글은 염상섭이 독자나 연구자들에 의해 어떻게 불리든 그가 작가로서 내내 붙잡고 있었던 것이라고 말할 수 있는 정념을 이해하는 것을 목적으로 한다.

이 글에서 주목하는 염상섭의 정념은, 책임을 다 하지 못한 자신에 대한 원망과 그로 인한 부끄러움인데, 이는 염상섭 문학 전체를 조감하기 위한 도구도 아니고 그의 소설사를 관통하는 어떤 개념도 아니다. 다만 염상섭이 특유의 냉소적인 주체의 시선으로 기록하거나, 현직 기자로 일하며 보고 들었던 현실을 핍진하게 묘사했던 작품들 중, 자기원망과 부끄러움이 특정한 작품의 주요한 축을 떠맡고 있음을 확인했고, 이 정념들이 내포하고 있는 작가의 지향과 소설적 의미를 살펴보고자 한다. 염상섭의 부끄러움에 대해서는 작가의 개인사와 그로인해 만들어진 작가적 태도로서의 냉소적인 시선과 관련해 언급[1]된 것 외에 작품분석에 본격적으로 적용된 경우는 드물다.

앞에서 자기원망과 부끄러움이라는 정념을 확인한 몇몇 특정한 작품이라고 했는데, 그럴 수밖에 없었던 것이 자기원망과 부끄러움이라는 정념은 염상섭이 발표한 많은 작품들 중에서 불과 5~6편들을 연결해야 그 형체를 어렴풋이 짐작할 수 있고 비로소 내적인 맥락을 파악할 수 있기 때문이다. 1921년 8월~10월 잡지 『개벽』에 발표한 「표본실의 청개구리」로 작품 활동을 시작, 1963년 3월, 67세로 세상을 떠날 때까지 염상섭이 주조해낸 이야기들 속에 자기원망과 부끄러움이라는 감정은 작가 스스로 받아들이기 쉽지 않아서 작품의 전면에 배치될 수 없었던, 외면되었던 내면이라고 할 수 있을 것이다.

염상섭은 피식민 시기와 1945년의 해방 그리고 한국전쟁까지 한반도에서 발생했던 그리고 한반도의 운명을 틀어쥐고 있었던 사건들을 경험한 작가 중의 하나다. 또한 염상섭은 신문기자로 활동하면서 익혔던 날카로운 현실 감각으로 역사적이고 정치적인 사건들을 다양한 층위에서 많은 작품으로 남겼던 지식인이자 소설가였다. 그가 노회(老獪)한 시선으로 소설적 주체로 삼았던, 조선의 참담한 현실 그리고 억압과 통제의 상황에 대응했던 다층적인 인물들의 이야기에 관해서는 상당부분 선행연구에서 다뤄진 바 있다. 하지만 이 글에서 다룰 자기원망과 부끄러움은 파편처럼 존재했던 탓에 제대로 논의의 대상이 되지 못했다. "그가 남긴 어떤 글에서도 맏형(염창섭)이 일군 장교였다는 것을 찾아 볼 수 없"[2]었던 것처럼 몇몇 작품 속에 흔적을 남긴 무책임한 주인공들이 지녔던 자기원망과 부끄러움의 정념 역시 쉽게

1 염상섭은 그의 맏형이자 일본 육군 중위였던 염창섭에게 많은 영향을 받았는데, 특히 '일본 육군'이라는 형의 신분에 대해 자부심과 부끄러움을 동시에 갖고 있었다고 한다. 이에 대해서는 『염상섭연구』(김윤식, 서울대학교출판부, 1997, 31~33면)에 상술되어 있다.

2 김윤식, 위의 책, 31면.

포착하기 어렵기는 마찬가지였다. 이 글에서는 피식민 시기, 염상섭이 조선보다 일본과 만주에서 지낸 기간이 더 길었다는 것,[3] 즉 조선 밖에서 조선을 바라 볼 수밖에 없었던 작가가 피식민 상태의 조국을 위해 무언가를 해야 하지만, 할 수 있는 것이 별로 없었던 시기에 가졌던 정념들에 주목했고 「삼팔선」(1948.1), 「이사」(1948.12), 「귀향」(새벽1호, 1954.8), 「老炎 뒤」(한국평론, 1958.4) 등의 작품에서 그러한 흔적을 확인할 수 있었다.

염상섭의 몇몇 단편에 나타난 자기원망과 부끄러움이라는 기제는 염상섭 문학을 이해하기 위한 새로운 영역을 확보한다거나 혹은 어떤 다른 문학사적 의미를 도출할 수 있을지는 아직 알 수 없다. 다만 조금 더 세밀하게 혹은 조금 더 잘게 쪼개어 염상섭을 읽어냄으로써, 공적으로는 일제 식민지부터 한국전쟁이라는 역사적인 사건과 작가 개인사적으로는 10여 년에 걸친 두 차례의 일본 유학생활과 10여 년의 만주생활로, 조선 밖에서 조선인으로 지내면서 조선에 대해 가졌던 염상섭의 내면을 보충하고자 한다.

염상섭은 16세였던 1912년 9월에 일본유학을 가서 24세인 1920년 2월 귀국했다가 5년가량(1920년 3월~1925년 12월) 조선에 머물다가 30세였던 1926년 1월 두 번째 일본유학을 가서 1928년 2월 귀국한다. 16세에서 32세까지 10년을 일본에서 지내고 6년은 조선에서 지냈다. 2차 유학에서 돌아온 1928년 2월부터 1936년 3월까지 약 8년간 조선에서 지내다가 1936년 3월 이후 『만

---

3 염상섭은 「나의 소설과 문학관」(『백민』, 1948.10)에서 "文壇生活 近 三十年이라 하여도 文學을 집어치우고 純職業人으로 滿洲에 나가있던 八九年을 除外하고 約 二十年 가까운 文筆生活을 하였다 하여 時間으로나 分量으로나 그 三分二 넘어는 新聞雜誌의 記事이었을 것이오, 겨우 三分一이 文學的 努力이었을 것"이라며 실제 작가로서의 생활이 길지 않았음을 밝히고 있다. (『염상섭 전집』 12, 199면)

선일보』 편집국장을 맡아 만주로 떠난다.[4] 그리고 1946년 6월 해방된 조선에 돌아온다. 염상섭은 1912년부터 1946년까지 조선에서 14년, 조선 밖(일본과 만주)에서 20년을 지낸 셈이다. 이를 표로 정리하면 다음과 같다.

피식민 시기부터 해방까지 조선 안과 밖에서의 체류기간[5]

체류 기간	조선 안	조선 밖
1912.9.12. ~1920.2(8년)		1차 동경 유학
1920.3 ~1925.12(5년)	·「표본실의 청개구리」(1921), 「묘지」(1924), 「진주는 주었으나」, 「윤전기」(1925) 등을 발표 ·1920년 9월, 동경 재유학을 시도했으나 실패	
1926.1.19. ~1928.2(2년)		2차 동경 유학
1928.2 ~1936.2(8년)	「이심」(1928), 「광분」(1929), 「삼대」(1931), 「무화과」(1931), 「백구」(1933), 「모란꽃 필 때」(1934), 「청춘항로」(1935) 등을 발표	
1936.3 ~1946.6(10년)		① 만주 『만선일보』 편집국장(1936.3~1939.9) ② 안동 대동항건설주식회사 홍보담당(1939.9~1945.9) ③ 신의주

4 염상섭 연보는 김윤식(앞의 책, 898~909면)을 참조.

5 표에 사용한 염상섭 연보는 김윤식(앞의 책, 898~909면)을 참조.

		1945.10~1946.5
1946.6	귀환(서울 도착)	

일제 식민지 시기에서부터 해방까지 염상섭이 조선에서 보낸 시간보다 조선 밖에서 지낸 시간이 더 많다는 것은 여러 가지로 해석이 가능하겠지만, 여기서는 「삼팔선」(1948.1), 「이사」(1948.12)를 읽으면서 마주치게 된 작중 인물들의 파편적이어서 돌발적인 자기원망과 부끄러움을 이해하는데 참조할 예정이다. 더불어 기존 연구에서 당대 현실에 대한 냉소적인 고백과 지식인의 한계를 드러내었다고 간주된 「만세전」(1924)도 함께 다룰 것이다.

앞에서 잠깐 언급했지만 염상섭이 해방과 한국전쟁을 거치면서 발표한 다수의 단편 중, 「삼팔선」, 「이사」 그리고 「귀향」, 「老炎 뒤」에는 자신이 속해 있는 곳에서 제 역할을 하지 못한 인물들이 스스로 자신을 원망하고 부끄러워하는 장면들이 포착된다. 자기원망과 부끄러움이라는 정념은 작품 전체를 차지하고 있기도 하지만 대개 서사의 중심에서 벗어나 있다. 작품의 핵심에 해당하든 서사의 곁가지에 해당하든 앞에 나열한 작품들 속의 주인공들은 피난민 무리 속에서 부끄러워하고 가장의 역할을 못해 고생하는 가족들을 대상으로 부끄러워하고 자기원망을 한다. 그리고 「만세전」(1924)도 유사한 지점이 있다는 것을 확인했다.

「만세전」(1924), 「삼팔선」(1948.1), 「이사」(1948.12)에서 주인공들은 각각 돈을 마련하기 위해 가족이 있는 조선에 가는 것을 꺼려하고 조선에 대한 생각을 이어갈 용기가 없고(「만세전」), 피난민 무리와 섞이지 않으려고 경계하고 협수룩해 보일까 신경쓰고 부끄러워하고(「삼팔선」) 가장의 역할을 제대로 못해 아내에게 부끄럽고, "군돈스러운"살림을 사람들이 볼까봐 창피해

한다(「이사」). 작품 발표 시기와 그 역사적인 배경이 저마다 다른 작품들에 내포되어 있는 이러한 정념들은 작품의 내적인 맥락에서 해석이 가능한 부분도 있고, 작품 안에서는 그 이유를 찾기 어려워 다소 엉뚱하게 보이는 부분도 있다. 이렇게 작품의 시기와 공간, 맥락이 상이한 작품들에 공통적으로 드러나는 자기원망과 부끄러움을 이해하고 이러한 이해를 토대로 한국전쟁 당시 해군 장교로 복무했던 작가의 책임감과 죄책감의 근거를 작품의 맥락에서 확보하고자 한다. 그리고 이를 토대로, 그간 염상섭 소설연구에서 누락되었던 냉소적인 주체와 책임감의 관계 그리고 더 나아가 식민지 시기부터 한국전쟁까지 활동했던 많은 작가들의 복잡한 죄책감을 살펴보는 계기로 삼을 수 있기를 기대해본다.

한편 염상섭의 해방 후 작품에 대한 이해를 돕기 위해 해방 직전과 직후에 일어난 사건들을 시간 순서대로 정리해보면, 히로시마와 나가사키 원폭투하(1945년 8월 6일~1945년 8월 9일), 해방(1945년 8월 15일), 제2차 세계대전('전쟁')의 종료(1945년 9월 2일), 건국준비위원회('건준') 구성과 해체(1945년 8월 15일~1945년 9월 7일), 조선성명복구령(朝鮮姓名復舊令, 1946년 10월 23일), 반민족행위특별조사위원회(반민특위)구성(1948년 10월), 남한단독정부수립(1948년), 반민특위 해산(1949년 10월) 등이 있다. 특히 1945년, 일본의 지배에서 벗어난 조선은 자치를 위한 노력을 시작하는데, 건국준비위원회와 반민족행위특별조사위원회의 구성과 활동이 대표적이다. 이른바 '건준'과 '반민특위'로 약칭되어 불렸던 두 조직의 활동은 과거에서 새로운 시대로 나아가고자 하는 한국인들의 바람이 집결된 것으로, 이들 조직의 구상과 활동이 한국사회에 끼친 외적이며 내적인 반향들은 다층적이었을 것으로 짐작할 수 있으며, 염상섭도 이 영향권에서 예외는 아니었을 것이다.

1945년 8월 이후에 발생한 일련의 정치적 역사적인 사건들은 만주에서 돌아와 아무런 전망도 없이 불완전하고 불안한 일상을 영위하던 염상섭에게 일정한 변화를 촉발했을 것이다. 1948년 10월 『백민』에 발표한 「나의 소설과 문학관」에 드러낸 무력감과 허무적인 태도로 일부 짐작할 수 있다.[6] 특히 1948년의 남한 단독정부수립과 반민특위가 구성되어 활동을 시작한 1948년 10월부터 특위가 해산된 1949년 10월까지의 현실은 염상섭에게 상당한 영향을 끼쳤으리라 짐작할 수 있다. 다만 이러한 상황에 대한 소략한 정리는 작가가 어떤 상황에 놓여 있었는지 참조하기 위한 것일 뿐, 작품 속의 사건들에 직접 어떻게 반영되었고 어떤 영향을 끼쳤는지를 확인하기 위한 것은 아니다.

이 글은 단편집 『삼팔선』(금룡도서, 1948년 1월), 단편 「이사」(1948.12)를 주요한 대상으로 삼고, 「만세전」(1924년 고려공사판을 중심으로, 1948년 수선사판은 재인용을 통해 참고)과 단편 「귀향」(새벽1호, 1954.8), 「老炎 뒤」(한국평론, 1958.4)를 부분적으로 참고한다.

6 "별로 남에게 들어 달라고 할 만한 과거도 갖지 못하였고 (중략) 회고나 새삼스러운 문학관의 논의보다도 규모가 적으면 적은대로 남의 세월이 짧으면 짧은대로 앞으로서 새 계획이 더 바쁘고 더 要緊하건마는 얼마나 힘이 자랄지 茫然自失하여 頭緖를 못 차리고 앉았는 것이 지금의 自己이다"(「나의 소설과 문학관」, 『염상섭 전집』 12, 200면)

2. 제 역할을 못한 부끄러움
—「삼팔선」과 「이사」 그리고 「만세전」

부끄러움을 설명하는 것은 꽤 까다로운 일이다. 이미 잘 알고 있는 감정이라는 착각 때문에 그렇기도 하고, 부끄러움에 대한 저마다의 기준이 달라서 그렇기도 하다. 부끄러움에 대해서 정연하게 설명해놓은 글에 따르면 "부끄러움은 주체 형성에 관여하는 중요한 기제"로 "간극을 채우지 못하고 있는 자신의 현재 상태에 대한 좌절감"이며 "미래에 치우친 정념"[7]이며 "비도적적인 계기들을 함축하고"[8] 있는 감정이라고 말할 수 있다.

미래의 나에 대한 기대와 그것을 채우지 못하고 있는 현재의 나로 인해 발생하는 간극과 "비도덕적인 사태들과의 연계 속에서 규범과 가치에 대한 자기평가"[9]에 대한 반응으로서의 부끄러움은 개인 혹은 집단의 기대의 방향과 내용에 따라서 달라진다.[10] 또한 증상으로서의 부끄러움은 "그 뒤에 무언가가 있음을 알려주는 은유이면서 동시에 주체의 고유성"[11]을 내포하고 있는 것으로 일정하게 반복되어 흐름을 형성한다. 이 글에서는 미래에 대한 기대와 망연한 현재에 대한 간극으로 인한 실망과 좌절로 인해 발생하는 자기원망과 부끄러움이라는 염상섭의 내적인 경향을 중심에 놓는다.

---

7 서영채, 『죄의식과 부끄러움』, 나무나무출판사, 2017, 45~47면(이하 면수만 표기)

8 임홍빈, 『수치심과 죄책감』, 바다출판사, 2016, 16면.

9 임홍빈, 위의 책, 17면.

10 서영채, 위의 책, 250~255면. 이 책은 근대적 주체와 시민 주체가 형성되는 기제로 죄의식과 부끄러움을 설명하고 있는데, 이 글은 책의 전체적인 틀이 아니라, '부끄러움'에 대한 논의만 빌려왔다. 근대적인 주체 형성이라는 시각에서 염상섭의 단편들을 읽은 작업은 다른 과제로 남겨둔다.

11 서영채, 위의 책, 108면.

염상섭의 「만세전」, 「삼팔선」, 「이사」, 「귀향」, 「노염 뒤」의 인물들 중, 위법 사실이 자명한 죄를 지은 인물이 아니라, 누구도 알아차리지 못한, 그래서 자기 자신만 알 수 있는 실망과 좌절로 인한 부끄러움에 시달리는 인물들을 대상으로 삼았다.

2-1. 10여 년 만에 조선으로 돌아가는 자의 부끄러움 —「삼팔선」

1948년 1월 출간된 염상섭의 단편집 『삼팔선』에는 단편 「삼팔선」과 「모략謀略」이 수록되어 있다. 1946년 6월 중순 즈음, 만주에서 신의주를 거쳐 아내와 두 딸과 함께 서울에 도착[12]했다고 알려진 염상섭은 경향신문 창간 당시 편집국장을 잠시 맡았다가 퇴사한다. 이후 1948년 1월에 단편집 『삼팔선』(금룡도서)을, 10월에는 개작한 『만세전』(수선사)을 출간하는 등 작가로서 행적을 남긴다. 해방 후에 발표한 작품으로 1946년 11월 ≪신문학≫ 제4호에 발표한 단편 「첫 걸음」(이후 「해방의 아들」로 개제된)이 시간상으로 앞서 있어서 10여 년 만에 조선에 돌아온 자의 '해방 직후'라는 현장성과 긴박함이 더 잘 드러나 있다고 볼 수 있다. 그러나 단편집 『삼팔선』(금룡도서)은 조선 밖에서 해방을 맞은 후 조선에 돌아와 일정한 시간을 보낸 뒤, 서울에 도착하기까지의 복잡한 내면을 톺아본 작품이어서 이 글에서는 우선으로 삼는다.

---

12 김유식, 앞의 책, 907면.

1945년 8월 15일의 해방은, 조선 땅에서 해방을 맞은 작가들에게는 "자기 변명"[13]을, 조선 밖에서 해방을 맞은 작가들에게는 일제 식민지 시기 조선에서 일정한 역할을 못 했다는 자책감에 자기원망을 하게 만들었던 사건이라고 할 수 있다. 1936년부터 1946년까지 만주에서 생활하다가 삼팔선을 넘어 조선에 돌아온 염상섭은 후자에 해당한다.[14] 삼팔선[15]은 2차 세계대전 직후 미소 점령군의 군사분할선으로, 해방이 되었지만 해방된 땅의 주인이 조선이 아니라는 것을 보여주는 가시적이며 자명한 경계선이며, 1950년 한국전쟁을 거치면서 휴전선으로 바뀐 채 현재까지 존재하는 경계선이다.

염상섭의 「삼팔선」은 삼팔선에 관한 이야기라기보다는 삼팔선에 도착하는 과정을 한 인물의 내면을 중심으로 보여주는 이야기다. 외부에서 임의대로 설정한 경계(선)에 질문을 던질 시간을 가지지 못한, 어떤 과정을 거쳐 만들어졌든 그것을 넘는 것이 우선이었던 사람, 즉 만주에서 삼팔선을 통과해 해방된 조선으로 돌아가는 사람의 다층적인 내면을 다루고 있다.

어떤 경계(선)를 넘기 위해 준비하고 이동하는 사람만큼 그 경계(선)에 대한 고민이 특별한 사람은 없을 것인데, 삼팔선은, 일본이 조선을 지배했던 피식민 시기에 다양한 이유로 조선을 떠났다가 다시 조선으로 돌아가는 사람들에게는 그 의미가 유별한 경계라고 할 수 있다. 조선을 떠나겠다고 결심했을 때의 저마다의 사정과 조선에 남아 있는 사람들에 대한 미안함 그리

---

13 권영민, 「염상섭의 중간파적 입장」, 『염상섭전집』 10, 민음사, 1987년, 316면(여기서는 김동인을 '자기변명'의 예로 삼고 있다)

14 조선 밖에서 체류한 기간을 정리한 표를 참조할 것.

15 제2차세계대전이 끝나면서 **일본군의 무장해제를 위해 한반도에 진주한 미소 점령군의 군사분할선(軍事分割線)**으로, 한반도 중앙부를 가로지르는 북위 38°선을 지칭한다.[출처: 한국민족문화대백과사전](강조는 인용자)

고 돌아가기로 했지만 조선에서의 새로운 생활에 어떤 기대나 전망도 할 수 없는 상황이기 때문이다. 게다가 그들의 걱정과 불안은 피난민이라는 통칭으로 봉합되어 있다. 그래서일까. 「삼팔선」의 주인공은 작품 내내 자신의 현재 상태에 대한 복합적인 감정, 즉 부끄러움과 경계심이 뒤섞여 있지만 선명한 동기를 찾기 어려운 감정에 휩싸여 있다. 물론 「삼팔선」의 주인공이 보여주는 조선인 피난민 무리에 대한 경계심과 부끄러움은 피난 중에도 개인의 잇속을 챙기고 뒷거래를 당연하게 여기는 모습들에 실망한 것으로 볼 수도 있지만, 이는 단편 「혼란」(1949)의 최창규가 경험한 만주 조선인 사회의 갈등과 싸움[16]에 비한다면 그 성격이 다소 모호할뿐더러 정도程度가 다르다고 할 수 있다. 최창규는 만주의 한인자치회장직을 놓고 벌어지는 조선인 사회의 내부 갈등과 자리(職)에 대한 탐욕을 지켜보면서 자괴감을 감추지 못한다. 특히 서로 다른 한인회 조직끼리 내부에서 언쟁하는 것에서 그치는 것이 아니라 적대하는 무리를 향해 서슴없이 폭력을 사용하기도 하는데, 이러한 장면들은 최창규로 하여금 조선인에 대한 환멸을 가속시킨다. 즉 「혼란」이 조선인에 대한 냉소와 환멸을 전면에 놓은 작품이라면, 「삼팔선」은, 「혼란」처럼 일부 조선인의 행동이 문제적으로 제시되기는 하지만, 그보다는 주인공의 정체를 알 수 없는 좌절감으로 인해 만들어진 복잡하고 예민한 내면이 작품의 중심을 이루고 있다.

한편 「삼팔선」에 대해서는 당시의 남한의 상황을 사실적으로 그린 작품이라는 것, 주인공이 삼팔선을 넘자마자 마주한 것이 미군이었다는 것에

---

16 「혼란」의 최창규는 만주의 한인자치회 회장직을 맡기 위한 조선인 내부의 갈등과 싸움을 지켜보면서 조선인 단체와 거리를 두려고 한다.

주목하여 작품이 지닌 의미를 정리하고 피난민의 이동에 주목하여 그 정치적 의미를 묻고, 귀환의 양상과 의미를 살펴본 연구들이 있다.[17] 「삼팔선」의 주인공이 보여준 좌절감과 부끄러움에 대해 살펴보기 전에 먼저 작품을 개략하면 다음과 같다. 「삼팔선」은 화자이자 주인공이 아내와 어린 자식들 그리고 K군 부부와 함께 피난민 무리에 끼어 사리원에서 신막을 거쳐 신의주에 도착하기까지의 과정을 그리고 있다. 패전으로 조선을 떠나는 일본인을 해주에 집결시켜야 하므로 남쪽으로 이동하는 조선인은 "일인과 혼동되면 성이 가신 일이 많으니" 조선인은 신막에 결집해달라는 요청이 있었지만, 피난민 중 몇몇의 조선인들은 신막은 붐비고 "조사가 심한데다가 산길을 숨어 걸어야"한다는 이유를 들어 해주 쪽으로 갈 생각을 한다. "아무리 토성 해주간이 호열자로 교통차단이 되었다 하여도 해주에서 야밋(闇)배지마는 뱃길도 있을 것이라"(56면)며 편하게 가려고 뒷거래를 궁리하는 사람들을 보면서 나 역시 가족들이 안전하게 갈 수 있다면 무엇이든 하겠다는 결심을 하며 이리저리 정보를 챙긴다. 나는 어린 아이들과 이동하는 중이라 만일의 경우를 대비해 돈을 아끼느라 깨끗한 여관이 아닌 지저분한 구제소에서 잠을 자게 되었고, 그곳에서 다양한 계층의 사람들을 경험하고 피난민이라는 이유로 모욕적인 취급을 받기도 한다. 이동하는 중에는 보안대원과 소련병사의 검침을 받기도 했다. 보안대원들은 피난민증을 확인하고, 만주에서 무엇을 했는지 심문하듯 질문하고 호열자 예방주사 증명서와 짐을 조

17 이종호(「해방기 이동의 정치학- 염상섭의 단편소설을 중심으로」, 『한국문학연구』 36, 동국대학교 한국문학연구소, 2009.6), 이정숙(「해방기 소설에 나타난 귀환의 양상 고찰」, 『현대소설연구』 48, 한국현대소설학회, 2011.12), 오태영(「패전과 해방」, 『잔여와 잉여』, 소명, 2022)등이 있다.

사하면서 남쪽으로 가는 사람들에게 잔뜩 겁을 준다. 나는 피난민 대표를 뽑겠다는 무리와 대표를 자처하며 이리저리 들쑤시고 다니는 사람들과 함께 험한 산길을 넘어 삼팔선을 넘었다. 개성에서 축하연이라도 하자는 사람들의 제안을 물리치고 나는 서울로 직행할 방법을 찾아 피난민 무리에서 떨어져 나온다.

작품을 개략하는 과정에는 구체적으로 드러나지 않았지만, 주인공이 신의주에 도착하기까지의 과정을 따라 읽다보면 「삼팔선」의 나는 피난민 무리에 속해 삼팔선을 향해 이동하는 중에도 피난민이라는 정체를 알리고 싶지 않은 마음과 피난민 무리에서 벗어나고 싶은 마음과 마주치게 된다. 아래에 제시하는 장면들이 그렇다.

> 아까 차장이 차표검사를 와서도 일본식 밥 찬합과 여자들의 파마한 머리를 눈여겨보는 듯싶었지마는, 내 눈에도 무임승차권을 가진 피난민으로서는 아무리 구지레한 꼬락서니라도 좀 덜 어울리었다.(염상섭 전집, 10권, 58면)

> (주인공은 가족들과 함께 신막에 도착했다.)비는 그쳐 다행하나 저무러가는 손바닥만한 거리에 나서니 여관집 아이들이 길을 막고 법석이다. 일박에 육십원이라 한다. 구제소(救濟所)란 어떻게 된것인지는 모르겠으나 생전에 처음이라, 여관으로 들어가고 싶으나 앞길이 며칠 걸릴지 모르는데 한 푼이라도 절용을 해야 할 것이다. 창피는하나 바로 정거장 앞에 있는 구제소로 찾어 들어갔다.(전집, 59면)

나는 무임승차권을 받은 피난민 신분일지라도 지나치게 볼품없는 행색을 하고 싶지 않을 만큼 외모에 대해서 이상하리만큼 신경을 쓰고 있다. 조선을 향해 이동하는 무리 속에서 행색을 살피고 외모를 챙기는, 다소 의아한 주인공의 내면은 피난민이라는 자신의 현재 신분과 그가 머물던 곳(만주)에서 경험했던 견디기 힘들고 불편했던 조선인으로서의 신분에 대한 기억, 그리고 해방된 조선에 대한 기대 등 복잡한 감정이 작용했을 것이다.

새로운 국가를 형성하는 데 주요한 축을 담당했던 이주 혹은 귀환 인구에 관한 자료와 연구는 당시의 남한사회를 이해하는데 중요한 항목으로, 귀국이나 귀향이 아니라 귀환자의 신분으로 고국에 돌아가는 것은 특별한 존재였던 것은 분명하다. 「삼팔선」의 나 역시 귀환자로, 밖에서 떠돌던 자임을 숨길 수 없었으며, 1945년 당시 만주에서 더 이상 머물기 어려워진 조선인이 갈 수 있는 곳은 조선 외에 별다른 선택지가 없었다는, 즉 절박한 이동을 하는 무리에 속한 자임을 알 수 있다. 갈 곳이 없는 자들은 조선에 별일 없이 돌아갈 수 있기만을 바랄 뿐이고 그래서 그들의 귀환은 새로운 국가에 대한 기대만큼 한껏 주눅 든 상태였다고 볼 수 있다.[18] [19]

이렇게 제한된 신분으로 삼팔선을 향해 이동하면서도 나는 이런저런 불만을 쏟아낸다. 물론 주눅이 들었다고 해서, 피난민이라는 제한된 신분이라고 해서 불만이 없을 수는 없다. 그러나 작가가 주목한 주인공의 불만과 경계심은 다소 특별해 보인다. 보안대가 피난민을 위해 마련한 구제소가

---

18 이연식(「해방직후 남한 귀환자의 해외 재이주 현상에 관한 연구-만주 재이민과 일본 재밀항 실태의 원인과 전개과정을 중심으로, 1946~1947」, 『한일민족문제연구』, 한일민족문제학회, 2018)의 연구에 따르면, 해방 직전 남한의 인구는 약 1,650만으로, 해방 후 약 2-3년 사이에 총 220-250만 명이 해외에서 남한으로 돌아왔다. 그 가운데 약 170-180만 명가량이 만주와 일본에서 유입되었다고 한다.

19 이연식은 "해방 직후 한반도 안팎에서 벌어진 다양한 이동 가운데 1946-1947년 사이에 불거진 귀환자의 재이주 현상"을 새로운 국가 형성과정에서 배제되거나 소외된 귀환자들의 실망과 재이민의 의미를 다루고 있다.

개인이 비용을 지불하고 사용하는 여관보다 볼품없고 허름할 것이라는 사실을 충분히 짐작할 수 있음에도 불평을 하고, 피난민 구제소 사무실에 들어가서 이동에 필요한 행정적인 일들을 살피고 확인하는 일, 같은 피난민들끼리 협력하는 일 등등을 하지 않으려고 한다. 무엇보다, 결국엔 삼팔선을 무사히 넘을 때 까지 어떤 일이 생길지 모르니 돈을 아껴야 한다는 판단에 가족들을 깨끗한 곳에서 재우고 싶다는 욕심을 누르고 구제소에 가서 하룻밤을 묵으면서 굳이 "창피는 하나"라는 단서를 붙인다. 이는 대개의 피난민들이 사용하는 구제소가 아니라 그들과 달리, 돈을 내고 여관을 사용하는 것이 보기에 낫다는 것을 알고 있으며 그렇게 하고 싶지만 그렇게 하지 못하는 자신에 대한 분별, 즉 자기원망을 숨기지 않고 있는 것이라 할 수 있다. 또 이런 장면도 있다.

> (신막에서 사리원으로 되돌아 온 주인공 가족은 기차에서 연락원들이 알려준 구제소를 찾아간다.) 구제소에서는 어제 차에서 헤어진 신의주출장원과 당장 만났다. 나는 자기를 알아볼 사람도 없겠지마는 피난민의 주제꼴을 하고 사무실로 들어가 앉아서 인사를 청하거나 하기가 싫어서 문안에 들어선 채 사무적으로 신막 쪽 정보만 간단히 전하고, 이편 상황을 물으니 어제 그 일행은 저녁차로 동해주로 보냈으나 오늘 아침 정보로 보면 다시는 동해주로 보낼 수도 없거니와 어제 간 사람들도 다시 돌아오거나 그대로 주저앉았었다면 고생 무진할 것이라 한다.(전집, 65면)

> (나는) 땀에 절은 샤쓰조각을 입고 평생 져보지 못한 륙샤크를 낑낑 짊어지고 대합실로 들어서자니 말쑥이 차린 중년 신사가 사오인 섰다가 유심히 치어다본다. 혹시 노상안면이라도 있어 알아보지나 않는가하여 저절로 자기주제가 내려다보였다.(전집, 71면)

짐에 기대서 눈을 붙이며 말며, 몸은 파죽엄이 되고 눈은 아니떨어져도 잠자리가 워낙 거북하니 잠이 깊이 들 수 없다. 그래도 첫잠이 막 들랴 할 때 문이 드르륵하고 열리는 소리에 눈이 번쩍 띄었다. (중략) 협수룩한 피난민 행색의 두 장한이 들어서며 담총한 보안대원이 뒤딸아 섰다. (중략) 이것도 삼팔선을 지하로 뚫어나가랴다가 걸린 日人인 모양이다. 유치장까지야 보낼 것 없고 두어시나 되었으니 아쉰대로 우리에게 떠맡기는 것이겠으나 여기(피난민들이 모여 하룻밤을 보내는 신막역 대합실)를 유치장이나 다름없이 생각하는 것이 실쭉하였다.(중략) 지금 저 문밑 땅바닥에 눕는 자들도 회사의 이사나 아닌지? 떵떵거리고 살았으리라(전집, 75~76면)

나는 주변에서 자신을 비롯한 피난민을 어떻게 바라보는지, 무엇으로 대우하는지 예민하게 반응한다. "협수룩한 행색"일까봐 걱정하고 동시에 자신도 그런 행색의 피난민을 만나면 경계한다. 이러다보니, 가능하면 뒤처지고 싶지 않고 뒤처진 것을 숨기고 싶어 한다. 동일한 맥락에서 나는 자신의 남루한 모습을 남에게 보여주는 것이 싫고, 피난민 신분으로 뭔가를 부탁하는 것도 싫어한다. 귀환하는 무리에 섞여 피난민의 신분이 드러날까 걱정하는 것이 얼마나 이상한지 분별할 틈이 없을 만큼, 나는 피난민임을 알 수 있는 어떤 일도 하지 않으려고 한다. 나의 그런 마음은 자존심 때문이기도 하겠고, 귀환이나 이주를 하는 예외적인 상황이라는 자각을 넘어서는 어떤 정념에 지배되어 있거나 혹은 자신이 자신에게 기대했던 상황, 모습이 아니기 때문일 수도 있다. 현재 자신이 마주하고 있는 자신에 대한 일종의 간극 그리고 그 틈을 채울 수 없는 현실에 대한 좌절감이 불러일으킨 마음이고 예민함이라고 할 수 있겠다.

그러나 그 이유가 무엇이든 "피난민의 주제꼴"이어서 "저절로 자기 주제가 내려다”보이는 상황만 아니었다면 나는 사람들에게 먼저 인사를 청하는 일을 꺼리거나 피난민인 사실을 숨기려고 하지는 않았을 것이라는 짐작이 가능해진다. 내가 짐작하지 못했던 나, 즉 기대하고 있던 나의 모습과 전혀 다른 상태의 나를 확인했을 때 혹은 내가 평소에 꺼려하고 경계하던 사람들과 같은 무리에 속해있다는 사실을 받아들이기 어려울 때, 내가 바라는 나와 나의 현실의 낙차는 나를 위축시킨다. 이렇게 위축된 나는, 나를 부정하거나 외면하려는 시도를 하는데 그 방법 중의 하나가 창피함을 토로하는 것이다. 나는 원래 그렇지 않고, 지금 이들과 같이 무언가를 하고 있다는 사실을 창피하고 부끄럽다고 말함으로써 나에게 벌어진, 내가 목격한 간극으로부터 한 발 짝 물러설 수 있으며 그렇게 물러난 자리에서 피할 수 없는 현재를 지탱할 수 있는 여력(틈)이 생긴다. 물론 창피하다고 부끄럽다는 말은 다른 사람이 아니라 자신만 들을 수 있도록 설정되어 있다. 그래서 자신의 간극을 수긍하고 얻은 여력은 별다른 힘을 지니지 못한다.

부끄럽다고 말하는 것만으로는 현실을 버텨나갈 충분한 힘을 얻을 수는 없다. 그래서일까. 나는 ‘뒷배’가 되어줄 무언가가 나타나면, 자신이 피난 중에 내내 비난하던 뒷거래 좋아하는 조선인들처럼, 반갑게 여기고 든든하게 여기며 흡족해한다. 가령, 사리원을 떠날 때 신의주시 인민위원회 촉탁인 청년으로부터 신막이 불편하면 언제든 사리원으로 돌아와도 괜찮다는 말을 들으면서, 그 청년의 말을 뒷배 삼아 언제든 유리한대로 움직일 생각을 하는 장면(55면)과 사리원의 구제소 장면(61~65면)등이 이에 해당한다. 사리원의 구제소는 신막의 허름하고 불편하고 지저분한 구제소와 달리 깨끗하고 시원하다. “일인의 큰 병원터인지 훌륭한 건물이거니와 문전이며 복도며 검부적이 하나없이 깨끗이 치워놓고 명랑한 사무실에는 사무원들이 채를 잡고 느러앉아서 일하는 듯싶다"(65면)며 "쓰러져가는 눅눅한 다다미방에 쓰레기통 속 같은"(61면) 신막의 구제소에 도착했을 때 "기껏 끌어온 데가 이꼴이냐"며 놀라 울었다는 주인공의 어린 아이들의 말을 전하며, 일본인이 운영하던 병원에 자리 잡은 사리원의 구제소가 얼마나 깨끗한 곳인지 여러 번 강조한다. 사리원의 구제소는 주인공 가족에게 예외적으로 제공된 곳이 아닌데도 불구하고 "절간같이 이렇게 정하게 해놓고 구질구질한 손님을 기다려"주는 사리원의 구제소 직원들에게 피난민들 무리에 대한 거부감만큼이나 유난하고 과장되게 고마움을 드러내어 독자로 하여금 의아심을 갖게 만든다. 한편 이런 장면도 있다.

> 여관에서는 그렇게 쏟아지던 졸음도 씻은 듯 부신 듯 달아났다. 다만 어느 구비에서 강도단이나 불거져 나오지 않을까 하는 불안만이 가다가다 머리를 흔든다. 그러나 생각하면 그럭저럭 칠십 여명이나 되는 사람이 십 여간 통에 늘어선 행진이다. 어느 산골짜기에 불한당이 숨을 죽이고 노려보고 있대도 좀처럼 뛰어나와서 손을 대지는 못하리라는 든든한 마음도 없지 않다.(전집, 87면)

남쪽으로 이동하는 피난민들은 금교에서 보안대의 조사를 받고 새벽 1시쯤, 삼팔선을 향해 길을 떠난다. 나는 허름하고 잇속 챙기기에 바쁜 피난민들을 경계하고 그들과 같은 무리에 섞여있다는 것을 불편해하고 꺼려했던 것과 달리 어두워서 앞이 잘 보이지 않는, 강도의 위협에 노출된 새벽길을 가는 중에는 함께 움직이는 피난민들을 "든든하게"여긴다. 나의 이런 심경의 변화는 삼팔선을 넘어 서울로 가는 험한 여정으로 인한 것일까. 그렇게 읽는 것이 보통일 것이다. 앞에서 주인공이 함께 이동하는 피난민들을 경계하고 싫어하는 내면을 유별나게 제시한 이유도 "든든한 마음"이 생긴 것을 부각시키기 위한 것으로 볼 수도 있다. 그러나 이후의 장면을 보면 그렇지 않다는 것을 알 수 있다. 피난민에 대한 거부감이나 피난민 무리에 속한 자신에 대한 부끄러움은 삼팔선을 넘어서 서울에 도착하기까지 마음을 놓을 수 없어서 예민했던 때문이 아니었다.

나는 "소위 삼팔선이라는 역사에서 지울 수 없는 검은 줄을 오늘에 이렇게 넘었다는 사실을, 기억에서 찾아내고 기록에서 본다면, 어떠한 감개가 있고 저의의 선대先代를 어떻게 생각할꼬?"(94면)라며 삼팔선을 넘은 사실에 감격한다. 이러한 감개와 감격은 그만큼의 긴장과 예민함 그리고 경계심을 동반한 어떤 큰일을 무사히 치룬 후에 봇물 터지듯 만들어지는 감정으로, 피난민이라는 신분에 대한 주인공의 부끄러움은 삼팔선에 무사히 도착했으니 사라지는 것이 자연스러워 보인다. 그러나 나는 "서울 턱밑까지 와서도 피난민구제회에 들어가기 싫"어하고, 삼팔선을 통과한 기념으로 축하연을 하자는 피난민들의 제안을 거부하고 "서울로 직행할 작정으로"(94면) 피난민 무리를 벗어나 서울을 향해 길을 떠난다. 삼팔선에 도착하기까지 언제 강도를 당할지 모르는 상황에서 피난민 70여 명으로 만들어진 무리에 속한 것을 잠시나마 든든하게 여겼지만 그때뿐이다. 나의 성격이나 내가 가족들과 놓여 있던 상황을 고려한다 해도 선뜻 이해하기는 쉽지 않다.

이런 주인공의 상태를 놓고, 불안하고 막막한 미래와 아무것도 없는 불편한 현재를 직면한 인물의 변덕스러운 내면이 아니라 조금 다른 차원의 복잡한 내면과 정념이 작동한 것이라면 어떤가. 이후에 살펴볼 단편 「이사」의 주인공은 남편의 역할을 못한 자신으로 인해 가족들이 여러 번 이사를 다니고 물도 편하게 사용할 수 없는 가난한 상황에 처해 있다며, 자신의 가난을 부끄러워한다. 그러나 여기서 주인공이 실제 부끄러워하는 것은 가난이 아니라 자신의 가족을 가난으로 몰아간 자기 자신이다.

자신이 해야 할 몫의 일을 제대로 하지 못해서 발현된 부끄러움, 「삼팔선」의 주인공인 내가 느낀 부끄러움과 창피함도 이러한 유의 것이라고 할 수 있다. 해방을 맞아 조선으로 돌아가는 중의 나는 예민하고 뻔뻔하며 협수룩한 조선인 피난민들을 보며, 그런 조선(인)을 만든 책임에서 자신도 자유로울 수 없다는 것을 그는 내심 알아차리고 있었을 것이다. 설사 알아차리지 못했다하더라도 삼팔선을 향해 이동하는 내내 그를 괴롭힌 것은 피난민 무리의 어떤 특징이 아니라, 아무것도 기대할 것이 없는 조선으로 되돌아가고 있는 자신의 무책임에 대한 부끄러움이었을 것이다.

다소 긴 인용을 통해서 확인한 「삼팔선」의 주인공이 느꼈던 조선인으로 구성된 피난민 무리에 대한 경계심과 부끄러움은 작품의 내적 맥락보다는 작품 외부의 현실에서 그 원인을 찾을 수 있었다. 다음 절에서는 마찬가지로 작가가 놓여 있었던 현실의 복잡한 맥락을 토대로 단편 「이사」와 「만세전」의 주인공들을 이해하고, 이를 「삼팔선」에서 확인한 부끄러움과 연결할 것이다.[20]

---

20 한편 이민영은 최근 연구(「낯선 고국으로의 귀향과 탈식민사회의 근대-염상섭의 『만세전』과 「삼팔선」을 중심으로」, 『현대소설연구』 85, 한국현대소설학회, 2022)에서 「삼팔선」과 「만세전」에 나타난 현실을 극복하지 못하고 좌절하는 나약한 생활인의 이중적인 태도에 주목하여 "식민 사회에서 해방, 그리고 전쟁으로 이어지는 역사적 흐름 속에서도 여전히 극복되지 못한" 주체를 소환해낸다. 물론 이민영의 연구는 "불가능한 피난의 여정을 통해 새로운 귀향의 가능성"과 "식민 사회에서의 근대의 의미"를 모색하는데 중점을 둔 것으로, 본고에서 목적하는, 책임을 다 하지 못한 자들의 부끄러움이라는 정념을 해명하려는 작업과는 결이 다르지만, 『만세전』과 「삼팔선」에서 현실에 좌절하는 나약한 주체를 발견해냈다는 점에서 특기해둘 만하다.

2-2. 무책임한 자신에 대한 원망과 부끄러움 —「이사」와「만세전」

염상섭이 해방 직후에 발표한 여러 단편 중에서「이사移徙」(1948년 12월)는 해방기 염상섭 단편연구에서 거의 언급되지 않은 작품이다. 해방 이후, 온전한 탈식민을 지향하려는 시도를 보여줬다고 평가받고 민족이 나아갈 방향과 그리고 일상이 되어버린 혼란스러운 현실에 대한 묘사에 집중했다는 염상섭의 작품 중, 뒷거래(야미)를 못한 자신을 원망하는 인물의 현재를 그리고 있는「이사」는 그 경향에서 어딘가에 속하기 난해한 작품임이 분명해 보인다.

「이사」는「삼팔선」과 마찬가지로 자신의 역할을 못한 가장家長의 후회와 부끄러움이 작품의 큰 줄기를 이룬다. 자신의 역할을 다하지 못한 자의 민망함과 부끄러움, 자신에 대한 원망이 전면에 놓여 있는「이사」는 해방기 염상섭 문학을 새롭게 읽을 수 있는 작은 연결 고리가 될 것이다.[21] 먼저 작품을 개략한다.

나는 해방 후 일본이 떠나고 남겨진 '적산집간'을 구할 때 까지 있겠다며 가족들과 이사 온 '바깥방'에서 어느덧 2년을 살았다. 당시에는 어떻게든 집을 마련할 줄 알았던 나는 별로 달라지지 않은 자신의 상황에 아이들은

---

21 염상섭이 1929년에 발표한「남편의 책임」(『염상섭 전집』 9)에는 주인공 김수삼이 책임이 필요한 관계를 회피하는 모습이 나오는데, 이는 '책임'과 관련해서 주목할 만한 작품이라고 할 수 있다. 하지만 김수삼의 경우, 아내가 외도를 하고 친부를 모르는 아들이 있었다는 점에서, 즉 현실에서 김수삼이 책임져야 할 잘못을 한 게 없었고 무엇보다 김수삼은 아내를 통해 인간관계에 대한 환멸을 느꼈던 터라, 이 글에서 다루는 작품들과 다소 결이 달라서 논의의 대상으로 삼지 않았다.

물론이고 아내를 볼 면목이 없다. 그러던 중 지금 살고 있는 바깥방을 여름부터 집주인이 쓰겠다는 통보를 받았고, 급한 대로 아이들을 옆집에 옮겨놓고 서둘러 다른 살 집을 구하러 나섰다. 그때 마침 친구 A의 주선으로 비어 있는 P의 집 안방에 들어갈 수 있게 되었다. 집도 아닌 방이었지만, 당장 길에 나앉을 수도 있다는 두려움에 이것저것 따질 수 없었다. 나는 가족들을 끌고 보잘 것 없는 살림살이를 챙겨 '경성부 풍치 구역'에 위치한 P의 집으로 옮겼다. 그러나 방을 청소하고 짐을 풀고 나서, 부엌을 사용할 수 없다는 것과 물을 쓰려면 한참을 걸어 나가 우물에서 길어 와야 한다는 사실을 알게 된다. 난감하지만 달리 방법이 없어 그대로 지낸다. 며칠 후, 이런 사정을 알게 된 전에 살던 집주인으로부터 다시 돌아와도 좋다는 연락이 온다. 쫓겨나듯 나왔던 집에 다시 들어가는 것이 마음에 걸렸고 나가라고 할 때는 언제고 싶어서 불편했지만, 부엌 사용 문제나 물 문제 등으로 마지못해 4~5일 만에 다시 이삿짐을 꾸린다. 그는 자신이 무능력한 탓임을 알면서 온전히 '야미'(뒷거래)를 못해서 집을 갖지 못했을 뿐이라고 우기듯 다짐하며 전에 살던 바깥방으로 돌아간다. 아내와 아이들은 이제 살겠다며 즐거워한다.

염상섭은 「이사」에서 4~5일 사이에 이사를 두 번이나 하게 된, 집 없는 사람의 곤란과 가난한 현실을 벗어나지 못하는 주인공의 허탈한 내면을 그리고 있다. 급히 살 집을 구해야 하는 주인공은 얼마 안 되는 돈을 들고 이리저리 다니는데, 그러면서 돈이 넉넉하지 않은 자신의 상황을 자책하고, 보잘것없는 살림도구를 누가 볼까 창피하다며 부끄러움을 느낀다. 그는 자신이 집 한 채 장만하지 못한 이유로 해방 후의 어수선한 틈을 타서 다른 사람들처럼 정당하지 못한 방법일지라도 뒷거래(야미)를 해서 집을 마련했어야 하는데, 재빠르게 행동하지 못한 어리숙함 때문이라고 생각한다. 그는 아둔한 자신에 대한 안타까움과 속상함 그리고 집을 소유할 만큼 경제력이 있는 사람은 소수에 불과하다는 것을 알면서도 그 소수에 속하고 싶으며, 소수에 속하지 못하는 스스로를 못 마땅하며 원망한다.

「이사」에서 그가 수시로 느끼는 창피함의 원인은 다른 무엇도 아니고 자신의 무능력 때문이다. 그는 볼품없는 살림도구를 끌고 여러 번 이사해야 하는 자신의 가난이 창피하다고 말하면서 동시에 "남편의 주선만 바라"(173면)는 아내를 실망시킨 자신을 원망하고 있다. 자신에 대한 원망과 부끄러움이 경계 없이 뒤섞여 그를 닦달하고 있는 형국이다.

> 이사라는 말만 나도, 어서 가자고 강중강중 뛰며 조르는 것은 일곱 살짜리 어린 놈 뿐이었다. 하도 여러 번 속았기 때문이요, 떠났댔자 또 남의 집 협포거니 하는 생각에 떠나면 떠나다보다 하고 눈치만 보는 것이었다.(전집10권, 167면)

> 지금 계획대로 월말까지 돈이 들어서서 조고만 사랑채에라도 옮아앉게 되면 모르지마는, 그것이 틀리는 날이면 무조건하고 구제삼아 제공하는 그 호의도 호의려니와, 근자에 사글세방이라는 것은 몇 만 원씩하는 보증금을 물고도 구하기가 극난한 터이고 보니 한 이천 원 월세만 내놓으면 창피는 하나, 당장이라도 들어앉게 될 이런 자국을 놓쳐도 큰일이라고 월말까지 들겠다는 작자가 나서면 모르거니와 그렇지 않으면 참아달라고 걸쳐 놓았다.(전집10권, 169면)

> 룩작만 젊어지고 온 살림이 북데기나마 두 구루마나 되니 살림이 는 것 같지마는 그 구살머리적은 것을 실려 가지고 어린것과 앞서거나 뒤서

> 거니 나오자니 동리 사람의 인사받기가 열적고 싫었다. 구차를 남 보이는 것도 싫지마는 이태가 되어도 끝끝내 집간을 못해 나가는 무능을 광고치는 것이 더 싫었다. 아내더러 떠나가 앉으라고 일러놓기만 하고 어디를 훽 나가서 볼일이나 보고 느지막이 새 집이랍시고 들어가면 이런 꼴, 저런 꼴 안 보고 좋으련마는 혼자만 살짝 빠져 달아가는 수도 없어 결국 짐군을 데리고 나선 것이었다.(전집 10권, 170면)

이사해봤자 별다른 새로운 것, 좋은 것도 없고 "남의 집 협포"일 것이 분명하다는 생각에 특별한 기대도 하지 않는 식구들의 반응을 통해 주인공 가족은 꽤 오랫동안 무기력한 현실에 놓여 있었음을 짐작할 수 있다. 특별한 대안이 없는 상태이지만 당장 살게 될 집의 규모나 형세를 걱정하지 않을 수 없는 상황이라 초조해 하며 친구 A가 주선해 준 방이 "창피는 하나" 다른 사람에게 넘어가지 않도록 부탁하는 것을 잊지 않는다. 새로 들어갈 살 방을 확정한 그는 가족들과 이사 준비를 한다. 보잘 것 없는데 "두 구루마나 되"는 살림살이를 동네 사람들이 보는 게 싫고, 2년 동안이나 바깥방에 있다가 다시 남의 집을 얻어 나가는 것이 창피해서 달아나고 싶었지만, "이런 꼴, 저런 꼴 안 보고" 아버지와 형에게 아내를 맡기고 동경으로 간 「만세전」의 이인화와 달리, 그는 일손도 부족하고 가족을 책임져야 하는 상황이라 그렇게 무책임한 행동을 하지 못한다. 이인화는 집안의 가장이 아니었고, 상징적인 가장인 아버지와 실질적인 가장인 형이 집안을 책임지고 있었기에 유학한다는 이유로 '구더기가 끓는' 조선을 떠날 수 있었지만, 「이사」의 나는 "혼자만 살짝 빠져 달아가는 수도 없"었다. 또한 나는 "이태가 되어도" 집을 장만하지 못한 것을 후회하고 있는데, '이태 전'이란 작품 제작 시기를 고려한다면 1946년 즉, 해방 직후로, 겉으로 내색하지는 않았지만, 해방 직후의 혼란한 틈에 적절한 수단을 부려 집 한 칸 장만하지 못한 자신의 무능을 탓하고 아무도 모르게 자신을 원망한다.

> 사람의 손이 아니 가고 흙발로 다니던 방 마루라, 쓸고 닦고, 한참 부산을 떤 뒤에 자리를 잡고 앉으니 지붕을 고치느라고 헤갈을 해 놓은 천정에서는 문을 여닫는 대로 모래를 비오듯 쫙쫙 끼얹으나(전집 10권, 171면)

> 물 걱정이었다. 문제는 간단한데 – 돈 하나만 있으면 다 해결이 될 텐데, 그 돈이 나올 가망이 없으니 마음만 어두웠다.(전집 10권, 172면)

주변의 도움으로 어렵게 구해 이사한 집은 '경성부 풍치 구역'에 위치한 것으로 '별장지대'로 알려져 있는 부자동네다. 그런 부자들이 사는 동네에서 "천정에서는 문을 여닫는 대로 모래를 비오듯" 쏟아내는 방 한 칸을 얻었지만, 먼저 자리를 잡은 다른 사람이 부엌을 쓰고 있어 부엌도 사용하지 못하고 물도 직접 길어다 사용해야 할 처지에 놓인다. "돈 하나만 있으면 다 해결이 될" 문제를 놓고 "돈 나올 가망이 없어" 낙담한다. 생활하는데 필요한 물을 마련하기 위한 돈이 한 푼 없는 현실은 아무런 돌파구 없이 지나가고, 주인공 가족이 직면한 가난은 도망갈 곳이 없는 구체적인 현실로, 나의 가장으로서의 무능함만을 부각시킬 뿐이다. 나는 아내와 가족에게 미안하고 스스로가 원망스럽다. 그러나 가족에 대한 책임감과 아내에 대한 미안함 그리고 자신의 무능을 강력하게 인식하고 있던 나는 달리 할 수 있는 것이 없어서 아무런 대꾸 없이, 아내의 선택에 따라 다시 이사를 하고, 비겁한 방법으로 자신을 위로하기에 나선다.

하지만 창피스러워 거기를 또 어떻게 간단 말요" "글세 그런 말만 안 들었으면, 아무리 고생이 돼두 죽자구 하구 예서 그런대루 지내겠지만..." 아내도 엉거주춤하는 소리였다. (중략) 하루를 걸러 이튿날 낮에 짜장 필성이 어머니가 찾아왔다. 여편네끼리 어떻게 이야기가 되었는지는 모르겠으나 필성 어머니를 보내고 들아온 아내는 "창피는 해도 갑시다"하고 결심을 한 눈치로 양 편의 이(利) 불리(不利)를 조목조목이 따져 본다. 그도 딱 결단을 할 수 없어 듣고만 있었다.(전집 10권, 174면)

세간을 내 실리려니까 주인집 색시가 나와서, 짐을 나르는데 거들고 있다. (중략) 풍로니 항아리니 너저분한 잡살부렁이를 날라주는 양이 미안도 하고 격에 어울리지도 않았다. 창피한 꼴을 뵈는 부끄러운 생각도 슬며시 들었다. 짐을 다 내어 실리고 나서 그는 훌쩍 먼저 떠나버렸다. 그 군돈스러운 이삿짐을 따라서 불과 사오 일만에 예전 동리에를 다시 들어가기가 차마 싫었다. (중략) 눈이 오려는지 어느덧 흐려진 하늘에는 구름이 무겁게 처지고 음산하여졌다. 그의 마음도 하늘빛 같이 추운 뒤에는 짐군을 부르려 무겁고 쓸쓸하였다. 그는 멀리 바라보이는 쓸쓸한 성밑을 향하여 발을 옮겨 놓는 것이었다. 거기에는 올망졸망 밖거리의 우동파는 구루마같이 떼엄떼엄 섰는 집들을 건너다보며 걷는 것이었다. 얼마나 고달픈 살림살이냐고 위문을 가자는 것도 아니요, 이따위 위문객을 반갑다 할 그들도 아니련마는 그는 쓸쓸히 그 길이 걷고 싶었다. 그래도 한 바퀴 휘 돌아 거리로 빠져나와서 다리를 쉴 겸 술집에 찾아 들어가서 컬컬한 목을 축였다. <u>교활한 마음이나</u> 그 짐을 풀고 정돈이 된 뒤에 집에 들어가자고 일부러 돈을 써가며 시간을 흘려버리는 것이었다. 그는 술이 얼쩡하여 해가 들어가고 음산한 전에 살던 거리로 들어섰다. 만나는 동리 사람마다 저 영감이 <u>또 오는군 하고 웃을 것만 같았다.</u> 그러나 그는 '이놈들 내가 천생 <u>야미를 할 줄 몰라서</u> 이렇다'하고 소리를 지르고 싶을만치 기가 커졌다.(전집 10권, 176면)

어떤 이유인지 알 수 없지만, 전에 살던 집주인(필성어머니)이 다시 바깥방을 빌려준다는 제안에 주인공 부부는 솔깃해 한다. 겨울을 앞둔 때라 물 문제가 어느 때보다 심각했고 동네에서 멀리 떨어진 곳에 있는 현재의 집은 생활에도 여러모로 불편했던 탓에 또 이삿짐을 싸기로 한다. 불과 4~5일 전, 집 주인의 요구에 따라 방을 비워주고 나왔던 부부에게 이유를 알 수 없는 집 주인의 호의는 고맙다기보다는 의아한 제안이지만 물 문제와 부엌을 사용하지 못하는 문제를 해결할 방법이 없어서 받아들일 수밖에 없다. "천생 야미를 할 줄"모른다고 스스로를 위로하는 듯 자신을 평가했지만, 정당한 거래가 아닌 뒷거래, 정당한 수법이 아닌 부적절한 방법을 동원한 거래를 해서라도 혼란한 시국을 틈타 집을 마련했어야 했고 그렇게 해서라도 가장의 역할을 했어야 했다고 뒤늦게 후회한다. 그렇게 하지 못한 자신의 어리숙함을 자책하며 아무도 듣지 않는 변명을 한다. 가장의 역할, 남편의 역할, 아버지의 역할 등등 염상섭은 「이사」에서 제 역할을 하지 못한 인물의 고민과 자기원망 그리고 부끄러움을 내내 강조한다. 현실에 대한 불만족과 분노를 억제한 주인공의 자책은 염상섭이 해방 전에도 자주 사용하던 기제여서 주목할 만하다. 또한 현실에 대한 분노, 돈 한 푼 나올 곳이 없는 망연한 현재에 대한 원인을 남들처럼 재빠르게 '뒷거래'를 못 한 탓으로 돌려 버리고, 더 이상 어쩌지 못하는 현실의 가난을 전면에 내세운 것은 자신의 부끄러움을 덮어버리기 위한 방법에 불과하다.

한편 그는 이삿짐을 보내놓고 허름한 행색의 사람들은 다니지 않는, 방금 떠나온 '부촌(富村)'을 "무겁고 씁쓸"한 심정과 "교활한 마음"으로 산책을 하다가 아내가 짐을 다 정리하고 동네가 어두워진 뒤에야 집으로 들어간다. 이 장면은 사적으로 맺어진 내밀한 관계 특히 아내를 대상으로 한 나의

'교활한 마음'의 발로가 자신을 부끄러움에 몰아넣은 아내에 대한 대응인데, 이사한 날 아내 혼자 짐을 풀고 청소를 해야 한다는 것을 번연히 알면서 혼자 느릿하게 산책을 하고 어두워져서 집에 돌아가는 나의 모습에서 「만세전」의 이인화가 겹쳐지는 것은 우연이 아닐 것이다. 아내가 혼자 고생할 것을 알면서도 모르는 척, 자신이 해야 할 일을 외면하고 동네를 느릿하게 산책하는 그의 "교활한 마음"은 가난을 피하지 못한 자신에 대한 좌절의 표현이며 더 이상 물러설 곳 없는 부끄러운 자신에 대한 궁여지책이라고 할 수 있다.

잘 알려져 있다시피, 「만세전」의 이인화는 동경에서 학기말 시험을 치던 중, 아내가 위독하다는 전보를 받는다. 아내가 위독하다는 소식을 전하면서 이인화의 형은 조선으로 돌아 올 때 필요한 여비와 학비를 포함하여 백 원이라는 큰돈을 보낸다. 돈을 받은 이인화는 죽음을 앞둔 아내에 대한 걱정은커녕 "生光"함을 느낀다. 무엇보다 그는 조선으로 급히 돌아가야 할 이유를 교수에게 설명하면서 '어머님 병환'을 이유로 들었고, 스스로 "찌부드듯한 생각"이었다며 되뇌면서도, 정자에게도 "집에 좀 가야할 일 있"어서라고 둘러댄다. 그러면서 "그러나저러나 지금 이다지 시급히 떠나려는 것은 무슨 이유인가."라며 자문을 한다.[22] 하지만 그는 이미 "病人은 죽었든 살었

---

22 "내가 나가기로 죽을 사람이 살아날 리도 없고 기워 죽었다 할 지경이면 내가 아니 간다고 감장할 사람이야 없을가. 육칠년이나 같이 살아온 정으로? 참 정말 정이 들었다할가? 입에 붙은 말이다. 그러면 의리로나 인정치례 책임상, 피할 수 없어서 나간다는 말인가, 흥! 그런 생각은 애당초에 염두에도 없거니와 그런 허위의 짓을 하지 않으면 안 될 이유는 어디 있는가. 그럼 왜 가랴나? 여기까지와서는 더 생각을 이어나갈 용기가 없었다. 만일에 어데까지든지 캐어 물을 것 같으면 자기자신의 명답을 얻었을지 모르나, 그것은 잇몸이 근질근질하는 것 같아서 다시 건드리지 않고 자기 마음을 살짝 덮어두었다."(전집 1권, 15면)

든 하여간, 돈 백 원은 반"가웠고 "돈쓸 일은 한 두 가지가 아닌데 우환이 잦은 집안에다가대고 철없는 아이모양으로 덮어놓고 돈 재촉만 할 수도 없는 터"여서 기말 시험을 본다는 핑계를 하고 조선에 가지 않으려는 생각을 하지 않은 것은 아니다. "그러나 아버님 꾸지람이나 가정의 시비도 시비려니와 실상 돈 한 分이라도 쓰려면, 나가느니 밖에 別策이 없"(12면)다고 말해놓고 있다. 조선에 가고 싶지 않은 자신의 생각을 드러낼 용기가 없다고 했지만 이미 그는 쓸 돈이 부족하기 때문에 일본을 "나가느니 밖에 별책이 없"음을 간파하고 있다. 다만 그것을 직접 드러내어 말하는 것을 꺼리고 있을 뿐이다. 그가 조선에 가는 이유는 '돈' 때문이다. 아내가 위독하지만 아내에 대한 걱정으로 조선에 가는 것이 아니라 조선에 가야만 조금이나마 돈을 받을 수 있다는 것을 알지만 돈을 쫓아서 움직이는 자신이 떳떳하지 못해서 인정하지 않을 뿐이다. 아내의 생명이 아니라 돈에 대한 걱정이 더 앞서 있는 자신에 대한 부끄러움이 그로 하여금 동경에 있는 자신의 주변 사람들에게 조선에 가는 이유를 사실대로 말하지 않았던 것이다.

아내의 목숨이 위태롭다는 것을 알면서 느긋하게 조선에 갈 준비를 하고 조선에 가는 이유에 대해 거짓말을 하는, 누가 봐도 부끄러운 이인화의 말과 행동은 작품의 결말에서 동경에 돌아가는 길에 조선을 구데기가 들끓는 곳이라고 말하는 장면에서 최고조에 달한다. 그가 동경에 되돌아가는 이유로 공부를 마쳐야 한다는 명분을 내세운다. 하지만 자신의 부모와 어린 자식이 사는 조선, 자신이 살던 그곳을 떠나면서 구데기가 끓는 무덤이라고 말해버리는 것은 조선의 현실에 대한 염상섭 특유의 냉혹한 판단과 묘사라고 설명하기 보다는 오히려 동경으로 돌아가는 자신에 대한 변명, 즉 더 이상 자신의 부끄러움을 어찌할 수 없어서 선택한 궁여지책으로서의 "교활한 마음"이라고 부를 수는 없을까. 「만세전」은 이인화의 무책임한 동경 행과 조선에서 아무런 역할을 하지 않는 이인화 자신에 대한 부끄러움을 드러낸 작품이라고 할 수 있다.

이제 '부끄러움'이라는 기제로 「삼팔선」과 「이사」그리고 「만세전」을 동궤에 놓을 수 있게 되었다. 물론 표층의 차원에서 「삼팔선」, 「이사」, 「만세전」은 각각 다른 부끄러움에 대해서 말하고 있는 것으로 볼 수 있다. 일본 유학을 핑계로 조선을 떠나거나, 함께 이동하는 조선인 무리를 부끄러워하고, 자신의 무능함 때문에 가난에 처한 가족들을 보면서 자기원망을 하고 있지만 이들을 다른 차원에서 본다면 자신이 직면한 현실과 과거 그리고 미래를 대상으로 제 몫을 하지 못하고 있는 사실을 알고 있는, 그래서 자신을 부끄러워하고 있는 인물들임을 알 수 있다.

작품 내부에 구축된 서사의 맥락보다는 작품 외부, 즉 작가가 놓여 있었던 현실의 맥락을 토대로 단편 「삼팔선」, 「이사」와 함께 「만세전」을 읽었다. 이러한 읽기 작업을 통해 「만세전」은 무책임한 동경 행과 조선에서 아무런 역할을 하지 않은 이인화 자신에 대한 뒤늦은 부끄러움을 드러낸 작품임을 설명할 수 있었다. 동시에 「삼팔선」과 「이사」 그리고 「만세전」을 '부끄러움'이라는 기제로 조감할 수 있었다. 물론 「삼팔선」, 「이사」, 「만세전」은 각각 다른 부끄러움에 대해서 말하고 있다. 즉 이들은 각각 일본 유학을 핑계로 조선을 떠나거나, 함께 이동하는 조선인 무리를 부끄러워하고, 자신의 무능함 때문에 가난에 처한 가족들을 보면서 자기원망을 하고 있다. 하지만 다른 지점에서 본다면 이들은 자신이 직면한 현실과 과거 그리고 미래를 대상으로 제 몫을 하지 못하고 있는 자신에 대해 너무 잘 알고 있는, 그래서 자신을 부끄러워하고 하고 있는 인물들이라고 할 수 있다.

한편 「이사」는 혼란스러운 시기에 뒷거래를 통해 재산을 축적하고 그렇게 하지 못한 사람들의 열패감을 해프닝처럼 다루며, 해방이라는 정치적으로 혼란한 시기의 한 측면을 부각시킨 작품이라고도 할 수 있다. 이처럼 '뒷거래'로 움직이는 조선 경제의 단면에 대한 묘사는 실물 경제에 대한 작가의 관심에서 가능한 것이었음을 덧붙여 둔다.

또한 「이사」와 같은 소설집에 수록된 단편 「이합」 그리고 「귀향」과 「老炎 뒤」 등의 단편들을 간단하게 살펴보자. 먼저 「이합」의 경우, 주인공 장한은 서울로 가지 않고 "집 한 채가 손쉽게 잡히는 것만 감지덕지"(전집 10권, 98면)해서 "나중 일은 어쨌든지" 집을 마련하는 것을 우선으로 생각하고 처고모부로부터 '접수가옥'(적산가옥)을 사택으로 받고 눌러앉는다. 이는 「이사」의 주인공이 '야미'라고 여겨서 하지 않았다가 후회한 일에 해당한다. 작품을 발표한 순서를 따지면 「이사」(1949)가 「이합」(1948)보다 나중이지만, 「이합」은 소설집에 수록되어 있어서 실제 작품이 발표된 시기를 정확하게 알 수 없기 때문에 두 작품 모두, 해방 후에 남과 북의 상황을 비교해가며 조금이라도 더 살기 좋은 곳을 찾아다녔던, 1948~1949년 언저리쯤으로 보는 것이 적절할 듯하다. 그리고 「귀향」과 「老炎 뒤」에도 무능한 자신을 탓하는 인물이 등장한다. 하지만 「삼팔선」이나 「이사」와 달리 작중 인물들이 직접적으로 부끄러움을 표출하지는 않거나 가족을 위해 일정한 역할을 한 뒤 만족해하는 인물들이라는 점에서 차이점을 지닌다.[23]

---

23 「귀향」은 "원체 생활 능력이 모자라는 자기" 탓을 하며 이사를 하는 주인공 가족의 이야기다. 1951년 1.4 후퇴 당시 부산으로 피난을 갔던 주인공의 가족은 아들(창)의 직장과 딸(명희)의 학교문제로 서울로 돌아온다. 아들과 딸을 데리고 먼저 서울에 온 그는 가족이 함께 살 집을 구하려 하지만 "전란 탓이거나 늙어가는 탓을 할 것이 아니라 원체 생활 능력이

3. 맺는 말 : 보충되어야 할 염상섭의 내면을 위하여

해방 후, 조선의 밖에서 지내다가 조선으로 돌아가는 귀환자들의 마음속에는 비로소 '정상'으로 돌아갈 수 있을지도 모른다는 기대 그리고 피식민 상태의 조국을 떠나 밖에 나와 있었던 미안함과 죄책감, 부끄러움 등의 마음이 혼재되어 있었을 것이다.

1910년 한일합방 이후 35년의 시간을 일본을 통해 근대적인 것을 익혀왔던 조선인에게 되돌아가야 할 상태로서의 '정상'이란 명확하지 않거나 짐작도 할 수 없는 어떤 상태였을 것이다. 즉 물리적인 상태로서의 해방을 맞이해, 일본인들이 떠난 조선 땅에 조선인의 자격으로 돌아가고 있지만, 그 조선이 어떤 상태에 있는지 혹은 어떤 상태로 있어야 하는 것인지 아무것도 분명하지 않고 누구도 알 수 없는 상황임을 알 수 있다. 이처럼 여러 가지 감정으로 뒤섞인 불안한 상태에서 조선인들은 조선으로 귀환했고, 그 틈에

모자라는 자기" 탓에 지금 머물고 있는 조카 순영의 집 큰 방을 빌리기로 하고 부산에 남았던 아내와 막내 현도 서울에 온다. 그는 (사변 이후 삼 년 동안 버려둔)가평의 땅(산)을 급히 처분하여 마련한 오만 몇 천환으로 아내의 병원비, 아이들 교육비, 생활비 등을 충당한다. 그러나 서울생활을 시작한 지 얼마 지나지 않아, 조카 가족의 사정으로 인해 다시 방 옮길 준비를 한다.

「老炎 뒤」는 해군 중령인 김 교장과 신 교감, 안 교관의 가족들에 관한 이야기다. 서울의 파견대에 속했다가 인천에 돌아온 김교장은 폭격 맞은 서울 집을 본 후 상심했고, 신교감은 폭격에 날아간 집과 만나지 못한 가족 걱정 때문에 심란하다. 안교관만 9월 28일 인천 수복 때 서울에서 헤어진 가족을 천안에서 만나고 왔다. 계엄사령부가 서울 밖으로 가산집물의 반출을 금지한 탓에 안교관의 가족들이 언제 부산으로 갈지 알 수 없어 난처해하던 중, 정훈장교의 배려로 구체적으로 이사가 진행되었다. 안교관은 앞으로 자신이 무슨 일을 할 수 있을지 걱정이고, 나이에 맞지 않고 몸에도 어울리지 않은 군복이지만 군인 신분으로 가족들의 안위에 도움이 되는 것 같아 흡족해 한다. 자신이 가족을 위해 무슨 일을 할 수 있을지 걱정만 하던 안 교관은 가족들의 안위에 도움이 된 것을 흡족해하고 제 몫을 한 것에 대해 뿌듯해한다.

염상섭도 있었다.

이 글은 염상섭의 소설들에 나타난, 책임을 다 하지 못한 자신에 대한 원망과 그로 인한 부끄러움이라는 정념에 주목했다. 이는 염상섭 문학 전체를 조감하기 위한 도구도 아니고 그의 소설사를 관통하는 어떤 개념도 아직은 아니다. 다만 염상섭이 냉소적인 주체로 혹은 리얼리스트로서 발표했던 작품들 중, 부끄러움이라는 정념이 특정한 작품의 주요한 축을 떠맡고 있음을 확인했고 이를 해명하려고 했다. 이는 기존의 염상섭연구에서 미처 다루지 못했던 염상섭의 어떤 정념을 살펴보았다는 점에서 의미를 지닐 것이다.

염상섭의 몇몇 단편에 나타난 자기원망과 부끄러움이라는 기제를 통해 일제 식민지부터 한국전쟁이라는 역사적인 사건과 10여 년에 걸친 두 차례의 일본 유학생활과 10여 년의 만주생활로, 조선 밖에서 조선인으로 지내면서 조선에 대해 가졌던 염상섭의 내면을 보충하고자 했다. 이를 위해 이 글에서 사용한 "부끄러움은 간극을 채우지 못하고 있는 자신의 현재 상태에 대한 좌절감"과 미래의 나에 대한 기대와 그것을 채우지 못하고 있는 현재의 나로 인해 발생하는 간극에 대한 반응을 가리킨다.

「삼팔선」의 주인공이 느꼈던 조선인 무리에 대한 경계심과 부끄러움의 이유는 작품의 내적 맥락보다는, 10여 만에 새로운 조선으로 돌아가는 인물과 작가 자신을 겹쳐 놓은 해방기 염상섭의 작품 경향과 작품 외부의 현실에서 그 까닭을 찾을 수 있었다. 「이사」는 혼란스러운 시기에 뒷거래를 통해 재산을 축적했던 사람들에 비해 그렇게 하지 못한 주인공의 열패감을 해프닝처럼 다루며, 해방이라는 정치적으로 혼란한 시기의 한 특징을 부각시킨 작품이다. 특히 가장의 역할을 제대로 하지 못해 가족을 가난으로 몰아넣은 주인공의 부끄러움이 극명하게 드러난 작품이다. 그리고 작품 내부에 구축된 서사의 맥락보다는 작품 외부, 즉 작가가 놓여 있었던 현실의 맥락을 토대로 단편 「삼팔선」, 「이사」와 함께 「만세전」을 읽었다. 이러한 읽기 작업을 통해 「만세전」은 무책임한 동경 행(行) 그리고 조선에서 아무런 역할을 하지 않은 이인화 자신의 뒤늦은 부끄러움을 드러낸 작품임을 설명할 수 있었다. 이로서 「삼팔선」과 「이사」 그리고 「만세전」을 '부끄러움'이라는 공통된 기제로 조감할 수 있었다. 물론 「삼팔선」, 「이사」, 「만세전」은 각각 다른 부끄러움에 대해서 말하고 있다. 즉 이들은 각각 일본 유학을 핑계로 조선을 떠나거나, 함께 이동하는 조선인 무리를 부끄러워하고, 자신의 무능함 때문에 가난에 처한 가족들을 보면서 자기원망을 하고 있다. 하지만 다른 층위에서 본다면 이들은 자신이 직면한 현실과 과거 그리고 미래를 대상으로 제 몫을 하지 못한 자신을 알고 있는, 그래서 다른 누구도 아닌 자기 자신을 부끄러워하고 있는 인물들이라고 할 수 있다.

염상섭이 해방 전에 작품 활동을 했던 기간과 해방 이후 조선에 돌아와서 해방의 의미를 다양한 소재와 작품을 통해서 모색하고 전쟁 중의 일상을 기록했던 것은 그가 작가로서, 조선의 구성원으로서 미뤄두었던 '해야 할 일'을 한 것으로 볼 수 있다. 동시에 두 차례의 일본유학과 만주에서의 생활로 조선 밖에 있었던 탓에 생긴 조선에 대한 어떤 미안함과 죄의식 그리고 그로인한 자기원망과 부끄러움을 「삼팔선」과 「이사」, 「만세전」 등 일련의 작품들에 그 흔적을 남겨놓았다고 보았다.

자기원망과 부끄러움이라는 기제를 염상섭의 다른 장편소설들로 확장하여 논의를 계속한다면, 시기와 공간, 맥락이 상이한 염상섭의 작품들에 공통적으로 드러나는 정념을 이해하고, 이를 토대로 한국전쟁 당시 해군 장교로 복무했던 작가의 책임감과 죄책감의 근거를 작품의 맥락에서 확보할 수 있을 것이다. 이를 통해 염상섭 소설연구에서 간과했던 '냉소적인 주체와 책임감'이라는 아이러니한 관계를 해명하여, 미처 다루지 못했던 염상섭의 또 다른 내면을 보충해낼 수 있을 것이다. 염상섭이라는 각성한 개인이 이면에 지니고 있었던 부끄러움이라는 정념은 그의 문학 전반을 새롭게 조감하는데 주요한 기제가 될 것이다.

참고문헌

1. 1차 자료

염상섭, 「만세전」, 『염상섭 전집』 1, 민음사, 1987.

______, 「남편의 책임」, 『염상섭 전집』 9, 민음사, 1987.

______, 「삼팔선」, 「이사」, 『염상섭 전집』 10, 민음사, 1987.

______, 「귀향」, 『염상섭 전집』 11, 민음사, 1987.

______, 「나의 소설과 문학관」, 『염상섭 전집』 12, 민음사, 1987.

______, 「老炎 뒤」, 『한국평론』, 1958.4.

2. 논문 및 단행본

권영민, 「염상섭의 중간파적 입장」, 『염상섭전집』 10 , 민음사, 1987.

김경수, 「염상섭 단편소설의 전개과정」, 『서강인문논총』 21, 서강대학교인문과학연구소, 2007.

김윤식, 『염상섭 연구』, 서울대학교출판부, 1987.

김영경, 「염상섭 전후 단편소설과 말년의 감각」, 『우리말글』 88, 우리말글학회, 2021.

김재용, 「해방 직후 염상섭과 만주 재현의 정치학」, 『한민족문화연구』 50, 한민족문화학회, 2015.

김종균, 『염상섭연구』, 고려대학교 출판부, 1974.

______ 편, 『염상섭소설연구』, 국학자료원, 1999.

김준현, 「한국전쟁기 문인들의 전쟁인식과 문예지」, 『한국근대문학연구』 28, 한국근대문학회, 2013.

나보령, 「염상섭 소설에 나타난 피난지 부산과 아메리카니즘」, 『인문논총』 74-1, 서울대학교인문학연구원, 2017.

박상준, 『1920년대 문학과 염상섭』, 역락, 2000.

박성태, 「단정 수립 이후 염상섭 문학의 중도적 정치성 연구(1948-1950)- 민족통합과 친일파 청산문제를 중심으로」, 『현대소설연구』 83, 한국현대소설학회, 2021.

박수빈, 「해방기 염상섭의 시대감각 연구」, 『돈암어문학』 32, 돈암어문학회, 2017.

박현수, 「한국문학의 전후 개념의 형성과 그 성격」, 『한국현대문학연구』 49, 한국현대문학회, 2016.

배경렬, 「한국전쟁 이후의 염상섭 소설 연구」, 『현대문학이론연구』 32, 현대문학이론학회, 2007.

배하은, 「전시의 서사, 전후의 윤리-난류, 취우 연작에 나타난 염상섭의 한국전쟁 인식 연구」, 한국현대문학회 학술발표 자료집, 2015.

서영채, 『죄의식과 부끄러움』, 나무나무출판사, 2017.

신영덕, 「한국전쟁기 염상섭 소설의 문학사적 의의」, 『염상섭소설연구』, 국학자료원, 1999.

신은경, 「염상섭의 1950년대 전시소설에 나타난 '민족문학' 연구」, 『현대소설연구』 81, 한국현대소설학회, 2021.

오태영, 「한국전쟁기 남한사회의 공간 재편과 욕망의 동력학 – 염상섭의 장편소설을 중심으로」, 『사이間SAI』 29, 국제한국문학문화학회, 2020.

______, 『잔여와 잉여-근현대소설의 공간 재편과 이동』, 소명, 2022.

이민영, 「낯선 고국으로의 귀향과 탈식민사회의 근대-염상섭의 『만세전』과 「삼팔선」을 중심으로」, 『현대소설연구』 85, 한국현대소설학회, 2022.

이연식, 「해방직후 남한 귀환자의 해외 재이주 현상에 관한 연구 - 만주 재이민과 일본 재밀항 실태의 원인과 전개과정을 중심으로, 1946~1947」, 『한일민족문제연구』, 한일민족문제학회, 2018.

이정숙, 「해방기 소설에 나타난 귀환의 양상 고찰」, 『현대소설연구』 48, 한국현대소설학회, 2011.

이종호, 「해방기 이동의 정치학- 염상섭의 단편소설을 중심으로」, 『한국문학연구』36, 이화여자대학교 한국문화연구원, 2009.

______, 「해방기 염상섭과 『경향신문』」, 『구보학보』 21, 구보학회, 2019.

임홍빈, 『수치심과 죄책감』, 바다출판사, 2016.

장은영, 「전쟁문학론의 전개와 폭력의 내면화-식민지 말과 한국전쟁기 문학론」, 『우리문학연구』 66, 우리문학회, 2020.

정종현, 「1950년대 염상섭소설에 나타난 정치와 윤리- 『젊은 세대』, 『대를 물려서』를 중심으로」, 『동악어문학』 62, 동악어문학회, 2014.

최애순, 「1950년대 서울 종로 중산층 풍경 속 염상섭의 위치- 『젊은 세대』와 『대를 물려서』를 중심으로」, 『현대소설연구』 52, 한국현대소설학회, 2013.

황국명, 「한국 근대소설과 진화론의 수용-염상섭 「만세전」을 중심으로」, 『현대문학이론연구』 60, 현대문학이론학회, 2015.

홍순애, 「근대소설에 나타난 타자성 경험의 이중적 양상-염상섭 「만세전」을 중심으로」, 『한국학』 30-1, 영신아카데미 한국학연구소, 2007.

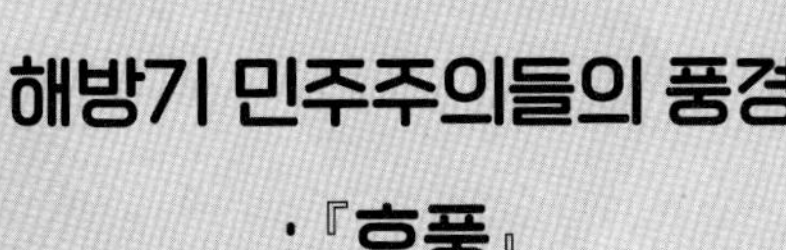

해방기 민주주의들의 풍경

:『효풍』

유예현

* 이 글은 『현대소설연구』 75호(한국현대소설학회, 2019.09)에 게재되었던 「『효풍』과 해방기 민주주의들의 풍경 - 염상섭의 『효풍』 연구」를 수정한 것이다.

1. 들어가는 말—염상섭과 민주주의

"아나키스트는 소위 무정부주의가 아니다. 그것은 오해이다. 진정한 아나키스트는 독점적인 강권을 배격하고 균등한 민주주의란 말이다."[1] 단주 유림(旦洲 柳林)은 아나키스트로서 임시정부에 참여한 이채로운 이력을 가진 인물이다. 그가 환국하면서 남긴 위의 말은 그야말로 사회적인 "센세이손"을 일으켰다. 그리고 아나키스트 김산(金山)에 따르면 식민지 시기에 아나키즘이 호소력을 지닐 수 있었던 것은 모든 조선인들이 오직 "독립과 민주주의"라는 두 가지, 궁극적으로는 '자유' 한 가지만을 열망했기 때문이었다. "광범위한 민주주의를 향한 충동은 조선에서는 그야말로 강렬한 것"이었고, "우리들 사이에는 민주주의가 남아돌 정도로 많았다"[2]는 그의 회고 또한 아나키즘을 광범위한 '민주주의'라는 개념 안에서 사유했음을 의미한다. 이때 '민주주의'를 수식하는 "남아돌 정도로 많았다"는 표현은 민주주의에의 열망의 정도를 강조하는 수사(修辭)에서 나아가 하나가 아닌 다양한 민주주의'들'의 존재를 상상해보게끔 한다.[3]

---

1 「민족총의로 출발한 정부정도를 발견-유림 국무위원 소신 피력」, 『동아일보』, 1945.12.12.

2 "비록 달성하려는 방법은 달랐지만, 모든 조선인들은 오로지 두 가지를 열망하고 있었다. 독립과 민주주의. 실제로 그것은 오직 한 가지만을 원하는 것이었다. 자유. (…) 무정부주의가 그토록 호소력을 가질 수 있었던 것은 이 때문이다. 광범위한 민주주의를 향한 충동은 조선에서는 그야말로 강렬한 것이었다. (…) 우리들 사이에는 민주주의가 남아돌 정도로 많았다."(님 웨일즈·김산, 송영인 옮김, 『아리랑-조선인 혁명가 김산의 불꽃 같은 삶』, 동녘, 2005, 190~191면.)

3 상호 합의된 것처럼 사용되곤 하는 민주주의라는 개념이 단일하지 않은 민주주의'들'이라는

주지하듯 제2차 세계대전의 종전과 함께 해방을 맞이한 한반도의 공론장에서는 '나라 만들기'를 위한 다채로운 논의가 들끓었다. 새로운 독립국가 건설을 꿈꾸는 다양한 정치적 가능성들이 논의되었고, 제각기 나름의 정당성을 주장하며 주도권을 둘러싼 경합을 벌였다. 그런데 중요한 점은 그러한 논의의 전면에는 항상 해방기의 시대적 화두로 부상한 '민주주의'라는 개념이 있었다는 것이다. 해방 조선의 최대 당면 과제로 "조선민족의 철저해방과 민주주의에 의한 완전한 자주독립국가건설"[4]을 꼽은 안재홍(安在鴻)의 표현에서 알 수 있듯이, 해방 후에도 '민주주의'에 입각한 국가 건설이라는 문제는 민족 문제와 함께 좌우를 막론한 정치적 주체들이 공유하는 주요 목표였다. 말하자면, 독립운동 시기와 해방기 정치적 주체들에게 민족의 해방이라는 민족주의적 목표뿐 아니라 민주주의에 대한 갈망 역시 매우 지배적이었던 것이다.

점은 다음의 연구를 참조하였다.(이상록, 「1960~70년대 민주화운동 세력의 민주주의 담론」, 『역사와 현실』 77, 한국역사연구회, 2010; 박지영, 「복수의 '민주주의'들-해방기 인민(시민), 군중(대중) 개념 번역을 중심으로」, 『대동문화연구』 85, 성균관대학교 대동문화연구원, 2014; 김봉국, 「해방 직후 민주주의 공론장의 안과 밖」, 『감성연구』 16, 전남대학교 호남학연구원, 2018.) 특히 해방기 민주주의들의 폭넓은 스펙트럼에 대해서는 역사학자 김정인의 논의를 참조하였다.(김정인, 「민주주의의 눈으로 본 역사학」, 『역사교육』 126, 역사교육연구회, 2013; 「해방 전후 민주주의'들'의 변주」, 『개념과 소통』 12, 한림과학원, 2013; 『독립을 꿈꾸는 민주주의』, 책과함께, 2017; 「한국 민주주의 기원의 재구성」, 『기억과 전망』 39, 민주화운동기념사업회 한국민주주의연구소, 2018 참조.) 민족주의에 내재된 종속 변수가 아니라 한국 근현대사의 궁극적인 지향이자 내적원리로서 민주주의를 간주한 김정인은 민주주의가 본격적인 역사화의 대상이 되지 못했던 이유로 민족주의나 민중주의가 정통론적 역사인식의 위상을 차지했던 한국 역사학의 연구 풍토를 지적하였다. 염상섭의 글에서 추출되는 민주주의에 대한 지향이 본격적인 논의의 대상이 되지 못했던 것 또한 이러한 경향과 크게 무관하지는 않다고 볼 수 있다.

4 「중협은 협동기관-국민당수 안재홍씨 담」, 『동아일보』, 1945.12.26.

특히 제2차 세계대전에서의 민주주의 연합국의 승리는 민주주의를 전후 세계의 대세로 부각시켰다.[5] 이에 따라 해방 직후 한반도의 공론장에서도 '부르주아 민주주의'와 '프롤레타리아 민주주의', '미국식 민주주의'와 '소련식 민주주의'뿐만 아니라 다양한 민주주의론이 범람했다. 이처럼 해방기가 민주주의에의 열망이 폭발했고, 다채로운 민주주의론이 공존한 시기였다는 사실은 해방기 정치·사상·문화적 지형도를 보다 정밀하게 그리는 데 새로운 관점을 제공한다. '민주주의라는 동일한 기표 아래의 다양한 기의들을 드러내는 작업'[6]이 필요한 것이다.

이러한 관점은 해방기 염상섭(廉想涉) 문학에 대해서도 시사점을 제시한다. 해방 후 염상섭 역시 다양한 소설과 글에서 '민주주의'에 대해 언급했다. 본고의 논의는 해방 후 염상섭의 민주주의에 대한 언술이 해방 직후 민주주의'들'이 분출했던 맥락과도 밀접하다는 데서 출발한다. 해방 후 염상섭의 첫 장편소설인 『효풍』은 『취우』와 더불어 해방 후 염상섭 문학의 핵심을 보여주는 작품으로 평가되며, 상대적으로 집중적인 조명을 받았다. 그간 『효풍』 연구는 작품에 내재된 이념의 실체를 중도파 지식인의 그것으로 규명하면서도 구체적으로는 민족의식의 측면에 강조점을 둔 논의가 주를 이루었다.[7] 그러나 해방기에 대한 작가의 비판이나 정치적 중립성의 문제를 민

---

5 김봉국, 앞의 글, 140면.

6 이상록, 앞의 글, 41면.

7 대표적으로 김재용은 염상섭의 정치적 행보와 관련된 전기적 사실을 실증적으로 재구하고, 이에 기반해 염상섭 문학의 민족주의적 성격을 강조하였다.(김재용, 「분단을 거부한 민족의식-8·15직후 염상섭의 활동과 『효풍』의 문학사적 의미」, 『국어국문학연구』 20, 원광대학교 인문과학대학 국어국문학과, 1999.) 서형범의 경우, 염상섭의 「재회」 등에서 제3의 선택항으로서 중립의 다층적 모습이 드러나지만, 『효풍』에서 중립주의자 김관식이나 조정원과 관련

족의식 차원으로 수렴시키는 시각은 『효풍』 이후 일상적 개인들의 연애 문제에 치중한 작품들에 대해서는 풍속적인 세태 묘사에 매몰되었다는 부정적인 평가를 내리게 만든 요인이 되기도 했다.[8]

탈식민주의의 관점을 취한 연구는 『효풍』에서 '미완의 탈식민적 상황'[9]이라는 제3세계의 운명을 읽어내는 확장된 시각을 보여준다. 그러나 민족주의뿐만 아니라 탈식민주의의 문제에만 주목하는 것 또한 당대 현실의 복잡성과 작가의 근본적 문제의식을 단순화하는 것일 수 있다. 민족주의로 환원되지 않는 식민주의에 대한 저항 방식도 있었다는 점을 간과할 수 있기 때문이다.[10] 따라서 제국주의와 식민지라는 경계를 넘어서는 민주주의 담론

된 에피소드는 박병직과 김혜란의 연애담인 중심 서사에는 큰 영향을 미치지 못한다는 점, 박병직을 통해 언명된 민족 중심주의가 당위적인 데 머문다는 점 등 이 작품에서 '중립주의'는 그 편린만을 드리우고 있을 뿐이라고 평가하였다.(서형범, 「염상섭 『효풍』의 중도주의 이데올로기에 대한 고찰」, 『한국학보』 30-2, 일지사, 2004, 65면.)

8 김재용, 앞의 글, 200면; 김경수, 「혼란된 해방 정국과 정치 의식의 소설화-염상섭의 『효풍』론」, 『외국문학』 53, 열음사, 1997, 234면.

9 김병구, 「염상섭 『효풍』의 탈식민성 연구」, 『비평문학』 33, 한국비평문학회, 2009, 72면.

10 이때 민족주의적 시각을 넘어 '제3의 노선'으로서 중간파의 특성을 강조한 연구들에 주목할 필요가 있다. 김종욱의 논의는 중간파로서의 면모를 인정하면서 『효풍』의 서사가 혈통과 언어적 동일성에 기반한 배타적 민족주의로 수렴되는 것이 아니라, 법률적 차원에서의 국민이 내포하는 비균질적인 상황을 날카롭게 해부하고 있음을 지적한다. 혈통적, 이념적, 언어적 다양성의 토대 위에서 조선학을 만들려는 정신 사상적 고투에 주목하는 것이다.(김종욱, 「해방기 국민국가 수립과 염상섭 소설의 정치성-『효풍』을 중심으로」, 『외국문학연구』 60, 한국외국어대학교 외국문학연구소, 2015, 104면, 115면.); 이양숙의 경우, 해방철학을 주창한 엔리케 두셀과 호미 바바의 탈식민주의의 관점을 논의에 차용하였는데, "민족(조선)과 국가(국민)를 둘러싼 세력이나 이념의 갈등"을 넘어서는 다층적이고 복합적인 문제의식에 주목하였다는 점에서 언급할 만하다. 『효풍』을 "민족/반민족이라는 기존의 구분에 문제를 제기하는 횡단적 주체"들의 '이질적 연대와 공존의 가능성'을 보여주는 트랜스모던한 서사로 독해하는 것이다.(이양숙, 「트랜스모던 공간으로서의 서울, 1948년 염상섭 『효풍』의 현대적 의미」, 『도시인문학연구』 10-1, 서울시립대학교 도시인문학연구소, 2018, 72~74면, 80~86면.)

을 읽어낼 필요성이 제기된다. 『효풍』의 박병직이 제시한 '조선학'은 해방기에 가장 활발하게 개진된 제3의 민주주의론인 '신민주주의론', 즉 조선의 현실에 알맞은 '조선식 민주주의' 논의들을 연상시키는 국면이 있다. 일본 제국으로부터 해방되었음에도 불구하고, 미국과 소련이라는 새로운 제국에 의해 분단의 위협을 맞이했던 상황 속에서 다수의 민주주의론들이 민족주의적 요소를 내포할 수밖에 없었던 것은 어쩌면 매우 당연한 것이었다. 당대에 제시되었던 신민주주의들 또한 공통적으로 민족주의적인 요소를 내포하고 있었지만, 그것으로만 환원되지는 않는다.

한편, 본고가 『효풍』에 나타난 작가의 근본적 문제의식으로 민주주의에 주목하는 것은 아나키즘적 지향을 보여주는 초기 문학으로부터 소위 쇄말주의적 일상으로 작가의식의 후퇴를 보여준다고 논의된 『효풍』 이후의 작품들까지 연속적인 시각 위에서 고찰하기 위한 시론의 성격을 갖는다.[11] 염상섭의 초기 문학과 개인주의적 아나키즘 및 생디칼리슴의 관계에 대해서는 이미 많은 선학들의 연구가 축적되어 있다.[12] 가령 『삼광』[13]에 실린 「이

---

11 『효풍』 이후 풍속의 차원으로 퇴화한 것으로 평가되어온 염상섭 문학의 정치성과 윤리의 문제를 새롭게 평가한 연구들은 다음과 같다.(안서현, 「'효풍'이 불지 않는 곳-염상섭의 『무풍대』 연구」, 『한국현대문학연구』 39, 한국현대문학회, 2013; 정종현, 「1950년대 염상섭 소설에 나타난 정치와 윤리-『젊은 세대』, 『대를 물려서』를 중심으로」, 『동악어문학』 62, 동악어문학회, 2014 등.)

12 이러한 논의들은 막스 슈티르너나 오스기 사카에[大杉栄] 등을 경유한 아나키즘적 접점과, 그의 문학 및 문장에서 나타나는 제국주의를 넘어서려는 해방적 지향이나 노동운동에 대한 관심, 여성해방론을 밝히고 있다.(한기형, 「초기 염상섭의 아나키즘 수용과 탈식민적 태도-잡지 『삼광』에 실린 염상섭 자료에 대하여」, 『한민족어문학』 43, 한민족어문학회, 2003; 이종호, 「일제시대 아나키즘 문학 형성 연구-『근대사조』 『삼광』 『폐허』를 중심으로」, 성균관대학교 석사학위논문, 2006; 박헌호, 「염상섭과 '조선문인회'」, 『한국문학연구』 43, 동국대학교 한국문학연구소, 2012; 최인숙, 「염상섭 문학의 개인주의」, 인하대학교 박사학위논문, 2013; 권철호, 「『만세전』과 초기 염상섭의 아나키즘적 정치미학」, 『민족문학사연구』

중해방(二重解放)」이라는 글에는 일체의 봉건적인 구습과 자본주의적인 질서를 부정하는 정신, 즉 모든 권위로부터 해방된 자유로운 개인과 유토피아에 대한 지향이 담겨있다.[14] "모든 권위로부터 민주 데모크라시(democracy)에 철저히 해방하여야" 한다는 대목은 염상섭에게 있어 아나키즘과 민주주의의 관계에 관하여 암시해 준다는 점에서 흥미롭다. 서두에 제시했던 아나키스트 유림과 김산의 말을 다시 떠올린다면, 초기 염상섭의 아나키즘적 지향에도 절대적인 민주주의에 대한 옹호가 내재되어 있다고 추측해 볼 수 있기 때문이다.

염상섭의 문학적 입장이나 『효풍』의 이념적 비전을 민주주의적 통일 민족국가 수립으로 요약한 논자도 없지 않다.[15] 그러나 이때 민주주의라는 개

52, 민족문학사학회, 2013; 이종호, 「염상섭 문학과 사상의 장소-초기 단행본 발간과 그 맥락을 중심으로」, 『한민족문화연구』 46, 한민족문화학회, 2014; 이경민, 「염상섭의 자기혁명과 초기 문학」, 『민족문학사연구』 60, 민족문학사학회·민족문학사연구소, 2016 등.)

13 잡지 『삼광』의 성격과 이에 실린 염상섭 자료에 대한 자세한 분석은 다음 논문을 참고하였다.(한기형, 앞의 글, 77~82면, 90~92면.)

14 "미후충비(微嗅衝鼻)하는 구도덕의 질곡으로부터 신시대의 신인을, 완명고루(頑冥固陋)한 노부형(老父兄)으로부터 청년을, 남자로부터 부인을, 구관누습(舊慣陋習)의 연벽(鍊壁)으로 옹위(擁圍)한 가정으로부터 개인을, 노동과잉과 생활난의 견뇌(堅牢)한 철쇄(鐵鎖)로부터 직공을, 자본주(資本主)의 채찍으로부터 노동자를, 전제의 기반(羈絆)으로부터 민중을, 모든 권위로부터 민주 데모크라시(democracy)에 철저히 해방하여야 비로소 세계는 개조되고, 이상의 사회는 건설되며, 인류의 무한한 향상과 행복을 보장할 수 있다."(염상섭, 「이중해방(二重解放)」, 『삼광』, 1920.4.(한기형·이혜령 엮음, 『염상섭 문장 전집』 Ⅰ, 소명출판, 2013, 72~75면. 이 책의 표기를 따르되, 원문과 대조하여 한자의 오기는 수정하였음. 이하 이 책에서 인용 시, (『염상섭 문장 전집』 권수, 면수)로 표기한다.))

15 김재용, 앞의 글, 200면; 정종현, 앞의 글, 120면; 서준섭은 작가의 정치적 입장을 극좌와 극우를 모두 비판하는 중간파의 그것으로 보면서도, '민족주의자'의 측면에 초점을 두고 민주주의적인 '단일 민족 국가에 대한 이상'이 담겨 있다고 판단하였다.(서준섭, 「염상섭의 『효풍』에 나타난 정부 수립 직전의 사회, 문화적 풍경과 그 의미」, 『한중인문학연구』 28, 한중인문학회, 2009, 43면, 56~57면.)

념은 일반적으로 통용되는 수준에서 단편적으로 언급되거나 민족주의의 차원을 강조하면서 부수적으로 고려되었기 때문에, 그 구체적인 함의에 대해서 충분히 논의되었다고 보기는 힘들다. 최근 염상섭 문학을 민주주의와 관련짓는 연구가 아나키즘적 지향을 밝히는 연구와 마찬가지로 주로 초기 염상섭에 주목하고 있다면,[16] 『효풍』을 대상으로 삼지는 않았지만 염상섭 문학의 최종 심급으로 작동하는 개념으로 민주주의를 이해한 이종호의 연구는 본 논의에 시사하는 바가 크다. 그는 염상섭 문학에 끊임없이 재소환되는 3·1운동을 선재하는 평형을 중단시키는 힘의 패러다임인 제헌 권력이자, 절대적 권력으로서의 민주주의 기획으로 파악한다는 점에서 본고의 문제의식과 통한다.[17] 그러나 민주주의는 보편적·초역사적 개념일 뿐 아니라, 구체적이고 특수한 현실과 긴밀한 역사적 개념이다. 그것은 제헌 권력이라는 절대적 권력으로서의 추상적·보편적 개념일 뿐 아니라, 앞서 언급했듯 특히 해방기 지형도 속에서 진영의 논리에 따라 굴절·전유되었기에 보다 세밀한 검토를 요한다.

---

16 먼저, 한기형은 염상섭이 민주주의·인간해방 정신·민중성과 노블의 기원 사이의 밀접한 관계를 인식했다는 견해를 제시하면서, 1920년대 중반~1930년대 초반 염상섭 장편소설의 통속성을 식민지적 상황을 넘어서려는 전략으로 이해한다.(한기형, 「노블과 식민지-염상섭 소설의 통속과 반통속」, 『대동문화연구』 82, 성균관대학교 대동문화연구원, 2013.); 황종연은 랑시에르의 이론을 원용하여 『사랑과 죄』를 분석하면서 공동체 내에 어떠한 지분도 없는 사람들인 "데모스(demos) 없는 데모크라시"를 문제화한, "한국문학에 역사상 처음으로 데모크라시의 정신을 기입"한 작가로 염상섭을 평가하였다.(황종연, 「플로베르, 염상섭, 문학정치-한국 근대문학에 대한 랑시에르적 사유의 시도」, 『한국현대문학연구』 47, 한국현대문학회, 2015, 39면.)

17 이종호는 염상섭 문학을 규정하는 사건이자 그의 문학에서 지속적으로 현재화되는 혁명의 시간으로 3·1운동을 이해한다.(이종호, 「염상섭 문학의 대안근대성 연구」, 성균관대학교 박사학위논문, 2017, 114~124면.)

본고는 기존 연구의 성과를 이어받으면서, 염상섭의 문학 전반을 규정하는 내재적·근본적 원리이자 지향으로서 민주주의 개념에 주목하여 해방 후 염상섭의 첫 장편 『효풍』에 놓인 근본적 문제의식을 확인하고자 한다. 이를 위해서는 다양한 민주주의론이 출현했던 해방기의 역사적 맥락을 고려하여 소설 속에 반영된 민주주의에 대한 작가의 이해와 전망을 섬세하게 읽어내는 작업이 필요하다. 구체적으로는 소설에 나타난 해방기 공론장에 대한 인식 및 공간적 탐색, 민주주의론의 재현 양상 등을 통해 해방기 염상섭의 현실 인식의 향방에 관해 논의하고자 한다.

2. 공론장이 부재한 거리, 사랑방에 유폐된 민주주의의 꿈

1912년부터 1920년까지 일본에서 유학했던 염상섭은 다이쇼 데모크라시가 절정을 이루던 분위기 속에서 자신의 문학과 사상을 키워나갔다. 그는 다이쇼 데모크라시의 대표적 이론가인 요시노 사쿠조[吉野作造]와 교류했고,[18] 민주주의를 세계 개조의 핵심 원리로 받아들인 재일한인 유학생들과 인적 네트워크를 형성하였다. 소설이라는 장르를 '데모크라시' 정서에 의하여 발현되어 '민중'을 위해 제공된 보편성을 지닌 예술로 정의한 것에서도 드러나듯이,[19] 염상섭은 민주주의와의 긴밀한 관계 속에서 소설이라는 장르

18 염상섭, 「횡보문단회상기(橫步文壇回想記)」(전2회), 『사상계』, 1962.11~12.(『염상섭 문장 전집』 3, 592면, 606면.)

19 염상섭, 「소설시대=사대사상」, 『조선지광』, 1928.1.(『염상섭 문장 전집』 1, 676면.)

를 이해했다. 해방 후 산문과 소설을 통해서도 지속적으로 민주주의를 언급했으며, 말년에는 4·19혁명에 지지를 표명하면서 혁명을 통해 나아갈 길을 '민주국가 수립'[20]으로 제시하기도 하였다. 요컨대, 민주주의에 대한 열망은 염상섭의 문학·사상적 지향으로서, 일본 유학 시절부터 배태되어 그의 삶 전체를 관통하는 것이었다.

이미 많은 연구에서 언급했듯이 해방 공간에서 3·1운동의 표상은 각자의 입장과 정치적 이해관계에 따라 다양하게 전유되었다.[21] 염상섭은 자신의 '3·19 오사카 독립선언' 과정을 생생하고도 극적으로 묘사하면서 그것을 서울에서의 33인의 독립선언, 동경 유학생들의 2·8 독립선언과 동궤에 놓고 사유함으로써 자신을 3·1운동 수행자의 일원으로 정위하였다. 이와 함께 문학의 측면에서 3·1운동 표상을 전유하여 한국 근현대문학을 3·1운동 이후의 문학으로 호명하였다.[22] "정치적·사회적 모든 방면으로 발현기회를 잃었

---

20 "구래(舊來)의 정치이념과 그 수단과 수법을 가지고는 안 될 것이니, 성의껏 민주국가를 바로잡아서 다음 세대에 물려주어야 하겠다는 열의 있는 사람 이외에는 이 일에 참섭(參涉)하지 못할 것이요, 또 참섭시켜서는 안 될 것이다. 민주국가 수립을 다시 목표 삼고 나아가야 겠다고 깨인 사람만이 앞으로의 일꾼이요, 또 그 사람만이 진정한 애국자일 수 있을 것이다."(염상섭, 「대도(大道)로 가는 길」, 『동아일보』, 1960.4.25.(『염상섭 문장 전집』 3, 502면.))

21 정종현, 「3·1운동 표상의 문화정치학-해방기~대한민국 건국기의 3·1운동 표상을 중심으로」, 『한민족문화연구』 23, 한민족문화학회, 2007; 양근애, 「해방기 연극, 기념과 기억의 정치적 퍼포먼스-3·1운동 관련 연극을 중심으로」, 『한국문학연구』 36, 동국대학교 한국문학연구소, 2009.

22 박정희가 지적한 것처럼 염상섭은 『만세전』 개작을 통해 3·1운동을 재인식하였다. 고려공사 판본이 3·1운동 실패의 역사화에 관한 것이었다면, 해방 후 개작된 수선사 판본은 해방공간에서 작가의 자기비판과 역사인식을 보여주는데, 그 (무)의식은 신문학(한국 근대문학) 운동의 담당자로서 자신의 위상을 정위하고 있다는 것이다.(박정희, 「『만세전』 개작의 의미 고찰-'수선사판' 『만세전』(1948)을 중심으로」, 『한국현대문학연구』 31, 한국현대문학회, 2010, 323면, 325면.)

을 그때” 3·1운동의 정신이 함양되고 발현될 수 있었던, 그리고 그러한 책무를 지닌 유일한 장소는 문학이었다고 강조한 것이다. 주의를 끄는 부분은 “3·1정신은 말할 것도 없이 민족적 조국애의 발로이지마는 그 시발과 종착은 정의(正義)·인도(人道)의 선양이요, 자유평등의 전취(戰取)인 것이다. 민족자결주의란 약소민족의 정치적 해방이자, 그 의지·의사의 자유해방인 점에 있어 민주주의의 시발이기도 한 것”[23]이라며 3·1운동의 근본정신을 민주주의 정신에 연결시킨 점이다. 그는 “인생고(人生苦)에서의 해방을 위한 탐구”, “자기해방의 길이요, 해탈의 길”인 문학 정신의 본류가 3·1운동의 민주주의 정신에 합치되는 것이라고 이해하였다.

또한 횡보(橫步)는 8·15 해방을 3·1운동과 함께 놓고 비교·대조한 바 있다. 먼저 3·1운동은 이후 문화정치가 실시되는 계기가 되었지만, 문화정치기에 강조된 민의 창달이라는 기치는 신문지법과 검열로 대표되는 식민지 권력의 폭력으로 인해 여지없이 추락했다고 보았다.[24] 자유와 권리를 보장하지 않는 문화정치란 반동 정치인 것이다. 그럼에도 불구하고 3·1운동 이후는 점진적이며 침착한 가운데 거족적 단결이 가능했던 시기였으나, 8·15 해방 이후는 분열과 외세 영합, “혼란과 타락과 상잔과 살육의 비참”한 무질서로 점철되었다는 결론에 이른다. 이에서 염상섭이 민주주의의 원리가 내재된 3·1운동에 비추어 해방기를 이해하고 있었고, 해방기의 혼란을 민주주의와 거리가 먼 무질서로서 인식하고 있었음을 유추할 수 있다.

남북 분단이 가시화되었던 1948년 1월 1일부터 11월 3일까지 『자유신문』

---

23 염상섭, 「기미운동과 문학정신」, 『평화신문』, 1958.3.1.(『염상섭 문장 전집』 3, 409면.)
24 염상섭, 「나와 『폐허』 시대」, 『신천지』, 1954.2.(『염상섭 문장 전집』 3, 251~252면.)

(200회)에 연재된 『효풍』[25]에서도 해방기는 무질서와 폭력이 난무하는 시공간으로 묘사된다. 염상섭이 포착한 해방기 남한의 축도(縮圖) 서울 거리는 다양한 담론들이 활발하고도 정열적으로 분출되고 교류되는 공론장이 아니라, 폭력적인 단체와 군중의 떼만이 가득한 무질서한 공간이었다. 교편을 잡았던 김혜란은 애인 박병직이 좌익 색채를 지닌 신문사에서 근무했다는 이유만으로 '빨갱이' 낙인이 찍혀 해고되어, 현재는 골동품 상점 '경요각(瓊瑤閣)'에서 근무한다. 해방 이전 혜란의 영어 교사였던 장만춘은 미국인 무역가 베커의 통역, '거간 노릇'을 하는 신세로 전락해 있다. 해방 후 하와이에서 귀환한 청년 사업가 이진석은 사익 때문에 남한 단독선거를 지지하며, 대미 무역을 위한 미국인과의 교제에 혜란을 이용한다. 친일파와 모리배들만이 '해방 덕'을 본 것으로 그려진다.

한편, 김혜란의 부친 김관식은 미국에서 근대적 지(知)와 교양을 습득한 '젠틀맨' '노신사'로서, 해방 직후 속물스러운 세태와 타협하지 않고 대학에서 영어를 가르치는 양심적 지식인이다. 이 소설의 장(章) 제목은 주로 혜란의 입장 및 처지와 관련되어 있는데,[26] 유독 9장(章) 제목인 '거리에서'와 10장(章) 제목인 '서재에서'는 김관식에게 초점이 맞춰져 있다. 거리와 서재는 바로 해방기에 대한 김관식의 인식과 관련된 공간들이다.

공정가격이 없는 해방기 거리의 이발소는 이기주의, 기회주의, 물신주의 세태와 경제 혼란을 극명하게 보여주는 공간이다. 그리고 김관식에게 거리

---

25 본고는 신문연재본을 저본으로 삼은 『효풍』(글누림, 2015)을 텍스트로 삼았다. 이하 본문 인용 시 (면수)로 표기한다.

26 서형범, 앞의 글, 72면.

의 극장 앞과 종점의 장사진은 피로를 유발하는 부정적인 것으로 인식될 뿐이다. 이발사와 대비되는 구두닦이에게 서술자나 김관식 영감이 애정의 시선을 던지기는 하지만, 구두닦이는 당대의 외부 세계를 "자기에게는 아랑곳없는 세상"(154)으로 치부하고 자신만의 양심을 지킨다는 면에서 김 노인과 마찬가지로 해방기의 혼란상으로부터 거리를 두는 인물이다. 무엇보다 구두닦이는 역사의 현장으로부터 소외된 민중의 모습을 상징하고 있다. 이렇듯 민중들이 정치의 주체가 되지 못한 채 대립과 분열·혼란만 가득한 거리에서 피로를 토로하던 김 영감은 문사(文士)들의 사교 공간이었던[27] 찻집을 찾는 데 실패하고 어느 빈대떡집에 당도한다. '조촐한 양복쟁이', '젊은 내외'와 같은 민중들이 자리한 그곳에서 그는 우연하게도 십여 년 전 잡지사를 경영하며 신진 작가로 이름을 날렸던 인물과 조우한다. 모리배 노릇이나 매문(賣文)을 할 수 없어 빈대떡집을 경영하게 된 주인의 모습과 "미국 갔다 온 이 하이칼라 노신사" 김관식이 "빈대떡 접시를 앞에 놓고 앉았는"(157~158) 모양은 해방 후 영락한 문사들의 모습을 그대로 보여준다.[28] "사시미가 싫듯이 비프스틱도 싫어졌고 사쿠라, 모찌가 싫듯이 초콜릿도 싫어졌"(158)다는 김 영감에게는 그나마 옛 문화인과 교류할 수 있는 빈대떡집만이 긍정된다. 그 이유는 그곳이 "조선 사람 정도에 꼭 알맞은 그릴이요 사교장", 즉 조선 민중들에게 최소한의 소통과 교류, 표현의 자유를 허락하

27 손유경, 「1930년대 다방과 '문사'의 자의식」, 『한국현대문학연구』 12, 한국현대문학회, 2002 참조.

28 "빈대떡은 병문 친구 계급에서 해방이 되어 당신 같은 문화인 덕에 출세를 했으나 근대 조선의 신문화를 돼지비계에 지져 내서야 될 말요."(157); "내가 이렇게 영락하기나, 남원이 붓대를 던지고 녹두를 갈고 지짐을 부치기나 가엾긴 일반요마는 비프스틱이나 코코아 맛을 본 지도 벌써 퍽 오랬소."(158)

는 공간이기 때문이다.

김관식 영감은 이처럼 우울과 피로를 유발하는 해방기 거리를 멀리하며, 주로 서재와 침방을 겸한 자신의 사랑채에 머무는 것으로 그려진다.[29] 반면, 그와 대비를 이루는 박종렬 영감은 우익 청년을 데리고 쳐들어와 김 영감을 서재로부터 거리로 끌어내 정치에 이용하고자 한다. 그러나 일제 잔재의 축들이 정치를 구실로 사욕을 추구하는 것을 반동적인 봉건적 퇴영으로 인식하는 김관식 영감은 그러한 청을 단칼에 거절한다.[30] 저마다 구국애민의 정신을 전유하여 향락과 권세를 누리려는 해방기의 세태에 비판적 거리를 두는 것이다.[31] 이와 같이 노신사 김관식은 민주적이어야 할 정당정치와 선거가 사적 이기심으로 인해 타락하고, 폭력으로 물들어 있음을 개탄하고 비판한다. 특히 난립하고 있는 청년단들이 '소위 지도자의 노예' 노릇을 하면서[32] 시민들을 위협하고 강매를 하는 해방기의 풍경에 대해 강도 높게 비난한다.[33] 그가 보기에 해방기 길거리는 청년 패거리들에 의한 폭력으로 점철되어 있다. 이렇듯 선거를 사적으로 이용하려는 박종렬 영감과 청년단

---

29 "거리에야 늘 나가네. 오늘도 나가 보았지만 눈에 보이느니, 눈에 들어가느니 먼지뿐이데! 쓰레기통 속을 헤매느니보다는 이 한 칸 방이 내게는 더없는 선경이거든!"(162)

30 "기가 푹 까부라지게 거세(去勢)를 해 놓고 간 놈이 일인 아닌가? 그러기에 나는 청년이나 노년이나 그런 쓸개 빠진 위인이야말로 일제 잔재라고 생각하네마는 그 더께가 떨어지기 전에 또 한 더께가 씌일 모양이니 걱정이지!"(169)

31 "응, 퇴패, 퇴영은 안 되겠지만 석 잔 술과 한 간 방에 숨으려는 것을 퇴패, 퇴영이라면, 서른 잔 술과 열 간 방에 향락과 권세를 차지해 보겠다는 것은 구국애민의 정치도(政治道)란 거랍디까?"(164~165)

32 "청년사업은 청년을 정쟁의 와중(渦中)에 끌어넣어서 이용하는 것이 아니라 훈련에 있는 것이라고 생각하건만 본말이 전도된 게 지금의 청년 운동 아니요."(168)

33 "아무 청년단이든지 청년단 이름만 팔면 일반 시민이나 가정부인이 위협을 느끼고 무슨 무리한 청이라도 들으리라고 생각하게쯤 된 이 분위기를 생각해 보라는 말이요."(167~168)

들의 모습은 '민주주의의 꽃'으로 선전되었던 선거, 그리고 그것에 기반한 대의민주주의에 내재한 모순을 의미하기도 한다. 작가가 해방기 거리를 폭력적으로 인식했음은 박병직이 길거리에서 테러를 당한다는 설정에서도 확인된다. 소설에서 병직을 테러한 인물 혹은 집단이 누구인지는 끝내 비밀로 남는데, 이는 우익 청년, 좌익 청년, 그리고 깡패가 전혀 구분되지 않는 상황과 밀접하다.

이러한 해방기 거리 풍경은 염상섭이 일본 유학 시절 경험했던 다이쇼 데모크라시와는 대조되는 것이었다.[34] 일례로, 염상섭은 '헌정의 수호신'이라 불리는 오자키 유키오[尾崎行雄]의 정부 탄핵 연설회 등 각종 연설회와 가두 정치를 정열적으로 좇아다녔던 체험을 고백한 바 있다.[35]

> 오늘날같이 정치활동이 사랑방에서 가두로 진출 못 하고 정견발표 입회(立會) 연설은 고사하고 일석(一夕)의 정치 강연조차 들을 기회가 없이 민중과 정치가 완전히 괴리된 때는 없으나 이렇고도 민주주의요, 언론의 자유는 향유되었다는가. 테러는 정치활동을 저해하고 정치인에게 함구령을 하(下)한 형태이며 민중을 정치면에서 철벽으로 격리하여 놓은 결과를 재래(齎來)하였다 하겠다.[36]

---

34 메이지 시대와 쇼와 시대 사이의 다이쇼 시대는 일본 근대사에 있어 특이한 성격을 지닌다. 다이쇼 시대는 민주주의와 아나키즘이 공존하는 등 사상적으로 가장 자유로웠고, 정당정치와 보통선거의 실시로 정치의 대중화가 이루어지는 등 정치적으로 개인주의와 자유주의에 입각한 민주주의가 발달했으며, 경제적으로 부를 축적한 시대로 평가된다. 본질적으로 천황제였던 일본 사회에서 민주주의란 한계가 있을 수밖에 없었지만, 다이쇼 데모크라시는 대내적으로 개성과 인권의식이 꽃 피었던 시기로 기록된다.(한상일, 『제국의 시선-일본의 자유주의 지식인 요시노 사쿠조와 조선문제』, 새물결, 2004, 30~31면 참조.)

35 염상섭, 「남궁벽(南宮璧) 군」, 『신천지』, 1954.9.(『염상섭 문장 전집』 3, 280~285면.)

36 염상섭, 「폭력행위를 절멸(絶滅)하자」(전2회), 『경향신문』, 1946.11.28~11.29.(『염상섭 문장 전

한편, 위의 문장에서도 볼 수 있듯이 해방 이후 국가 건설 과정에서 만연했던 폭력과 테러에 대해 염상섭은 "민주국가 건설과 자유 획득 및 그 옹호에 있어 우리의 역량을 자의(自疑)케 하며 심지어는 우리의 민족성을 재검토"하게 하는, "비현대적·비민주주의적"이고, "사이비 애국적"인 행위라고 노기 서린 비판을 하였다. 특히나 "언론·집회·출판의 자유가 억압되고 군주 전제의 탄압이 인권 유린에 극달(極達)"한 시대가 아니라, "미군정(美軍政)이라 할지라도 서상(敍上)의 자유가 어느 정도로 확보된 민주주의 시대의 금일에 있어 자유로운 의사 표시의 수단과 기회를 자기(自棄)하고 폭력을 사행(肆行)함은" 봉건적 정치이념이자 일제 잔재라는 것이다.

염상섭에게 다이쇼기 연설회가 일본 부르주아 정당정치와 민중들의 활력에 기반한 대의정치를 맛볼 수 있는 공간이었다면,[37] 해방기 한국 현실은 그렇지 못했다. 작가가 보기에 해방 공간은 국가 건설의 다양한 담론들이 민주적으로 분출되어야 함에도 불구하고, 사회운동과 정치활동이 "사랑방에서 가두로 진출 못 하고 정견발표 입회(立會) 연설은 고사하고 일석(一夕)의 정치 강연조차 들을 기회가 없이 민중과 정치가 완전히 괴리"된 곳이었다. 광범위한 민중이 정치적·시민적 자유를 향유하는 주체가 되지 못하고, 정치 집단들은 자신의 정파적 이익에 따라 서로를 적대하면서 폭력과 테러를 자행하는 곳. 결국 "정치활동을 저해"하고 "민중을 정치면에서" 완전히 격리시키는 어두운 공간인 것이다. 거리에서 환멸을 느끼며 사랑방에 스스로 유폐되기를 고수하는 김관식 노인의 인물 형상은 이러한 인식을 상징적

집』 3, 17~22면.)

37 이종호, 「염상섭 문학의 대안근대성 연구」, 앞의 글, 152면.

으로 보여준다.

3. 구락부'들'에 대한 탐색과 그 실패

『효풍』에는 '공론', '의논', '발론', '논래'와 같은 어휘들이 자주 등장하지만, 정작 빈대떡집을 제외하고는 공동의 관심사에 대해 자유롭게 토론하고 행동할 수 있는 영역이 부재하다. 전술한바 작가는 사적 탐욕과 폭력으로 가득한 공간으로 해방기 거리를 형상화하였다. 정치적 자유를 실현할 공적 영역이 부재할 때, 즉 정치적 행동을 통한 주체화가 불가능할 때, 김관식 영감은 사랑방에 스스로를 유폐하는 것으로 설정되었다. 또 다른 한편으로 『효풍』은 그 파행적 공론장을 대체하는 다양한 대화적 공간을 상상하는 것으로 나아간다. 이러한 점에서 『효풍』에서 형상화된 다양한 구락부들의 존재에 주목해야 한다. 취향과 교양을 공유하는 개인들이 자발적으로 모인 친밀성의 공동체 및 비밀결사를 이르는 구락부(俱樂部)는 일종의 사적인 공간과 공적인 공간의 점이지대로, 근대적 공론장의 원천으로 간주된다.[38]

먼저, 거리에서 활약하는 청년단의 '구락부'(313)인 '고려각'은 열린 공론장이나, 공론장을 예비하는 자유로운 대화의 장으로 구현되어 있지 않다. 그것은 "자기 축 외에 이분자(異分子)가 침입"(314)하는 것을 수상하게 여기는, 적대와 배제의 논리에 의해 지배되는, 닫힌 공간이다. 그럼에도 끊임없

38 이정석, 「개인주의적 자유주의자의 정치학-이효석의 「공상구락부」와 최인훈의 「GREY 구락부 전말기」를 중심으로」, 『우리어문연구』 48, 우리어문학회, 2014, 416~424면.

이 스파이들이 변성명을 하고 파고드는 그곳은 쌈패들의 암약과 의심만이 가득한 공간으로 그려지고 있다.

다음으로, 자칭 '일두양이주의자(一頭兩耳主義者)'(67)라는 중립파 다방골 누님(조정원)집은 "조선식 찻집이요 구락부쯤"(64)이라고 서술된다. 인텔리 여성인 조정원은 "조선 독립에 '이바지'하느라고 좌우정객(左右政客)과 우국지사(憂國之士)에게 위안을 주느라고"(66) 장사를 시작했노라고 말한다. 다방골 누님집은 3장(章)의 제목처럼 그야말로 '그들의 그룹', 즉 자율적 개인들의 친밀성의 공동체이자 비밀결사의 공간으로 기능하는 것처럼 보인다. 좌익 진영인 최화순과 그녀 혹은 좌익에 매혹되곤 하는 중도적 인물 박병직에게 그곳은 친밀성을 토대로 한 사교장이기 때문이다. 지명수배 중인 '불온한' 인물 이동민이 그림자를 드리우고 있는 공간 역시 이곳이다. 소설 상에서 단 한 번도 실제 모습을 드러내지 않는 그는 바로 냉전 반공주의가 극단화되었던 미군정 하에서 '인민' 혹은 '시민'의 권리가 박탈된 자로 볼 수 있다.[39] 또한 이곳은 "이북으로 가자는 논래"(105)가 이뤄지는 공간이며, 이후 화순과 함께 북으로 간 평산 아주머니가 관계된 공간이라는 점에서 북행과도 밀접한 의미를 지닌다. 요약하자면, 다방골 누님집은 "좌우익 할 것 없이" "정계의 동향이니 사회의 풍문이니 하는"(66) 다양한 의견을 가진 자율적 주체들이 토론하고 정치적 행동을 도모하는 공간, 즉 일종의 공론장

---

39 이 소설 속에 얼굴을 드러내지 않는 이동민이라는 인물의 존재방식은 '비가시성'으로 요약할 수 있다. 여기서 반사회주의적인 지배 권력에 의해 억압된 사회주의자의 존재는 부재를 통해 재현되고 있다.(사회주의자의 존재적 표상 조건으로서 '비가시성'에 대해서는 이혜령, 「감옥 혹은 부재의 시간들-식민지 조선에서 사회주의자를 재현한다는 것, 그 가능성의 조건」, 『대동문화연구』 64, 성균관대학교 대동문화연구원, 2008, 71면, 75면 참조.)

의 대체재라고 볼 수 있다.

그런데 문제적인 점은 인물들이 이 공간에서 두 번이나 연행된다는 사실이다. 초반부에는 이동민으로 인해 박병직, 김혜란, 최화순, 조정원이, 후반부에는 최화순과 박병직의 북행 시도로 인해 김혜란과 조정원이 이곳에서 유치장으로 끌려간다. 이는 이 다방골 누님집이, 나아가 남한 전체가 감시체계와 통제의 자장 내에 놓여 자유롭지 못함을 암시한다.[40] 특히 해방 후 경찰 사찰은 중도파에 집중되었는데,[41] 이 점에서 다방골 누님집에 두 번이나 경찰이 들이닥치는 것은 우연이 아니다. 결국 소설 상에서 자발적인 비밀결사의 형성은 지속적인 미행과 감시로 인해 끊임없이 방해받고 지연된다. 그리고 이는 냉전의 논리가 노골화한 억압의 양상에 대한 일종의 알레고리적 비판을 수행하게 된다.

더욱 흥미로운 것은 이들을 감시하고 연행하는 경관이 스스로 '민주 경찰'(75)임을 자임하고 있는 지점이다. 그는 투철한 직업의식의 소유자인 듯 보이지만, 아이러니하게도 결국 그로 인해 자유로운 토론과 정치적 행동이 가로막히게 된다. 이는 냉전기 민주 경찰 권력이 합법적으로 민중의 의지를 억압하고, 인권을 침해함으로써 정치적 자유를 가로막는 지점과 조응하며, 이로써 냉전기 민주적 관료 제도와 통치기구의 비민주성이 예리하게 포착

---

40 한 연구자는 『효풍』의 서사를 움직이는 근본적 계기로서 경찰 권력이 작용하는 과정을 꼽았다. 강수만의 아마추어적 탐정 활동과는 대조적으로 박병직을 단 사흘 만에 체포해온 강력한 경찰 권력을 보여주는 이 서사는 미국의 후원과 경찰 조직의 지지를 통해 강력한 대한민국 정부가 수립되고 있었다는 점과 실로 흥미로운 유비를 이룬다.(조형래, 「『효풍』과 소설의 경찰적 기능-염상섭의 『효풍』 연구」, 『사이間SAI』 3, 국제한국문학문화학회, 2007, 192~196면.)

41 「해방후 경찰사찰 '중간파'에 집중」, 『한겨레』, 1994.7.30.

된다. 이후 북행을 시도한 병직이 식민지 시기부터 그의 아버지와 내통해온 경찰 권력에 의해 체포되는 설정은 통치의 효율성을 위해 미군정이 일제의 지배기구와 친일 관료, 경찰 등의 인적자원을 활용한 사실, 즉 식민지 검열 및 통치기구의 지속성과도 관련된다.

최화순과 박병직이 언론인이라는 점을 고려한다면, 이 부분은 미군정의 적대적인 언론정책에 의해 좌익 및 중도파 언론인의 활동이 억압되는 장면으로 읽을 수도 있을 것이다. 반공주의를 최우선 과제로 앞세우는 냉전 민주주의가 민주적 토론과 합의 과정이 아닌, 파시즘적 통치에 이를 수 있음이 은연중에 암시되는 것이다. 그리고 이는 사상과 표현의 자유, 언론·집회·결사의 자유라는 개인과 집단의 자유가 제한된 채, 제도적 차원에서만 작동하는 자유민주주의는 결국 허상에 불과하다는 점을 폭로하는 효과를 지닌다. 따라서 이 소설은 민중에 의한 통치에서 동떨어진 억압에 대한 비판적 인식을 드러낸다. 그것은 바로 '민주주의 없는 민주주의'의 모습인 것이다.

> "<u>중석은, 홍삼은 얼마나 실어 내가는지 모르시는 모양이로군? 홍삼은 일제시대에는 미쓰이[三井]에게 내맡겼던 것이죠? 이번에는 어떤 '미국 미쓰이'가 옵니까?</u>"
>
> 화순이는 이 청년이 무역 관계의 일이면 잘 안다는 말에 기가 나서 콕콕 쏘는 것이다.
>
> (…)
>
> "미스 최의 말이 실상은 조선 사람의 말입니다."
>
> 옆에 덤덤히 앉았던 병직이가 비로소 한마디 거든다.
>
> "아, 당신두? …… 조선 사람이 모두 A신문사 같은 의사, 미스 최와 같은 의견을 가졌다는 말씀요?"
>
> 베커는 놀라는 심정이다.

"미스터 베커 안심하시오. 당신은 내가 미스 최처럼 또는 조선 사람 전체가 이북으로 가고 싶어 하는 것은 아니요. 하지만 일제시대에는 좌우익의 구별이 없이 함께 단결하였던 것을 당신들은 생각하여 봐야 할 것이요. 지금 미스 최가 말한 그런 점에 가서는 좌우가 없이 의견이 일치하거든요."

병직이의 이 말에 베커는 병직이의 얼굴을 빤히 다시 치어다본다. B신문이라면 으레 자기편이요 군정을 지지하는 신문이니까 별로 관심도 흥미도 아니 가지고 들을 만한 신기한 말도 없으려니 하였던 베커는 병직이의 이 말에 고개를 기울이고 멍멍히 앉았는 것이었다.

"무어 그런 정치담은 그만두고 유쾌히 술이나 먹고 댄스나 하십시다."

(...)

"하여간 그런 것은 오햅니다. 미국은 해방자 아니요? 일본과 다른 점을 믿으시오."(밑줄은 인용자, 141~142)

많은 논자들이 주목했던 '스왈로 회담' 역시 특기할 만하다. 인용한 위의 대목은 최화순, 박병직, 베커, 가네코가 상징적인 국제 '공개회담'을 벌이는 장면이다. 여기서 스왈로 댄스홀은 환락적인 공간인 한편으로, '스왈로 회담'이 이뤄진다는 점에서 일종의 공론장을 대체하는 공간으로 기능한다. 반공주의자인 베커는 이때 처음 좌익계열 A 신문사 기자인 화순과 직접 대화를 나눈다. 화순은 미국이 중석과 홍삼을 실어 나가는 것을 일본 제국주의의 수탈과 동일시하면서, 해방자이자 동시에 점령자였던 미국의 제국주의적 성격을 공박한다. 외세에 결탁한 국내 모리배들과 반민족적 매판자본에 대해서도 비판한다.[42] 이와 함께 화순이 "일제가 남기고 간 무거리"(146)라

---

42 "대관절 당신 나라에서 상인이나 이권 운동자가 몇십 명 몇백 명이 나와 있나요? 그분들과

며 가네코를 멸시하는 면모는 일제와 반민족자에 대한 적대를 여실히 드러낸다. 문화적 교양을 소유한 젠틀맨의 형상과 무역가로서 자본주의자의 형상이 결합된 베커, 그리고 가네코에 대한 화순의 공격은 민주주의의 반제국주의적 성격을 강조했던 좌익의 진보적 민주주의 노선의 특징을 반영하고 있다.

미국인 베커는 화순의 공격에 대항하여 일본과는 다른 해방자로서의 미국의 성격을 강조한다. 그런데 미국인 베커를 포함하여 이 작품 속 미국인들을 구 제국주의 세력이 떠난 자리에 등장한 새로운 제국주의 세력을 상징하는 것으로만 볼 수는 없다. 교양을 지닌 젠틀맨으로 형상화되어 있다는 점에서 그는 해방 전부터 문명적 삶의 모델로 제시되었던 미국식 자유민주주의 문화를 표상하는 인물이기 때문이다. 미국식 자유민주주의를 대변하는 그는 정치적 이념이나 실천보다는 문화적 측면이 강조된 인물인 듯 보이지만, 베커가 문득 보여주는 빨갱이에 대한 거부감 속에는 이미 반공의 논리가 기입되어 있다.[43] 화순과 병직의 공격을 '좌우협공'이라고 칭할 만큼 베커는 좌익과 우익의 이분법에서 자유롭지 못하다. 이는 냉전의 현실화에 따라, 좌우 이념 대립과 무관하게 쓰였던 자유민주주의라는 기표에 반공적 의미가 부과된 상황을 반영하고 있는 것이다.[44] 베커가 미군정 세력에 빌붙어 남한 단독선거를 지지하는 모리배 이진석과 어울리며 그에게 이용당하

모리배와는 격리를 시켜 놓았던가요?"(143)

43 "아니, 빨갱이가 좋을 것도 없지만 미스 김은 내가 잘 알아요! 사귄 지는 며칠 안 돼도 조선 여성으로, 아니 현대 여성으로 존경할 인격자라고 나는 믿는데 빨갱일 리가 있나요!" (117)

44 박찬표, 『한국의 국가 형성과 민주주의-냉전 자유주의와 보수적 민주주의의 기원』, 후마니타스, 2007, 380~381면; 이승원, 『민주주의』, 책세상, 2014, 99~100면 참조.

는 것은, 미국식 자유민주주의라는 이념이 단정을 지지하는 이들에 의해 이용되는 한편, 그들과 일종의 공모관계에 놓인다는 점에 대한 알레고리로 볼 수 있다.

이처럼 베커가 체현하고 있는 미국식 자유민주주의라는 개념에는 문명적 삶의 태도로서의 의미와 함께 냉전 자유민주주의의 배타적 의미가 착종되어 있다. 잠시 댄스홀 군중들이 미국인 베커가 화순의 팔짱을 끼고 나가는 모습에 "흥! 민주주의다!"(146)라며 조롱하는 대목을 떠올려보자. 이 대목에서 민주주의라는 개념은 군중들의 일상 속에 깊이 녹아들지 못하고 추상적인 이해로만 겉돌 뿐인데, 특히 방종한 자유와 비슷한 의미로 인식되고 있는 듯하다. 그리고 그러한 비아냥거림은 민주적 토론과 합의, 정치적 실천과는 무관하게 소비 자본주의적 문화 차원에서만 이식된 미국식 자유민주주의에 대한 조소와 폄하이기도 할 터이다. 수만과 함께 양식집에 방문했을 때 혜란 역시 냉전기 자유민주주의에 대한 의미심장한 조소를 던진다. 청년단에 들지 않으면 지목을 받는다는 수만에게 "민주주의 시대란 다르군!"(174)이라는 혜란의 반응 역시 자유민주주의라는 기표에 진정한 민주주의의 핵심 가치인 공공선, 개인의 자유와 권리 대신 냉전적 배제와 적대, 전체주의적 폭력의 의미만 기입되어 있는 점에 대한 반어적 조소일 것이다.

다시 스왈로 회담 장면으로 돌아가면, 화순과 병직의 공격에 수세에 몰린 베커는 무엇보다도 좌익뿐만 아니라 대부분의 조선 여론이 미군정에 대한 반감을 가지고 있다는 병직의 말에 아연실색한다. 염상섭은 일찍이 다른 글에서 "데모크라시 사상은 '만인의 총의(總意)'가 과불급(過不及) 없이 표백(表白)되는 때에 성취"된다고 언명한 바 있다.[45] 이러한 주장은 대의를 통해 민중 주체의 의지를 양도하지 않는 직접민주주의의 이상을 담고 있다는 점에서 근본적인(radical) 입장에 가깝다고 볼 수 있다. 이를 염두에 두고 보면, 냉전에 의해 축소되고 왜곡된 미군정 하 자유민주주의는 진정한 여론을 담지 못하기 때문에 '만인의 총의'가 표백되어야 하는 진정한 민주주의의 이상과는 꽤 먼 거리에 있다.

> "당신 같은 분부터 빨갱이와 대다수의 여론의 중류·중추(中流·中樞)가 무언지를 분간을 못 하니까 실패란 말요! 우리는 무산독재도 부인하지마는 민족자본의 기반도 부실한 부르주아 독재나 부르주아의 아류를 긁어모은 일당독재를 거부한다는 것이 본심인데 그게 무에 빨갱이란 말요? 무에 틀리단 말요?"
>
> "그야 물론이죠 독재란 금물이요. 잘 알겠습니다."
>
> 베커도 조선 청년의 소리를 듣는 것에 흥미가 나는 듯이 유쾌한 낯빛으로 맥주병을 들어서 병직이에게 권한다.
>
> 이야기가 이렇게 되니까 화순이는 병직이의 의견에 다소 불만을 느끼며 가만히 듣고만 있다.
>
> "자, 그러면 제일차 스왈로 회담은 이것으로 폐회합니다……."
>
> (...)
>
> "난 무식해서 무슨 말씀들인지 귀 뜬 소경입니다마는 그만하시고 입가심으로 나려가 댄스나 하십시다."(밑줄은 인용자, 145)

"진정한 여론이 없다는 것은 아니지만 그 선봉은 대개가 빨갱이 아니"(145)냐는 베커의 반공 논리를 비난하는 병직은 한반도의 우익과 좌익, 나아가 우익끼리의 분열에 대한 미국의 책임을 지적한다. 미국을 추종하는

45 염상섭, 「문학상의 집단의식과 개인의식」, 『문예공론』, 1929.5.(『염상섭 문장 전집』 2, 74면.)

모리배들만을 포섭하고 나머지를 적대하는 냉전의 논리에 대한 비판이다. 인용한 대목이 여론의 대다수를 차지했던 중간파를 빨갱이로 낙인찍어 배제하는 현실을 드러내고, 그에 대한 비판을 수행한다는 점은 이미 지적된 바 있다.[46] 특기할 점은 "대다수의 여론의 중류·중추(中流·中樞)"라는 병직의 표현이 해방 정국에서 가장 활발하게 개진되었던 중도의 신민주주의론들을 연상시키는 측면이 있다는 것이다.[47]

당대의 신민주주의는 단 하나로 수렴되지 않는 폭넓은 스펙트럼을 지닌 것이었다. 신민주주의자들은 세부적으로는 다른 주장을 보였지만, 공통적으로 민주주의에 대한 해석을 달리하며 반목했던 부르주아 민주주의와 프롤레타리아 민주주의를 동시에 부정하면서, 통합적 가치를 주장했다. 그리고 조선의 특수한 정세에 적합한 독자적인 제3의 민주주의론을 제기했다. 앞서 언급했듯이 당대에 프롤레타리아 독재와 부르주아 독재 모두에 대한 비판과 부정은 백남운(白南雲),[48] 안재홍(安在鴻),[49] 배성룡(裵成龍)[50] 등 해방

---

46 장세진은 병직과 혜란이 빨갱이로 오인되는 점을 지적하며, 『효풍』의 기획을 우파들에게 끊임없이 빨갱이로 오인되었던 중간파의 위치를 '중류', '중추'라는 이름으로 구제하고, 이들의 정치적 견해가 갖는 의의를 복권시키려는 것으로 해석하였다.(장세진, 「재현의 사각지대 혹은 해방기 '중간파'의 행방」, 『상허학보』 51, 상허학회, 2017, 235면.)

47 김정인, 「해방 전후 민주주의'들'의 변주」, 앞의 글, 208면.

48 백남운의 '연합성 민주주의론'의 요체는 무산계급이 중심이 되어 양심 있는 일부 유산계급과 연합한 좌우 연합정권을 구성하고, 민주 정치/민주 경제/민주 문화/민주 도덕을 핵심 내용으로 하는 신민주주의를 통해 모든 사회 구성원 간의 계급 대립이 없는 연합성 신민주주의 단일민족국가를 수립하자는 것이다.(김인식, 「백남운의 연합성 신민주주의와 무계급성 단일민족국가 건설론」, 『중앙사론』 27, 중앙대학교 중앙사학연구소, 2008, 169~170면; 김정인, 「민주주의의 눈으로 본 역사학」, 앞의 글, 344면.)

49 안재홍은 해방 직후 국가 건설 방안으로서 '신민족주의론'과 함께 '신민주주의론'을 내세웠다. 그의 '신민족주의'란 서구 제국주의 국가의 배타적인 우익 민족주의와 함께 민족과 민족주의를 부정하는 공산주의의 국제주의 노선 모두를 지양한 것으로, 내부로는 사회 성원의

기 신민주주의자들이 공유했던 것이었다. 소설 인용문에서 무산 독재와 함께 "부르주아 독재나 부르주아의 아류를 긁어모은 일당독재를 거부"하는 병직에게 있어서도 민주주의란 어떤 종류의 독재에도 항거하는 저항의 가치를 의미한다.

아직 식민 잔재를 청산하지 못한 데다, 새로운 점령군 밑에서 분단을 앞둔 상황 속에서 병직은 미군정에 대해서는 화순과 일치된 의견을 보인다. 그러나 그는 무산 독재 또한 비판할 뿐 아니라, 화순—베커, 화순—가네코가 대립할 때마다 농담으로 상황을 중재한다는 점에서 민족반역자에 대한 적대를 강조하는 좌익 진영의 화순과도 구체적으로는 그 입장이 다르다. 이와 같이 통합적 가치를 강조했던 병직의 면모는 그가 신민주주의의 지향을 가진 인물이라고 추측하게 한다.

무엇보다 스왈로 회담 대목이 눈길을 끄는 이유는 화순/베커/병직이 각각 좌익 진영의 진보적 민주주의/우익 진영의 자유민주주의/중도 진영의 신민주주의의 서로 다른 입장을 보여주기 때문이다. 좌우 대립의 정치논리에만 긴박된 모습이 아니라 해방기에 분출했던 민주주의론의 공존과 경쟁 양상을 드러내는 것이다. 실제로 우파의 자유민주주의와 좌파의 진보적 민

평등과 자유를 보장하고, 외부로는 세계 평화를 지향하는 열린 민족주의였다. 그의 '신민주주의'는 차별 없는 균등 사회의 토대 위에서 초계급적 통합 민족국가 수립을 지향했다.(이윤갑, 「안재홍의 근대 민족주의론 비판과 신민족주의」, 『한국학논집』 54, 계명대학교 한국학연구원, 2014; 김정인, 「민주주의의 눈으로 본 역사학」, 앞의 글, 345면.)

50 배성룡이 주창한 '신형민주주의론'은 그가 1947년 10월 김규식을 중심으로 중도세력이 망라된 조직인 민족자주연맹의 노선을 대변하는 이론가로 참여하면서 체계화한 것이다. 미국과 소련에 대한 중립적인 균형외교를 주장하면서 주창한 '신형민주주의론'은 미국과 소련의 민주주의를 절충한 조선식의 민주주의를 의미했다.(김기승, 「배성룡의 신형민주주의 국가상」, 『한국사 시민강좌』 17, 일조각, 1995, 81~87면.)

주주의, 그리고 중도파의 신민주주의에 이르기까지 해방공간은 그야말로 민주주의라는 "최고의 혁명적 기표"를 전유하기 위한 각축장이었다.[51] 이와 동시에 해방기는 민주주의에 대한 다양한 이해 방식과 지향이 공존할 수 있었던 얼마 안 되는 짧은 순간이기도 했다. 따라서 스왈로 회담 장면은 해방기 남한의 민주주의에 대한 상상에서 자유민주주의론만 지배적인 것은 아니었다는 점을 드러내고,[52] "대다수의 여론"을 차지했으나 냉전 구도 속에서 '과소재현'되었던 중도파의 신민주주의론을 재현하는 역할을 수행하고 있다.[53]

또 한 가지 지적할 사항은 이 장면에서 무산 독재를 거부하는 병직에게 불만을 갖는 화순의 모습도 여과 없이 드러나며, 베커는 토론을 통해 자신의 의견을 수정하기도 한다는 점이다. 화순에 의해 공동체의 일원으로 인정받지 못하며,[54] 정치적 실천으로서의 민주주의에는 무관심한 가네코의 목소리도 그대로 담긴다. 또한 "일본 말로라도 수작을 직접 하여 의사소통이 되는 것만" "시원하고 유쾌하"였다는 병직이나, "조선 청년의 소리를 듣는

---

51 박지영, 앞의 글, 54면.

52 김봉국, 앞의 글, 158면.

53 장세진은 중간파 지식인, 특히 중간파 언론인에 대한 방대한 연구를 통해 '문화적 중간파'의 미디어와 재현 전략의 측면에서 『효풍』을 조명하였다. 특히 재현의 사각지대에 놓였던 중간파들과 함께 "조선/일본의 사이에 놓임으로써 '민족'의 관점에서 분명히 규정하기 힘든 존재들을" 재현하고자 했던 염상섭의 창작 경향을 지적하였다.(장세진, 앞의 글, 233~240면.) 장세진은 백남운, 안재홍, 배성룡, 이갑섭 등 중간파 지식인들에 의해 광범위하게 제창된 '신민주주의'를 언급하기도 하였다. 이 연구가 '중간파'와 중간파의 매체에 좀 더 방점이 찍힌 것이라면, 본고는 '민주주의' 자체에 주목하고자 한다. 이는 '중간파'나 '중도주의'라는 개념에서 민주주의로 연구의 초점을 옮김으로써 염상섭의 작가의식과 문학세계를 새롭게 조명하기 위함이다.

54 이양숙, 앞의 글, 85~86면.

것에 흥미가 나는 듯이 유쾌한 낯빛"을 보이는 베커의 모습에서는 소통의 자유에 대한 열망을 읽을 수 있다. 따라서 이 대목은 여론을 자유롭게 공유할 공론장이 부재한 현실에서, 갑론을박이 가능한 댄스홀이 그것을 얼마간 대체하는 장면인 것이다.

베커는 소통의 자유에 따른 희열에 힘입어 "조미친선을 위해서도 좋은 일"이라며 "조선 문제를 연구하는 구락부"를 조직하자는 '발론'을 하기도 한다. 그러나 베커가 없는 자리에서 병직과 화순은 일제 하 친일 민간단체인 "신판 녹기연맹이나 만들까!"(148)라며 그러한 '구락부'의 형성에는 회의적인 반응을 보인다. 이는 미국이 전폭적인 원조를 통해 선거 등의 민주주의 제도를 신생 독립국에 이식해 가는 당대적 상황에 대한 인식과 무관하지 않은 것으로 보인다. 말하자면, 베커에 대한 거리 두기는 식민 잔재 청산의 미완·미국 원조에 따른 경제적 종속의 심화·정치 활동 및 민주적 의제의 급격한 제약 등으로 요약되는[55] 냉전기 자유민주주의와 제3세계 신생 독립국의 운명을 예감하는 작가의 날카로운 의식을 반영하고 있다고 할 수 있다.

요컨대, 『효풍』의 서사는 다양한 구락부'들'을 등장시키면서 공적 영역의 부재를 대체할 공간에 대한 모색의 과정을 담고 있다. 그러나 '민주 경찰'로 대표되는 미군정기 통치 권력에 의해 자발적 결사체의 형성은 방해받는다. 그러한 국면을 포착하는 작가의식은 민주주의를 제한하는 새로운 통치 질서의 분할에 대한 문학적 응전으로 읽을 수 있을 것이다.

---

55 이승원, 앞의 책, 100면.

4. '조선학' 구상과 그 의미

진정한 자발적 결사체의 형성이 지연되는 상황과 함께 주목해야 할 것은 바로 북행을 시도한 병직이 실종되었을 동안 머물렀던 공간이다. 병직은 부친 박종렬이 몰래 소유한 별장에 머물렀던 것으로 밝혀진다. 박종렬은 일제강점기에 도회 의원을 지낸 친일파이자, 해방 후에는 양조회사를 경영하며, 청년 운동을 후원하는 등 정치적 야망도 드러내는 인물이다. 해방 덕을 본 모리배들이 차지한 진고개 별장 지대에 위치한 그의 별장 역시 미국인 브라운과 결탁해 손쉽게 불하 받은 적산가옥이다.[56] 병직의 월북 비용의 출처 또한 그의 아버지였다는 점은[57] 병직의 '조선학' 선언이 다소 추상적이라는 점과 함께 그의 전망을 매우 낭만적이며 이상화된 것이라고 평가할 여지를 남긴다.[58] 그런데 미국인과 결탁하여 취한 친일파의 적산 별장을 비밀 아지트로 전유한 것에는 은밀한 저항이 담겨 있다고 볼 수도 있을 것이다.

하지만 아버지가 요청한 경찰 공권력에 의해 병직의 월북 기도가 좌절되면서 그러한 저항의 가능성 역시 실패로 귀결된다. 아마도 북행의 좌절은 1948년 4월 김구와 김규식이 남북협상을 진행하며 통일정부 수립을 도모했

56 그 별장은 "브라운을 끼고서 구락부를 하나 만들자는 핑계로 손쉽게" 차지하였으나 "적산집을 또 차지하였다는"(375) 소문이 날까 아무도 모르게 비밀로 두었던 곳이다.

57 병직의 동지로부터 돈을 마련해달라는 병직의 편지를 전해 받은 혜란이 이진석으로부터 돈을 마련하였다는 점도 특기해 둘만 하다.

58 기존 연구에서 박병직의 구체적 이념 모색 과정이 생략된 채 별안간 중도주의의 이념적 정향이 드러나는 측면은 비판적으로 평가되기도 한다. 봉건적 인습을 깨친 새로운 여성상의 한 전범인 화순이 아니라, 난봉을 인내하는 순종적 여인의 면모를 지닌 혜란이 연애담의 최종 승자가 되는 것 또한 병직이 가진 전망의 낭만성과 불철저성을 보여준다고 지적된다. (서형범, 앞의 글, 77~79면.)

음에도 불구하고, 1948년 5월 10일 남한만의 총선거가 실시되고 단독정부가 수립되었던 서사 밖의 시점이 작용한 결과일 것이다. 더구나 『신민일보』 구류사건으로 인해 『효풍』의 연재가 중단된 바 있고, 이후 미군정 법령 88호에 의거해 『신민일보』가 폐간 조치를 당하는 등 언론 탄압 정책이 노골화되었던 마지막 연재 무렵에는 검열을 피해 가며 글쓰기를 해야 했던 상황도 무시할 수 없다.[59]

결론 부분에서야 되돌아온 병직은 김관식 영감의 서재에서 "워싱턴이고 모스크바고 갈 것 없"(427)이 조선에서 '조선학'을 연구하겠다고 선언하며, 그것은 국수주의가 아닌 애국주의라고 강변한다. "모스크바에도 워싱턴에도 아니 가고 조선에서 살자는 주의"(428)로서의 애국주의란 냉전 반공주의가 전유한 애국주의와는 다른 의미를 지닌다고 할 수 있다. 그가 말하는 조선학이 구체적인 내용을 담보하고 있지는 않기 때문에 그 실체를 규명하기란 쉽지 않지만, 분명한 것은 그것이 "우선 삼팔선이 어떻게 하면 소리 없이 터질까" 하는 평화적 통일, 즉 통합의 가치를 강조하고 있다는 점이다.

물론, 연재 중단 이후 서사의 방향이 당대 정세의 변화나 창작자의 자기 검열에 영향을 받았다는 점은 고려되어야 할 것이다. 그리고 병직이 구상한 조선학이란 구체적인 형상이 드러나지 않아 당위적인 선언에 그친 면이 없지 않다. 따라서 추상적으로 선언된 병직의 조선학의 의미를 규명하기 위해서는 부득이하게 염상섭의 다른 글들을 경유할 수밖에 없다. 예컨대, 1949년 『신천지』에서 실시한 설문에서 염상섭은 조선의 특수성에 알맞은 민주

59 염상섭의 구류로 인해, 『효풍』은 1948년 5월 3일 105회('변심'(4)) 이후 중단되었다가 5월 10일에 106회('봉변'(1))가 다시 연재되었다.(장세진, 앞의 글, 241~243면.)

주의를 요청한다. 민주주의에 대한 찬반 문항에 대해 "민주주의가 좋으냐고 물을 것이 아니라 우리에게 적합한 민주주의의 현실의 민도(民度)에 알맞은 민주사상의 조치와 실천으로써 주의(主義)나 사상으로서 유리하여 있지 않고 곧 생활내용이 되도록 온(穩)·타당(妥當)하게 육성하는 방도를 차리며 노력하여야 할 것"이라고 응답했다.[60] 민주주의가 좋은지를 물을 것이 아니라, 우리에게 적합한 민주주의가 무엇인지 물어야 한다는 것이다. 이는 해방기에 존재한 복수의 민주주의에 대한 염상섭의 인식을 보여주는바, 복수의 민주주의 가운데서도 민도(民度)에 적합한 민주주의여야 하며, 그것이 사상적 차원에 그치지 않고 생활에 침투해 실천되어야 한다는 것이다.

"오늘 우리의 현실에서 당신이 보고 들은 민주주의 풍(風)에 대해서 좋은 점과 나쁜 점"을 묻는 항목에서는 "다만 직역(直譯)과 모방(模倣), 구격(具格)만 맞춘 허울 좋은 탕탕 민주주의 풍이라든지 구미풍(歐美風)"에 대한 우려를 표했다. 선거장, 국회, 거리, 가정 어디에서나 민주주의를 표방하는 해방기 현실 속에서, '구미풍' 민주주의의 모방이나 '구격', 제도만 갖춘 민주주의의 허울에 대해서는 거리를 두는 작가의 의식을 확인할 수 있다. 해방기 염상섭이 추구한 민주주의란 바로 식민과 탈식민의 경험 속에서 외세의 영향을 견제하고, 조선의 현실에 맞는 민주주의 노선을 구상했던 조선식 민주주의와 상통하는 것이었음을 추측해 볼 수 있는 대목이다. 이러한 점을 놓고 볼 때, 박병직의 '조선학'은 다분히 해방기의 신민주주의를 연상시킨다.

우파와 좌파의 민주주의론이 첨예하게 대립하고 이로 인해 해방정국을 갈등으로 이끌었던 한편에서, 소위 중도파로 분류되는 이들은 신민주주의

---

60 염상섭, 「설문」, 『신천지』, 1949.10.(『염상섭 문장 전집』 3, 156~157면.)

론을 통해 통합의 가치를 주장했다. 또한 전술했듯이 신민주주의자들은 어떠한 독재에도 항거하는 저항의 가치를 내세우면서 조선의 특수한 정세에 적합한 독자적인 민주주의론을 제기했다. 해방기에 쏟아졌던 서구의 민주주의론이 조선의 현실에 부적합하다는 판단 위에서 우리의 현실에 맞는 조선식 민주주의를 주창하였던 것이다. 이들은 해방 후 한국 사회를 세계사의 보편적 지평 위에서 파악하면서도, 과거 식민의 경험 그리고 해방 후 미소 점령이라는 현실의 특수성을 간과하면 안 된다고 보았다.[61]

박병직이라는 인물을 통해 무산 독재와 부르주아 독재 모두를 비판하고 통합적 가치를 주장했다는 점, 그리고 작품 연재 이후 염상섭이 우리에게 적합한 민주주의를 강조했다는 점에서 그가 신민주주의의 공통적인 논의에 호응했다고 볼 여지가 있다. 민족주의와 공산주의를 동시에 비판한 제3의 사상인 아나키즘의 자장 안에 놓여있었던 초기 염상섭 문학이 해방 이후 부르주아 민주주의와 프롤레타리아 민주주의를 함께 부정한 신민주주의에 공명하였다고 이해하는 것은 무리가 아닐 것이다.

소설 속에서 박병직과 김관식의 대화가 김관식의 사랑채 서재에서 진행되는 것 역시 매우 상징적이다. 전술한 바와 같이 김관식 영감은 거리의 폭력을 멀리하고 사랑채 서재에 머물며 세계를 관찰해 왔다. 본래 사랑채란, 손님을 맞이하고 학문을 논하고 아이들을 교육하는 공적인 성격을 내포한 공간이었다.[62] 김관식 영감이 이진석이나 강수만을 사랑채로 들이지 않으려

61 김봉국, 앞의 글, 158면.

62 류수연, 「응접실, 접객 공간의 근대화와 소설의 장소-이광수의 『무정』과 『재생』을 중심으로」, 『춘원연구학보』 11, 춘원연구학회, 2017, 9면.

노력했던 맥락을 고려한다면, 영감이 병직을 사랑채 서재에 들여 그와 대화하는 장면에서 사랑채는 비로소 본래적 기능을 회복하게 된 셈이다.

한편, 병직은 혜란에게 아버지의 원조에서 벗어나 공부를 하겠다는 의사를 전하고, 이에 동조한 혜란은 이튿날 베커에게 미국 유학을 중지하겠다고 기별한다. 혜란의 미국 유학 중지 선언을 제대로 이해하기 위해서는, 베커가 혜란과 응접실에서 대화를 나누던 장면을 상기해 볼 필요가 있다. 소설의 초반부에서 경요각의 백자동 병풍을 전해주러 온 혜란은 베커와 응접실에서 티타임을 갖는다. 오키나와 종군 경험이 있는 '이국청년' 베커는 야나기 무네요시[柳宗悅]의 조선관과 비슷한 인식을 보여주며,[63] 문화 제국주의적인 시선 위에 혜란을 세워둔다. 자신과 같은 이국 총각과 단둘이 있으면 무섭지 않느냐는 베커의 물음에 혜란은 폭력적인 미군은 싫지만, "민주주의 국가의 젠틀맨", "여자의 인격을 아는 민주주의 국가의 신사"(92)는 믿고 존경한다고 말하여 베커를 부끄럽게 만든다.

이때 베커가 자리한 응접실은 서구 근대적 교양과 관련된 사교 공간이다. 한국에서 응접실은 사랑채의 기능을 대체하는 공간이었으나, 교육과 공적 업무 수행과 같은 기능은 제거되고 접객의 기능이 강화된 곳이라는 점에서 사랑채와는 구별된다.[64] 영어를 매개로 사회에 진출한 여성인 혜란에게도 응접실이 개방되었다는 것은 여성의 사회 진출이 확대되는 면을 반영하고 있다. 그러나 진석이 베커의 환심을 사기 위해 혜란을 이용하고 있고, 그러한 점을 이미 혜란과 베커 모두 인식하고 있다. 더구나 혜란이 종종 오리엔

63 이양숙, 앞의 글, 81면.

64 류수연, 앞의 글, 10면.

탈리즘적인 시선에 노출되는 상황에서 그것은 진정한 여성의 자기해방이라고 볼 수 없을 것이다. 베커의 저택에서 일하는 조선 아낙네의 경멸과 양공주라는 아이들의 놀림을 오해라고 볼 수만은 없는 이유도 여기에 있다.

그러나 김관식 영감조차 베커를 "깨끗한 교양이 있어 보이는 부드러운 청년"(410)으로 판단했듯이, 혜란 역시 베커를 "어디까지든지 문화인이요 신사"(344)로 판단하며, 그의 미국 유학 제의에 마음의 동요를 보인다. 그런데 물론 베커의 제안이 선의에 의한 것이라 하더라도, 유치장에서 나와 앓고 있는 혜란에게 전달된 그의 위문품에서 "실상은 구제품인지 배급품인지가 연상"(417)된다는 점에서 그것은 미국의 원조를 상징하는 측면이 있다. 그리고 이는 실제로 당대 미군정이 원조의 호의적 성격을 선전했던 사실과 기묘한 유비를 이룬다.[65] 베커의 원조는 그 뒤에 자리하고 있는 미국의 원조와 마찬가지로 진정한 해방과는 거리가 먼 것이다. 따라서 혜란의 미국 유학 포기의 의미를 적극적으로 평가해 본다면, 미국 남성이라는 정치·사회적 인정 질서에 대한 부정, 나아가 미국의 원조에 대한 거부로도 독해할 여지가 있다.[66]

---

65 「미국은 조선착취에 흥미 없다-민주주의 자유의 역용은 포고령 위반」, 『동아일보』, 1946.9.1.

66 이 장면을 염상섭이 오사카 독립선언으로 체포되었다 풀려난 후, 다이쇼 데모크라시의 기수인 요시노 사쿠조 교수의 학비 제공 제안을 뿌리쳤던 일화와 겹쳐 있을 수도 있겠다.("당시 일본에서 유수한 법학자로 동제대(東帝大) 교수요, 우리 유학생 간에서도 지한파(知韓派)라 할까, 이해와 동정을 가졌다는 요시노 사쿠조(吉野作造) 박사가 회유수단으로이던지 학비를 제공한다는 것도 일언지하에 물리치고, 요코하마(橫濱) 항(港)에 있는 복음인쇄소(福音印刷所)의 직공으로 자칭하여 노동자로 나섰다."(염상섭, 「횡보문단회상기(橫步文壇回想記)」, 앞의 글, 592면.)) 요시노 사쿠조는 민본주의자로서 조선의 자치를 주장했으나, 그것은 조선에 대한 일제의 지배 자체를 거부한 것이 아니라 오히려 효율적인 지배를 위한 것이었다는 점에서 한계를 노정하였다.(한상일, 앞의 책, 363~369면, 376~377면, 388면 참조.) 요시노 사쿠조 교수의 원조 제안에 대한 염상섭의 거부는 그러한 한계와 회유의 성격을 간파한

혜란의 경우 교양 없고 전체주의적이며 타인을 수단으로 이용하는 수만과 같은 청년들을 부정적으로 인식하면서, 문화적 교양과 관련된 민주주의의 측면을 강조했던 인물이었다. 문화적 교양으로만 남은 민주주의나 서구적 모방에 그치는 민주주의에 대한 염상섭의 비판을 생각한다면, 혜란은 부정적인 민주주의 풍을 극복해 가며 주체적인 자기해방으로 나아가는 인물로 생각된다. 혜란은 스왈로 회담 등에 직접적으로 참여하지는 않았다. 그리고 테러를 당한 병직을 간호하면서 참한 며느리로 인정받는 대목은 봉건적 가족주의로부터 완전히 해방되지 못한 혜란의 수동적인 면모를 보여준다. 끊임없이 자신을 동양의 선녀로 신비화하는 베커에게 매혹을 느꼈던 혜란은 결론에 와서 미국인의 원조를 거부하고, 부친 박종렬로부터 독립하려는 병직과 함께 오롯이 둘만의 새 살림을 꾸릴 것을 다짐하면서 성장으로 나아가게 되는 것이다.

병직은 봉건적 며느리상에 부합하는 혜란의 순종적인 면에 불만을 갖고, 자꾸만 "감연히 인습을 타파하고 봉건적 가족주의에 반항하고 나온"(241) 화순에게 매혹되었다. 베커의 원조를 거부한 이후에야 혜란이 병직과 결합할 수 있게 되는 것은 이 때문이다. 그리고 이는 봉건적 구습, 제국의 인정질서, 남성의 폭력적 시선이라는 다양한 억압 기제로부터 겹겹으로 결박된 조건을 확인하고 그로부터 '이중해방'되는 것을 의미한다. 이때 비로소 혜란은 병직과 함께 조선학을 연구하고 구현할 주체로 호명될 수 있는 것이다. 따라서 혜란은 자아의 각성을 통해 자기해방과 여성해방으로 나아가려는 인물로 평가해 볼 수 있다.[67]

것이라 볼 수 있다.

요컨대, 이 소설의 결론은 '아버지의 그늘'에서의 해방을 선언하는 병직의 모습과 미국인 베커의 그늘과 결별을 선언하는 혜란의 모습을 중첩해 놓고 있다. 친일파였고 미군정 통치기구와도 관련이 있는 가부장적 아버지로부터의 해방이란 혜란과 마찬가지로 병직 안팎을 중층적으로 포위하고 있는 다양한 억압 기제를 인식한 결과 획득될 수 있는 "내적 해방과 외적 해방, 영(靈)의 해방과 육(肉)의 해방, 정치생활의 해방과 경제생활의 해방"[68]의 동시적 추구로 의미화할 수 있을 것이다.

냉전기 민주주의의 운명을 고심했던 작가에게 진정한 민주주의란 민족자결의 정치적 해방이 전제되는 것이어야 했을 것이다. 그러나 염상섭은 진정한 민주주의를 구현할 주체로 민족이나 집단이 아닌 개인과 개인을 호명하였다. 둘의 결합을 통한 새 살림에 대한 강조는 국가 건설에 대한 비유이기도 할 터이다. 그렇지만 무엇보다도 겹겹의 그늘로부터 해방된 자유로운 개인 간의 결합이란 개인의 자유에의 옹호와 연대를 의미하는 것이며, 이는 염상섭이 우리의 실정에 맞는 조선식 민주주의를 일상 현실에서 실천 가능한 '생의 주체'[69]의 관점에서 수용하고자 한 것으로 보인다. 일반 민중과

---

67 제3세계 페미니즘적 관점에서 이 작품을 분석한 장진선의 연구는 소설 속 다양한 여성인물을 억압하는 모순된 구조들로 '피식민의식'과 '한국형 가부장제'를 꼽으며, 이에 대한 이중해방의 기획으로서 『효풍』을 읽는다.(장진선, 「염상섭 『효풍』의 여성인물에 관한 연구-제3세계 페미니즘적 관점을 중심으로」, 전남대학교 석사학위논문, 2004.)

68 염상섭, 「이중해방(二重解放)」, 앞의 글.

69 박헌호에 의하면 사회주의자들과 다른 염상섭의 면모는 "사회주의자들이 개인의 고통을 해결하기 위해 거시적 구조의 개혁, 곧 혁명의 길을 제시했다면 염상섭은 현실 속에서 그 고통을 완화하면서 실질적인 성취를 얻을 수 있는 방안"에 관심을 가졌다는 것, 즉 "혁명의 주체가 아니라 생의 주체라는 관점에서" 접근했다는 점이다.(박헌호, 「염상섭과 '조선문인회'」, 앞의 글, 250면.) 개인과 개인이 연대하여 새 살림을 차리는 문제로 귀결되는 『효풍』의 결말 또한 이러한 관점에서 해석할 여지가 있다.

시민이 소외된 정치적 조건을 극복하고 살림살이의 재구성을 통해 자기 삶을 스스로 변화시키려는 능동적 주체로의 재정립을 선언하는 것이다. 이는 물론 추상적이고 당위적인 선언의 수준이긴 하지만, 민족 해방에 그치지 않는 인간 해방이라는 민주주의 가치의 추구로, 개인의 자각과 해방을 핵심으로 한 민주주의를 구현하고자 했던 염상섭의 염원을 보여준다고 할 수 있을 것이다. 횡보가 이후의 작업에서 이념적인 삶에 대한 탐색보다는 일상적인 사람들의 사랑과 연애의 문제에 관심을 가진 것은 시민의 일상적 삶과 분리되지 않은 민주주의 원리의 실천 문제와도 관련될 것이다.

5. 맺는 말

지금까지 민주주의에 대한 열망과 담론들이 폭발했던 해방기에 염상섭이 『효풍』을 통해 탐색했던 민주주의란 무엇인지 규명하였다. 본고는 염상섭의 작가의식과 문학세계를 본질적으로 해명하기 위한 핵심적인 개념을 '민주주의'로 파악하였다. 다이쇼 데모크라시의 절정기를 경험했던 염상섭에게 사상과 문학적 지향으로서 민주주의에 대한 열망은 그의 전 생애를 관통하는 것이었다. 민주주의는 염상섭 문학의 원형인 3·1운동의 기본 정신이자, 해방기 공론장을 지배한 가장 논쟁적인 개념이었다. 횡보는 해방 후에도 지속적으로 민주주의를 문제화했다는 점에서 『효풍』의 정치성과 윤리성을 고찰하기 위한 틀을 민주주의로 옮김으로써 염상섭의 작가의식과 문학세계에 보다 근접하고자 하였다.

2장에서는 해방기 서울의 거리가 『효풍』에 어떻게 포착되었는가를 살펴보았다. 작가에게 해방기는 국가 건설의 다양한 담론들이 민주적으로 분출되어야 하는 시기임에도 불구하고, 사회운동과 정치활동이 사랑방에서 가두로 진출하지 못하고, 폭력과 테러를 통해 민중이 정치로부터 격리된 어두운 시대였다. 거리에서 환멸을 느끼며 사랑방에 스스로 유폐된 김관식 노인의 형상은 작가의 인식을 상징적으로 보여준다고 할 수 있다.

3장에서는 정치적 자유를 실현하는 공적 영역이 부재하는 상황에서 파행적 공론장을 대체하는 공간으로서 구락부나 댄스홀 등에 대한 소설적 탐색을 살펴보았다. 이 소설은 좌우 대립의 정치논리에만 긴박된 공론장의 모습이 아니라 해방기에 분출했던 민주주의론의 공존 및 경쟁 양상을 드러내고 있다. 그러나 작가는 '민주 경찰'로 대변되는 냉전 민주주의 기구의 감시로 인해 자발적 결사체의 형성이 가로막히는 국면을 예리하게 포착하였다. 즉, 개인과 집단의 실질적 자유가 제한된 채 제도적 차원에서만 이식된 자유민주주의란 결국 허상에 불과하며, 적대의 논리를 강조한 냉전 민주주의가 개인의 일상을 감시하고 통제하는 파시즘적 통치로 기능하는 점을 폭로하였다.

마지막으로 4장에서는 결말에 제시된 '조선학'의 본질을 구명하고자 했다. 염상섭은 일상의 현실과 유리된 채 이식된 민주주의, 소비 자본주의와 접촉해 교양의 과시만 남은 민주주의에 대한 비판을 보여주었다. 『효풍』에 제시된 '조선학'은 당위적인 선언의 측면이 있지만, 어떠한 독재에도 항거하는 저항의 가치와 함께 통합의 가치를 주장하며 조선의 현실에 맞는 민주주의를 주창했던 신민주주의의 이상과 근거리에 놓여 있었다. 식민지 시기와 해방기에 민족의 독립과 자유라는 집단 민주주의가 강조되면서 개인의 자유라는 가치는 상대적으로 왜소했던 반면, 다양한 억압 기제로부터 해방된 자유로운 개인 간 연대와 자기 삶을 스스로 변화시키려는 의지를 보여주는 『효풍』의 결론은 개인의 자각과 해방을 핵심으로 한 민주주의의 이상을 보여준다고 할 수 있다.

참고문헌

1. 1차 자료

염상섭, 『효풍』, 『자유신문』, 1948.1.1.~11.3.

_____, 『효풍』, 글누림, 2015.

_____, 한기형·이혜령 엮음, 『염상섭 문장 전집』 Ⅰ~Ⅲ, 소명출판, 2013.

『동아일보』

2. 논문 및 단행본

강영훈, 「염상섭 장편소설 『효풍』 연구」, 전남대학교 석사학위논문, 2014.

권철호, 「『만세전』과 초기 염상섭의 아나키즘적 정치미학」, 『민족문학사연구』 52, 민족문학사학회, 2013.

김경수, 「혼란된 해방 정국과 정치 의식의 소설화-염상섭의 『효풍』론」, 『외국문학』 53, 열음사, 1997.

김기승, 「배성룡의 신형민주주의 국가상」, 『한국사 시민강좌』 17, 일조각, 1995.

김병구, 「염상섭 『효풍』의 탈식민성 연구」, 『비평문학』 33, 한국비평문학회, 2009.

김봉국, 「해방 직후 민주주의 공론장의 안과 밖」, 『감성연구』 16, 전남대학교 호남학연구원, 2018.

김인식, 「백남운의 연합성 신민주주의와 무계급성 단일민족국가 건설론」, 『중앙사론』 27, 중앙대학교 중앙사학연구소, 2008.

김정인, 「해방 전후 민주주의'들'의 변주」, 『개념과 소통』 12, 한림과학원, 2013.

______, 「민주주의의 눈으로 본 역사학」, 『역사교육』 126, 역사교육연구회, 2013.

______, 『독립을 꿈꾸는 민주주의』, 책과함께, 2017.

______, 「한국 민주주의 기원의 재구성」, 『기억과 전망』 39, 민주화운동기념사업회 한국민주주의연구소, 2018.

김재용, 「분단을 거부한 민족의식-8·15직후 염상섭의 활동과 『효풍』의 문학사적 의미」, 『국어국문학연구』 20, 원광대학교 인문과학대학 국어국문학과, 1999.

김종욱, 「해방기 국민국가 수립과 염상섭 소설의 정치성-『효풍』을 중심으로」, 『외국문학연구』 60, 한국외국어대학교 외국문학연구소, 2015.

류수연, 「응접실, 접객 공간의 근대화와 소설의 장소-이광수의 『무정』과 『재생』을 중심으로」, 『춘원연구학보』 11, 춘원연구학회, 2017.
문학과사상연구회, 『염상섭 문학의 재인식』, 소명출판, 2016.
박정희, 「『만세전』 개작의 의미 고찰-'수선사판' 『만세전』(1948)을 중심으로」, 『한국현대문학연구』 31, 한국현대문학회, 2010.
박지영, 「복수의 '민주주의'들-해방기 인민(시민), 군중(대중) 개념 번역을 중심으로」, 『대동문화연구』 85, 성균관대학교 대동문화연구원, 2014.
박찬표, 『한국의 국가 형성과 민주주의-냉전 자유주의와 보수적 민주주의의 기원』, 후마니타스, 2007.
박헌호, 「염상섭과 '조선문인회'」, 『한국문학연구』 43, 동국대학교 한국문학연구소, 2012.
서준섭, 「염상섭의 『효풍』에 나타난 정부 수립 직전의 사회, 문화적 풍경과 그 의미」, 『한중인문학연구』 28, 한중인문학회, 2009.
서형범, 「염상섭 『효풍』의 중도주의 이데올로기에 대한 고찰」, 『한국학보』 30-2, 일지사, 2004.
손유경, 「1930년대 다방과 '문사'의 자의식」, 『한국현대문학연구』 12, 한국현대문학회, 2002.
안서현, 「'효풍'이 불지 않는 곳-염상섭의 『무풍대』 연구」, 『한국현대문학연구』 39, 한국현대문학회, 2013.
안외순, 「해방공간(1945~1948) '조선적 맑스주의자' 백남운의 '연합성 신민주주의론'과 자유주의」, 『동양고전연구』 28, 동양고전학회, 2007.
양근애, 「해방기 연극, 기념과 기억의 정치적 퍼포먼스-3·1운동 관련 연극을 중심으로」, 『한국문학연구』 36, 동국대학교 한국문학연구소, 2009.
이경민, 「염상섭의 자기혁명과 초기 문학」, 『민족문학사연구』 60, 민족문학사학회·민족문학사연구소, 2016.
이상록, 「1960~70년대 민주화운동 세력의 민주주의 담론」, 『역사와 현실』 77, 한국역사연구회, 2010.
이승원, 『민주주의』, 책세상, 2014.
이양숙, 「트랜스모던 공간으로서의 서울, 1948년 염상섭 『효풍』의 현대적 의미」, 『도시인문학연구』 10-1, 서울시립대학교 도시인문학연구소, 2018.
이윤갑, 「안재홍의 근대 민족주의론 비판과 신민족주의」, 『한국학논집』 54, 계명대학교 한국학연구원, 2014.
이정석, 「개인주의적 자유주의자의 정치학-이효석의 「공상구락부」와 최인훈의 「GREY 구락부 전말기」를 중심으로」, 『우리어문연구』 48, 우리어문학회, 2014.
이종호, 「일제시대 아나키즘 문학 형성 연구-『근대사조』『삼광』『폐허』를 중심으로」, 성균관대학교 석사학위논문, 2006.
______, 「염상섭 문학과 사상의 장소-초기 단행본 발간과 그 맥락을 중심으로」, 『한민족문화연구』 46, 한민족문화학회, 2014.
______, 「염상섭 문학의 대안근대성 연구」, 성균관대학교 박사학위논문, 2017.
이혜령, 「감옥 혹은 부재의 시간들-식민지 조선에서 사회주의자를 재현한다는 것, 그 가능성의 조건」, 『대동문화연구』 64, 성균관대학교 대동문화연구원, 2008.
장세진, 「재현의 사각지대 혹은 해방기 '중간파'의 행방」, 『상허학보』 51, 상허학회, 2017.
장진선, 「염상섭 『효풍』의 여성인물에 관한 연구-제3세계 페미니즘적 관점을 중심으로」, 전남대학교 석사학위논문, 2004.
정소영, 「해방 이후 염상섭 장편소설 연구」, 세종대학교 석사학위논문, 2016.
정종현, 「3·1운동 표상의 문화정치학-해방기~대한민국 건국기의 3·1운동 표상을 중심으로」, 『한민족문화연구』 23, 한민족문화학회, 2007.
______, 「1950년대 염상섭 소설에 나타난 정치와 윤리-『젊은 세대』, 『대를 물려서』를 중심으로」, 『동악어문학』 62, 동악어문학회, 2014.
조형래, 「『효풍』과 소설의 경찰적 기능-염상섭의 『효풍』 연구」, 『사이間SAI』 3, 국제한국문학문화학회, 2007.
최인숙, 「염상섭 문학의 개인주의」, 인하대학교 박사학위논문, 2013.
한기형, 「초기 염상섭의 아나키즘 수용과 탈식민적 태도-잡지 『삼광』에 실린 염상섭 자료에 대하여」, 『한민족어문학』 43, 한민족어문학회, 2003.
______, 「노블과 식민지-염상섭 소설의 통속과 반통속」, 『대동문화연구』 82, 성균관대학교 대동문화연구원, 2013.
한상일, 『제국의 시선-일본의 자유주의 지식인 요시노 사쿠조와 조선문제』, 새물결, 2004.
황종연, 「플로베르, 염상섭, 문학정치-한국 근대문학에 대한 랑시에르적 사유의 시도」, 『한국현대문학연구』 47, 한국현대문학회, 2015.
님 웨일즈·김산, 송영인 옮김, 『아리랑-조선인 혁명가 김산의 불꽃 같은 삶』, 동녘, 2005.

'소년'의 발견과 전시되는 '국민-되기'의 서사
:『채석장의 소년』

김희경

* 이 글은 『인문논총』 79권 1호(서울대학교 인문학연구원, 2022.02)에 게재되었던 「'소년'의 발견과 전시되는 '국민-되기'의 서사」를 수정한 것이다.

1. 들어가며

그동안 염상섭 작품연보에서 확인되지 못했던 혹은 불완전한 형태로 확인되었던 작품들이 발견됨에 따라 해방 이후 염상섭 문학에 대한 새로운 논의 지점들이 마련되어가고 있다. 『무풍대』,[1] 『채석장의 소년』 등의 작품이 새롭게 발굴된 작품에 해당하며, 이에 대한 연구자들의 논의는 최근 들어 본격적으로 제출되고 있다. 『채석장의 소년』은 아동잡지인 『소학생』에 1950년 1월부터 6월까지 연재되다가 전쟁으로 중단되었고 이후 1952년에 평범사에서 단행본으로 출판된 작품으로, 염상섭 문학 가운데 처음으로 발견된 '아동문학'이라는 점을 주목할 수 있다.

『채석장의 소년』을 처음으로 발굴한 김재용[2]은 이 소설이 냉전적 반공주의의 극단의 시대에 대한 작가의식을 '아동문학'이라는 형식을 통해 드러내는 점을 강조한다. 그의 연구는 "이데올로기적 곤혹스러움"으로부터 벗어나기 위해 염상섭이 '소년소설'을 창작했을 것이라 전제하며, 해방 이후 새롭

---

1 『무풍대』는 『효풍』의 연재가 완결된 다음 해 『호남신문』에 1949년 7월 1일부터 9월 25일까지 연재된 장편소설이다. 처음으로 이 작품의 존재를 확인한 안서현은 "『무풍대』는 단정수립 이후의 염상섭의 문학적 행보라는, 그동안 작가론의 공백으로 남았던 부분을 해명할 수 있는 실마리를 담고 있는 문제적 텍스트로서 풍부한 자료적 가치를 갖는" 작품이라 평가하고 있다. 『무풍대』 분석에 대한 보다 구체적인 논의는 안서현, 「'曉風'이 불지 않는 곳 : 염상섭의 『無風帶』 연구」, 『한국현대문학연구』 39, 한국현대문학회, 2013, 157~183면 참조.

2 김재용, 「냉전적 반공주의 하에서의 민족적 통합 및 민주주의에 열망 : 새로 발굴된 「채석장의 소년」을 중심으로」, 『채석장의 소년』, 글누림, 2015, 175~195면; 김재용, 「해방 직후 염상섭과 만주 재현의 정치학」, 『한민족문화연구』 50, 한민족문화학회, 2015, 69~92면.

게 요청되는 민족적 통합이라는 과제가 민주주의와의 결합 없이는 불가능하다는 작가적 인식을 살핀다. 염상섭의 아동문학 창작이 현실에 대응하기 위한 '우회적 방법'이라는 점을 강조하는 논의의 시각은 이후 제출되는 연구들로 이어지며 생산적인 논의를 위한 토대가 마련된다. 공종구[3]의 연구는 『채석장의 소년』을 해방공간에서의 "시대적인 과제와 민족적인 전망에 대한 염상섭의 진단과 해법을 투사하는 알레고리적 축도"로 볼 수 있다고 간주한다. 새롭게 마련된 해방공간에서 해결해야 할 시대적, 민족적 과제와 관련하여 염상섭은 이 소설을 통해 "무조건적인 환대와 공동체적 부조의 윤리에 기초한 협력과 연대" 및 "민주주의의 올바른 이해와 실천"이란 가치를 제시하고 있음을 밝힌다. 정호웅[4]의 경우 해방 이후 '소년'이 중심에 놓인 작품들을 종합하여 '소년의 행로'를 살펴보는 가운데 『채석장의 소년』을 다룬다. 이 시기 '소년'이 해방 이후의 "사회, 정치, 경제적 측면에서의 새나라 건설의 과제와 관련된 구성소"였다면, 『채석장의 소년』 속 '소년(들)'은 보편적이고 바람직한 것으로 강조되는 가치들을 매개하는 기능을 하고 있다고 설명한다. 박성태[5]의 연구는 단정 수립 이후 '분단의 고착화와 반공주의의 강화'라는 상황에서 염상섭 문학의 정치성이 전개되는 양상을 살펴보며 '민족통합과 친일파 청산'이라는 문제를 소설화하는 점에 주목한다. 이념적 대립을 넘어서는 민족통합의 상상력이란 문제의식은 단정 수립 이

3 공종구, 「염상섭의 『채석장의 소년』론」, 『현대소설연구』 65, 한국현대소설학회, 2017, 129~154면.

4 정호웅, 「해방 후 소설과 '소년의 행로'」, 『구보학보』 22, 구보학회, 2019, 507~533면.

5 박성태, 「단정 수립 이후 염상섭 문학의 중도적 정치성 연구(1948-1950)-민족통합과 친일파 청산 문제를 중심으로」, 「현대소설연구」 83, 한국현대소설학회, 2021, 312~340면.

후 축소되어 『채석장의 소년』에 이르면 부르주아와 전재민의 사이의 계급적 통합으로 굴절되는 모습으로 나타나는데, 『채석장의 소년』이 한국전쟁 발발 전 염상섭의 민족통합의 주제의식이 나타나는 마지막 작품이라는 점을 밝힌다.

살펴보았듯 단행본 『채석장의 소년』이 비교적 최근 발굴된 자료라는 점에서 이제 막 본격적인 연구성과들이 제출되고 있다.[6] 이러한 연구들을 통해 염상섭이 당시의 정치적 상황 아래에서 아동문학이라는 우회적 방식을 선택했고, 이를 통해 민족통합의 전망을 모색하고 있다는 점이 면밀하게 검토되고 있다. 그럼에도 불구하고 이 작품이 아동문학의 형식을 취한다는 점으로 말미암아 해방기 염상섭 연구의 흐름 속에서 다소 소외되는 모습을 발견할 수 있다. 기존의 염상섭 소설에 비해 단순한 서사 구성, 교훈적·계몽적 주제의식 등은 이 작품이 단독연구의 대상으로 다뤄지는 데 한계로 작용

6 이 작품은 『소학생』에 1950년 1월부터 6월까지 연재되었다가, 한국전쟁 발발로 인하여 이후 연재가 중단되었다. 연재 당시 각 회차의 장 구성 및 소제목을 확인해보면, 1월호 1회는 '거리에 맺은 인연', 2월호 2회는 '병위문', 3월호 3회는 '규상이 집', '세 동무', 4월호 4회는 '운동화 때문에', 5월호 5회는 '화해(상)', 6월호 6회는 '화해(하)', '새동무', '규상이의 소원'이며, 연재본의 장절구성 및 소제목은 이후 단행본에서 동일하게 유지된다. 전쟁 발발로 인하여 잡지 발행이 중단됨에 따라 6회 이후의 내용(단행본의 9장 '친절한 영길 아버지', 10장 '규상이의 소원대로'에 해당하는 부분)은 발표되지 못하고, 이에 따라 결말부의 이야기를 확인할 수 없었으나, 단행본이 발굴되며 이 작품의 전체적인 모습을 확인할 수 있게 되었다. 이와 관련하여 1950년 연재본과 1952년 단행본을 비교해 봤을 때, 단행본이 연재본의 내용을 거의 그대로 유지하고 있는 점(시공간적 배경, 중심 플롯, 문체, 등장인물의 역할과 위상 등의 일치)을 확인할 수 있다. 주로 어휘나 문장 차원에서의 세부적 표현이 수정되고 있는데, 그것이 서사 전반의 일관성을 방해하는 요소가 되지는 않으며, 이를 통해 해당 부분의 의미가 보충되거나 다듬어지는 양상이 나타난다. 이러한 점들을 고려해본다면, 염상섭은 완결을 앞두고 연재 중단되어 마무리 짓지 못한 이 작품을 1952년에 다시 출간하며 연재본의 내용을 다듬는 수준으로 정리하여 유지한 채 단행본으로 발표했다고 추측해볼 수 있을 것이다.

할 수 있다. 하지만 본고는 『채석장의 소년』에 대한 분석을 통해, 보도연맹 가입 및 '전향'의 문제와 마주하고 있던 작가 염상섭의 글쓰기를 더욱 다각적으로 살펴볼 수 있다고 판단한다. 『채석장의 소년』은 소년들의 우정과 연대에 기반한 (민족)공동체적 통합의 이야기와 함께 전재민 소년의 '국민'이라는 경계 내부로의 통합 욕망을 서사화하고 있다는 점이 특징적이다. 이러한 특징을 단정 수립 이후 반공권력 아래에서 강제된 전향의 문제와 관련하여 살펴봄으로써 본고는 공동체적 통합의 문제가 작품 내에서 '이중의 방향'으로 진행되고 있는 부분에 주목하고, 이로부터 노출되는 통합에의 강박이란 측면을 조명해보고자 한다.[7] 이를 뒷받침하기 위해서는 작품 내에 그러한 판단을 가능케 하는 부분이 어떤 모습으로 형상화되고 있는지 구체적으로 밝히는 작업이 보충되어야 한다고 보아, 면밀하게 텍스트를 분석하는 데에서 출발한다.

이와 관련하여 일반적으로 '해방기'라고 통칭되는 해방기부터 한국전쟁 직전까지의 기간을 좀 더 세밀하게 살펴보고자 한다. 해방-남한단독정부 수립-한국전쟁 발발로 이어지는 역사적 사건 속에서 특히 정부 수립을 전후한 시점부터 한국전쟁 이전까지의 기간에 대한 논의는 '해방'과 '전쟁'이라는, 상대적으로 거대한 역사적 사건에 가려져 대체로 단순화되어 처리된

7 『채석장의 소년』에서 발견되는 '통합'에의 강박이라는 주제는 비슷한 시기 발표되는 『난류』(『조선일보』, 1950.2.10~6.28)에서도 발견되는 지점이라 할 수 있으며, 이는 김영경(2016)의 연구를 통해 본격적으로 논의되었다. 작품 속 남녀 혼담과 회사 합병 문제를 통해 단정 수립 이후 남한 사회의 '통합'에의 강박과 이데올로기에 관해 고찰하는 그의 연구는, 『난류』와 비슷한 시기에 연재된 『채석장의 소년』을 분석하는 본고의 논의에 유의미한 시각을 제공했음을 밝힌다. 김영경, 「단정 이후 염상섭의 정치의식과 미완의 서사」, 『현대소설연구』 64, 한국현대소설학회, 2016, 175~203면 참조.

경향이 있다. 하지만 최근 제출되고 있는 연구자들의 논점과 같이, 단정 수립을 전후한 시기부터 한국전쟁 전까지의 기간에 주목하여 해방기에 관한 논의를 좀 더 세분화해야 할 필요가 있다고 생각한다.[8] 특히 단정 수립 전까지 그토록 확고했던 중도파로서의 염상섭의 정치의식이 단정 수립 이후 좌절되어 어떤 식으로든 '굴절되어야만' 하는 상황에 처하게 될 때, 그것은 어떤 방식으로 표출되는지, 이에 관한 작가의식은 무엇일지에 관한 질문이 덧붙여져야 한다.[9]

염상섭은 남북협상을 지지하며 통일된 정부 수립을 위해 적극적으로 활동했다. '108인 문화인 성명'과 '문화언론인 330명 선언' 등에 참여했으며, 이 과정에서 신민일보 관련 필화사건을 겪기도 한다.[10] 하지만 이런 노력에도 불구하고 결국 1948년 8월 남한 단독정부가 수립되었고 이승만 정권은 체제 유지 및 권력 장악을 위해 반공주의를 더욱 공고히 한다. 이런 상황에서 좌익분자의 "포섭·전향·보도" 및 이를 통한 좌익세력의 "색출·섬멸"이라는 목표 아래 1949년 6월 '국민보도연맹(國民保導聯盟)'이 결성되며, 한국전

8 김영경 역시 '해방기'로 통칭되는 5년 남짓한 기간을 좀 더 세분화하여 살펴봐야 할 필요성을 제기하며, 『난류』에 나타난 '통합'에의 강박을 '단정기' 남한 사회의 '국가-만들기' 논리에 내포된 강압적 '통합' 이데올로기의 문제와 관련지어 설명한다. 위의 글, 176~179면.

9 다만 이러한 논의는 해방기 염상섭의 행적이 여전히 공백으로 남아 있는 부분이 많다는 사실과 연관지어 재고해봐야 할 필요가 있다. 이는 작가 스스로도 해방기 행적을 언급하는 것에 소극적이었던 것과도 관련되는 부분이다.

10 이종호의 정리에 따르면 염상섭은 1948년 4월 28일 '태평양미국육군총사령부포고' 제2호 위반으로 체포되었다가 5월 1일 미군정재판에서 징역 5년에 벌금 80만 원을 선고받고, 5월 3일 군정장관의 명령으로 조건부 집행유예로 석방된다. 『신민일보』 주필이었던 염상섭의 체포는 "남한만의 단독선거에 반대하는 언론활동에 대한 미군정의 탄압"이라 할 수 있다. 이에 대해서는 이종호, 「해방기 염상섭과 『경향신문』」, 『구보학보』 21, 구보학회, 2019, 412면 참조.

쟁 발발 전까지 30여만 명에 달하는 가맹원이 보도연맹에 가입하게 된다.[11] 이러한 대대적인 전향 국면 속에서 많은 문화인들이 보도연맹에 가입하였고 염상섭 역시 이를 피할 수 없게 된다.[12] 이와 관련하여 문화인들의 전향에 관한 이봉범[13]의 논의는 중요한 시사점을 제공한다. 그는 국민보도연맹 결성에서 한국전쟁 전까지의 사상사적, 문화사적 특수공간을 '전향공간'으로 규정한 뒤, 전향이라는 문제가 이 시기 '문화전반의 지형이 재구축되는 과정에 있어 중추적 매개'로서 작동하는 점을 살핀다. 이를 통해 전향이 권력과 사상 측면(포섭/배제에 기반한 반공국민 만들기의 구조 속에서 '사상·신념의 교체' 및 '남한체제에의 동화' 강제) 및 문화적 측면('문화주체의 변용' 및 '문화 영역 전반의 구조변동'에 대한 규율 기제로 기능) 양측 모두에 관계된 것이었음을 짚어내고 있다.

이러한 논의들을 종합하여 본다면, 『채석장의 소년』은 상당히 흥미로운

---

11 국민보도연맹은 1949년 4월 21일 창설되어 같은 해 6월 5일에 명동 시공관에서 결성식을 개최하며 공식화된다. 강성현, 「전향에서 감시·동원, 그리고 학살로 -국민보도연맹 조직을 중심으로-」, 『역사연구』 14, 역사학연구소, 2004, 61면.

12 염상섭의 보도연맹 가입 시기와 관련해 안서현(2013)은 1949년 6월 염상섭이 보도연맹에 가입했다고 서술하고 있다. 그런데 당시 문화인들의 보도연맹 가입 관련 기사를 살펴보면 1949년 '남로당원 자수 주간'(1949년 10/25~31, 2차 연장 11/1~7, 3차 연장 11/8~30)의 2차 연장 기간 중 현재 서울에서만 3천여 명이 자진 가맹했고, 11월 4일 시인 정지용이 가입했다는 보도가 발견된다. ("남로당원 자수 주간인 4일 오전 10시에 국민보도연맹에 자진가맹을 해왔다는바, 동기는 문학가동맹을 탈퇴한 후 심경의 변화로서 온 것이라 한다. 문인으로서 자진가맹해 온 것은 정씨가 처음으로 가맹의 감상을 다음과 같이 말했다." (「시인 정지용씨도 가맹 전향지변-심경의 변화」, 『동아일보』, 1949.11.5.)) 당시 문인으로서는 정지용이 처음으로 자진 가맹을 해왔다는 점을 고려한다면, 염상섭의 보도연맹 가입은 최소한 정지용의 가입이 이뤄진 11월 4일 이후 이뤄졌던 것은 아닌지 판단해볼 수 있을 듯하다.

13 이봉범, 「근대지식으로서의 사회주의와 그 문화,문화적 표상 : 단정수립 후 전향(轉向)의 문화사적 연구」, 『大東文化硏究』 64, 성균관대학교 대동문화연구원, 2008, 215~254면.

위치에 서 있는 작품이라 할 수 있다. 이 작품은 가난한 전재민 소년 완식과 부르주아 소년 규상(과 친구들)의 우정과 연대를 통해 민족통합의 가능성을 제시하고 있는 작품으로 읽힐 수 있다. 그러나 작품을 좀 더 세밀하게 살펴보면 이 작품은 좌우합작파(단선반대파)'였던' 작가 염상섭의 자기 위치에 대한 문제의식과 관련된 흔적을 담고 있음을 확인할 수 있다. 보도연맹 가입 후 얼마 지나지 않은 시점인 1950년 1월에 작품 연재를 시작하는 점과 관련하여, 이 소설은 염상섭의 작가적 경험과 분리되어 생각할 수 없는 것이 된다. 특히나 그 소설이 염상섭 평생에 써보지 않았던 아동소설이라는 형식을 빌리고 있다는 점을 고려한다면, 이는 작가가 무언가 '다르게', 그러나 '어떤 방식으로든' 말하고자 하는 바와 연결될 것이라는 점이 본고의 문제의식의 출발점이다. 『채석장의 소년』은 기존 염상섭 소설이 다뤄왔던 소설적 문법으로부터 벗어나 정치적 현실의 문제보다는 일상의 윤리와 같은 주제를 '의도적으로' 전면에 부각시키고 있는 작품이라 할 수 있지 않을까? 그렇다면 작품 내부에서 발견되는 텍스트의 균열과 모순은 어떻게 해석해야 하는 문제인가? 그것은 염상섭을 둘러싼 이중의 구속, 즉 전향 증명에의 압박과 작가로서의 자의식 사이에서 고뇌했던 작가 염상섭의 고뇌와 고투의 흔적이 아닐까?

이와 같은 질문으로부터 출발하여 본고는 『채석장의 소년』이라는 염상섭 문학 전반에 있어 돌출적인 작품을 분석 대상으로 삼아, 일차적으로는 작품에 대한 세밀한 분석을 수행하고 작품 자체에 관해 다채로운 논의 지점을 마련하고자 한다. 나아가 이러한 분석을 통해 염상섭 스스로도 분명하게 말하지 못했던 이 시기 자신의 행적과 내면 풍경에 관한 실마리를 찾고, 해방 이후 염상섭 문학을 전반적으로 이해하는 데 조금이나마 기여할 수 있는 시각을 도출할 수 있길 기대해본다.

2. 단정 수립 '직후'의 시간 불러오기

『채석장의 소년』은 아동잡지 『소학생』에 1950년 1월부터 연재되던 중 한국전쟁으로 중단되었다가 이후 한국전쟁기인 1952년 단행본으로 출간된다. 이와 관련해 정호웅은 소설에 전쟁과 관련된 내용 및 무거운 분위기가 전혀 발견되지 않는다는 점으로 인해 이 소설이 "연재시작 때, 아니면 늦어도 전쟁 시작 전에 이미 완성되어 있었을 가능성이 높다"고 판단한다.[14][15]

작품의 시간적, 공간적 배경과 관련하여, 『채석장의 소년』은 해방기(해방공간) 서울을 배경으로 하고 있다는 기본 정보를 확인할 수 있다. 작품이 발표된 시기 및 앞서 발표된 염상섭 소설들과의 연관성을 종합적으로 고려한다면, 좀 더 구체적으로는 이 소설이 '단정 수립 이후'의 시간을 배경으로 하고 있다는 점을 짚어볼 수 있을 것이다. 그러나 이러한 판단은 텍스트 바깥의 정보를 통해 도출되는 것이라는 점에서, 좀 더 구체적인 작품 분석

---

14 정호웅, 앞의 글, 524면.

15 염상섭이 『채석장의 소년』을 집필하게 된 이유나 배경에 대해 직접적으로 언급하지 않았다는 점에서, 이 작품의 정확한 집필 동기를 밝히기는 쉽지 않다. 다만, 1947년의 글에서 염상섭은 산비탈 움집에 살며 채석장에서 돌을 패어 하루하루 연명하여 살아간다는 한 전재민에 대해 말하며, 어려운 상황 속에서도 꿋꿋이 버티며 살아가는 그의 모습에 깊은 감명을 받았다는 내용을 적고 있다. 그런 점에서 염상섭은 이를 모델로 하여 '채석장에서 일하는 전재민 소년' 완식이라는 인물을 그려낸 것은 아닌지 생각해볼 수 있을 듯하다. 염상섭, 「가을의 소리」, 『중앙신문』 1947.9.14.; 한기형·이혜령 엮음, 『염상섭 문장 전집』 3, 소명출판, 2014, 45~48면.

을 통해 이 소설의 시간적 배경에 대한 논의가 추가되어야 한다고 여겨진다.[16] 다만 소설 속에서 시간적 배경을 특정할 수 있도록 하는 요소들이 뚜렷하게 발견되지 않는 특징으로 인해 이 소설의 시간적 배경을 확정하는 작업은 쉽지 않다. 그럼에도 불구하고 이러한 문제를 해결할 수 있는 단서를 작품 내에서 파편적으로나마 찾아볼 수 있다. 그것은 주인공 완식이 자기 가족들이 방공호에 살게 된 내력에 대해 소개하는 장면이다.

> 남산 옆의 예전에는 서울서도 손꼽던 일본 요릿집을 전재민에게 개방하게 되어 삼조방 한 간을 얻어 들었던 것이나마, 별안간 불이 나자, 엄동에 알몸뚱이로 겨우 이부자리 한 채를 건져 가지고 쫓겨나서 거리에 앉게 되니, 여기에 이런 방공굴이 있는 줄이나 알고, 설마 이런 데에 신세를 질 줄이야 꿈에나 생각하였으랴마는, 지금도 요 위 굴속에 사는 안 서방이 어떻게 수소문해서 알았는지 당장 발견해 가지고 와서,
>
> "완식이네두 같이 가십시다. 삼동만 꾹쩍 참고 나면, 차차 또 도리가 나서겠죠. 첫째 세전 굳으니 좋구, 나가라 들어오너라는 말 없어 좋구…."
>
> 하며 권하는 바람에, 당장 거리에 앉았는 것보다는 나으니 쫓아왔던 것이지마는(…)[17] (강조-인용자)

완식 가족이 전재민에게 개방된 '적산요정' 방 한 간을 얻을 수 있던 것은

16 『채석장의 소년』의 시간적 배경을 판단하는 문제와 관련하여, 선행연구들은 이 작품이 해방기(해방공간) 서울을 배경으로 하고 있다는 점을 짚고 있지만, 보다 구체적으로 해방기의 어느 시점을 다루고 있는지의 문제는 세밀하게 분석되지 않았다고 여겨진다. 이러한 점으로 인해 본고는 우선 이 소설이 해방기의 어느 시점을 배경으로 하고 있는지 확인하고, '단정수립 이후 1950년'이라는 텍스트 외부의 시간은 텍스트 내부의 시간과 어떻게 유기적 관계를 맺고 있는지 함께 살펴보고자 한다.

17 염상섭, 『채석장의 소년』, 『소학생』 76, 아협, 1950.3, 27~28면.

당시 미군정 치하에서 시행된 주거정책과 관련된다. 1946년 10월 현재를 기준으로 해방된 서울로 약 23만의 유입인구가 발생하였고,[18] 이런 상황에서 남한 사회단체들은 적산가옥을 공평하게 배분함으로써 주택문제를 "민족적으로 그리고 구조적으로" 해결할 가능성을 마련하길 촉구하였으나, 미온적으로 대처한 미군정의 정책 아래 적산가옥은 모리배들에 의해 부정처분되는 등의 문제를 겪는다.[19] 이러한 상황에 맞닥뜨린 미군정은 1946년 주택대책을 수립하지만 급격한 물가 폭등으로 인해 주택 3만호를 건설하겠다는 계획은 제대로 이행되지 못하고, 가주택 건설에 대한 계획 역시 비용문제로 인하여 진행되지 못했다.[20] 그런 가운데 미군정에서 장충동과 대흥동에 설치한 전재민수용소도 수용인원 포화상태에 이르게 되는 등 운영에 어려움을 겪게 되자 대다수의 전재민은 거주할 곳을 얻지 못하게 된다. 그러면서 겨울을 맞이한 전재민들의 동사, 아사 문제가 사회적 문제로 확대되자 과거 일본인 소유의 적산(敵產)을 개방할 것을 촉구하는 사회적 요청이 거세진다. 이에 1946년 미군정은 전재민 주택문제를 해결하고자 충무로, 명

---

18 이연식의 정리에 따르면 해방 후 서울로 유입된 전재민은 약 23만여 명에 달하고, 이 중 약 1만 세대는 마땅히 거주할 곳이 없는 상황에 처한 것으로 집계된다. 해방 후 남한의 대표적인 귀환자·월남인·세궁민 원호단체였던 '전재동포원호회 중앙본부' 추계에 따르면 1946년 10월 현재 남한으로 유입된 인구는 약 268만 명이고 그 가운데 서울 유입인구는 23만 5,200여 명이다. 그중 집 없는 요주택자는 전국적으로 약 10만 세대, 서울에는 약 1만 세대에 달한 것으로 나타난다. 이연식, 「해방 직후 서울 소재 '적산요정' 개방운동의 원인과 전개과정」, 『鄕土서울』 84, 서울역사편찬원, 2013, 213면 참조.

19 남찬섭, 「해방 후 주택문제와 '적산요정' 개방운동」, 『월간 한국노총』 571, 한국노총조합총연맹, 2021, 38면.

20 미군정은 1946년 2월 주택대책위원회를 설치하고 4월에 2천만 원의 예산으로 주택 3만호를 건설하고자 계획하지만, 급등하는 물가로 인해 계획이 제대로 이행되지 못하게 된다. 위의 글, 38면.

동, 회현동 일대의 적산요정을 개방하여 전재민 2,460명을 입주시키려는 계획을 수립하고 이를 시행하고자 한다. 하지만 적산요정 주인들의 반대로 주택문제를 둘러싼 갈등이 심화되자, 미군정은 적산요정 개방을 연기했다가 이듬해 1월 1차 적산요정 개방을 시행한다. 그러나 이는 '13개 적산요정에 전재민 2,460명 수용'이라는 본래 계획[21]에서 대폭 축소되어 '7개 요정에 전재민 778명 수용'으로 이뤄졌다. 곧이어 2차 적산요정 개방이 추진되었지만 여전히 적산요정 주인들의 반대가 심해 1947년 3월이 되어서야 4개 요정 및 서룡사(瑞龍寺), 이견여관(二見旅館) 등을 개방하여 772명의 전재민 수용이 이뤄진다.[22] 이러한 정보를 바탕으로 하면, 소설 속 완식 가족이 적산요정에 방을 얻어 들어가게 된 것은 1947년 초에 실시된 1,2차 개방정책 중 어느 때로 추정해볼 수 있을 것이다. 그리고 별안간 발생한 '화재'사건[23]으로 인해 완식 가족은 삼동 겨울에 거리로 쫓겨나게 되었다고 설명되었으니, 그것은 아마 1947년 말부터 1948년 초 사이의 동절기에 해당될 것이다. 또한 이로부터 약 반년의 시간이 흐른[24] 작중 현재 시간은 '처서가 지난' 어느

---

21 미군정은 본래 26채의 적산요정에 전재민 수용을 계획하고, 이를 3차에 나눠 시행할 계획을 수립하였다. 이 가운데 1차로 남산동 일대에 있는 13채의 요정을 개방하여 12월 23일부터 전재민 수용을 시작하고자 하였다. 「적산 요정 개방코」, 『동아일보』, 1946.12.12.; 「요정에 전재민 수용」, 『경향신문』, 1946.12.21.

22 적산요정 2차 개방은 1947년 3월 25일 이뤄졌는데, 4개 적산요정에 70세대 408명이 수용되었고, 서울역전 이견여관에 15세대 246명, 원효로 서룡사에 20세대 118명이 수용되었다. 관련 내용은 「전재동포 수용에 요정 4개처 개방」, 『경향신문』, 1947.3.27. 참조.

23 1947~48년 당시 기사에 따르면 화재사건이 빈번히 발생했는데, 화재의 원인 대부분은 적산가옥과 관련하여 발생한 것이라 한다. 2층 적산가옥에 온돌을 설치하는 중에 불이 났거나 전재민들이 적산가옥을 제 재산처럼 돌보지 않아 화재가 난 사건이 기사화된다. (「화재 건의 8할이 적산」, 『조선일보』, 1947.11.30.; 「화재의 원인은 전기온돌이 태반」, 『동아일보』, 1947.12.9.)

시점이라고 서술되었으니 이는 1948년 8월의 초가을쯤에 해당될 것이다.[25][26] 그렇다면 이는 남한 단독정부가 수립된 1948년 8월 15일을 이제 막 지난 시간을 배경으로 하고 있는 것이라 판단해볼 수 있다.

그렇다면 작가는 왜 1948년 단정 수립 '직후'의 시간을 소설의 시간적 배경으로 설정하고 있는 것일까? 소설 밖의 시간, 즉 작가 염상섭의 시간은 1950년 초의 어느 때라면, 이러한 시간적 낙차가 설정된 데에는 숨겨진 의미가 있는 것이라 생각해볼 수 있지 않을까?

1948년 8월 15일 남한 단독정부가 수립된 이후 이승만 정권은 반공이데올로기를 강조해나가며 정치권력을 공고히 해나가는데, 법제도적 차원에서의 국가보안법(1948.12)의 제정, 이념·사상 차원에서의 '반공주의' 강화, 사회문화적 차원에서의 '일민주의(一民主義)'와 '국민보도연맹(國民保導聯盟, 1949)'의 결성 등이 이를 잘 보여준다. 이승만 정권은 국가보안법을 토대로 '우익이 아닌' 모든 반정부적 세력(중도파, 좌익) 및 사회단체들을 반민족적이라 규정하여 탄압했는데, 문제는 이러한 국가보안법이 처음부터 "'국가보

---

24 "그러나 오학년 들어서는 한참 공부가 세우고 경쟁이 심해졌는데, 지난 학기 시험도 못보고, 방학은 끼었었다 하더라도 두 달 넘어를 빠져서 공부가 밀리고 보니 (…) 한 달에 이천원씩 다섯 달만 벌어 모으면 되겠다는 큰 결심을 하고 어머니를 따라나선 데가 채석장이었다. 삼월부터 나서서 벌써 처음 작정한 다섯 달이 넘고 반년이 되건마는, 먹고 살아야 하니 겨우 모은 돈이라고는 오천 원밖에 안 된다 한다."(염상섭, 「채석장의 소년」, 『소학생』 76, 1950.3, 28면)

25 "처서가 지났으니 노염도 마지막 고비다. 제법 선들한 가을바람이 가벼이 후루룰 끼치면, 땀에 밴 샤쓰가 등에 척근하고 붙는 것이 시원은 하나, 폭양 밑에서 일에 삐친 완식이는 몸이 하두 고달퍼서, 얼굴에서부터 전신에 비지땀은 흘리면서도, 그 찬 기운이 도리어 뼈에 저리게 스미어 싫다."(염상섭, 「채석장의 소년」, 『소학생』 74, 1950.1, 8면)

26 당시 신문을 통해 1948년 처서의 날짜가 8월 23일이었다는 내용을 확인할 수 있다. "작 23일은 처서이다. 아침저녁으로 시원한 바람이 익어가는 가을의 열매를 어루만저주거니 섬돌 아래 귀뜨라미 노래 더욱 처량하다." 「어제 처서」, 『동아일보』, 1948.8.24.

안'보다는 '정권보안'을 위해 악용"됨에 따라 반공권력이 "국가보안법을 수단으로 예외상태를 상례화하고 자신을 절대선으로 신화화하면서 대한민국을 반공국가로 만들어"가는 모습을 보인다는 점이다.[27] 다만 국가보안법만으로는 자발적 전향을 이끌어내고 전향자들을 관리하는 데에 한계가 있자 공권력 내부에서 좌익세력의 전향을 담당할 기구의 필요성이 제기되었고, 그에 따라 국민보도연맹이 결성된다.[28] 이에 국민보도연맹의 강령을 살펴보면 다음과 같다.

▲ 국민보도연맹강령[29]

1, 오등은 대한민국 정부를 절대지지 육성을 기함

1, 오등은 북한 괴뢰정부를 절대반대 타도를 기함

1, 오등은 인류의 자유와 민족성을 무시하는 공산주의 사상을 배격 분쇄를 기함

1, 오등은 이론무장을 강화하여 남북노당의 멸족파괴 정책을 폭로 분쇄를 기함

---

27 박정선, 「반공국가의 폭력과 '좌익작가'의 전향」, 『現代文學理論硏究』 83, 현대문학이론학회, 2020, 149면.

28 다만 보도연맹은 합법적 정부기관이 아닌 "검사, 판사, 경찰 위주로 구성된 최고위원회가 관리나 운영의 전권을 행사한 관변단체"였는데, 전향자가 실무를 담당하게 하여 표면상 전향자단체처럼 포장했다는 사실을 눈여겨 볼 수 있다. 위의 글, 150면.

29 국민보도연맹은 좌익의 '사상'에 맞서 사상적으로 투쟁해야 할 것을 강조하는데, 창설 관련 취의서에 따르면 "전문적 연구를 적극적으로 하여 과학성에 입각한 조리정연한 이론으로 전향 탈당자뿐만 아니라 일반국민들까지도 언론으로 기관지 등으로 일대 국민운동으로 일으켜 민족정신을 고도로 앙양시키는 동시에 광범위한 의식대중의 조직을 통하여 상대방을 압도할 것이요 남북노당 노선이 멸족적인 사실에 비추어 과거 과오를 범한 동포들에게 체계 있는 이론으로 설복하여 대한국민으로서 멸사봉공의 정신함양에 적극 노력하여 멸족당인 남북노동당 계열의 근멸을 기하"고자 한다고 밝힌다. 「사상전향에 박차-국민보도연맹을 결성」, 『동아일보』, 1949.4.23.

1, 오등은 민족진영 각 정당 사회단체와는 보조를 일치하여 한력 집결을 기함

인용된 강령의 내용을 통해 보도연맹은 사실상 이승만 정권의 대국민 사상통제 목적으로 '반공 국민 만들기'를 수행하는 역할을 담당했던 기구였다고 판단할 수 있다.[30] 단정 수립 이전 "원칙적으로 통일, 방법론적으로 합작을 주장하며 단선 반대와 남북협상 지지 입장"에 서 있었던 염상섭은 '108인 문화인 연서 남북회담지지 성명'(1948.4)에 참가하였고, 신민일보 관련 '필화사건'을 겪은 뒤에도 "통일독립과 자주독립, 양군 철퇴를 주장"하는 330명의 지식인·문화인의 성명서 <조국의 위기를 천명함>(1948.7)에 연대 서명을 하며, "북한 측 정부 수립을 앞두고 남조선 인민대표자대회(1948.8.21.~25)에 참가할 남조선 대의원을 뽑는 지하선거에도 참여"했다.[31] 하지만 이런 노력에도 불구하고 1948년 남한 단독정부가 수립되며 분단 상황의 고착화와 극우반공주의가 강화되는 상황에서 중도파의 활동은 힘을 잃게 된다.[32] '중간파, 중도파'로 호명되었던 염상섭 역시 이 흐름으로부터 자유로

---

30 강성현은 보도연맹의 결성 이후 약 1년 동안 대량 전향이 발생한 현상에 대해 국가보안법의 과도한 확대 적용의 문제를 지적한다. 국가보안법은 좌익과 무관한 이들에게까지 '빨갱이' 혐의를 씌운 뒤, 사안이 경미하거나 전향가능성이 보일 경우 선고를 유예하거나 가벼운 형량을 언도하고, 석방 후 모두 보도연맹에 가입하게 함으로써 조직을 확대한다. 그런 점에서 보도연맹은 "명목상 전향자 단체였지만, 실질적으로는 좌익사상과 무관한 사람들이 광범위하게 가입될 수밖에, 아니 가입이 강제되었던 정체불명의 단체"였다고 할 수 있다. 이에 대해서는 강성현, 앞의 글, 61~66면 참조.

31 안서현, 앞의 글, 162면.

32 『조선일보』는 「중간파의 갈길」이라는 제목의 글을 통해 "민족진영의 총본영"으로서의 대한민국 정부가 존재하는 이상 '중간파'란 존재할 수 없고, 따라서 민족주의자라면 대한민국을 지지하고 계급주의자라면 인공국을 지지할 수밖에 없다는 논리를 통해 중간파들의 자기비

울 수 없게 되었을 것이고, 그로 인해 보도연맹에 가입하게 된 것이라 판단된다.

국민보도연맹 문화실에 소속된 뒤 염상섭의 활동에 관해서는 1950년 1월 8일부터 3일간 보도연맹 주최로 개최된 '제1회 국민예술제전'에서 1월 10일 강연 프로그램에 참여했다는 내용을 확인할 수 있다.[33] 이 행사는 "문화실 소속의 각계 문화인이 총궐기하여 새로운 희망에 불타는 각오를 피력하는 동시에 각자천부의 재능과 역량을 경주(傾注)하여 대한민국문화 예술건설에 적극매진하려는 의도하에 개최"[34]되었다. '소위 좌익예술인'들이 자신의 "과오를 청산하고 잊어버린 예술과 오로지 민국을 위한 그들의 앞으로의 행동을 약속하는 의미"[35]를 담고 있다는 점에서, 이 행사를 통해 전향문화인들의 자기증명이 대대적으로 선언된 것이라 볼 수 있다. 이런 상황을 염두에 둔다면, 염상섭 역시 전향증명이 강제되는 상황으로부터 쉽게 자유로울 수 없었으리라 생각할 수 있다. 폭압적 시대현실로부터 벗어날 수도, 그렇다고 작가로서의 자의식과 소설 쓰기의 길을 포기할 수도 없던 염상섭은 결국 어떠한 방식으로든 선택을 해야만 한다. 이때 염상섭이 선택한 것은 아동문학의 형식을 빌려 1948년 단정 수립 직후라는 '과거의 시간'으로 돌아가는 것이다. 1948년 단정 수립의 시간은 전향자들에게 '소거되어있는'(혹은 '누락

판을 촉구하기도 하였다. 「중간파의 갈길」, 『조선일보』, 1949.12.21.

33 국민예술제전은 시공관(市公館)에서 1월 8일부터 10일까지 이어졌고, 8일 강연자로는 김기림, 정갑, 송지영, 9일 강연자는 홍효민, 인정식 박태원, 10일 강연자는 염상섭, 전원배, 최진태 등의 문화인들이 참여할 것이라 소개되고 있다. 「국민예술제전 보련 주최로 시공관서」, 『동아일보』, 1950.1.4.

34 「오늘 보도연맹 국민예술제전」, 『경향신문』, 1950.1.8.

35 「민족애에 감격」, 『경향신문』, 1950.1.10.

된') 과거에 해당한다. 하지만 이제 '국민'으로 인정받기 위해 스스로의 위치를 재정립하는 모습을 증명해야만 하는 이들에게 1948년 8월의 시간은 반드시 다시 연결되어야 하는(되찾아야 하는) '강요된 기원'이라 할 수 있다. 그런 점을 염두에 둘 때, 염상섭이 『채석장의 소년』을 통해 의도적으로 1948년 단정 수립 직후의 시간을 서사 내적 시간으로 설정하고, 소년들의 우정과 연대를 통해 새로운 민족구성원으로의 편입 가능성을 이야기한 것은 이러한 전향과 자기증명에의 압박으로부터 자유로울 수 없었던 작가의식과 깊이 연관되어 있는 부분이라 할 수 있을 것이다.

3. 배제/포섭의 감각과 '국민-되기'의 욕망

김재용이 지적했듯 『채석장의 소년』의 특징 중 하나는 '만주국'에 대한 기억을 소환하는 것이다.[36] 완식 가족은 해방 이전까지 만주국에서 생활했으며, 해방을 맞아 삼팔선을 넘어 남한으로 오게 된 전재민이라 소개된다.

> 규상이는 완식이가 혼자 앉았는 것을 버리고 가기가 안 되었기에 좀 더 앉아서, 만주 이야기, 해방하였을 때의 이야기, 삼팔선을 넘어올 때의 이야기를 한참 듣다가,

36 김재용은 이 작품 속 만주국은 "자신과 현실을 되비추어보는 거울"이라 설명하며, 염상섭이 '거울'로서 만주국을 불러온 이유는 현실을 있는 그대로 재현하기 어려운 상황과 연관된다고 지적한다. 이때 만주에서의 삶과 현재의 삶은 전혀 연결되지 않는데, 이는 민족분단의 현실에서 민족통합의 희망을 보여주기 위해 불러온 것이기 때문이라 설명한다. 김재용, 「해방직후 염상섭과 만주 재현의 정치학」, 81~86면.

"그래, 너 아버지는 지금 어디 계시냐?"하고 물으니까

"우리 아버지? … 우리 아버지가 살아계시면, 설마 우리가 이 지경이겠니?" 하고 완식이는 풀 없는 얼굴빛이 된다. 규상이도 어머니 생각이 나서 더 이상 물어보고 싶지 않았다.

"그래 만주서 아버지도 안 계신데 뭘 하구 있었니? 얼른 나오지 않구?"

"우리 어머니가 국민학교 선생이셨는데, 전쟁 때 조선 나와두 별수 없으니까 그대루 있었지…"

(…) 그러나 어린 마음에도 아무려면 학교 선생을 다닌 이가 돌을 깨는 막벌이를 하더란 말인가? 하는 의분이 치밀어서,

"그럼 웨 너 어머니 선생 노릇을 다시 안 하시구, 이런 데서 이렇게 됐단 말이냐?"

하고 핀잔을 주었다.

"하지만 서울 와선, 별안간 아는 사람이라군 피난민 뿐이요, 고향엔 가기가 창피스럽다하시구… 그러는 동안에 불난리를 만났으니, 인제는 빨간 몸둥아리만 남아서 어디를 가실 수두 없구…."

하고 완식이는 말을 끊다가,

"우리 어머니두 인젠 늙으셨기두 하지만, 얘, 한글이니 사회생활이니 어렵드라. 우리 어머니는 그걸 모르시거든, 일본 것은 횅하셔두, 우리나랏 건 모두 새 판으로 배서야 할 텐데, 그걸 배실 새가 있어야지 않니, 되레 어머니를 알으켜 드린단다."[37]

---

37 염상섭, 「채석장의 소년」, 『소학생』 77, 아협, 1950.4.1, 20~21면.
여기서 인용되고 있는 완식의 말("전쟁 때 조선 나와두 별 수 없으니까 그대로 있었지…") 중 '조선'이 단행본에서는 '우리나라'로 수정되고 있는 것을 눈여겨 볼 수 있다. 이 외의 다른 부분은 ('횅하셔두'가 '잘하셔두'로 수정된 것과 같은 단어 교체의 경우를 제외하고) 연재본과 거의 대부분 동일하게 유지되고 있고, 이러한 수정이 내용 전반의 큰 의미 변화를 초래하지는 않는다. 다만, 이 경우에는 단행본 출간 시기(1952)의 상황, 즉 남북한의 전쟁

완식의 아버지는 해방 이전 만주에서 사망한 것으로 암시되고 있으며, 어머니는 만주에서 국민학교 선생으로 일했으며 일본어에 능숙하다는 점이 소개되어 있다.[38][39] 완식은 과거 만주시절에 대해 규상에게 이야기하는데, 여기서 완식이 자신의 만주에서의 과거에 대해 이중적 감정을 지니고 있다는 점이 노출된다. 우선 완식은 자기 가족의 과거사를 밝히며 어떠한 거리낌이나 별다른 불편함을 느끼지 않는 듯한 모습이다. 만주에서 돌아왔다는 것, 어머니가 만주에서 국민학교 교원 활동을 했었다는 사실 모두 그저 일상적인 과거의 행적 정도로 처리되고 있을 뿐이다. 그것은 (무)의식적으로 만주에서의 생활을 과거로 치환시키는 것이자 더 나아가 만주에서의 삶이 현재에 영향을 미치지 못하는 절대적 과거로 설정되는 지점이다.[40] 그러면

상황과 관련하여 '조선'이라는 단어를 의도적으로 소거하기 위해 수정이 이뤄진 것은 아닌지 생각해볼 수 있을 것이다.

38 만주에서의 생활을 정리하고 돌아오는 완식 가족의 귀환 과정은 작가 염상섭의 행적과도 비슷하다. 김윤식의 정리에 따르면, 염상섭은 1936년 만주행을 선택하고 이후 가족들을 데리고 만주로 건너간 뒤, 그곳에서 해방을 맞이한다. 염상섭은 만주 생활을 정리하고 만주 안동-신의주-사리원을 거쳐 1946년 마침내 서울에 도착하고, 돈암동 295의 3호에 자리 잡는다. 해방공간 서울에 이르고 나서야 염상섭은 그동안의 '작가적 고자 상태'를 벗어나 다시금 작가로서의 생활을 이어나가게 된다. 이 시기 염상섭은 『경향신문』의 초대 편집국장으로 부임하여 약 1년간 활동하는데, 김윤식은 염상섭의 '공적 활동, 사회에의 복귀'가 경향신문 창간과 더불어 시작된다고 설명한다. 이러한 해방 후 염상섭의 공적 활동에의 복귀에 관해서는 김윤식, 『염상섭 연구』, 서울대학교 출판부, 1987, 765~776면 참조.

39 완식 가족이 겪었던 주택(주거)문제는 서울 도착 이후 주택문제에 직면했던 작가의 전기적 경험과도 관련 있을 듯하다. 염상섭은 "해방 이후에 집 같은 집은 지녀보지 못하고 이날 이때까지 채광이 고약한 침침한 방 속에서" 보냈다는 내용을 밝힌 바 있다.(염상섭, 「노안을 씻고」, 『경향신문』, 1946.12.12.)

40 이러한 태도는 작가 자신의 만주 생활의 기억과 연관되는 것으로도 볼 수 있을 것이다. 1930년대 중후반 만주로 건너간 뒤 행적을 살펴보면, 진학문의 권유로 『만선일보』 편집국장직을 맡아 근무했고, 1939년 『만선일보』를 그만둔 뒤 신경에서 안동으로 이주하여 해방 직전까지 대동항 건설사업 선전부에서 근무했다고 전해진다. 이 외 만주에서의 염상섭의

서도 완식에게서는 '식민의 경험'과 관련된 것들이 하루빨리 "우리나라 것"으로 대체되어야 한다는 조급함 역시 감지되고 있다. 만주국의 '2등 시민'으로서의 생활을 영위하는 데 유용한 수단으로 기능했던 식민제국의 언어 일본어는 이제 더 이상 쓸모없는 도구로 전락해버렸다. 이제 '한글'이 해방 조선의 국어, 우리나라 말이라는 지위를 되찾게 되고 일본과 관련된 일체의 것들은 '타자'의 것이 된다. 완식은 한글을 포함한 일체의 '우리나라 것'들을 어서 습득해야 할 필요성을 밝히는데, 여기서 내집단으로서의 '우리(나라)'를 향한 완식의 귀속욕망이 발견된다.

그런데 이와 같은 맥락에서 볼 때, 새롭게 건설된 남한 사회의 온전한 구성원이 되고자 갈망하는 완식에게 가족공동체는 더 이상 그의 정체성 형성에 큰 영향을 끼치지 못하는 상태가 되었다는 점을 눈여겨볼 수 있다. 앞선 시기 작품들에서 발견되었던 염상섭 특유의 '가족'의 감각이 소거되고, 그 자리에 국가공동체의 '국민-되기'의 욕망과 포섭/배제에 대한 감각이 들어서게 된다. 완식에게 있어 해방 전 사망한 아버지는 물리적으로나 심정적으로나 부재하는 존재로 간주된다. 어머니의 경우, 새롭게 만들어지는 '민족국가'의 일원으로 아직 '부적합한' 상태라는 점이 부각되는 것을 확인해야 한다. 완식에게 있어 현재의 가장 큰 목표는 학교에 복학하여 "나라를 위해 일하"게 되는, 다시 말해 '국가-만들기' 과정에서 소외되지 않고 그 일원으로 공고히 인정받는 것이다.

완식이 가지고 있는 이러한 포섭/배제의 감각이 가장 극명하게 드러나는

행보는 아직까지 명확하게 드러나지 않은 실정이다. 이와 관련하여서는 김윤식, 앞의 책, 612~622면; 김승민, 「해방 직후 염상섭 소설에 나타난 만주 체험의 의미」, 『한국근대문학연구』 8, 한국근대문학회, 2007, 244면 참조.

것은 학교 복학에 대한 강한 열망이다. 어려운 환경에서도 완식은 '남산국민학교'[41]에서 5년급까지 공부했지만 갑작스러운 화재로 인해 방공호로 옮겨오며 학교를 그만두게 된다. 이런 완식에게 있어 학교를 그만둔 현 상황은 국가의 규율시스템으로부터의 낙오이자, 국민이라는 범주로부터 소외된 문제적 상태로 받아들여진다. 그런 점을 염두에 둘 때, 완식의 이와 같은 학교 입학 열망은 국민이라는 경계 내부로의 편입 욕망과 연결된다고 볼 수 있다.

이런 상황에서 완식에게 어머니는 완식이 사회에서 인정받는 구성원이 되도록 적절하게 이끌어줄 수 있는 존재가 아닌, 오히려 완식이 남한 사회에 적응하는 법을 다시 '습득시켜야 하는' 존재로 묘사되고 있다. 완식은 자신의 어머니가 아직 우리말에 익숙하지 않고 사회생활에도 능숙하지 못하여 '우리나라 건 모두 새로운 판으로 배우셔야' 하는 점에 대해 걱정한다. 사회에서 온전한 국민으로 인정받을 수 있도록 '되레 어머니를 가르쳐 드리'는 완식의 모습에서 부모-자식 역할의 역전이 일어난 것이다. 그런 점에서 체제 내의 일원으로 인정받고자 하는 욕망을 품고 있는 완식은 국민의 경계 내부에 공고히(결격사유 없이) 자리 잡은 '국민'으로서의 어머니를 결여하고 있는 상황이다.

완식에게서 나타나는 학교 복학에의 열망은 작가 자신이 처한 증명에의

---

41 실제 1945년 11월 개교했던 남산국민학교의 당시 학생 대부분은 전재민 아동이었다는 점에서, 만주 귀환 전재민이었던 완식이 학교에서 5년급까지 공부할 수 있었다는 설정이 설득력을 얻게 된다. 관련 기사 내용은 다음과 같다. "같은 날 오후 기자는 남산국민학교를 방문하니 때마침 분탄배급이 나와서 김종현 교장 이하 교원 수명이 지휘를 하여 남녀생도 수백명이 '리레-' 식으로 석탄을 운반하고 있는데, (…) **연료난으로 현재 삼천여 명의 생도를 오전 오후 2부 수업제를 실시하고 있는데 대부분이 전재민인 관계로 시당국의 보조와 후원회의 진력으로 겨우 운영해갑니다.**"(강조-인용자) 「어떻게 살어갈까? ③ 학교편」, 『경향신문』, 1947.11.29.

압박과도 연결될 수 있는 지점이다. 염상섭이 단 한 번도 써보지 않았던 아동문학 형식을 통해 주인공을 소년으로 내세운 것은, 새로운 시작에의 의지, 과거에 얽매이지 않고 미래를 준비하는 소년의 성장 가능성 등을 완식이라는 인물에게 투영하려는 작업으로 해석될 수 있을 것이다. 그렇기 때문에 완식이 마침내 입학을 허가받는 것은 '국민-되기'라는 일종의 입사의식을 통과하여 자신의 '국민'으로서의 정체성을 확인받는 모습이기도 하다. 소설 말미[42] 완식이 "교표 없는 모자"를 벗은 뒤 "노란 교표"를 붙여 자랑스럽게 '다시 쓰는' 것은 그가 국민학교로 상징되는 국민의 경계 내부로 무사히 편입하게 되었음을 의미하는 것이다. 여기에 덧붙여 소설에는 또 다른 입사의식이 발견되는데, 그것은 완식 어머니 역시 남한 사회의 '부적합한 국민'이라는 위치에서 벗어나 그 존재를 인정받게 되는 장면이다. 그동안 '결여된' 상태로 존재했던 완식 어머니는 이를 통해 완식의 존경받는 어머니이자 민족구성원으로 재정립될 수 있게 된다. 영길 아버지와 규상 아버지의 설득 끝에 완식 어머니는 규상 새어머니의 해산을 돕기로 한다. 여기서 '출산'으로 상징되는 '새출발'의 행위에 완식 어머니가 도움을 보태고 훌륭한 성품을 가졌다는 점, 그리고 과거 숙명여학교 출신이었다는 점이 확인됨에 따라 완식 어머니는 비로소 인정받게 되는 과정을 거친다. 그것은 마치 염상섭의 '해방 1주년 기념작' 「해방의 아들」(1946, 원제는 「첫걸음」)에서의 이중의 출산, 즉 홍규 부인의 '아들 출산'과 홍규가 마쓰노-준식을 조준식으로 새롭게 갱생시키는 '탈식민적 의미의 출산'이 겹쳐지며 새 출발을

42 이 부분은 작품의 결말부에 해당하는 내용으로, 1950년 1월부터 6월까지의 연재분에는 포함되지 않았기에 1952년 출판된 단행본의 제10장 '규상이의 소원대로'를 통해 확인할 수 있다.

준비하는 장면과 비슷하다.[43]

4. 두 개의 서사 시간과 균열에서 목격되는 소년의 '강박'

『채석장의 소년』은 크게 두 가지 이야기로 구성되어 있다. 소설의 중심 서사는 완식의 학교 입학(복학) 문제이며, 규상과 친구들의 가난한 친구 돕기와 연대에 관한 이야기가 소설의 또 다른 한 축을 담당한다. 이 과정에서 규상이란 인물은 작품 구성과 관련하여 상당히 중요한 역할을 맡고 있다는 점을 눈여겨봐야 한다.[44]

---

43 류진희, 「염상섭의 「해방의 아들」과 해방기 민족서사의 젠더」, 『상허학보』 27, 상허학회, 2009, 161~162면.

44 소설에서 규상은 일종의 동정자형 인물이라 할 수 있다. 여기서 말하는 동정자란 『사랑과 죄』(1927~1928)의 이해춘, 『삼대』(1931)의 조덕기와 같은 인물들의 모습과 비슷하면서도 다르다. 일반적으로 염상섭 소설의 '동정자(심퍼사이저)'는 사상과 이념의 문제와 결부되어 사용되었던 개념으로, 사회주의적 전망에 대한 동정과 이에 대한 원조의 측면이 부각된다. 이러한 모습은 일제 식민지배의 상황 속 심퍼사이저를 통한 저항의 가능성을 탐색하는 논의로 확장된다. 그런데 해방이 되며 남북 분단과 냉전체제, 남한사회의 반공주의 강화와 같은 상황에서 더 이상 주의(자)와 부르주아의 관계는 과거와 같은 모습이 될 수 없다. 그렇기 때문에 『채석장의 소년』 속 규상을 동정자로 규정하는 것은 『삼대』의 덕기와 같은 것이 아니며, 전재민 소년을 향한 부르주아 소년의 연민과 동정 그 자체를 뜻하게 된다. 여기에는 사상과 이념의 문제가 소거되어 있다는 점이 중요하다. 사상과 이념이 부재한 그 자리에 '윤리, 도덕'의 문제가 들어서게 되고, 과거 동정자(부르주아)/주의자 사이에 형성된 관계는 동정자(부르주아)/빈자 사이의 관계를 부각시키는 방향으로 변화된다.
선행연구들은 이 작품이 부르주아와 무산계급의 통합과 연대의 가능성을 제시하고 있으며, 그러한 가능성을 탐색하는 데 있어 무조건적인 환대와 호의의 태도가 요청된다고 설명한다. 다만 이러한 관계로 재편되어 나감에 따라 부르주아/무산자(전재민) 이들의 균형 있는 관계 형성 대신 무산자를 향한 동정자의 일방적인 호혜(호의)만이 존재하게 된다는 점에서 궁극적 의미에서의 계급통합과 연대의 가능성이 마련될 수 있는지는 섬세하게 고려해봐야 할 지점이라 여겨진다.

규상이 반장으로 있는 학급에서 이틀간 밥을 먹지 못한 창규가 점심시간에 졸도하는 사건이 벌어지고, 창규 가족의 어려운 사정을 들은 규상과 친구들은 십시일반 쌀과 돈을 모아 창규를 돕는다. 이 과정에서 당시 남한 사회의 식량문제의 심각성이 노출되는데, 요사이 쌀 한 말이 "이천백 원"이나 한다는 정보를 확인할 수 있다. 그런데 쌀 한 말에 이천백 원이라는 정보는 이 소설이 연재되던 1950년 초 남한의 시장경제 상황을 반영하고 있다는 점에 주목해야 한다. 해방기 미군정의 미곡정책 실패로 인해 남한 사회의 식량 수급은 항상 불안정했고, 이러한 문제는 이승만 정권이 들어서고도 제대로 해소되지 못했다. 이런 상황 속에서 남한 사회의 쌀값은 계속해서 오르락내리락하며 불안정한 모습을 나타냈다. 1948년 단정 수립을 전후한 시점의 쌀값에 대한 기사를 살펴보면, 폭우로 인한 열차의 지연과 양곡배급의 감소로 인하여 8월 초 서울 시내의 쌀값은 소두(小斗) 한 말 기준 천칠백 원까지 치솟는 모습을 보이고 있다.[45] 폭등했던 쌀값은 수급 안정 및 배급 증가로 인하여 점차 하락세를 나타냈는데, 이후에는 오히려 쌀값이 폭락하여 같은 해 11월에는 서울 시내 쌀값이 칠백 원대까지 떨어졌다고 확인된다.[46] 1949년에 접어들어서도 쌀값은 계속해서 오르락내리락하며 불안정한 모습을 나타내는데, 1949년 말에 이르러 다시금 쌀값이 오르기 시작하여 1950년 1월 서울 시내 쌀값이 이천 원대에 육박하는 등 심각한 상황에 처하게 된다.[47] 이에 과감한 식량 대책을 촉구하는 요구가 빗발치자 이승만 정부

45 「미가 억제코자 증배」, 『동아일보』, 1948.8.4.; 「쌀값만은 부쩍 떨어진다」, 『경향신문』, 1948.8.8.

46 「폭락일로」, 『조선일보』, 1948.11.7.

47 「천구백원으로-도심지에서는 이천원 호가」, 『동아일보』, 1950.1.14.

는 악질 모리배의 매점매석 행위 금지, 정부보유미 방출 등의 정책을 통해 쌀값 안정을 꾀한다. 이에 급등하던 쌀값은 일정 정도 안정세로 접어들었지만 근본적인 해결책이 되지 못한다는 점에서 결국 가격이 다시 폭등하고, 1950년 3월 소두 한 말 가격이 다시 이천 원대에 이른다. 이러한 쌀값 폭등→정부 개입으로 인한 일시적 안정→재급등의 과정이 반복되며 한국전쟁 발발 직전 6월에는 서울 시내의 쌀값이 한 때 삼천오백 원에까지 올랐다는 기사를 확인할 수 있다.[48] 이렇게 제시된 수치를 고려하면, 작품에서 언급되고 있는 쌀 한 말에 '이천백 원'이라는 정보는 쌀값이 대체로 이천 원대에서 형성되고 있던 1950년의 쌀값 폭등 시점을 반영하고 있을 확률이 크다고 여겨진다. 따라서 내용을 종합해봤을 때 『채석장의 소년』에는 두 개의 시간이 겹쳐 있다고 판단해볼 수 있다. 완식을 중심으로 한 자기증명의 서사는 단정 수립 직후라는 과거의 시간으로, 창규와 규상이들의 이야기는 1950년 초 현재의 시간으로 연결되는 것이다.

그렇다면 이런 균열이 발생한 이유는 무엇일까? 이를 그저 작품을 구성하면서 발생한 사소한 오류로 치부하는 것 대신 보도연맹 가입 후 전향증명에의 압박과 혼란한 사회 현실 아래 놓인 작가로서의 자의식이 충돌하며 만들어진 균열의 흔적으로 간주해본다면, 이는 작품의 표면에서 발화되는 이야기로부터 '스스로' 거리를 두며 또 다른 목소리가 배태될 수 있는 공간

---

48 정부의 식량정책에도 불구하고 쌀값은 안정되지 못하여 1950년 3월 서울의 쌀값은 다시금 이천 원에 육박하게 되고(「오르락내리락 서울 쌀값 이천 원대도」, 『경향신문, 1950.3.18.), 4월에는 이천사백 원대까지 폭등하였다가 정부미 대량 방출로 의해 한시적으로 하락하지만, 평균가격은 이천 원대에 형성된다(「민생문제긴급해결요망」, 『경향신문, 1950.4.12.; 「고대하던 비!비!」, 『경향신문』, 1950.4.18.). 이러한 불안정한 상황이 지속되며 결국 1950년 6월에 이르러 삼천 원대를 돌파하게 된다(「쌀 폭등에 비상조치」, 『조선일보』, 1950.6.19.).

으로 의미화될 수 있게 된다. 이때 이와 같은 설정을 통해 염상섭이 당시 남한사회의 사회·경제적 문제(쌀값 폭등과 빈곤)가 해소되는 방식을 그려내는 부분을 주목해야 한다. 소설 속 창규 남매가 처한 빈곤 문제는 같은 반 친구들이 모아온 쌀과 용돈을 건네며 무사히 '해결되는 것처럼' 묘사된다. 규상과 친구들이 십시일반 용돈을 모으고, 도시락을 준비하며, 집에서 쌀자루를 가져와 창규를 돕는 모습은 아이들의 연대와 협력을 통한 갈등 해소의 가능성을 이야기하는 것으로 해석되기에 충분할 것이다. 아이들의 우정과 연대를 통한 (빈곤)문제의 해결책을 제시하고, 이를 통해 궁극적으로는 민족통합의 가능성을 상상하는 것은 분명 아동문학의 문법에 적합한 설정일 것이다. 그런데 이 지점에서 염상섭은 평생에 걸쳐 견지해 온 '리얼리스트'로서의 시선을 슬며시 던져놓는 모습을 보인다. 여기서 말하는 리얼리스트로서의 자의식이란 동시대 사회 현실의 문제를 직시하며 근원적 사회구조의 탐색을 위한 시선을 마련하는 글을 써 내려간 염상섭의 태도와 연관되는 부분이라 할 수 있다. 작품 내에서 이와 같은 아이들의 협력과 연대를 통한 문제해결의 방식은 근본적 문제 상황이 해소된 것이 아니라는 점에서 일시적이라 할 수 있다. 아이들의 협력과 연대를 바탕으로 하는 이와 같은 해결책은 현재의 문제를 해결하는 데에 그칠 뿐이다. 그런 점에서 창규 가족과 같은 사회적 약자를 위한 사회적 구제책 혹은 이러한 상황을 근본적으로 해소할 수 있는 제도적 장치에 대한 전망이 발견되지 못할 때, 이와 같은 문제는 언제나 다시 창규 남매에게 다시 발생할 수 있는 것이 된다. 이런 시각 속에서 염상섭은 규상의 눈을 통해 사회문제로서의 가난에 대해 조명하며, 이러한 문제가 발생하고 있는 현실의 상황을 향해 시선을 던진다.

앞을 서서 터덜터덜 가는 창규의 발씨을 바라보며, 어제 저녁 때 업혀 오도록 비쓸대던 것을 생각하고는, 먹는 것이란 무언가? 하고, 규상이는 놀랍기도 하고 세상이 이상스럽게 보였다.[49] (강조-인용자)

이 작품에는 사회적 문제에 대한 인물들의 판단이나 생각이 드러나는 지점이 잘 발견되지 않는다. 중심인물이 아동으로 설정되어 있다는 점으로 말미암아 이들에게는 사회문제에 대한 진지한 탐색이 반드시 요구되지는 않는 것이다. 그런데 이 장면에서 규상은 창규 남매가 이틀간이나 밥을 먹지 못했다는 사정을 듣고 난 뒤, 창규와 같은 사회적 약자들의 존재가 배태되고 있는 현재의 사회 현실에 의문을 가지게 된 모습이다. 다만 규상의 물음은 단편적이고 이로부터 보다 심도 있는 문제의식으로 구체화되지는 못한다. 하지만 이와 같은 시선이 기입되어 있다는 사실 자체에 주목한다면 작가는 작품 전면에 내세우고 있는 표면상의 주제와 교훈 너머 무언가 또 다른 문제의식을 담아내고 있는 것은 아닌지 생각해볼 수 있게 된다. 그것은 아동문학이라는 형식을 활용함으로써 다른 무언가를 이야기하려는 서사 전략의 측면으로 해석해보는 것이다. 표면으로 드러내는 이야기를 일종의 '위장적 서사'라고 한다면, 작가는 규상의 시선을 통해 표면으로 발화되지 못한 지점을 노출하여 서사의 '위장술' 자체에 대해 감지하도록 하는 것이다.

---

49 염상섭, 「채석장의 소년」, 『소학생』 79, 1950.6, 17~18면.
한편, 여기서 인용된 부분이 단행본에서는 "앞을 서서 터덜터덜 가는 창규의 발씨을 바라보며, 어제 저녁 때 업혀 오도록 비쓸대던 것을 생각하고는, 먹는 것이란 무언가 하고, 규상이는 놀랍기도 하고 그 밥을 못 먹고 학교에 가는 아이가 있는 이 세상이 이상스럽게도 보였다."(염상섭, 『채석장의 소년』, 평범사, 1952, 139면)라고 수정되는데, 이를 통해 빈곤 문제에 관한 규상의 문제의식을 조금 더 구체적으로 드러내고 있다.

이러한 판단을 뒷받침할만한 단서를 좀 더 찾아보자면 그것은 완식에게서 발견되는 조건 없는 호의에 대한 '강박적 거부'의 태도를 바라보는 규상의 시선이다. 완식은 이 소설에서 사회적 약자로 설정된 인물로서 완식을 위해 규상은 호의를 베푼다. 규상은 완식 가족의 어려운 사정에 마음 아파하며 그들을 도울 수 있는 방법을 찾고자 물심양면으로 노력한다. 이처럼 규상이란 인물은 주변의 소외된 타자를 향해 동정심을 갖고 호의를 베푸는 이타적인 모습으로 그려지는데, 이러한 규상의 (일방적인) 호의에 대해 완식은 자존심을 세우며 이를 거부한다.

> "그러지 말구, 여기 들어가 보자꾸나."
> 빙수집 앞에서 규상이는 발을 멈추며 또 한번 끌어보았다.
> "싫다, 너나 먹고 오렴. 난 빙수란 먹어 본 일두 없으니까."
> 완식이는 이렇게 뿌리치는 소리를 하며 뒤도 아니 돌아다보고 홱홱 가버린다. 어디까지나 끌끌하다.[50]

> "그래 그 애 성미가 이상스러워서 남이 주는 걸 거북해 하구, 없는 집 자식이 꽤 까다라와서, 이무렇게나 하는 게 아니라, 남이 주는 것을 삐죽히 입고 나서거나 신고 나서기를 싫여하는 성질야, 마음만 해도 고맙고 무던하지! 어젠 또 참외를 사 주구 가구…. 너무 그러면 내가 되레 미안해요." 하고 남매를 번갈아 보며 인사를 한다.[51]

방 주고 세 식구 먹이는 외에, 그만큼 월급을 주마는 조건이니 이런

---

50 염상섭, 「채석장의 소년」, 『소학생』 74, 1950.1, 14~15면.

51 염상섭, 「채석장의 소년」, 『소학생』 77, 1950.4, 22면

자리가 또 어디 있을까마는 완식 어머니는 덮어 놓구 도리질을 하는 완식이의 의사나 감정을 무시하는 수는 없었다. 완식이는 영감님 앞에서도 “난 싫여, 어머니 그만 두세요.” 하고 말리는 것이었다. 어머니가 밥에미나 남의 집 드난꾼으로 나서는 것이 어린 마음에도 창피하고, 부잣집 동무에게 얹히어 살기가 싫다는 그 자존심을 살리고도 싶은 것이다.[52]

완식은 자신을 향한 상대의 호의를 결코 무조건적으로 받아들이지 않으며 이에 강한 거부감을 드러낸다. 이러한 완식의 태도는 작품 내에서 ‘지각이 있어 점잖고 장래성이 있는’, ‘끌끌한’ 소년의 모습으로 긍정되기도 한다. 하지만 이러한 완식의 유난스러울 정도로 높은 자존심은 한편으로 주체의 자기검열적인 강박의 문제로도 해석 가능하다는 점에서 눈여겨봐야 한다. 동정과 호의를 ‘비대칭적’ 호혜관계로 간주하여 그것이 사회적 타자(약자)에게 주어지는 ‘특수한 배려’로 해석할 수 있다면, 완식은 자신에게 주어진 호의를 일종의 ‘차별과 배제’로 받아들인 것이다. 그렇기 때문에 결코 자존심을 굽히지 않은 채 호의를 거절하는 완식의 모습은 (차별의 대타항으로서) ‘평등’한 존재, 체제 내의 동등한 일원으로 인정받고자 하는 욕망에서 비롯된 것이라 생각할 수 있다. 이처럼 자존심 센 모습과 조건 없는 호의를 거절하는 태도는 완식이 가지고 있는 ‘원칙주의자’로서의 마음가짐과도 연결된다.

규상이도 자리가 없다는 데야 더 말이 아니 나왔다. 그러나 부잣집 아이라면야, 그리고 제가 이 학교에 전학할 때처럼 기부금을 넉넉히 내면

---

52 염상섭, 『채석장의 소년』, 평범사, 1952, 190~191면. 해당 부분의 경우 『소학생』 1950년 6월까지 연재된 분량 이후의 내용에 해당하므로, 1952년 출판된 단행본을 통해 내용을 확인할 수 있었다(단행본 기준 제10장 ‘규상이의 소원대로’).

야, 자리를 비집지 못할 것도 아니겠지 하는 생각을 하여 보니, 대관절 돈이란 무언가? 하고 돈이 좋기도 하고 더럽다는 생각도 든다.

"— 형편이 있는 사람이나 없는 사람이나 똑 같이 내라니, 공평이 지나쳐서 도리어 불공평하지 않은가? 더구나 의무교육이 된다면서…"

규상이는 이런 불평도 혼자 생각하다가 저번에 완식이가, "그건 규측인데… 나 앉을 책상 값은 해 들여 놓아야지." 어쩌고 하던 말이 머리에 떠오르자, 아무 불평도 말하지 않는 완식이가, 자기보다도 더 소견이 있고 마음이 바른 아이라고 다시금 탄복하는 것이었다.[53] (강조-인용자)

어려운 상황에서도 자신의 처지나 상황에 불평하지 않고 남들과 똑같이 '평등한 대우'를 받길 주장하는 완식의 모습은 자립적, 주체적 모습으로 긍정될 수 있을 것이다. 특히 그것은 국가가 요구하는 이상적 국민으로서의 자질이기도 하다. 그런 점에서 규상은 그와 같은 완식의 성품에 대해 탄복하고 있지만, 한편으로는 의아함을 느끼는 모습이 묘사된다. 여기서 규상이 느낀 의아함은 완식에게 무의식적으로 내면화되어 있는 경계 내부를 향한 귀속 욕망(강박)의 문제와 연결된다. 규상의 지적과 같이 오히려 "공평이 지나쳐 도리어 불공평한" 상황임에도 불구하고, 완식은 이에 대한 어떠한 저항 없이 불공평한 상황 자체를 수용하고 있다. 완식으로 상징되는 사회적 약자들이 이러한 태도를 무비판적으로 내면화시키게 될 때의 가장 큰 문제는 구조화된 모순과 부조리함이 가려지고 모든 책임이 '약자로서의 개인'에게 전가되어버림으로써 근본적인 사회구조적 해결책을 찾아내는 시도가 억압되는 상황이 초래되는 것이다. 완식에게는 자신과 같은 사회적 약자를

53 염상섭, 「채석장의 소년」, 『소학생』 77, 1950.4, 18면.

만들어내는 모순된 사회구조의 근원적 문제를 탐색하고 비판하는 것은 중요하지 않다. 그에게 시급한 과제는 하루빨리 경계의 밖에서 안으로 진입하여 '국민'으로의 인정과 통합을 보장받는 데에 있다. 그렇기에 완식의 서사를 통해서는 개인 스스로의 책임과 역할이 강조될 뿐, 사회 현실의 모순된 구조를 향한 시선을 마련하거나 혹은 또 다른 사회적 타자들의 이야기와 공명함으로써 이를 사회적 차원의 문제로 확대하는 데까지 이르지 못한다.

따라서 규상의 시선을 통해 완식의 자기증명(혹은 통합)에의 강박이 지적되는 것이라 할 수 있다. 이러한 시각은, 그렇다면 완식의 이야기를 통해 형상화되(는 것이라 여겨지)는 '국민-되기'의 서사가 과연 '진정성'있는 것으로 해석될 수 있는지 재질문을 가능케 한다. 이러한 논의들을 종합해보자면, 규상이라는 인물로부터 파생되는 서사와 그의 시선은 견고하게 쌓아 올려진 '것처럼 보이는' 소설의 표면적 이야기에 균열을 가하는 역할을 담당하게 되는 것으로 간주할 수 있다. 이러한 점을 고려해본다면, 『채석장의 소년』을 단순히 교훈적 서사를 담은 '아동문학', 혹은 검열의 시선 아래 제출된 '수동적 자기증명의 서사'로만 읽어나가는 것은 이 소설에 담긴 염상섭의 또 다른 시선을 놓치는 것이라 할 수 있다. 그것은 주체가 통합에의 강박을 내면화하게끔 강제하는 시대 현실을 향한 비판적 시선이다. 다만 이 같은 염상섭의 문제의식은 현실의 폭압 앞에 비록 위장적 서사의 방식으로, 혹은 균열된 목소리로 드러나고 있지만, 그것이 위태로운 모습으로나마 결코 포기되지 않은 채 감지되고 있다는 점을 강조해야 할 것이다. 그런 점에서 역설적으로 『채석장의 소년』은 상당히 입체적인 텍스트라 간주될 수 있을 것이다.

5. 리얼리스트와 알레고리, 변형태로서의 『채석장의 소년』

염상섭은 평생에 걸쳐 당대적 문제에 천착하며 시대 현실의 모습을 포착하고, 작품을 통해 개인과 사회 현실의 문제를 관계적으로 파악하는 모습을 견지했다는 점에서 철저한 리얼리스트였다고 할 수 있다. 이는 염상섭이 지니고 있던 작가로서의 자의식과 신문기자로서 활동했던 경험으로부터 마련된 것이라 볼 수 있다. 그는 사회 현실의 문제를 소설로 형상화하는 데 있어 작가로서의 현실적인 감각과 태도를 강조하였고 이를 통해 작품 속에 형상화된 현실은 동시대성을 획득할 수 있게 된다.

그런 점에서 봤을 때, 최근 발굴된 '아동문학' 『채석장의 소년』은 염상섭의 문학 계보에 있어 상당히 이질적이고 어색한 존재로 받아들여진다. 이 문제적 작품의 존재의미를 해명하는 일은 많은 연구자들로 하여금 이 소설이 염상섭의 나머지 작품들과 어떠한 관계를 맺고 있는지 살피게끔 만든다. 한평생 리얼리스트로서의 시각을 견지했던 염상섭은 왜 1950년의 시점에서 아동문학을 발표하게 된 것인가. 본고는 이러한 질문으로부터 출발하여 『채석장의 소년』이 염상섭 문학세계 있어 단순히 예외적인 아동문학 작품으로만 규정되어야 하는지, 그것이 아니라면 이 작품은 과연 무엇을 말하고 있는 것인지, 여기에 담긴 작가 염상섭의 목소리는 과연 무엇인지에 대해 해명하는 작업을 수행하고자 하였다.

이를 위해 이 작품이 발표된 시기를 전후한 남한 사회의 사회문화적 상황을 함께 살펴봐야 한다. 1948년 남한 단독정부 수립 후 이승만 정권은 반공주의를 수단으로 삼아 남한 사회에 존재하고 있던 '우익이 아닌' 모든 정치 이념과 사상들, 즉 중도파부터 (극)좌익 세력까지의 모든 이념적 경향을 반국가적(혹은 반민족적)이라 규정한다. 이러한 모습을 잘 보여주는 것이 국가보안법 제정(1948)과 국민보도연맹의 결성(1949)이라 할 수 있으며, 이에 따라 남한사회의 반공이데올로기가 더욱 강조된다. 보도연맹은 좌익분자의 (자발적)전향과 포섭을 통한 좌익세력의 색출을 목표로 하였고, 보도연맹 결성 이후 약 1년 동안 30여만 명의 가입이 (강제적으로) 이뤄졌다. 이런 상황에서, 단독정부 수립에 반대하며 남북협상을 지지하고 통일된 민족국가 수립의 가능성을 포기하지 않았던 '중도파' 염상섭 역시 반공권력의 전향의 강제와 폭압으로부터 자유로울 수 없게 된다. 지난날의 '과오'로부터 완전히 절연했음을 증명해야 하는 상황에 처한 염상섭이 기존과 같은 소설문법을 통한 소설 쓰기 대신 아동문학의 알레고리적 형식을 취한 것은 견고한 반공권력의 감시 아래 자신의 글쓰기를 이어나갈 수 있는 하나의 유용한 도구를 선택한 것으로 볼 수 있을 것이다.

『채석장의 소년』의 표면에서 발화되고 있는 전재민 소년의 '국민-되기'의 서사와 '연대와 통합의 가능성'이란 주제의식은 아동문학의 알레고리적 장치를 통해 효과적으로 '전시'될 수 있게 된다. 전재민 소년의 학교 입학(복학)이라는 중심 서사를 통해 국민-되기의 당위성을 증명하고, 연대와 화합을 통한 민족통합의 가능성을 타진하는 '뚜렷한' 주제의식이 작품 전면에 드러나는 것이다. 알레고리란 무언가를 말하면서 그것 외의 다른 어떤 것을 말하게 하는 것이며, 그런 점에서 작품에 이중의 목소리를 담아낼 수 있게 하는 역할을 담당한다. 『채석장의 소년』을 이와 같은 알레고리적 작품으로 간주한다면, 작품 속 완식과 친구들의 이야기 '너머' 무언가 다른 것을 말하고자 하는 작가의 목소리에 대해 생각해볼 수 있을 것이다.

그런 점을 염두에 둘 때, 완식의 서사를 통해 형상화되는 '국민-되기'의 열망은 작가가 처한 자기증명에의 압박을 다루고 있는 장면으로 해석될 수 있을 것이다. 완식의 서사와 관련하여 작품의 시간적 배경이 1948년 단정 수립 직후의 시간으로 설정된 것은, 보도연맹 가입과 이에 수반되는 전향증명의 문제에 직면하게 된 염상섭에게 1948년 단정 수립의 시간이란 반드시 되찾아야 하는, '강요된 기원'으로서의 시간이기 때문이다. 그리고 전재민 소년 완식에게서 발견되는 학교 입학(복학)의 열망은 '국민-되기'를 증명함으로써 무사히 체제 내로 편입되어야 한다는 압박이 형상화된 것으로 해석될 여지를 남긴다.

그런데 이러한 분석에 있어 중요한 것은 염상섭이 이러한 알레고리적 장치를 활용하는 것에서 더 나아가, 작중의 또 다른 주요 인물(규상)과 그의 시선을 통해 이러한 자기증명의 서사에 내포된 강박적 태도와 통합에의 욕망을 다시 짚어냄으로써 중심서사에 '균열'을 가하는 전략을 취하는 모습이다. 규상의 서사와 관련된 작품의 시간적 배경은 완식의 서사에서의 그것과 달리 1950년 현재로 설정됨에 따라 소설에 두 개의 시간이 존재하게 되는 구성상의 균열이 발생하는데, 이는 전향 증명의 압박과 작가로서의 자의식 사이에서 고뇌하던 염상섭이 선택한 서사적 전략이라 볼 수 있다. 규상의 눈을 통해 목격된 완식의 호의에 대한 강박적 거부와 (원칙주의자로서의) 자존심 강한 모습은 사실상 포섭/배제에의 감각으로부터 파생된 태도이며, 그것이 사회적으로 구조화된 모순과 부조리함으로 나아가지 못한 채 개인(약자)의 책임으로 전가되어버린 상황에 대한 지적이다. 그런 점에서 소설의 표면상의 주제, 즉 '협력과 연대에 기반한 공동체의 통합' 및 이를 통한 문제해결의 가능성을 찾는 것이 과연 근본적인 해결책이 될 수 있는지를 질문하는 시선이 작품 내에 마련되는 것이다.

『채석장의 소년』은 기존 염상섭의 작품들에서 발견할 수 있는 작품 구성 방식 및 소설작법의 방식과 다소 차이를 보인다. 그러나 이러한 모습은 전향 증명에의 압박과 감시의 시선 속에서도 소설 쓰기를 포기할 수 없었던 염상섭의 작가의식의 한 부분을 반영하여 나타난 결과라 할 수 있을 것이다. 1949년 9월 염상섭은 '후배에게 주는 글'이라는 기획의 일환으로 『민성』에 「불능매문위활(不能賣文爲活)」이란 글을 발표한다. 염상섭은 후배 문인들이 가져야 할 문인의 태도와 역할 등에 대해 말하고 있는데, 글의 마무리에 이르러 그는 "이 시대와 같은 발전과정에서 문학을 한다는 것은 그 초기에서와 같이 의연히 일종의 순교자적 열정을 가져야 할 것"이라 강조한다.[54] 후배들에게 건네는 문단 선배의 조언 형식으로 되어 있지만 어쩐지 그것은 염상섭이 자기 스스로에게 건네는 말 같이 느껴지기도 한다. 시대현실의 부조리함 앞에, 그럼에도 불구하고 소설 쓰기를 포기할 수 없었던 작가 염상섭은 그러한 시간을 견디며 '순교자적 열정'으로 소설을 써내려가야 함을 자신에게 이야기하고 있는 것은 아닐까. 이러한 모습들을 함께 염두에 두고 이 작품을 다시 읽어본다면, 『채석장의 소년』은 전향 증명에의 상황에 놓인 염상섭이 그저 '아동문학'의 형식을 통해 제출한 수동적 자기증명의 서사, 혹은 염상섭의 다른 (아동소설과 상대되는 의미에서의) '소설'과 비교하여 수준 낮은 미달태로서의 작품이 아니라 작가 염상섭에 의해 선택된 소설 쓰기의 적극적 변형태로 이해될 수 있을 것이다.

---

54 염상섭, 「불능매문위활(不能賣文爲活)」, 『민성』, 1949.9.; 한기형·이혜령 엮음, 앞의 책, 152~155면.

참고문헌

1. 1차 자료

염상섭, 「채석장의 소년」, 『소학생』 74~79, 아협, 1950.1~6.

______, 『채석장의 소년』, 평범사, 1952.

______, 『채석장의 소년』, 글누림, 2015.

한기형·이혜령 엮음, 『염상섭 문장 전집』 3, 소명출판, 2014.

『경향신문』 『동아일보』, 『조선일보』 외

2. 논문 및 단행본

강성현, 「전향에서 감시·동원, 그리고 학살로 -국민보도연맹 조직을 중심으로-」, 『역사연구』 14, 역사학연구소, 2014.

공종구, 「염상섭의 『채석장의 소년』론」, 『현대소설연구』 65, 한국현대소설학회, 2017.

김승민, 「해방 직후 염상섭 소설에 나타난 만주 체험의 의미」, 『한국근대문학연구』 8, 한국근대문학회, 2007.

김영경, 「단정 이후 염상섭의 정치의식과 미완의 서사」, 『현대소설연구』 64, 한국현대소설학회, 2016.

김윤식, 『염상섭 연구』, 서울대학교 출판부, 1987.

김재용, 「냉전적 반공주의 하에서의 민족적 통합 및 민주주의에 열망 : 새로 발굴된 「채석장의 소년」을 중심으로」, 『채석장의 소년』, 글누림, 2015.

김재용, 「해방 직후 염상섭과 만주 재현의 정치학」, 『한민족문화연구』 50, 한민족문화학회, 2015.

남찬섭, 「해방 후 주택문제와 '적산요정' 개방운동」, 『월간 한국노총』 571, 한국노총조합총연맹, 2021.

류진희, 「염상섭의 「해방의 아들」과 해방기 민족서사의 젠더」, 『상허학보』 27, 상허학회, 2009.

박성태, 「단정 수립 이후 염상섭 문학의 중도적 정치성 연구(1948-1950)-민족통합과 친일파 청산 문제를 중심으로」, 「현대소설연구」 83, 한국현대소설학회, 2021.

박정선, 「반공국가의 폭력과 '좌익작가'의 전향」, 『現代文學理論硏究』 83, 현대문학이론학회, 2020.
안서현, 「'曉風'이 불지 않는 곳 : 염상섭의 『無風帶』 연구」, 『한국현대문학연구』 39, 한국현대문학회, 2013.
이봉범, 「근대지식으로서의 사회주의와 그 문화,문화적 표상 : 단정수립 후 전향(轉向)의 문화사적 연구」, 『大東文化硏究』 64, 성균관대학교 대동문화연구원, 2008.
이연식, 「해방 직후 서울 소재 '적산요정' 개방운동의 원인과 전개과정」, 『鄕土서울』 84, 서울역사편찬원, 2013.
이종호, 「해방기 염상섭과 『경향신문』」, 『구보학보』 21, 구보학회, 2019.
정호웅, 「해방 후 소설과 '소년의 행로'」, 『구보학보』 22, 구보학회, 2019.

통속 서사와 냉전시대의 정치성
:『난류』

천춘화

* 이 글은 『한국민족문화』 81호(부산대학교 한국민족문화연구소, 2022.03)에 게재되었던 「통속서사와 냉전시대의 정치성: 염상섭의 『난류』론」을 전재한 것이다.

1. 머리말

만주 안동에서 해방을 맞은 염상섭은 즉시 귀환길에 오르지 않고 초겨울 찬바람이 불기 시작할 때에야 안동에서 맞은편의 신의주로 옮겨 앉았고 신의주에서도 8개월 여를 머물다가 이듬해 여름이 가까워져서야 삼팔선을 넘어 서울에 당도하였다. 이 귀환 과정에서의 체험을 소설화한 것이 「첫 걸음」(『신문학』 4호, 1946.11, 후에 「해방의 아들」로 개제), 「삼팔선」(1948.1), 「이합」(1948.1), 「재회」(1948.8), 「그 초기」(1948.5), 「모략」(1948.1), 「혼란」(1948.12) 등과 같은 작품들이었고, 이상 작품들이 해방기 염상섭 문학을 논의함에 있어서 가장 빈번하게 언급되는 작품들이기도 하다. 이 작품들을 대상으로 하는 초기의 연구들은 해방기 염상섭 문학의 핵심 중의 하나는 작가의 정치의식이었음에 주목하고 있다. 그러다 2000년대 들어 해방기 귀환서사에 대한 연구가 활발해지면서 만주에서의 귀환을 소재로 하고 있는 염상섭의 일부 작품들이 귀환서사의 맥락에서 조명되면서 그의 '만주 체험'[1]에 대한 일부 연구들도 함께 진척되었다.[2]

---

1 염상섭의 만주 인식에 주목한 연구로는 김승민, 「해방 직후 염상섭 소설에 나타난 만주 체험의 의미」, 『한국근대문학연구』 16, 한국근대문학회, 2007; 김재용, 「해방 직후 염상섭과 만주 재현의 정치학」, 『한민족문화연구』 50, 한민족문화학회, 2015. 등이 있다.

2 염상섭의 후기 장편 중에서 『효풍』과 더불어 일부 연구가 진행되고 있는 작품은 『젊은 세대』와 『대를 물려서』이다. 대표적인 연구들로는 최애순, 「1950년대 서울 종로 중산층 풍경 속 염상섭의 위치: 『젊은 세대』와 『대를 물려서』를 중심으로」, 『현대소설연구』 52, 한국현대소설학회, 2013; 정종현, 「1950년대 염상섭 소설에 나타난 정치와 윤리: 『젊은 세대』, 『대를 물려서』를 중심으로」, 『동악어문학』 62, 동악어문학회, 2014; 공종구, 「1950년대 염상

기존 연구가 말해주듯이 해방기 염상섭 문학 연구에서 중요한 두 개의 키워드는 '정치성'과 '만주 체험'이다. 대부분의 연구들은 작품에 투영된 작가의 이력을 통해 염상섭의 이념적 지향성을 읽어내고자 하는 노력에 집중되어있다. 그러나 염상섭의 이러한 경향은 1948~1949년을 기점으로 변화를 일으킨다. 염상섭은 단편 「혼란」(『민성』 31, 1948.12)을 끝으로 해방기에는 더 이상 만주 이야기를 작품화하지 않았고 단편에서는 「재회」(『개벽』 24, 1948.8)를 끝으로, 장편에서는 『무풍대』(『호남신문』, 1949.7.1~9.25)를 끝으로 더 이상 좌우익 이데올로기와 관련된 이념의 문제를 서사화하지 않았다. 말하자면 단정 수립 후부터 염상섭은 그의 해방기 문학 세계에서 중요한 비중을 차지하는 정치적 입장에 대한 발언에서, 그리고 만주 체험에서 점차 멀어져 갔던 것이다. 대신에 그 자리를 차지하기 시작한 것은 염상섭의 해방 후 문학을 특징짓는 '통속성'[3]이었고, 지금까지의 평가에 따르면 본격적인 통속화의 길로 나아갔다고 평가받는 작품이 「일대의 유업」(『문예』, 1949.10)이다.[4] 본고에서 주목하고자 하는 장편 『난류』 역시 이러한 통속성의 맥락에

섭 소설의 여성의식과 사회·정치의식: 『젊은 세대』와 『대를 물려서』를 중심으로」, 『현대소설연구』 81, 한국현대소설학회, 2021. 등이 있다.

3 일찍이 김재용에 의해 언급되었다시피 염상섭의 해방기 문학은 1949년 6월을 기점으로 현격한 차이를 드러내고 있다. 1949년 6월 이후의 염상섭의 작품은 리얼리즘과는 거리가 먼 세태 묘사에 그치고 말게 되는데 김재용은 이런 변화의 근저에는 『신민일보』 사건과 국민보도연맹 가입 등을 포함한 여러 개인적인 이력이 놓여있다고 보고 있다(김재용, 「분단을 거부한 민족의식: 8.15 직후 염상섭의 활동과 『효풍』의 문학사적 의의」, 『국어국문학연구』 20, 원광대학교 인문과학대학 국어국문학과, 1999).

4 김윤식은 염상섭의 해방기 문학을 세 부류로 구분한다. 하나는 미군과 관련된 가치중립성의 문제를 다룬 작품군이고 다른 하나는 이데올로기의 문제를 다룬 작품군이며, 이 두 가지가 불가능해졌을 때 세 번째로 염상섭의 작품 세계를 지배하는 것은 '서울 중산층의 감각'이라고 하였다. 여기서 말하는 '서울 중산층의 감각'이란 염상섭의 의식 깊이 자리 잡고 있는 가부장제의 삶의 감각을 말하는 것이며 「일대의 유업」이 그 대표작으로 꼽힌다(김윤식,

서 조명되는 작품이다.

『난류』는 1950년 2월 10일부터 6월 25일까지 『조선일보』에 총 125회에 걸쳐 연재되다가 한국전쟁으로 인해 중단된 장편이다.[5] 『난류』에 대한 언급은 염상섭의 해방 후 문학 연구의 시작을 열었다고 할 수 있는 김종균의 연구에서 확인된다. 그는 『난류』와 『취우』는 인물의 성격과 위치만 변했을 뿐 작품의 내면 구도는 동일하다는 점을 강조하면서 『취우』는 『난류』의 속편이 되는 것이고, 따라서 『난류』, 『취우』, 『새울림』, 『지평선』 네 작품은 한데 묶어서 논의할 필요가 있음을 강조하였다.[6] 이러한 인식은 해방 후 염상섭 장편, 특히 『취우』를 논의함에 있어서 꽤 오랫동안 하나의 공식처럼 적용되었고 『난류』는 항상 『취우』 또는 『취우』, 『새울림』, 『지평선』 등 작품과 한데 묶여 연작으로 논의되는 과정에 단편적으로 언급되었다.[7] 그 과정에 『난류』가 주목받지 못했던 부분에 대해 공통적으로 언급되었던 점은 바로 '이념성 부각의 실패'[8]와 '사회적 환경으로 인한 정치성의 결여'[9]라는

『염상섭 연구』, 서울대학교출판부, 1987, 817~818면).

5 『조선일보』에는 125회까지 연재되었고, 김종균에 의해 미발표 원고 일부가 발굴되어 총 128회분이 전해지고 있다. 2015년 글누림에서 단행본으로 출간되었다.

6 김종균, 『염상섭 연구』, 고려대학교출판부, 1974, 238면.

7 한승옥, 「염상섭 장편소설 연구: <난류>, <취우>, <지평선>을 중심으로」, 『崇實語文』 7, 崇實語文學會, 1990; 김경수, 『염상섭 장편소설 연구』, 일조각, 1990, 224~230면; 배하은, 「전시의 서사, 전후의 윤리: 『난류』, 『취우』, 『지평선』 연작에 나타난 염상섭의 한국전쟁 인식 연구」, 『한국현대문학연구』 45, 한국현대문학회, 2015.

8 한승옥은 염상섭 소설의 삼박자는 '애욕', '돈', '이데올로기'이며 이 삼박자의 균형이 깨질 때 그의 작품은 긴장감을 상실하게 되는데 『난류』의 경우는 이념성의 부각에 실패했거나 소홀했기 때문이라고 하였다(한승옥, 앞의 글).

9 김경수 역시 『난류』의 이념성의 부재에 대해 주목한 바 있으며 그는 『난류』에서부터 염상섭 소설 특유의 정치적 관심이 현저하게 줄어들었는데 그 이유는 남한 단독정부의 출현으로 변화된 사회적 환경 때문이라고 보았다(김경수, 앞의 책, 225면).

지적이었다. 그러다 최근 들어 『난류』와 『취우』 사이에 가로 놓여있는 '남한 단독정부 수립'이나 '한국전쟁' 등과 같은 거대사건들이 작가 염상섭에게 미친 영향을 의식하면서 해방기 염상섭 문학에 대한 정치하고 치밀한 접근[10]이 필요함이 강조되었고, 일부 개별적인 작품론이 등장하기 시작했다. 최초의 『난류』론[11]이라고 할 수 있는 김영경의 연구는 『난류』는 표면적으로는 경제적 현실을 배경으로 삼고 있지만, 회사의 통합과 혼담이라는 '통합의 이데올로기'를 통해 당시의 정치적 현실을 드러내고자 한 작품이었음을 단정 수립 후 염상섭이 처한 현실과의 긴밀한 관련 속에서 읽어내고 있다.

본고 역시 작품 『난류』가 한낱 통속적인 작품이라기보다는 어느 정도 정치성을 드러내고 있는 작품이라는 데에 주목하고자 한다. 이 글에서는 『난류』는 단정 수립 후 남북통일 또는 중립적인 정치의식의 표출이 불가능하거나 자제되었던 현실에서 염상섭이 나름의 방식으로 사회적 현실을 비판하고 그 의식을 표출하고자 했던 작품이었음을 구명하고, 작가의 이러한 경향이 작품 서사 구성이나 인물형상 부각에 미친 영향을 검토하고자 한다. 이는 『난류』를 해석하는 또 하나의 새로운 접근방식이 될 것이며, 이를 통해 냉전시대라는 새로운 시기를 맞이하면서 작가 염상섭이 취했던 그 나름의 대응방식의 한 측면을 살펴볼 수 있게 될 것이다.

---

10 이종호는 해방기 염상섭의 행보를 만주에서 돌아오는 시기, 『경향신문』 편집국장 시기, 『신민일보』의 주필 겸 편집국장 시기로 구분하여 세밀하게 연구해야 함을 강조하고 있다(이종호, 「해방기 염상섭과 『경향신문』」, 『구보학보』 21, 구보학회, 2019).

11 김영경, 「단정 이후 염상섭의 정치의식과 미완의 서사: 염상섭의 『난류』론」, 『현대소설연구』 64, 한국현대소설학회, 2016.

2. '연애-결혼'이라는 통속 서사의 이면

『난류』는 삼한무역(三韓貿易)과 전일지물(全一紙物) 두 회사의 합병이 진행되는 중에 삼한무역의 딸 덕희와 전일지물의 아들 필환의 혼담이 동시에 추진되는 구도를 취한다. 덕희는 가을이면 대학을 졸업하는 영문학과 학생이고 필환은 지난해에 경제학부를 졸업하고 현재 전일지물에서 경영인 수업을 받고 있는 인물이다. 덕희의 오빠인 기흥과는 대학 동문이기도 하다. 이들의 혼담은 두 회사의 합병 결정과 거의 동시에 대두되었고 두 사람의 관계는 염상섭이 즐겨 사용하는 이중의 삼각구도 속에 얽혀있다.

소설 속에 등장하는 젊은 청춘남녀의 이중의 삼각관계 설정은 염상섭 소설의 단골 설정이라 할 수 있다. 『난류』 역시 이 고전적인 구도에서 벗어나지 않고 있다. '덕희-택진-필환'과 '택진-덕희-경순'의 이중의 삼각관계는 『난류』 전편을 관통하면서 서사를 이끌어가는 중요한 축이다. 이와 같은 이중의 삼각관계는 『효풍』에서도 똑같이 확인된다. '병직-혜란-화순'과 '혜란-병직-베커'의 관계가 그것이고 『취우』, 『새울림』, 『지평선』 연작에서는 '영식-순제-명신'과 '명신-영식-월슨'의 삼각관계가 마찬가지 역할을 한다. 세 작품 모두 이중의 삼각관계를 설정하고 있고, 이러한 설정이 서사를 이끌어가는 역할을 하고 있다. 그럼에도 『난류』가 『효풍』이나 『취우』만큼 주목받지 못하고 평가받지 못하는 원인에 대해서는 연구사 검토에서도 살펴보았듯이 '이념성 부각의 실패'나 '정치성의 결여'라는 '정치성 부재'의 문제로 의견이 좁혀졌다.

사실 이러한 평가는 염상섭 문학에 대한 이분법적인 평가에서 기원하는 것이다. 지금까지 염상섭 문학은 통속문학과 본격문학이라는 두 부류로 구분되었고 통속성이냐 정치성이냐의 문제는 그의 문학을 평가하는 중요한 두 준거로 작용했다.[12] 따라서 본격문학은 훌륭한 작품이고 통속문학은 그에 미치지 못한다는 암묵적인 인식이 형성되면서 그중에서도 해방 후 문학은 대체적으로 통속문학의 범주로 구분되어 제대로 된 평가를 받지 못했다. 특히 이러한 평가를 가능하게 했던 것은 염상섭의 해방 후 작품 대부분이 그의 득의의 분야였던 "서울 중류 이상 혹은 부르주아 가정을 중심에 두고 당대의 풍속과 윤리, 사랑의 이야기를 다루"[13]고 있기 때문이다. 이에서 알 수 있듯이 해방 후 염상섭 작품에서 통속적인 요소는 '중산층의 생활'이나 '당대의 풍속', '사랑 이야기' 등이 많은 비중을 차지했음을 알 수 있다. 『난류』 역시 이 범주에 적확하게 들어맞는 작품이었고 작품에 대한 평가 역시 표면적으로 드러나는 이러한 요소들에 비중을 두고 이루어졌다. 이러한 판단 기준은 작품 배경에 대한 인식에서도 확인이 가능하다.

주지하는바 당대 문제의 소설화는 해방 후 염상섭 소설의 중요한 특징이다.[14] 『난류』와 『효풍』, 『취우』 세 작품은 모두 당대를 시대적 배경으로 하

---

12 통속성과 정치성의 문제는 염상섭의 해방 전 문학을 평가하는 데에서 중요한 준거였다고 할 수 있다. 염상섭 소설의 통속성을 강조한 연구로는 김윤식의 『염상섭 연구』(서울대출판부, 1987)가, 정치성을 강조한 연구로는 이보영의 『난세의 문학: 염상섭론』(예지각, 1991)이 대표적이라 할 수 있다.

13 정종현, 「1950년대 염상섭 소설에 나타난 정치와 윤리」, 『동악어문학』 62, 동악어문학회, 2014, 13면.

14 염상섭은 「해방 후 나의 작품메모」(『삼천리』, 1948.7)에서 "『효풍』은 해방 후의 남조선의 현실상이요, 신풍속도요, 그들의 정치이념이나 생활태도를 엿보자는 데에 있을 따름이다." (염상섭 지음, 한기형·이혜령 엮음, 『염상섭 문장전집』 3, 소명, 2014, 94면)고 언급하고 있고 단편들에 대해서는 "나 자신은 이데올로기나 정치정세에 휘둘리기 싫기 때문에 어디까지 리버럴한 입장을 견지하면서 호오(好惡)의 감정에서 초월하여 공정히 썼고 우리의 갈 길을 조금이라도 시사하려는 양심적 의도로 제작되었다고 믿는다."(95면)고 언급하고 있다. 구체적이지는 않지만 해방기 염상섭 문학이 보여주었던 몇 가지 특징을 제시하고 있어

고 있는 공통점을 지닌다. 『효풍』은 해방 직후의 좌우익 이데올로기의 문제를, 『취우』는 한국전쟁이라는 거대한 역사적 사건을 배경으로 설정하고 있다. 『난류』 역시 당시 사회적 이슈가 되었던 대일무역의 문제를 배경으로 설정하고 있으나 대일무역이라는 사회적 이슈는 결코 해방 직후의 좌우익 이데올로기의 첨예한 대립(『효풍』)이나 한국전쟁이라는 거대한 역사적 사건(『취우』)을 뛰어넘을 수는 없었다. 『효풍』과 『취우』에서 이데올로기의 문제나 한국전쟁이라는 이슈는 작품 속의 통속적인 요소를 가리고도 남았지만 대일무역의 문제는 결국 『난류』의 통속적인 요소를 능가하지는 못했다. 따라서 『난류』는 대일무역이라는 현재적 문제보다는 '연애-결혼'이라는 통속적인 서사가 더 부각되면서 해방 후 염상섭 소설의 통속성이라는 카테고리 안에 아주 쉽게 포섭될 수밖에 없었다.

이것이 『난류』가 다른 두 장편과 기본적으로 동일한 소설적 구성을 취하고 있으면서도 전혀 반대되는 소설적 효과를 가져왔던 중요한 요소였다. 말하자면 초유의 관심사였던 해방 직후의 좌우익 이데올로기의 문제나 한국전쟁의 문제는 정치적인 차원에서 그 중요성을 부각시키고도 남았지만 대일무역이라는 경제적인 문제는 정치성과는 결코 쉽게 연결지어지지 않았기 때문이다. 그렇다고 하여 대일무역의 문제를 한낱 소설적 배경으로 인식해서는 안 된다. 대일무역에 대한 작가의 인식에는 단정 수립 이후의 체제 개편이라는 한국 내적인 상황과 동아시아 경제 질서의 재편이라는 세계적인 맥락을 동시에 조감하고 있는 작가의 시대적인 인식이 깔려있기 때문이다.

주목을 요한다. 어느 한 편에 치우치지 않는 "리버럴한" 입장을 견지하는 것, 당대의 현실을 쓰는 것, 그리고 앞으로 갈 길을 조금이라도 시사하고자 하는 작가의 창작 의도를 파악할 수 있다. 해방기 염상섭 문학은 대체적으로 이 범주에서 벗어나지 않고 있다.

해방 직후 한국의 무역은 미군정에 의해 장악되었고, 단정 수립 전까지 한국의 대외 무역은 미군정의 무역통제정책에 따른 관영무역이 중심이었으며 민간무역은 엄격히 통제되었다.[15] 따라서 해방 직후부터 밀무역이 성행하였고 정크선을 통한 밀무역이 통제되자 새롭게 시작된 것이 홍콩·마카오를 경유하는 이중무역이었다. 그중에서도 마카오 무역은 홍콩(1947년 8월 15일 개시)보다도 이른 1947년 2월 홍콩에 살던 남일성이 페리어트호를 끌고 들어오면서 시작되었다. 마카오 무역에서 인기 수입품은 생고무, 양복지, 복사지 등이었고 한국 수출품은 망간 등을 비롯한 광산물과 수산물, 그리고 홍삼이었다. 수입품으로 마카오 종이는 전문 취급상회가 있을 정도로 인기가 좋았는데 무역회사 천우사는 홍콩의 치생공사(致生公司)와 대리점 계약을 체결하고, 주재원을 교환하여 복사지를 주로 취급하기도 하였다. 당시 복사지가 이처럼 인기가 좋았던 이유는 해방 직후 다양한 정치세력의 등장으로 그들의 홍보를 위해 각종 간행물이 창간되었기 때문이다.[16] 마카오 종이의 호황에 대해서는 『효풍』의 이진석이 "마카오 종이에 맛을 들인 뒤로는 한층 더 눈이 벌게서 돌아다니"(16면)는 장면에서도 확인이 가능하다. 그러나 1948년 4월부터 수출입 품목이 개정되면서 마카오로부터의 양복지 수입이 금지되었다.[17] 그러자 양복지 가격이 사천원에서 만오천원으로 급격하게 뛰어올랐고, 그러나 예상과는 달리 실제 판매 실적은 저조했다.[18]

---

15 류기덕, 「미군정기 한국 무역구조와 관세정책의 성격」, 『한국사회과학연구』 18-2, 계명대학교 사회과학연구소, 1999, 293면.

16 마카오 무역에 관해서는 차철욱, 「미군정기 민간무역정책과 무역업자의 활동」, 『문화전통논총』 6, 경성대학교 한국학연구소, 1998.를 참조.

17 「線毛織物等輸入禁止, 四月부터 輸出入目錄改正」, 『중앙신문』, 1948.3.9.

18 「査定價四千圓洋服地가 萬五千圓의 正札, 毛織物等輸入禁止와 其影響」, 『平和日報』 44, 1948.3.31.

이런 상황에서 삼한무역의 양복지는 창고 신세를 면치 못하게 되었고 마카오 종이를 수입하는 전일지물 역시 수출입품목이 개정되고 있는 상황에서 불안하기는 마찬가지였다. 이런 시국에 한일통상협정이 곧 발효될 것이라는 소식이 전해지고, 이에 두 회사는 대일무역을 전제로 적극적인 합병을 추진하기로 결정한다. 실제로 1949년 3월 25일 한일양국은 한일통상협정 가조인식을 가지고 기계원료와 해산물, 양곡을 비롯한 품목의 연간 팔천만불 교역에 합의한다.[19] 일본과의 무역 재개를 위한 한국정부의 노력은 1948년 11월부터 시작되었다. 오랫동안의 식민지시기를 경유하면서 한국은 상당히 많은 부분을 일본 무역에 의존해왔다. 특히 기계류와 자재, 화학 약품에 대한 의존이 컸고 남북분단은 전력, 비료의 주요 공급지였던 이북과의 단절을 초래하면서 한국의 경제는 더욱 악화되어갔다.[20] 일본과의 무역재개를 위한 한국정부의 노력에는 이러한 한국의 내부 상황 타개를 위한 내적인 맥락이 있었고 외부적으로는 미국을 중심으로 한 냉전시대의 동아시아 질서 개편이라는 구도와 밀접하게 연관되어있는 문제였다.

초반의 한일무역은 한국과 일본의 직접적인 교역이 아닌 미국의 점령통치 하에서의 통합운영 방식에 의거하고 있었던 관영무역이 중심이었다. 그러다 1947년 들어 '공산주의 봉쇄'를 목표로 하는 트루먼독트린의 발표와 일본과 독일을 '생산공장'으로 전환할 것을 요구한 애치슨(Dean G. Acheson)의 제안으로 미국의 정책은 초기 일본의 비군사화와 민주화를 위한 경제력

---

19 「韓日通商協定假調印, 一年間八千萬弗交易, 機械原料海產物米穀等을 交換」, 『釜山新聞』 862, 1949. 3.25.

20 이정은·임광순, 「한일 무역관계의 재개: '통상협정'과 '재정협정'」, 『냉전분단시대 한반도의 역사 읽기: 분단국가의 수립과 국제관계(1)』, 선인, 2015, 143~149면 참조.

수준 억제 정책에서 일본의 경제부흥으로 급선회하게 된다.[21] 이렇게 한일무역의 시대가 비로소 시작되었으나 그 경과는 낙관적이지 못했다. 게다가 1949년 5월 세계경기가 악화되자 무역은 더욱 저조했고, 결국 그 해결책으로 민간무역을 추진하기로 한다. 한일 양국의 민간무역이 본격적으로 증대하기 시작한 것은 1949년 말에서 1950년 초의 시기였다.[22] 『난류』의 연재가 1950년 2월부터임을 감안하면 시기적으로 소설적 배경과 정확하게 일치하고 있으며 이러한 한일무역의 증대는 『난류』가 보여주는 한일무역에 대한 긍정적인 전망과도 무관하지 않다. 이런 상황에서 전일지물과 삼한무역은 중앙청에 들어가서 두 회사의 합병 수속을 마치고 대일무역의 허가를 받아낸다.

민간의 입장에서 대일무역의 개시는 더 많은 기회를 획득하는 것이기 때문에 결코 나쁜 상황만은 아니다. 이는 한택진이 대일무역을 전망하면서 일본 주재원 파견을 염두에 두는 데에서도 알 수 있다. 그러나 더 넓은 시각에서 바라보면 이는 동아시아 경제 질서 재편의 결과이고 이러한 경제 질서의 재편은 미국 헤게모니의 질서 속에 편입되는 과정이기도 했다. 다시 말하면 단정 수립과 분단이라는 새로운 체제의 수립이 실질적으로는 종속적인 한일관계의 또 다른 변형에 다름 아님을 말해준다. 식민지시기의 종언과 함께 막을 내린 종속적인 한일관계는 새로운 종속적인 한미관계의 수립으로 이어지고 있음을 작가는 예리하게 포착하고 있었다. 다른 점이라면 한일관계가 식민통치에 따른 정치적인 관계라면 한미관계는 근본적으로 경제력

---

21 위의 글, 144~145면.

22 위의 글, 151~152면.

에 기반한 종속적인 관계라는 점이다. 이러한 사정을 염두에 둘 때 『난류』가 겨냥하고 있는 문제점은 더욱 뚜렷해지고, 이러한 문제의식은 '정략결혼'이라는 알레고리를 통해 구체화된다. 『난류』는 표면적으로는 '연애-결혼'이라는 통속 서사를 내세우고 있지만 그 이면에는 두 젊은 남녀의 '연애-결혼'이 정략결혼으로 묶이게 되는 과정을 대일무역을 통해 제시하면서 무역시대의 종말과 함께 시작된 미국 자본의 남한사회로의 침투를 예리하게 포착하고 있는 것이다. 그리고 작가는 이것을 정략결혼에 은유하고자 했다.

3. 정략결혼의 알레고리와 정치성의 변형

『난류』와 『효풍』, 『취우』와의 다른 점이라면 바로 '정략결혼'의 설정이다. 『효풍』, 『취우』에서도 이중의 삼각관계는 여전하고 혼담이 오가는 것도 여전하다. 다른 점이라면 이 작품들에서의 혼담은 어디까지나 연애의 자연스러운 수순으로서의 '결혼'이었다면 『난류』에서의 결혼은 두 회사의 합병이 연관되어있는 '정략결혼'이라는 점이다. 『난류』에서는 이 결혼을 "교환조건"[23]이라 칭하고 있다. 『난류』의 제3절 "교환조건"은 이의순이 덕희의 중매를 서는 내용으로 구성되어있다. 덕희와 필환이 양가 어른들에게 각자 선을 보이고, 그 다음 순서로 이의순이 정식으로 중매를 서는 셈이다. 이

23 『난류』는 다음과 같이 14개의 소제목으로 구성되어 있고 그 중 세 번째 장이 "교환조건"이다. 1.초대, 2.상지(相持), 3.교환조건, 4.뒷골살림, 5.나 할 일은 한다, 6.새로운 결심, 7.폭탄선언, 8.심란한 봄, 9.첫 고민, 10.순진이 그립다, 11.별빛 잃은 밤, 12.퉁고전(通告戰), 13.재출발, 14.감격의 순간.

장에서 이의순은 중매를 서기 위해 회사로 기흥을 찾아오고, 기흥은 이의순의 방문 목적을 짐작하고는 "드디어 교환조건이 나오나 보다는 생각"(52면)을 한다. 한편 이의순은 덕희와 필환의 결혼을 두 회사 합병의 전제조건이라고 자연스럽게 받아들이고 있다. 또한 덕희의 부친이 이 혼인을 무조건적으로 받아들일 것을 두려워하는 기흥의 심리는 "더구나 이판에, 그야말로 교환조건으로 모든 것을 '응 응'할 것이 무서운 것이었다."(56면)고 그려진다. 이처럼 덕희와 필환의 결혼은 두 회사의 합병을 위한 전제조건이자 필수조건으로서의 "교환조건"으로 제시된다.

사실 두 회사의 합병 아이디어를 낸 사람은 한택진과 필환이었다. 기흥의 대학 2년 후배이기도 한 한택진은 삼한무역의 장래가 촉망되는 중견사원이다. 그러나 정략결혼의 문제가 불거지자 가장 먼저 반응을 보인 인물이 바로 한택진이었다. 그는 덕희와 필환의 혼담 이야기가 시작되자 삼환무역을 나와 산업경제긴급대책연구회로 자리를 옮긴다. 택진의 이러한 행보에는 두 회사의 합병이라는 큰 국면을 감안한 측면이 크다. 자신의 존재가 덕희와 필환의 혼담에 영향을 미칠 경우, 혼담뿐만 아니라 두 회사의 합병까지도 위험해진다는 것을 잘 알고 있기 때문이었다. 한택진의 이직을 계기로 『난류』의 서사는 이중의 삼각관계를 중심으로 전개되면서 서사의 축이 덕희에게로 이동한다.

『난류』에서 덕희는 초반에 필환과의 혼담이 언급되었을 때에는 별로 큰 반응을 보이지 않는다. 그러나 이 혼담이 자신의 의사와 무관하게 어른들 사이에서 결혼 날짜까지 정해지는 것을 보면서 그녀는 적극적인 반격에 나선다. 그 가장 큰 이유 중의 하나는 자신의 의사가 무시되었다는 점이고, 또 하나는 자신의 마음이 한택진을 향해 있다는 것을 뒤늦게 깨달았기 때문이다. 덕희가 가장 먼저 한 행동은 택진의 마음을 확인하는 일이었다. 그녀는 택진 역시 자신에게 마음이 있지만 상황에 못 이겨 그런 결정을 하였다는 사실을 확인하고는 경순에게 자신의 입장을 명확히 전달한다. 택진을 향한 경순의 마음을 알고 있는 덕희는 경순에게 자신의 마음을 고백한다. 이러한 고백은 실질적으로는 경순의 퇴출을 요구하는 것이었고, 경순에게 자신의 결심을 알린 덕희는 마지막으로 필환에게 이 정략결혼의 부당함을 어필한다.

덕희의 정략결혼에 대한 거부는 구구절절 나열되고 있는데 이러한 덕희의 내면은 주로 그녀의 목소리를 통해 전달되고 있다. 덕희의 택진을 향한, 경순을 향한, 그리고 필환을 향한 발화는 그녀의 일방적인 고백이거나 설득의 형식을 취하고 있다. 덕희와 경순의 대화는 덕희의 일방적인 통보에 가깝고 덕희와 택진의 대화는 일방적인 고백이며 덕희와 필환의 대화는 일방적인 설득이었다. 이들의 관계는 쌍방적이라기보다는 일방적인 성격이 더욱 강하며 이러한 관계 속에서 형성되는 덕희의 인물상은 공허한 발화 속에서 축조되는 이상적인 여성상에 그칠 뿐이다. 개연성 없는 이념만이 강조되는 이러한 인물형상의 부각은 텅 빈 목소리로밖에 남지 않았으며 그것은 그대로 한낱 이상적인 발언에 그치고 말게 된다. 이로부터 『난류』의 중심인물 덕희는 그저 작가의 이념만을 열심히 전달하는 꼭두각시로 남고 말았다.

작가 경력 근 30년이 되는 노대가(老大家) 염상섭이 어찌하여 이런 서사적 구도를 취하고 있는 것일까? 덕희를 통해 작가 염상섭이 전달하고자 했던 것은 과연 무엇이었을까? 『난류』는 비록 덕희라는 인물의 형상 부각에는 실패하고 있지만 덕희를 통해 전달하고자 했던 작가의 말에는 귀를 기울일 필요가 있다.

난 돈과 싸운다! 세력과 싸운다! 돈의 힘, 세력의 힘으루 나를 굽히려드니 왜 안 싸우겠니! 나는 나다! 벌거벗은 나다! 한 선생이 돈이나 권력에 밀려서 실미지근한 데가 있는 점은 불만이지마는, 그이도 실상은 돈의 힘, 세력의 힘과 싸운대짜 질 것이 뻔하니 깨끗이 물러선다는 것이오, 또 하나는 우리 집에 대한 의리로 그러는 것이란다. 그런 줄을 번연히 알면서 내가 어째 모른 척하구 다른 데루 갈 듯싶으냐? .....[24]

얘, 내가 무슨 극단으로 고집을 부리는 거냐? 삼십 년 전 오십 년 전의 개화 초기에, 신여성이 싸우던 것과 똑같은 계제에서 싸우는 것이다. 오십 년 전과 다른 것이 뭐냐? 우리는 반세기를 공으로 산 것이다. 그때는 구도덕이니 봉건적 유풍이니 하는 것과 싸웠지만, 지금은 그 대신에 모리배의 돈의 세력과 구사상의 잔재에 대항해서 싸운다는 차이뿐이다.[25]

반드시 결혼 생활에서만 신여성으로서의 실천이 있다는 것은 아니겠지만, 그 첫출발에서부터 여성의 입장이 무시되고, 결혼에 대한 정신적 동기라든가 심령상(心靈上) 요구를 존중하지 않는다면, 어디까지든지 대항하지 않을 수 없지 않아요? 가령 금력이나 권세 앞에 자기의 절개를 지키면 지조가 있는 사람이라고 하지 않습니까? 그러면 여자인 경우에, 돈의 힘이나 주위 사정에 끌리지 않고 마음의 정조랄까, 자기의 인격이나 주장을 굽히지 않고 소위 정조라는 것을 깨끗이 살리고, 아름답게 지켜나가겠다는 게 당연하지 않아요?[26]

---

24 염상섭, 『난류』, 글누림, 2015, 231면.

25 위의 책, 231~232면.

26 위의 책, 247면.

인용문은 덕희가 경순에게, 필환에게 정략결혼의 부당함을 설명하면서 했던 말들이다. 여기서 정략결혼은 '돈의 힘', '세력의 힘'으로 인식된다. 덕희는 정략결혼에 대한 자신의 거부를 '돈과의 싸움', '세력과의 싸움'이라 지칭하면서 '돈'과 '권세' 앞에 절개를 지키는 것을 '여성이 정조를 지키는 것'에 비견하고 있다. 주목을 요하는 부분은 인용문들에서 "돈", "세력", "모리배", "금력", "권세" 등과 같이 비슷한 단어들이 유독 많이, 반복적으로 등장하고 있다는 사실이다. 이는 곧 정략결혼에 대한 덕희의 저항이기도 하지만, 문제는 이 저항이 표면적으로는 '돈의 힘', '권세의 힘'에 대한 저항으로 드러나고 있지만 실질적으로는 이러한 힘에 기대어 질서를 재편하고 있는 거대세력을 겨냥한 비판이라는 점을 의식할 필요가 있다. 이는 덕희의 거부가 필환이 싫어서라기보다는 돈과 이익관계로 얽혀있는 관계 속에서 소신 있게 행동할 수 없는 압력(돈의 압력)에 대한 저항이라는 점과도 일맥상통한다. 특히 합병과정에 있어서 삼한무역의 열세를 이용하여 거부할 수 없는 '정략결혼'을 제의하는 전일지물 측의 행태는 '돈의 힘'과 '세력의 힘'으로 질서를 재편하는 당대의 맥락과 충분히 겹쳐 읽을 수 있다. 이는 덕희가 그와 필환의 관계를 '냉전'에 빗대어 표현하는 데에서도 확인이 가능하다.

『난류』에서 덕희는 한택진의 사무소에 취직을 하겠다고 조르는데 이러한 덕희의 선택을 두고 소설은 "필환이에게나 가정에 대하여 공동전선을 펴고 냉전을 개시하자는 것"(187면)이었고, "냉전태세로 들어가야 하겠다고 단단히 베르고"(189면)한 행동이었다고 표현하고 있다. 또한 덕희에게 있어서 "홍파동은 담 넘어 집이지만, 재동은 요샛말루 철벽이 가루 질린 데"(218면)라고 표현된다. 택진의 집이 있는 홍파동은 언제든지 드나들 수 있는 '담 넘어 집'이지만 필환의 집이 있는 재동은 건널 수 없는 '철벽이 가루 질린

데'였던 것이다. 말하자면 그녀 덕희와 필환의 관계는 냉전 구도처럼 복구 불가능한 관계였던 것이고, '정략결혼'은 이러한 냉전 구도를 두고 한 말이었다. 『난류』는 단정 수립 후 모리배들이 판을 치던 한국사회의 세태를 겨냥한 것이고, 궁극적으로 그것은 남한사회에 확산된 미국식 자본주의의 침투에 대한 비판이었던 셈이다. 이런 면에서 『난류』는 충분히 정치적이라 할 수 있다.

『난류』를 연재할 당시의 염상섭은 복잡하고 역동적인 해방기에서 이미 멀어지고 있었다. 46년 초여름에야 서울로 돌아온 염상섭은 곧 『경향신문』 편집국장으로 취직하지만 『경향신문』의 우경화로 일 년 여 만에 직장을 그만두고,[27] 1948년에 『신민일보』 편집국장으로 나서지만 다시 정치적인 문제에 휘말리게 된다. 당시 『신민일보』가 단독정부 수립을 반대하는 입장 성명을 발표하여 편집국장으로 있던 염상섭이 연행되어 열흘정도 구류를 살다가 벌금까지 내고서야 풀려날 수 있었고, 이에서 그치지 않고 그 사건을 계기로 『신민일보』는 창간 3개월 여 만인 5월 26일에 결국 폐간되는 신세를 면치 못했던 사건은 잘 알려진 사실이다.[28] 같은 해 4월 29일, 염상섭은 설의식, 유진오, 정지용, 김기림 등과 함께 문화인 108인 공동명의의 남북협상을 성원하는 성명[29]을 발표하기도 하지만 1948년 8월 15일 남한은 정식으로 단독정부 출범을 알렸고, 이를 계기로 해방기 염상섭 문학은 하나의 전환점을 맞이하는 것으로 드러난다.

---

27 이종호, 앞의 글, 418면.

28 김재용, 앞의 글, 197면.

29 「南北協商만이 救國에의 길, 薛義植氏等 108文化人이 支持聲明」, 『獨立新報』, 1948.4.29.

대체적으로 해방기 염상섭 문학의 정치성이라고 하였을 때에는 이러한 '중립적인 이데올로기'[30]나 '통합의 이데올로기'[31] 또는 '국가-만들기' 서사 속에서의 '국민의 정치의식'[32]을 정치성이라 명명했다. 이처럼 지금까지 연구에서 해방 후 염상섭 문학의 '정치성'이란 '이데올로기'와 '민족', '민족주의' 등과 같은 거대담론들과의 관련성 속에서 밀접하게 논의되었다. 그러나 단정 수립 후의 한국사회는 반공이데올로기가 형성되면서 이제 더 이상 '좌우익 이데올로기'나 '통합의 이데올로기'를 공론화할 수 없는 분위기였고, 그런 상황 속에서 염상섭의 해방 이후 문학은 이데올로기의 문제에서 멀어질 수밖에 없었다. 그리고 그것을 대신했던 것이 일상의 문제였고 이로 인해 그의 문학은 통속화로 퇴행했다고 평가받았다.

그러나 이상에서 살펴보았듯이 그의 문학은 결코 통속성으로 전락하지는 않았다. 물론 해방 후 그의 작품들은 주로 서울 중산층의 생활을 즐겨 묘사했고 청년남녀의 애정서사를 전면화시켰던 면이 없지 않지만 이러한 통속적인 요소의 이면에는 작가의 예리한 현실 인식이 뒷받침되어 있었다. 표면적인 통속 서사는 그 이면의 정치성을 전달하기 위한 하나의 서사적 전략일

---

30 염상섭 소설의 '중립적인 이데올로기'는 주로 그의 해방기 문학을 중심으로 논의가 이루어졌고 대체적으로 '중간파', '중도주의', '중도적 정치성' 등과 같은 말로 표현되었다. 대표적인 연구로 권영민, 「염상섭의 중간파적 입장: 해방 직후의 문학활동을 중심으로」, 『염상섭전집』 10, 민음사, 1987, 315~326면; 조남현, 「1948년도 염상섭의 이념적 전향」, 『한국현대문학연구』 6, 한국현대문학회, 1998; 장세진, 「재현의 사각지대 혹은 해방기 '중간파'의 행방: 염상섭의 글쓰기를 중심으로」, 『상허학보』 51, 상허학회, 2017; 박성태, 「해방 이후(1945~1948) 염상섭 소설의 중도적 정치성 연구」, 『구보학보』 23, 구보학회, 2019가 있다.

31 김영경, 앞의 글.

32 김종욱, 「해방기 국민국가 수립과 염상섭 소설의 정치성: 『효풍』을 중심으로」, 『외국문학연구』 60, 한국외국어대학교 외국문학연구소, 2015.

뿐이었다. 염상섭의 작가로서의 사회적 비판의식은 여전했고, 사회 현실에 대한 냉철한 판단도 여전했다. 다만 해방 직후의 작품들에서와는 다르게, 조금 다른 방식으로 그의 비판의식, 정치적 입장을 드러내고 있을 뿐이다. 이러한 염상섭 작품의 정치성을 해방기 작품들의 정치성과 구별하기 위하여 본고에서는 그것을 '냉전시대의 정치성'이라 명명하고자 한다. '냉전시대의 정치성'은 남한사회의 미국화에 대한 저항이자 비판이라는 점에서 충분히 정치적이며, 그것은 해방 직후의 이데올로기적인 경향의 정치성과는 다르게 경제적 지형도의 변화에 따른 헤게모니적 비판이라는 점에서 새로운 정치성이라고도 할 수 있다.

4. 냉전시대 '젊은 세대'의 윤리와 『난류』

『난류』의 표면적인 통속 서사의 이면에는 냉전시대에 대한 작가의 예리한 현실 인식과 사회적 비판이 겹쳐져 있었고, 그 비판은 덕희의 '정력결혼'에 대한 거부를 통해 전달되고 있었다. 앞서 살펴보았듯이 덕희의 정략결혼에 대한 거부는 '금전'으로 대변되는 권세에 대한 저항으로 드러났으며 그것은 '냉전'이라는 당대의 사회적 맥락을 은유하는 것으로서 비판적 의미를 동시에 겸비하고 있었다. 이렇게 『난류』는 냉전시대 미국의 헤게모니를 겨냥한 비판적 측면을 드러냄과 동시에 해방 후 염상섭 소설이 주목하고 있었던 또 하나의 문제의식을 함께 제시하고 있었다.

정종현은 해방 후 염상섭 장편인 『젊은 세대』와 『대를 물려서』를 검토하면서 "염상섭은 미국 문화의 헤게모니와 그에 대응한 한국사회의 가치관의 문제, 청년 세대의 세계 인식과 모랄을 제시하면서 냉전 체제하 남한의 중산층 지식인의 중도적이고 민주적인 정치의식을 나름의 방식으로 문제화하고 있"[33]음을 논증한 바 있다. 본고와의 연관성에서 특히 주목을 요하는 부분은 바로 '청년 세대의 세계 인식과 모랄을 제시'하고 있다는 부분인데, 염상섭의 '젊은 세대'의 가치와 윤리적 지향점에 대한 천착은 『난류』에서부터 이미 그 조짐을 드러내고 있었다. 『난류』에서 덕희라는 인물형상의 부각 방식이 『효풍』이나 『취우』와는 상당히 다르게 미숙했을 뿐만 아니라 『취우』의 강신제를 생각할 때 덕희의 인물형상 창조는 태작이라고 해도 과언이 아닐 만큼 서툴렀다고 할 수 있다. 그런데 이러한 결과는 사실 작가의식의 과잉에서 기인하는 것이었고, 『난류』의 연재에 앞서 발표된 「작가의 말」에서 그 원인의 일단을 발견할 수 있다.

> 새 나라 새 시대에 반드시 나와야 할 이상적 새 여성은 그 어떠한 것일까를 머리에 그려 보면서 한편으로는 하필 여성뿐이리요 남성도 새 조선 새 시대의 남편이 되고 아버지가 될 이상적 타입은 반드시 있으려 하고 그 모습을 상상하여 보는 것이다. 상상하여 본다면야 가상의 인물이요, 우리와 함께 호흡하는 이 시대의 실재한 인물이 아니라고 생각할지 모른다. 그러나 기실은 이웃에서 거리에서, 직장에서, 흔히 보고 무심히 지나치는 범상한 그네들 속에 섞여 사는 사람들이다. 다만 그가 곁사람들과 다른 것은 자기도 아낄 줄 알고, 곁사람을 자기처럼 아끼는 것이라 할까, 아낀다는 말은 인색하거나 이기적이란 말이 아니라, 욕심 없는 사랑을 이름이다. 사랑도 욕심이거니, 욕심 없는 사랑이 어디 있다 하랴마는 또

33 정종현, 앞의 글, 124면.

한 사랑은 모든 것을 바치는 희생의 정신을 요구한다. 그러므로 사랑은 욕심 없이 자기를 내놓는 것이요, 자기를 내놓는 정신은 자기를 참으로 아끼는 마음에서 출발하는 것이다. 호랑이를 그리려다가 고양이가 되고 말지는 모르겠지마는 이러한 마음보를 가진 이 시대의 참된 청년 남녀들의 혹은 즐겁고 혹은 설운 사정을 호소하여 볼까 한다.[34]

「작가의 말」에서 알 수 있듯이 『난류』는 젊은이를 위해 기획된 소설이다. 그것도 "새 나라 새 시대", "젊은 청춘 남녀"의 이야기를 토대로 말이다. 단정 수립과 함께 대한민국 정부가 만들어지고, 새롭게 태어난 '새 나라'의 운명을 짊어지고 갈 세대는 "젊은 청춘 남녀"로 대변되는 '젊은 세대'이다. 이렇게 볼 때 『난류』는 국민국가 건설기의 '젊은 세대'를 향한 발화였고, '젊은 세대'가 앞으로 나아가야 할 길을 지시하고자 했던 작품이었다. 작가가 생각하는 이상적인 '젊은이'는 "자기를 아낄 줄 알고 상대방을 아낄 줄 아는", "욕심 없는 사랑"을 가진 인물이다. 말하자면 『난류』는 '사랑의 이야기'를 통해 '젊은 세대'의 가치관과 모랄의 문제를 강조하고자 했던 것이다.

작품 『난류』에만 한정할 때 여기에서의 '사랑'은 경제적 능력이나 그 세력에 굴하지 않고 '소신 있는 선택'을 하는 행동을 말한다. 덕희의 '정략결혼'에 대한 저항을 통해 드러났듯이 그녀가 선택한 길은 곧 『난류』가 지향했던 '이상적 젊은이'가 가야할 길이었다. 경제력에 휘둘리지 않고 신념과 지조를 가지고 소신 있게 행동하는 것, 이것이 바로 '새 나라'의 '젊은 세대'들이 지켜야 할 윤리적 준거인 셈이다. 덕희는 순수하고 깨끗한 사랑을 위해 적극적으로 돈과 권력에 맞서는 인물이었고 무엇보다 자신의 의사가 존

---

34 염상섭, 「작가의 말」, 『난류』, 글누림, 2015, 9면.

중받아야 함을 강하게 의식하고 있는 인물이다. 그러나 '젊은 청년' 택진은 진정 마음이 원하는 순수한 사랑을 택하기보다는 자신의 사업 발전과 자신의 형편에 맞는다고 판단되는, 특히 경제적 현실을 고려하여 현실적으로 가능하다고 판단되는 경순을 배우자로 선택한다. 경제적인 조건을 우선시하였다는 점에서 한택진의 선택은 덕희와는 완전히 상반되는 행보라 할 수 있다.

결국 『난류』는 물질적인 준거에 의한 사람들의 선택을 기준으로 도식적인 구분을 제시하고 있다고도 볼 수 있다. 그러한 행보를 가장 극명하게 드러내는 인물이 바로 이의순이다. 이의순은 일본유학생 출신으로 덕희의 중학교 체조교사였지만 해방 후 전일지물 사장의 비서로 취직하면서 결국 첩으로 눌러앉은 인물이기도 하다. 유족하지 못한 가정의 가장 역할을 도맡아야 했던 이의순은 해방 직후의 혼란기를 겪으면서 혼기를 놓치게 되고 결국 그녀는 "자식이 줄줄이 달린 홀아비의 후취"로 들어가는 대신에 전일지물사장의 첩으로 사는 길을 선택한다. 이러한 그녀의 선택에서 가장 중요하게 고려되었던 점이 바로 명분보다는 여유로운 삶의 보장 여부였다. 재력보다는 마음이 원했던 순수한 마음을 우선시했던 덕희의 선택과는 반대되는 행보였고 이의순과 같은 맥락에 한택진을 함께 묶을 수도 있을 것이다. 이런 면에서 『난류』는 '젊은 세대'의 가치기준과 윤리적 준거를 제시함으로써 세태풍속에 대한 비판에서 나아가 그 시대를 올바로 살아가야 할 길을 목소리 높여 주장한 한 작품이었다고 할 수 있다.

이러한 '젊은 세대'에 대한 작가 염상섭의 관심은 『난류』에서 뿐만 아니라 해방기 작품 속에서도 지속적으로 이어져오고 있었다. 그 한 준거로 『난류』와 앞선 작품들과의 또 하나의 다른 점에 주목할 수 있다. 『효풍』에는 박병직, 최화순 등과 같이 직접 월북을 감행하는 인물들이 등장하고, 『무풍대』에서도 남북협상에 동행한 인물 정임이 등장한다. 그러나 『난류』를 비롯한 이후의 작품들에는 더 이상 이념형 인물이 등장하지 않으며 이념형 인물들 대신에 경제학을 전공한 경제전문가 남성인물들이 지속적으로 등장한다. 이는 물론 단정 수립 이후의 사회적 분위기와 직접적으로 관련되는 문제이다. 이념 문제의 공론화가 불가능한 상황에서 그것을 대신할 수 있는 것은 경제문제였고 그것을 작가는 경제전문가 인물들을 등장시키는 것으로 대체하고 있었던 것이다.

많은 역할들 중에서 오직 경제전문가들만 반복적으로 등장한다는 것은 의도적이라 할 수 있다. 『취우』의 신영식은 경영학과를 나온 재원이며 작품 속에서 그는 경제 문제를 연구하는 연구자의 길을 선택한다. 『난류』의 한택진, 전필환, 기홍 이 세 남성 인물 모두 최고의 경제학부를 졸업한 재원들이고, 한택진은 산업경제긴급대책위원회 핵심인물로 설정되어있다. 그러나 『난류』에서도, 『취우』에서도 이러한 경제전문가들의 활약상을 목도할 수는 없다. 이들은 당대 경제적 상황에 대해 논평을 하거나 해결책을 제공하거나 하지 않는다. 그럼에도 주목을 요하는 것은 작가 염상섭이 경제를 공부해야 할 필요성을 지속적으로 강조해 왔다는 점이다.

해방 이후 미군정기를 거쳐 단정이 수립되면서 남한 사회는 정치적 문제보다는 경제력에 의해 정치적 발언권이나 권리가 영향을 받는 상황에 직면한다. 대일무역의 개시는 미국에 의한 동아시아 경제 질서 재편의 결과였고 그것은 다시 남한 사회의 미국화를 촉진하는 계기가 된다. 그러나 이러한 체제 변동과 질서 재편에 대해 작가 염상섭은 결코 우호적이지 않았다. 오히려 상당히 비판적이었다. 그는 경제적 조건의 변화가 국제 질서 속의 남한의 위상에 미치게 될 영향을 생각했고 그 타개책으로서 경제문제의 중요성을 지속적으로 강조해 왔던 것이다. 경제 공부는 냉전이라는 특수한 시대에 처한 남한 사회의 문제를 타개할 수 있는 열쇠였고 올바른 경제관념과 태도는 냉전시대의 남한을 살아가는 '젊은 세대'의 중요한 윤리적 준거로 요청되었다. 이런 점에서 『난류』는 그 어느 작품보다도 현실을 예리하게 파악하고 그런 현실에 대응하고자 했던 작가의 입장이 돋보이는 작품이라 할 수 있다.

5. 맺음말

이상 살펴보았듯이 『난류』는 해방기 염상섭 문학에서 주목해야 할 작품이다. 『난류』는 『효풍』에 이어 창작된 본격적인 두 번째 장편이자 단정수립 후 첫 장편이며 한국전쟁 전의 마지막 작품이기도 하다. 해방기 염상섭 문학은 장단편 모두를 포함하여 대체적으로 당대를 재현하는 데에 진력했다. 『난류』 역시 마찬가지다. 단정수립을 계기로 해방기 염상섭이 견지했던 중립적인 입장은 이제 무의미해졌고, 1948년경부터 추진했던 좌우통합을 위한 노력도 수포로 돌아갔다. 이런 상황에서 대한민국 단독정부가 수립되었고 냉전구도의 확립과 함께 남한은 동아시아의 새로운 질서 재편 속에 편입되었다. 더 이상 좌우의 이데올로기를 운운할 수 없는 상황에서 염상섭이 주목한 것은 경제적 현실문제였다. 그는 당시 화두가 되었던 대일무역 문제를 적극적으로 작품화했고, 기존 작품 속에 즐겨 등장시켰던 이데올로기형 인물들 대신에 경영학을 전공한 경제전문가 인물들을 대거 포진시키기 시작했다. 그리고 이러한 요소들을 '연애-결혼'이라는 통속적인 사사의 이면에 배치했다.

『난류』는 표면적으로는 두 회사의 통합 이야기와 젊은 청춘 남녀들의 '연애-결혼' 이야기가 동시에 전개되는 형국을 취하고 있지만 실질적으로는 대일무역의 개시와 함께 동아시아 경제 질서 재편의 문제를 언급하고 있고, 이런 경제 질서의 재편이 사실은 미국 중심의 헤게모니였음을 비판하고 있다. 특히 단정 수립 이후 미국식 자본주의의 침투에 의한 남한 사회의 미국화를 의식하고 있었고 그것을 '정략결혼'에 비유했다. 염상섭은 냉전시대의 돌입과 함께 남한이 처한 상황을 누구보다 명확하게 알고 있었고 이 상황의 타개책으로 경제전문가 인물들을 소환했으며 그리고 그것을 다시 '젊은 세대'의 윤리로 대변하고자 했던 것이다. 『난류』는 그 어느 작품보다도 현실 인식이 명확하고 비판적인 작품이었다.

해방 후 염상섭 문학은 통속성으로 퇴행했다는 기존의 평가는 정정될 필요가 있다. 이상에서 살펴보았듯이 『난류』는 통속적이라기보다는 오히려 그 어느 작품보다도 더 현실 비판적이고 더 정치적인 작품이었다. 염상섭은 어디까지나 리얼리즘 작가였고 그의 이러한 비판적 시각은 해방기를 관통하고 있었으며 『난류』에서도 여전히 빛을 발하고 있었다. 염상섭의 해방 후 기타 작품들에 대해서도 더욱 면밀한 접근과 적극적인 독해가 필요하다고 본다.

참고문헌

1. 1차 자료

염상섭, 『난류』, 글누림, 2015.

______, 한기형·이혜령 엮음, 『염상섭 문장전집 Ⅲ』, 소명, 2014.

2. 논문 및 단행본

공종구, 「1950년대 염상섭 소설의 여성의식과 사회·정치의식: 『젊은 세대』와 『대를 물려서』를 중심으로」, 『현대소설연구』 81, 한국현대소설학회, 2021.

김경수, 『염상섭 장편소설 연구』, 일조각, 1999.

김승민, 「해방 직후 염상섭 소설에 나타난 만주 체험의 의미」, 『한국근대문학연구』 16, 한국근대문학회, 2007.

김영경, 「단정 이후 염상섭의 정치의식과 미완의 서사: 염상섭의 『난류』론」, 『현대소설연구』 64, 한국현대소설학회, 2016.

김영경, 「해방기 염상섭의 정치·경제의식과 서사의 비균질성」, 『우리말글』 67, 우리말글학회, 2015.

김윤식, 『염상섭 연구』, 서울대학교출판부, 1987.

김재용, 「분단을 거부한 민족의식: 8.15 직후 염상섭의 활동과 『효풍』의 문학사적 의의」, 『국어국문학연구』 20, 원광대학교 인문과학대학 국어국문학과, 1999.

______, 「해방 직후 염상섭과 만주 재현의 정치학」, 『한민족문화연구』 50, 한민족문화학회, 2015.

김종균, 『염상섭 연구』, 고려대학교출판부, 1974.

김종욱, 「염상섭 〈취우〉에 나타난 일상성에 관한 연구」, 『관악어문연구』 17, 서울대학교 국어국문학과, 1992.

______, 「해방기 국민국가 수립과 염상섭 소설의 정치성」, 『외국문학연구』 60, 한국외국어대학교 외국문학연구소, 2015.

배하은, 「전시의 서사, 전후의 윤리: 『난류』, 『취우』, 『지평선』 연작에 나타난 염상섭의 한국전쟁 인식 연구」, 『한국현대문학연구』 45, 한국현대문학회, 2015.

유예현, 「『효풍(曉風)』과 해방기 민주주의들의 풍경: 염상섭의 『효풍』 연구」, 『현대소설연구』 75, 한국현대소설학회, 2019.
이양숙, 「트랜스모던 공간으로서의 서울, 1948: 염상섭 『효풍』의 현대적 의미」, 『도시인문학연구』 10-1, 서울시립대학교 도시인문학연구소, 2018.
이정은·임광순, 「한일 무역관계의 재개: '통상협정'과 '재정협정'」, 『냉전분단시대 한반도의 역사 읽기: 분단국가의 수립과 국제관계(1)』, 선인, 2015.
이종호, 「해방기 염상섭과 『경향신문』」, 『구보학보』 21, 구보학회, 2019.
정종현, 「1950년대 염상섭 소설에 나타난 정치와 윤리: 『젊은 세대』, 『대를 물려서』를 중심으로」, 『동악어문학』 62, 동악어문학회, 2014.
조미숙, 「『효풍』에 나타난 염상섭 서사전략 연구: 일제 강점기 작품과 비교를 중심으로」, 『통일인문학』 84, 건국대학교 인문학연구원, 2020.
차철욱, 「미군정기 민간무역정책과 무역업자의 활동」, 『문화전통논총』 6, 경성대학교 한국학연구소, 1998.
최애순, 「1950년대 서울 종로 중산층 풍경 속 염상섭의 위치: 『젊은 세대』와 『대를 물려서』를 중심으로」, 『현대소설연구』 52, 한국현대소설학회, 2013.
한승옥, 「염상섭 장편소설 연구: 〈난류〉, 〈취우〉, 〈지평선〉을 중심으로」, 『崇實語文』 7, 崇實語文學會, 1990.

냉전의 회색지대

: 1950년대 염상섭 소설에 나타난 한국전쟁

나보령

* 이 글은 『전후 한국문학에 나타난 난민의식 연구: 염상섭, 박경리, 이호철을 중심으로』(서울대학교 박사학위논문, 2021)의 2장 일부를 수정한 것이다. 이 글의 5장은 이 과정에서 새로 보완하였다.

1. 들어가며

한국전쟁기에 염상섭은 해군에 자원입대하였다. 당시 염상섭의 나이는 54세였는데, 종군작가도 아니요, 현역 군인으로 전장에 출정하기 위해서는 상당한 결심이 필요했을 것이다. 그에 비해 염상섭 스스로가 밝힌 군문에 들어선 동기("삼팔선이 뚫린 김에 군의 뒤를 따라 올라가서 문화공작을 하는 것이 시급하다는 의론 끝에 어쩐둥 해서")[1]는 상대적으로 밋밋하고 모호하게 들린다.

그러다 보니 김윤식(1987)은 문면에 드러나지 않은 그 사정을 둘러싸고 북진하는 군대를 따라 북한에서 신문사를 인수해 경영하려는 열망 내지 해방기에 만주에서 귀환하는 길에 사리원에 두고 온 피난 짐에 대한 미련, 또는 무관 가문 출신이라는 핏줄의 끌림 등 여러 각도에서 설명해보려 시도하였다.[2] 김승환(1994)의 경우 "애국심 운운하거나 누구의 권유에 못 이겨서 입대했다는 식의 허언을 믿을 수 없음은 너무나 당연하다"[3]고 지적하면서, 아마도 전시에 가족들의 생계를 책임지기 위한 현실적인 방편이었으리라 추정한 바 있다.

그런데 염상섭이 몇 달 간의 해군사관학교 훈련을 끝내고, 임관하기 전까지 가족들의 피난 여부는커녕 생사조차 알 수 없었다는 사실을 고려할 때, 가족들의 생계를 위해 입대하였다는 말은 맞지 않아 보인다. 목숨이 오가는

---

1 염상섭, 「나의 군인생활: 군인이 된 두 가지 실감」, 『신천지』, 1951.12, 101면.

2 김윤식, 『염상섭연구』, 서울대학교출판부, 1987, 848, 857, 864면.

3 김승환, 「염상섭론: 상승하는 부르주아와 육이오」, 『한국학보』 74, 일지사, 1994, 10면.

전시에 북한 지역에서 신문사를 인수해 경영한다든지, 만주 시절의 철 지난 피난 짐을 새삼스레 찾으러 간다든지 하는 한가한 이야기가 이치에 닿지 않는 것은 물론이다. 전쟁이 벌어지는 와중에 가족들을 전지에 속수무책으로 남겨두고 돌연 감행한 입대를 해명하기 위해서는 훨씬 더 강력한 동기가 필요하지 않을까.

이와 관련해 새삼 주목되는 사실은, 염상섭이 전쟁 전부터 표면상으로는 남한 문단의 이념적 단일화와 포용성을 상징하는 원로작가로 대우받았으나, 실상 그 문단적 입지가 매우 위태로웠다는 점이다. 김윤식의 지적처럼 해방기는 염상섭이 일제 말기의 긴 침묵을 깨고, 왕성하게 창작을 재개하였던 시기였지만,[4] 다른 한편으로 김재용(1996)과 이종호(2019)의 지적처럼 '신민일보 필화사건'으로 징역형을 선고 받고, 국민보도연맹에 가입하는 등 문단 안팎에서 상당한 압박을 받고 있던 시기이기도 했던 것이다.[5]

게다가 염상섭은 한국전쟁이 발발하고 북한군이 점령한 서울에 잔류하게 되면서, 국군이 서울을 수복하고 전쟁부역자 심사 및 처벌 열풍이 들불처럼 번져나갔던 시기, 이른바 '반역문화인명부'에 이름이 오르는 상황에까지 처하게 되었다.[6] 그의 처지는 여느 '반역문화인'과도 달라서, 전쟁 직전 필화사

4 김윤식, 위의 책, 686면.

5 김재용, 「정부수립 직후 극우반공주의가 남긴 상처, 냉전적 반공주의와 남한 문학인의 고뇌」, 『역사비평』 37, 역사비평사, 1996, 16면; 이종호, 「해방기 염상섭과 『경향신문』」, 『구보학보』 21, 구보학회, 2019, 413면. 이종호에 따르면, 염상섭은 신민일보 필화사건으로 군정재판에서 징역 5년형과 벌금 80만원을 언도 받고 집행유예를 받은 뒤, 다시는 제2의 정체성이나 다름없었던 저널리스트가 될 수 없었다.

6 서울 수복 이후 문화예술계 안팎에서 전개된 '반역문화인' 문제에 대해서는 나보령, 위의 글, 23~33면.

건으로 집행유예 상태에 있던 염상섭에게 초법적 폭력이 난무하는 '예외상태' 속에서 또 한 번 군사재판에 회부되어 고초를 겪을지 모르는 상황은 남다른 위기의식과 현실 감각을 발동시켰을 것이다.

염상섭이 북한군 점령기에 서울에서 보낸 삼 개월은 "머리를 짓눌르는 납덩이 같은 우울과 가슴속에 뿌듯이 서린채로 김을 뺄 구멍을 찾지 못하던 저기압"[7]의 시간으로 서술되거나, "6.25 후로 서울이라는 큼직한 울안에서 감옥살이를 하고 나서 심신이 지칠대로 지친끝이다", "석달동안 부대끼느라고 아주 진절머리가 나는 이 서울을 하루 바삐 빠져 나가는것만 수다"[8] 등과 같은 문장을 통해 간접적으로 서술될 뿐, 이 시기 다른 어떤 문화예술인들의 기록과 비교해 보아도 불투명하다.

해방기에 조선문학가동맹에서 중앙집행위원으로 활동하였던 염상섭이 북한군 점령기에 대다수의 문인들처럼 문맹에 다시 나가게 되었는지, 그러지 않았다면 전쟁과 함께 북에서 남하한 오랜 동료, 후배 문인들의 협력 요청 내지 압력을 어떻게 거절할 수 있었는지, 김종균(1974)의 지적처럼 정말 형편이 너무도 빈한했던 까닭에 '납치'를 모면할 수 있었던 것[9]인지 등에 대해서는 현재로서는 확실하게 알 수 없다. 염상섭이 이 시간의 진실에 대해 침묵하는 대신 군 입대를 택한 까닭이다.

요컨대, 엽상섭의 입대는 국민보도연맹원이자 '반역문화인'이라는, 명예롭지 못할뿐더러 위태롭기 그지없었던 상황에서 벗어나기 위한 불가피한

7 염상섭, 위의 글, 101면.

8 염상섭, 「하치 않은 회억」, 『예술원보』, 1960.12, 149, 151면.

9 김종균, 『염상섭연구』, 고려대학교출판부, 1974, 40면.

'선택'으로서 접근하는 것이 합당해 보인다. 이와 관련해 당시 염상섭과 같은 국민보도연맹원이 군문에 자원하는 사태가 속출하였다는 사실을 참조해 볼 수도 있겠다. 강성현(2004)에 따르면, "남북 양쪽에서 버림받은 비국민이자 난민"[10]이었던 국민보도연맹원이 전쟁 중에 자신의 신원을 증명하고, 명예롭고 애국적인 국민의 신분을 증명 받는 가장 확실한 방법은 나라를 위해 싸워 죽는 군인이 되는 길이었다. 이를 두고 강성현은 "죽음으로의 동원"[11]이라고 표현한 바 있다.

기본적으로는 그와 같은 '국민 되기'의 관점에서 염상섭의 한국전쟁 체험과 글쓰기에 접근하되, 그러나 이 글이 좀 더 주목하려는 측면은 현실에서는 국민으로 호명되기를 갈망하며, 군인의 신분으로서 전위에서 전쟁을 수행하고 전쟁에 동원되었으면서도, 문학적으로는 끊임없이 전쟁과 냉전 이데올로기로부터 거리를 두고, 비껴가려 했던 시도들이다. 염상섭의 1950년대 소설에 대한 선행연구에서 이와 같은 측면은 아직 충분히 의미부여 되지 않았다.

이와 관련해 먼저, 염상섭의 해군 체험이 투영된 소설들을 살펴보고자 한다. 이 소설들은 군인이었을 당시가 아닌, 1950년대 후반에 쓰였지만, 그와 같은 시간적 거리 덕분에 오히려 전시의 군 체험과 그 시절의 심리 상태에 대해 비교적 솔직할 수 있었던 것으로 보인다. 이 소설들을 중심으로 염상섭의 해군 체험을 전반적으로 재구해 봄으로써, 전시에 문면에 자유롭

---

10 강성현, 「전향에서 감시, 동원, 그리고 학살로: 국민보도연맹 조직을 중심으로」, 『역사연구』 14, 역사학연구소, 2004, 141면.

11 강성현, 위의 글, 175~176면.

게 드러내지 못했던 군인이 된 염상섭의 고민과 내적 갈등, 정체성 위기에 주목하는 한편, 그와 같은 틈새가 마련해준 문학적 가능성을 중요하게 의미 부여 하고자 한다.

다음으로 전시에 해군의 신분으로 발표한 한국전쟁을 다룬 몇몇 단편들과 장편 『취우』를 살펴보고자 한다. 이때 이 소설들이 의식적으로 적군/아군, 공산주의/반공주의와 같은 냉전 이데올로기의 경계 짓기로 구획될 수 없으며, 그로부터 끊임없이 미끄러지는 속성을 지니는 모호하고 불분명한 일상과 사적인 친밀성의 영역들에 대한 일관된 관심을 표출하고 있다는 사실에 주목해보고자 한다. 이를 '냉전의 회색지대'라는 개념으로 포착하면서, 한국전쟁 이후에 쓰인 소설들까지 포함하여 염상섭의 1950년대 소설이 달성한 성취를 재조명해보고자 하는 것이 이 글의 목적이다.

2. 염상섭의 해군 체험과 문학

> 「어쩌다가 웨 이런데를 와서 이런 꼴이 되었누?」
> 턱없는 공상이나 깊은 꿈에서 깨어난 듯이
> 자기가 놓인 위치를 생각하여 보는 것이었다.[12]

염상섭은 1950년 11월 말 인천에서 'FS' 수송선을 타고 진해로 이동해 해군사관학교 특별교육대에 입대하였다. 1951년 3월 해군 소령으로 임관해 피난수도 부산의 해군 정훈감실에서 복무하고, 1954년 제대하기까지 염상

12 염상섭, 「하치 않은 회억」, 『예술원보』, 1960.12, 152면.

섭의 군 생활 및 전시 창작 활동은 신영덕(1992)에 의해 상세하게 밝혀진 바 있다.[13] 그와 같은 선행연구의 바탕 위에서 이 글이 새롭게 주목하려는 측면은 국가를 위해 싸우는 군인으로서 명예롭게 호명된 겉모습과 달리, 그 이면에서 염상섭이 느꼈던 내적인 정체성의 위기와 갈등의 양상들이다.

그와 같은 심리 상태는 군에 소속되어 있고, 한창 전쟁을 치르던 당시에는 직접적으로 표출하기가 어려웠던 것으로 보인다. 전시에 발표된 수필 「군인이 된 두 가지 실감」(신천지, 1951.12)을 살펴보더라도, 염상섭은 노병으로서의 달리는 체력 정도를 언급할 뿐 "현역군인이라는 실감"(102) 편을 강조하였다.

그러나 말년에 이르면, 당시에는 미처 말할 수 없던 깊은 속내가 해군 체험을 투영한 사소설 속 '박 교관'(「동기」), '안 교관'(「노염 뒤」), '조 교관'(「공습」) 등과 같은 페르소나들을 통해 표출되고 있어 주목된다. 이 텍스트들은 그동안 신영덕 외에는 언급한 연구들이 거의 없는 만큼 상세하게 다루어볼 만하다.

먼저, 단편 「동기(動機)」(해군, 1958.3)를 살펴보자. 진해 해군사관학교에서 훈련을 마친 뒤, 부산에서 보낸 수습 기간을 배경으로 하는 이 소설은 현실의 염상섭과 달리, '박 교관'이라는 영어를 전공한 50대의 남성을 화자로 내세우고 있다.

소설 속에서 박 교관은 군인이 된 이후로 여러 가지 어려움과 설움을 겪는데, 그중에서도 난처한 문제가 기본적인 숙소와 식사를 해결하는 일이다. 사관학교 시절, 신입 생도들과 퀀셋 막사에서 단체 생활을 할 때와 달리,

---

13 신영덕, 「전쟁기 염상섭의 해군 체험과 문학활동」, 『한국학보』 18-2, 일지사, 1992.

부산에서 견습생이라는 애매한 신분으로 가족들과 떨어져 홀로 생활하게 된 박 교관에게는 숙소와 식사 둘 다 버겁기만 한 문제이다. 요행히 군에서 징발한 요릿집의 방 한 칸을 얻게 되었지만, 이후로도 눈칫밥을 먹는 생활은 계속된다. 박 교관은 요릿집 노파는 물론, 함께 근무하는 젊은 군인들이 자신을 은근히 업신여기고 뒷공론을 해대는 것처럼만 여긴다. 이곳에서나 저곳에서나 군식구라는 자각이 줄기차게 그를 따라다닌다.

> 그러지 않아도 난리통에 갈데가 없어서 밥을 얻어 먹으러 군대에 들어 왔다는 조소를 받는가 싶어서 기가 죽는데다가 밤중쯤 되면 난로불이 꺼지는 숙직실에서 새우잠을 자고 나서는 어두커니 사병식당으로 으르를 떨며 가서 젊은아이들 틈에 끼워 열을 지어 섰다가 퍼 주는 국밥 양재기를 좌우 손에 들고 한구석에 숨어 앉아서 퍼 넣고는 똥줄이 빠져 나오는 그것이 죽기보다 싫었다. 자존심에 침을 놓은것처럼 마음이 쓰릴때도 있었다. (…)
>
> (갈데가 없어 밥 얻어 먹으러 군대에 들어 왔다고 하기로 고깝게 들을 건 뭐야. 사실이 아닌가!)
>
> 박 교관은 군대에 발을 들여 놓으려는 엄두나마 낸 동기(動機)가 결코 그러한 것이 아니었다고 혼자 변명은 하면서도 결과로 보면 사실이 그렇게 된 것을 어쩌느냐고 속으로 코웃음을 치는 것이었다.[14]

제목에서 드러나듯이, 소설의 화두는 과연 자신이 군인이 된 '동기'가 무엇이었던가에 대한 골똘한 자문이다. 그런데 애초의 군인이 된 동기가 무엇이었든 간에 결과적으로 남들의 멸시와 조롱처럼 집과 밥을 구걸하고 있는

---

14 염상섭, 「동기」, 『해군』, 1958.3, 184~185면.

꼴이 아닌가, 하는 자조가 박 교관을 괴롭힌다. "계급장 없는 군복을 몸에 아울리지도 않게 입은 구지레한 자기의 꼴"(181)을 돌아보는 데서 오는 냉소, 내가 있어야 할 자리에 있지 않다는 거북스러운 감정들이 꼭 집어 말해지지 않는 군인이 된 동기에 대한 자문과 함께 소설 내내 반복된다.

비슷한 상황은 후속작 「노염 뒤」(한국평론, 1958.5)에서도 지속된다. 이번에는 수습 기간을 끝내고, 소령이 된 안 교관이라는 인물이 화자이다. 임관한 뒤 안 교관이 처음 받게 된 명령은 부산에서 수송선을 타고, 인천의 기지사령부로 가서 대기하고 있다가 북한 지역에 출동 중인 함정이 기항 투묘하는 대로 탑승해서 함상훈련을 받는 것이었다.

그런데 그와 같은 명령을 수행하기 위해 인천에 도착했을 때, 안 교관은 피난을 가지 못하고 서울에 남아 있던 가족들이 그를 찾기 위해 인천 사령부로 연락을 취해왔다는 사실을 알게 된다. 즉시 서울에 들른 그는 가족들과 극적으로 상봉하게 된다. 피난을 하려다 실패하고 간신히 목숨을 부지해오던 가족들 앞에 군복을 입고 나타난 가장 안 교관의 모습은 새로운 의지와 희망을 북돋아주는 것이었다. 과연 소령이라는 군인 신분 덕에 안 교관은 통행이 엄금되고 "반 폐허가 된 그 살풍경한"(179) 서울에서 군인가족이라는 명분으로 가족들을 군용 선편에 실어 부산으로 피난시킬 작정을 할 수 있었다.

참고로 전시 군복의 위력에 대해서는 피난지 대구에서 공군 종군작가단원으로 활동했던 최정희 역시 언급한 바 있다. 최정희에 따르면, 일반인이 군복을 입거나 유통시켰을 경우 엄벌에 처했던 당시 종군작가들은 공식적으로 군복을 착용할 수 있었고, 도강이 금지된 서울에도 자유롭게 출입할 수 있었다. 최정희는 종군작가단원이 된 뒤로 "군복의 힘이 대단하다는 것을 깨달았다"[15]고 했다. '무등병'[16]의 종군작가단원도 그러했을진대, 정식으로 계급장을 받은 소령으로서 소설 속의 안 교관, 그리고 현실에서 염상섭이 누린 상징권력은 결코 작지 않았을 것이다.

「노염 뒤」에서 군복을 입고 소령 신분이 된 안 교관의 모습은 아시아·태평양전쟁이 끝난 뒤 만주에서 피난하는 과정을 다룬 「삼팔선」(금룡도서, 1948)에서 명색뿐인 조선인 피난민 단체의 부단장을 맡았던 '나'의 모습과 비교했을 때 상당한 차이가 있다. 전후의 혼란스러운 만주 상황을 다룬 또 다른 단편 「모략」(금룡도서, 1948)에서 임시적인 신원증명장치로서 지니고 다녔던 태극기 휼장이라든지, 조선인회의 완장, 「삼팔선」에서 제시된 피난민증명서와는 비교도 안 될 만큼 강력한 국민의 징표가 「노염 뒤」에서의 안 교관이 걸친 군복과 계급장이다.

그것이 안 교관의 화려한 '노염(老炎)'이었다면, 그러나 핵심은, 제목에서 드러나듯이 그와 같은 마지막 불꽃의 생신한 열기가 사그라진 뒤에 오는 서늘한 자각이다. 군인이 되었다 하더라도 전시에 개인들이 자유롭게 이동하는 일은 결코 쉽지 않았다. 가족들을 한꺼번에 다 실을 수 있는 차편은 좀처럼 마련되지 않고, 피난 짐을 반출하는 데 필요한 서류들이 제대로 구비되지 않아 인천과 서울을 몇 번씩이나 오가며 온갖 증명서에 도장을 찍어대는 이야기가 여기서도 반복된다. 「삼팔선」을 읽은 독자라면, 해방기에 만

---

15 최정희, 「피난대구문단」, 한국문인협회 엮음, 『해방문학 20년』, 정음사, 1966, 104면.

16 군복의 위력을 비롯해 종군작가로서의 특권 편을 강조하였던 최정희와 달리, 시인 구상은 실제로는 이등병보다도 못한 "무등병(無等兵)"이나 다름없었던 종군작가의 처우와 그들에 대한 군 안팎의 낮은 인식 수준에 대해 지적한 바 있다. 구상, 「종군예술가좌담회」, 『전선문학』, 1952.12, 32면.

주에서 귀환하던 가족들이 피난 짐 때문에 사리원역과 신막역을 쳇바퀴 돌듯 몇 번이나 왔다 갔다 하며 고생하였던 일화를 자연스럽게 떠올릴 수 있다.

겨우 어느 부잣집의 가산을 운반하는 트럭에 가족들을 태우고 서울을 벗어났다고는 하지만, 결과적으로 군인이 되어 처음 수행한 업무가 피아노와 금침 같은 다른 사람의 사치스러운 가산을 불법적으로 반출하고 압령하는, 흡사 해방기의 잠상군 따위나 다름없는 일이었으며, 그 틈바구니에 끼워서야 간신히 가족들을 피난시킬 수 있었다는 부끄러움이 고개를 든다.

[그림 1] 해군 시절 군복을 입은 염상섭(왼쪽)

"너는 나라를 위하여 무엇을 하였는가"라고 묻는
해군정훈감실의 벽보가 눈에 띈다.

한편, 가족들을 피난시키는 북새통에 지나치듯이 언급되는 일화인, 집안 대대로 전해 내려오는 고조할머니의 문집인 「종송기사(種松記事)」를 잃어버린 일도 무심히 넘길 수 없다. "근래의 우리집 문장(文章)"이자, 오늘날로 치면 "여류작가"나 다름없던 할머니가 남기신 글을 잃어버리게 된 사건은 정신없는 피난길에 벌어진 사소한 해프닝처럼 제시되지만, 작가로서의 정체성의 위기가 투영된 은유라고도 읽을 수 있다. "세전지가보"의 문집 대신 안 교관의 손에 "무슨 자기의 일생의 운명이나 결정되는듯 싶이"(186) 귀중하게 들린 것은 다름 아닌 온갖 증명서들이었다.

결과적으로도 가족들을 데리고 인천으로 오긴 했지만, 인천에서 부산으로 출발한다는 밤배를 놓쳤으니, 언제 가족들이 부산으로 내려가게 될지 모르는 노릇이다. 가족들에게 부산행 교통편을 주선해주지 못한 채로 함정에 올라 해상 훈련을 받게 된다면, 가족들은 또 여관에서 물밥을 사먹으며 기약 없는 날들을 기다려야 한다. 그 모든 일들을 확실하게 매듭짓지 않은 채로 소설은 끝나버린다.

> 그러나 저러나, 군무(軍務)를 제쳐놓고— 광직(曠職)을 하여 가면서, 남의 일이거나 내 일이거나 보러 다닌 것은 아니라 하더라도 군복을 입는 첫 서슬로 한다는 노릇이 이것이었건가? 고 생각하면, 어디에 대해서인지 막연히 미안하고 자기의 지금 놓인 위치가 거북하기만 하였다.[17]

「노염 뒤」의 마지막 문장이다. 군인이 된 자신의 위치에 대한 거북스러움과 자조가 엿보인다. 후속작 「공습」(사조, 1958.6)을 보면, 다행히 가족들은 다음날 새벽 배를 타고 부산으로 향하게 되었다지만, 부산에 가봤자 안정적

---

17 염상섭, 「노염 뒤」, 『한국평론』, 1958.5, 187면.

인 생활이 기다리고 있는 것은 아닐 터이다. 피난수도 부산에서 방 한 칸, 쌀 한 가마니가 없어 얼마나 전전긍긍하며 생활했는지에 대해서는 「동기」에서도 상세히 서술된 바 있다. 게다가 함상 훈련을 받고, 심지어 적기의 공습까지 받게 되는 위험천만한 사건이 벌어졌던 「공습」에서도 군인이 된 스스로에 대한 거리두기는 지속된다.

> 더구나 하루 이틀 지내보아야 무슨 소임을 맡은 것도 아니요, 맡긴대야 맡을 재주도 없으니, 무료하기도 하거니와 식객처럼 멀거니 매달려서, 하루 세 때 식당 출입이오 하는 신세가 우수광스럽기도 하다.[18]

이처럼 해군 체험을 반영한 소설들 속에서 염상섭은 정식 군인으로서 훈련을 받고 공식적인 군무를 수행하고 있음에도 끊임없이 스스로를 소속이 불분명하고 갈 곳 없는 "군식구", "식객" 등과 다름없는 존재로 자조하는 모습을 보인다. 그와 같은 염상섭의 위화감은 군인이었던 당시에도 상당히 눈에 띄었는지 김동리를 비롯한 여러 작가들이 염상섭의 사후에 그가 과거 군인이 된 일을 몹시 거북해 했다는 공통적인 회고를 남기기도 했다.[19] 이렇게 본다면, 군인으로서 전시에 염상섭이 획득한 외적인 신분이나 지위와는 무관하게 그의 내면에서는 정체성의 위기와 내적 갈등이 깊었다고 말할 수 있다.

한국전쟁기 염상섭의 군 입대라는 선택이 '국민 되기'의 갈망에서 비롯하였다는 것은 분명하다. 그러나 염상섭의 문학은 다른 한편으로 그와 같은

---

18 염상섭, 「공습」, 『사조』, 1958.6, 260면.

19 대표적으로 김동리, 「횡보선생의 이면」, 『현대문학』, 1963.5, 50면.

방식으로 호명되지도, 설명되지도 않는 잉여를 남겨두고 있다. 「공습」에서도 나오듯이, 함상 훈련을 받고 적에게 공습을 당할 때조차 염상섭이 손에서 놓지 않았던 것은 다만 글 쓰는 일이었다. 현실에서는 스스로가 어색하고 우스꽝스럽고 군더더기 같고 거북스럽게 여겨지는 자리에 있었지만, 바로 그와 같은 간극이 염상섭으로 하여금 어떠한 문학적인 가능성을 실험할 수 있는 틈새로 작용했는지 살펴볼 차례다.

3. 친밀한 '적'과 작은 전쟁들

전시에 염상섭이 가장 먼저 발표한 「해방의 아침」(신천지, 1951.1)으로부터 논의를 시작해보자. '1950년 11월 24일 진해 향발 전야[八三年一一月二十四日鎭海向發前夜]', 즉 염상섭이 해군사관학교에 입대하기 전날 밤 탈고했다는 부기가 적힌 이 소설은 서울 시내에서 격렬한 시가전을 치른 뒤 국군이 서울에 다시 입성한, 이른바 '해방의 아침' 날로부터 시작된다.

'해방'의 감격도 잠시, 치안대가 시내에 들어왔다는 소문이 돌던 첫날부터 북한군 점령기에 피복 공장에서 여맹위원장으로 일했던 원숙어머니가 붙들려가고, 이튿날로 성실네와 인임네가 모두 총 든 청년단원들에게 붙잡혀가며 동네에는 살벌한 분위기가 감돈다. 이들의 죄인즉슨 북한군 점령기에 원숙어머니가 공장관리위원장과 작당해 동네사람들의 배급 물자를 빼돌린 뒤 성실네를 시켜 인임네 문간방에 은닉했다는 것이다.

치안대로 붙잡혀온 이들은 벌써부터 '빨갱이', '준빨갱이'로 취급되며 심문을 받는다. "빨갱이를 잡는판이요 사람의 목숨이왔다 갔다하는 험악하고 삼엄한판"(104)에 취조관이라는 노인이 원숙어머니에게 속아 자기 부모가 죄를 뒤집어쓸지 모른다는 생각에 내년이면 중학교를 나올 나이에 불과한 인임이 당돌하게 공장관리위원장과 여맹위원장이었던 원숙어머니를 고발하고, 그 덕으로 인임의 부모는 풀려나오게 된다. 북한군 점령 기간 위원장을 지냈다면 이 판국에 총살이라는 것쯤은 소설 속 모두가 알고 있다. 그럼에도 인임이 나서서 원숙어머니들을 고발했던 것은 그러지 않으면 자기 가족들이 대신 빨갱이로 몰려 죽을 수도 있는 상황임을 직감했기 때문이다.

> 이렇게 해서 인임네 네식구가 당장으로 풀려나오게된것이지마는, 나오는길에서 인임이부친은 그래도 이웃간에 살던 원숙이 모녀가 가엽어서
>
> 「얘, 지금판에 위원장총살일텐데, 싸줄것까지는 없지마는, 그네들 위원장이었다는말을 한 것은 네입으루 사형선고를한거나 다름없지 않으냐?」
>
> 하고 딸을 타일으니까, 인임이는 눈을 커닿게 뜨고 부친을 한참 바라보다가 한마디하는것이었다.
>
> 「온 별걱정을 다하십니다. 그럼 저의들 살려주구, 우리가 대신 죽어두 좋을까요!」[20]

「해방의 아침」의 마지막 문장이다. 수복된 서울에서 전개된 전쟁부역자 처벌 풍경을 다룬 이 소설이 '해방'이 되었다지만 어느새 또 다른 살벌한 전쟁이 시작되고 있다는 사실, 즉 "서울의 한 동네는 전방의 연장선"[21]이며, 친밀한 이웃들 간에도 우리/저희, 국민/비국민, 반공/빨갱이를 가르고, 그

---

20 염상섭, 「해방의 아침」, 『신천지』, 1951.1, 107면.

21 조남현, 「한국전시소설 연구」, 『한국현대소설의 해부』, 문예출판사, 1993, 42면.

와 같은 구분이 삶과 죽음으로 직결되는 잔인한 냉전의 경계선이 작동하는 현실을 전면화하고 있다는 점은 조남현(1993)을 위시한 여러 연구자들이 지적한 바 있다.

그런데 결말에서 인임의 당돌한 목소리 뒤로 주춤 물러나 보이지 않게 된 인임 부모의 모습이 시사하듯, 현실에는 그와 같은 냉전의 논리와 경계선으로 선명하게 구획될 수 없는 '회색지대'가 존재했던 것 역시 사실이다.

북한군 점령기에는 쌀말이라도 떨어질까 보아 자식들 몰래 여맹위원장인 원숙네에게 방을 빌려주었고, 원숙네가 잡혀간 뒤에는 애써 변호해줄 것까지야 없지만 굳이 이웃 간에 나서서 사지로 보낼 것도 없다고 보았던 이들이자, 목숨이 왔다 갔다 하는 위급한 판국에 어수룩하고 의뭉스럽게 구는 것처럼도 보이지만, 그럼에도 사리판단이 재빠른 인임이나 청년단체에서 일하는 인임의 오빠보다 취조관 노인의 마음을 움직였던 것은 실상 인임 부모의 솔직한 변명("네그저 쌀되나 얻어 걸릴까하구 쌀에 눈이 뒤집혀서 그랬죠." 106)이었다는 서술에서 드러나듯이, 이 회색지대를 이루는 존재들은 염상섭 소설 속에 분명한 존재감으로 기입되어 있다.

「해방의 아침」에서 인임 부모의 머뭇거림, 작은 목소리의 타이름, 인임의 맹랑한 목소리 뒤로 더 이상 들리지 않는 침묵 등과 형태로 제시된 그와 같은 '냉전의 회색지대'에 주목했을 때 전시 염상섭의 소설들은 좀 더 흥미로운 측면들을 펼쳐 보인다. 앞질러 말하자면, 이 시기 염상섭 소설은 획일적인 이념 대립으로 구획될 수 없으며, 그러한 구분 짓기로부터 끊임없이 미끄러지는 속성을 지니는 모호하고 불분명한 일상에 대한 일관된 관심을 고수한다.

이 점은 대개의 소설들이 한정된 서사적 공간 안에서, 미시적인 관계들에 초점을 맞추고 있다는 사실에서도 확인된다. 예컨대, 「해방의 아침」에서 인임네, 성실네, 원숙네는 모두 한 동네의 이웃 간이며, 「탐내는 하꼬방」(신조, 1952.1)[22]에서 등장하는 필준네, 반장여편네 역시 벽 하나를 격한 이웃 사이이고, 「짹나이프」(국제신보, 1951.11.20~28)[23]에서 범일선생과 최인순, 의순 자매는 여학교 시절의 사제 관계이자, 현재는 하숙집 주인과 하숙생 사이이며, 「자전거」(협동, 1952.9)[24]에서 병훈과 삼룡은 종형제 간이자, 상기와 차득은 그 종질들이다.

그리고 이 소설들에서 이른바 빨갱이로 말해지는 인물들은, 신영덕(1992)이 지적하였듯, 배급 물품, 하꼬방 점방, 땅마지기 같은 물질적 이권이라든지, 반장 행세, 원님 행세 같은 세속적인 권력욕을 채우려는 자들일 뿐, 실제로는 모두 이념과는 별반 상관이 없다.[25] 북한군 점령기를 가리켜 관용적으로 '적치하'라고 말하곤 하지만, 그와 같은 시공간을 다룬 염상섭 소설에서는 정작 뚜렷하게 '적'이라 부를 만한 타자는 보이지 않는다. 대신 그 속에서는 익숙하고 친밀한 관계들이 뒤얽힌 일상의 국면들 가운데 벌어지는 '작은 전쟁'이 문제시된다.

이른바 작은 전쟁은 최근 십 년 간의 한국전쟁 연구에서 활발하게 주목받아온 영역이다. 대표적으로 박찬승(2010)은 한국전쟁의 냉전적 기원이나 성격과는 무관해 보이는 친족, 씨족, 신분제, 종교 등과 같은 기존의 인간적, 사회적 관계에 잠재해오던 갈등과 사소한 충돌의 씨앗들이 전쟁의 와중에

---

22 기존에 서지 정보가 잘못 밝혀져 있었던 것을 바로 잡았다.
23 기존에 서지 정보가 제대로 밝혀져 있지 않았던 것을 새로 찾았다.
24 기존에 서지 정보가 제대로 밝혀져 있지 않았던 것을 새로 찾았다.
25 신영덕, 위의 글, 44면.

서 이념과 국가의 논리와 맞물리며 극단적으로 치달아 전쟁의 성격 자체를 전혀 다른 방식으로 뒤바꾸어놓는 양상 및 그것들이 마을과 같은 소규모의 전통적 공동체에 초래한 상흔을 작은 전쟁이라는 개념을 통해 접근한 바 있다.[26]

김영미(2011)가 지적하였듯, 전쟁은 기획자의 의도를 타고 넘어, 수많은 연쇄적인 사건을 발생시키며, 그 모든 총합이 전쟁이라는 관점에서 접근할 때, 한국전쟁은 남한과 북한, 자본주의와 공산주의, 미국과 소련의 대결이었을 뿐 아니라, 하나의 지역공동체나 생활공간에서 불거진 특수한 갈등으로도 이해될 수 있다. 이는 국민국가, 민족국가 단위의 냉전 연구가 보여주지 못하는 전쟁의 사회적 성격을 드러낸다는 점에서 중요하다.[27]

그런데 전시 염상섭 문학은 한편으로, 김종욱(1992)이 지적한 "평소의 사사로운 감정대립이 이념 대립의 형태를 띠고"[28] 나타나는 전형적인 일상 속 작은 전쟁에 대한 재현과 함께, 다른 한편으로 냉전의 경계 짓고 적대하는 논리가 완전히 재편하기에는 너무 복잡하고 끈끈하게 뒤엉켜있는 '친밀성'의 영역으로 다시금 일상을 문제시한다는 점에서 흥미롭다. 즉, 전쟁이 사적이고 친밀한 영역 속으로 파고들어 뒤틀림과 갈등을 촉발시키는 양상에 주목하면서도, 다시 그 친밀성이 전쟁으로부터 개인들을 수호하는 난공불락의 요새가 될 수도 있다는 사실을 보여주는 셈이다.

이와 관련해 주목되는 소설이 염상섭이 부산의 해군정훈감실에서 해군소

---

26 박찬승, 『마을로 간 한국전쟁: 한국전쟁기 마을에서 벌어진 작은 전쟁들』, 돌베개, 2010.

27 김영미, 「한국전쟁과 마을 연구」, 『중앙사론』 33, 한국중앙사학회, 2011, 326~327면.

28 김종욱, 「염상섭의 『취우』에 나타나는 일상성에 관한 연구」, 『관악어문연구』 17, 서울대학교 국어국문학과, 1992, 151면.

령으로 복무하며 발표한 「자전거」(협동,[29] 1952.9)이다. 선행연구에서 거의 다루어진 적이 없지만, 당대에는 꽤 주목 받았던 작품으로, 특별히 1952년도 한 해의 창작을 결산하는 글에서 김동리가 "지금까지 써온 씨의 작품전체중에서도 우수한 것의 하나"[30]라고 고평해 눈길을 끈다.

이 소설은 드물게도 적치하의 서울도, 피난수도 부산도 아닌, 서울 인근 어느 농촌의 백여 호 정도 되는 "손바닥만한" 동리를 배경으로 삼고 있다. 작은 농촌 마을이라 아직 북한군의 통치 세력이 직접적으로 미치지는 않은 상태로, 전쟁이 터졌다지만 마을 사람들은 전투는커녕 북한군이나 당원 같은 외부인을 본 적조차 없다.

어쨌거나 서울은 북한군의 점령 아래 동네마다 인민위원회가 들어섰다는 소문이 들려오자, 마을사람들도 마지못해 대응책을 내놓는다. 생판 낯선 "진짜 빨갱이"가 들어와서 마을을 들쑤시기 전에, 또 언젠가 나타나게 될 그들 앞에 변명거리라도 내놓기 위해서 자체적으로 명색뿐인 인민위원회를 급조하자는 것이다.

그에 따라 대동아전쟁 때 경방단(警防團) 단장이었고, 해방기에는 대한청

29 『협동』은 대한금융조합연합회에서 발행한 농민잡지이지만, 문예물의 비중이 컸다. 전시임에도 신인작가 추천이 이루어졌고, 『농민소설선집』(1952)과 같은 기획물을 발행하기도 했다. 무엇보다 이 잡지에서 염상섭이 활발하게 활동해 주목된다. 「자전거」가 북한군 점령기 서울 근처의 농촌을 배경으로 전쟁이 어떻게 작은 마을 공동체 안으로 파고드는지의 문제를 살폈다면, 또 다른 소설 「새설계」(농민소설선집, 1952)는 피난지 부산, 대구 근처의 농촌을 배경으로 전쟁의 상처를 입은 공동체가 다시 어떻게 그 상처를 극복하고 일어서는지의 문제를 상이군인이 되어 돌아온 지주 집안의 자식과 소작농 집안의 자식 간의 계급의식을 뛰어넘는 협력과 유대를 통해 서사화해 흥미롭다. 이 잡지를 통해 염상섭은 신인추천에도 관여하였던 만큼 『협동』과 관련된 염상섭의 활동에 대해 추후 자세히 다루어볼 만하다.

30 김동리, 「임진문화결산: 부진무실의 일 년(문학)」, 『전선문학』, 1952.12, 69면.

년단 감찰위원을 지낸 바 있는 현 구장 이종민이 직함만 인민위원장으로 바꾸고, 서울에서 농업학교를 졸업하고 군청에서 농림계장으로 일하다가 귀향한 인텔리 청년 전상기가 지도부장을 맡게 된다. "구세력을 그대로 두고 간판만 갈아부쳐놓아서 캄푸라지를하여 잠간동안 급한고비를 넘기자는"(126) '위장'이었다.

그런데 얼마 안 되어 이 마을 출신으로 서울의 인쇄소에서 직공으로 일하던 차득이 지도원이라는 청년을 데리고 별안간 귀향하며 마을 분위기는 급변하게 된다. 차득은 담총한 청년들이 감시하는 '진짜' 인민위원회를 열어 이종민과 전상기를 쫓아내고, 이종민을 비롯한 전 임원들에 대해 "반역자 숙청"을 벌이겠다는 서슬 퍼런 위협을 가하며 마을을 "생지옥"으로 몰아넣는다.

차득의 귀환과 부친 삼룡이 인민위원장으로 선출되어 마을을 장악하게 된 사건은 상기네 집에 특히 곤욕스러운 일이었다. 상기의 부친인 병훈과 차득의 부친인 삼룡은 종형제 간이지만, 두 집안은 전대(前代)부터 지속되어 온 불화로 인해 실상 남만 못한 사이였던 까닭이다.

단적으로, 토지개혁 때 병훈은 땅마지기를 장만해 "다 늙게 인제야 두다리를 뻗고 밥이나 굶지 않게 되나 보다하고 한참 살림에 신이 나는 판"(124~125)이 되었지만, 삼룡은 자작농이 되지 못해 잔뜩 심사가 뒤틀려 지내오던 터이다. 여기에 더해 전쟁 직전 구장 집 딸 이완희와 상기 사이에 혼담이 오고 가자 삼룡 내외는 병훈 네와 지체가 훌쩍 벌어진 것 같아 배가 아프고, 남몰래 완희를 마음에 두고 있었던 차득 또한 질투심에 바짝 몸이 단 상태였다.

과연 반역자 숙청을 운운하는 차득은 가산을 챙겨 일찌감치 서울로 피난한 이종민 대신, 상기부터 잡아들여 가둔 뒤에 감찰부장을 시켜 그를 죽도록 팼다. 또한 이종민의 식구들과 상기 집안을 "소위 반동분자"로 지목해 식량을 몰수하였다. 차득이 전쟁 전부터 좌익 단체인 "출로(出勞) 계통"의 빨갱이였다거나, '숙청'과 같은 마을사람들로서는 낯선 말을 운운하며 상기 집안을 괴롭히고 마을을 주름 잡는다지만, 그것은 이처럼 이념대립이나 계급의식의 문제와는 별반 상관이 없는 일로 제시된다.

실제 소설은 이른바 빨갱이로 말해지는 차득의 사상에 대해서는 의도적으로 언급을 피한다. 그가 북한군이나 공산당과는 무관한 인물이라는 것은, 항상 매고 다니는 총이 총알 없는 "헛거비 빈총대"라는 은유에서도 간접적으로 확인해볼 수 있다. 이데올로그로서 차득의 유일한 활동은 마을에 붙어 있으려니 심심해 하릴없이 서울에 갔다가 선전 벽보 따위나 챙겨오는 일 정도이다.

그런데 그 점은 차득에 의해 반동분자로 지목된 상기 역시 마찬가지이다. 실상 상기가 명색뿐인 인민위원회의 지도부장을 맡게 된 것은 인민위원장이 된 이종민의 딸 완희에 대한 호감 때문이었다.

물론 농촌의 사정에 관심과 애정을 가지고 일찍이 마을로 귀농한 그는 인민위원회 지도부장이 된 김에 자경단을 조직해 비상시국의 마을 치안을 지키고, 근로대를 조직해 전쟁으로 심난해 하는 농민들이 농사일에 전념할 수 있도록 힘썼다. 국가의 주인이 누구이고, 누구의 통치를 받든지 간에 농사일이야말로 자기 집안일이자, 마을 일이고, 나라 일이라고 생각하는 그는 설사 "숙청을 당한다면 요담 수복된 뒤에 대한민국정부에 숙청을 당할지는 몰라도 차득이 편에서야 「동무」라고 부를것이 아닌가"(133)라고 생각하는 데서 드러나듯 이렇다 할 정치색은 없다.

그 대신 상기와 차득 사이의 작은 전쟁을 추동하는 것은 대대로 지속되어

온 일상적이며 미묘한 감정의 골이다. 일상생활의 친밀한 관계 속에서 부딪치는 가운데 쌓여온 열등감이나, 질투심 따위의 사적인 감정들이 전쟁을 계기로 극단적으로 표출된 것이다. 마을 사람들은 "그래 빨갱이 천지에는 인정두 친척두 없나?"(135), "어쩌면 제일가붙이 아닌가"(137)라고 차득을 비난한다지만, 기실 차득이 상기를 죽기 직전까지 두들겨 패고, 칠십 대의 할아버지까지 삼대가 모여 사는 상기 집안의 식량을 모조리 쓸어가는 식의 극단적인 행동을 했던 까닭은, 그것이 추상적인 계급의식이나 이념갈등을 통해 '상상된 적대'가 아니라, 친밀한 인간관계와 구체적인 감정들, 갈등들을 통해 만들어진 '일상적 적대'로부터 비롯하였기 때문이었다.

흥미로운 점은 친밀성이라는 기제는 일상 속의 작은 전쟁의 무서운 불길을 지피는 땔감이 되기도 하지만, 동시에 전쟁이 재편하고 공략할 수 없는 난공불락의 요새를 만드는 방패가 되기도 한다는 것이다. 그 점을 잘 보여주는 대목이 바로 이 소설에서 인상적으로 묘사되고 있는 상기와 완희 사이의 이제 막 시작되려 하는 사랑의 풍경이다.

차득이 계급의식이나 이념이 아닌, 완희와 상기에 대한 질투심과 열등감에 휩싸여있듯, 상기는 목숨이 왔다 갔다 하는 판에도 완희와의 사랑, 그리고 이전부터 자신들의 결혼을 반대해왔던 완희 모친의 마음을 얻는 일에 더욱 신경을 쓰고 안절부절못하는 모습을 보인다.

이 소설은 전쟁이 어떻게 상기와 완희 사이를 자신들도 놀랄 만큼 한층 끈끈하게 굳혀놓았는지, 상기 집안에서는 과분하지만 완희 집안에서는 탐탁지 않아 무효가 될 것처럼 보였던 둘의 결혼이 전쟁과 함께 어떻게 현실적인 가능성으로 부상하게 되는지를 공들여 서사화한다.[31]

이와 관련해 상기와 완희가 한밤중에 자전거로 피난하는 장면은 특히 눈길을 끈다. 밤의 어둠을 틈타 사람들의 시선을 피해 자전거에 함께 탄 둘은 전쟁 전이라면 상상할 수조차 없을 만큼 가까워진 상태이다. 완희는 대담하게도 상기더러 함께 피난을 가자고 재촉하고, 상기는 이를 마치 감미로운 밀회의 제안처럼 받아들인다. 목숨과 재산이 오락가락하는 일촉즉발의 전쟁 상황 속에서도 외부세계로 환원되지 않는 개인들의 감정, 사적인 욕망이 아름다운 한여름 밤의 꿈과 같은 상기와 완희의 자전거 야행 장면을 타고 농밀하게 흐른다. 염상섭의 다른 소설의 제목이기 한, 말 그대로 "싸우면서도 사랑은"(사상계, 1959.1)이다.

> (아무놈이구 오너라!)
>
> 상기는 가슴을 떡 뻐기며 속으로 외쳤다. 난리고 빨갱이고 숙청이고 무서운것이 없었다.
>
> 「나두 내정신 같지 않아요. 난 인젠 조금두 무서울건없지만, 그래도 우리 이대루 아버지 따라 어서 여길 떠났으면 좀 좋을까!……」
>
> 어린애가 조르듯이 한숨 섞인소리로 남자의 결심을 재촉하는듯한 그 말소리가 상기의귀에는 귀엽고 애처럽고 감미하게 들렸다. 그것은 아버지를 따라가자거나 피난을 가자기보다도 둘이 멀리멀리 안온한곳으로 가서 숨자는 애정에 겨운 귓속같이 들리는것이었다.[32]

---

31 비슷한 이야기는 같은 시기 연재된 『취우』에서도 나타난다. 서울 인근의 한 농촌으로 설정된 「자전거」의 무대는 『취우』에서 강순제와 신영식이 식량을 구하러 박석고개와 연서 일대로 가는 장면에서 제시되는 마을 풍경을 상기시키기도 한다. 두 작품은 같은 시기에 발표된 만큼 공유하는 부분들이 꽤 있다.

32 염상섭, 「자전거」, 『협동』, 1952.9, 131면.

이 소설을 고평한 김동리는 "「자전거」란 제목이 주제와 너무 동뜬 듯한 감"[33]이 있다는 점을 유일한 아쉬움으로 꼽았고, 그 때문인지 나중에 염상섭도 제목을 「생지옥」, 「가위에 눌린 사람들」로 거듭 개제하였지만, '적치하'의 공포와 압박을 강조하는 편으로 변경된 제목보다 오히려 작품 전반의 문제의식을 잘 담아내는 것은 '자전거'라는 원제처럼 보인다.

이 소설에서 자전거는 상기의 "한 첼량으로 애지중지하는"(138) 귀중한 소유물이다. 또한 이종민의 피난을 돕거나, 상기와 완희가 오붓한 밀회를 즐기는 매개체가 되기도 하며, 북한군의 쌀 공출이 극심해져서 자기 논의 벼를 손대는 것조차 불법이 되었을 때는 밤새 몰래 빼돌린 벼를 타곡하는 "六·二五 타곡기(打穀機)"로 행세하기도 한다. 차득이 샘을 내고 뺏어갔다지만, 소문대로 국군이 인천에 상륙을 했다면 얼마 지나지 않아 다시 상기의 수중에 들어올 터이다.

그 점에서 자전거는 전쟁이 초래한 곤욕을 치르면서도 결코 외부세계로 온전히 환원될 수 없는, 저마다의 개인이 소유한 사적인 내면과 욕망을 상징하는 오브제로 해석될 수 있다. 또한 이종민의 사유재산을 안전하게 은닉하는 데 사용되고, 차득의 서울 출장에도 쓰이는 그 정반대의 효용처럼 이념과 냉전의 경계선이 모호해지는 회색지대로서의 일상의 국면들을 대변하는 오브제로도 해석될 수 있다.

---

33 김동리, 위의 글, 1952.12, 69면.

4. '얼럭진 일상'이라는 은유

염상섭의 전시 소설들은 이처럼 전쟁의 논리에 의해서만 움직이지 않는 사람들, 그들의 사적인 욕망들, 그들이 맺고 있는 친밀한 관계들, 그리고 그것들이 뒤얽혀 만들어낸 모호하고 불분명한 영역으로서의 일상의 풍경들을 향해 일관된 관심을 고수한다. 염상섭은 이를 '얼럭진 일상'이라는 개념으로 인식하고 서사화하였던 것으로 보인다.

'얼럭'은 염상섭의 전시 대표작 『취우』(조선일보, 1952.7.18~1953.2.10)의 「작가의 말」에서 쓰인 표현인데, 김윤식(1991) 이래 선행연구들에서는 이것을 줄곧 '얼룩'으로 취급하며, 전쟁이란 일상을 잠시 물들였던 얼룩에 지나지 않을 뿐, 그것이 얼룩에 불과한 이상 삶에 본질적인 영향을 끼치지 못하고, 시간이 지나면 그 자국은 쉽사리 사라져버리고 만다는, 염상섭 문학에 나타난 일상의 '연속성'을 뒷받침하는 은유로 해석해왔다.[34]

그러나 앞서 해군 체험을 통해 살펴보았듯이 염상섭의 삶에 전쟁은 근본적인 위기와 변화를 초래하였을 뿐만 아니라, 그의 후반기 문학에서도 양적으로나 질적으로 훨씬 중요하게 다루어진다. 무엇보다 '얼럭'과 '얼룩'은 의미가 다르다. 요새는 얼룩으로 통합되어 사어가 되었지만, 본래 '여러 빛깔의 점이나 줄 따위가 섞인 모양'을 뜻하는 얼럭에는 '액체 따위가 스며들어 더러워진 자국'을 뜻하는 얼룩의 의미는 없다.[35]

---

34 김윤식, 「우리 근대문학사의 연속성에 대하여: 『취우』와 『대동강』을 중심으로」, 『한국현대문학연구』 1, 한국현대문학회, 1991, 17~21면.

35 국립국어원 홈페이지 표준국어대사전 '얼럭' 뜻풀이 참조.

나는 이번난리를 겪어오면서 문득문득 머리에 떠오르는것은 쏠물같이 밀려나가는 피난민의떼를 담배를피우며 손주새끼와 태연무심히바라보고 앉았는 그노인의얼굴과 강아지의 오두커니 섰는꼴이다. 길 이편에서는 소낙비가 쏟아지는데 마주뵈는 건너편에는 햇발이 쨍히비취는것을 눈이부시게 바라보는듯한그런느낌이다. 생각하면 이러한 큰화란을 만난뒤에 우리의생활과생각과감정에는 이와같이 너무나 왕청뛰게 얼럭이 진것이 사실이다.

나는 그 얼럭을 그려보려는 것이다. "소나기삼형제"를써볼까한다.[36]

위의 인용문에서 드러나듯, 애초에 염상섭이 얼럭이라는 은유를 사용한 맥락도, 김윤식이 착안한 얼룩의 일시성이 아니라, 전쟁을 겪은 사람들 저마다의 "생활", "생각", "감정" 등의 차이와 다양성에 주목하겠다는 것이었으며, 그것들이 빚어내는 미묘한 색채와 무늬, 궤적을 소설로써 표현해보겠다는 의미였다.

얼럭이라는 개념을 통해 염상섭의 전시 소설에 접근할 때 방점은 일상의 연속성보다는 '복합성' 쪽에 새로 찍힌다. 전쟁이 만들어낸 이 얼럭진 일상의 풍경들은, 앞서 「해방의 아침」, 「자전거」를 통해 살펴보았듯, 획일적이고 단순한 경계선으로 재단하고 구분 지을 수 없을 만큼 뒤얽혀 있는 한편, 그러한 구분 짓기로부터 끊임없이 미끄러지는 속성을 지닌다.

『취우』는 그와 같은 특성이 가장 잘 드러나는 텍스트이다. 『취우』의 첫 장면은 전쟁과 함께 시작된 피난 여정, 즉 피난민이 되어서 봉쇄된 서울을 뱅뱅 도는 사람들의 모습을 보여준다. 해방기에 창작된 「해방의 아들」, 「삼

---

36 「연재장편소설 『취우』 작가의 말」, 『조선일보』, 1952.7.11.

팔선」, 「모략」 등과 같은 일련의 소설들이 아시아 · 태평양전쟁 종전 이후 만주에서 서울로 피난해오는 여정을 담았다면, 이제는 시가전이 벌어지고 북한군이 점령한 서울이야말로 벗어나야 하는 곳이자, 피난의 주된 무대가 됐다는 차이가 있을 뿐, 해방기나, 한국전쟁기나 피난민은 국가의 보호에서 방치된 처지이긴 마찬가지이다.

심지어 『취우』에서 한강다리를 끊고, 서울시민의 피난을 가로막은 정부는 피난민을 국가의 안전을 위협하는 잠재적인 적으로까지 간주한다. 그 결과 "하룻밤 사이에 국가의 보호에서 완전히 떨어져서 외딴 섬에 갇힌 것 같은 서울시민은 난리 통에 부모를 잃은 천애의 고아나 다름없는 신세"가 된다.

서울을 벗어난 이들이라고 해서 사정이 크게 다를 것도 없다. 1·4후퇴 무렵의 염상섭 가족의 실제 피난 체험을 반영한 「산도깨비」(미상, 1951.7; 『얼룩진 시대풍경』,[37] 정음사, 1972)는 가장을 찾아나선 여성들과 아이들만의 피난길을 보여준다. 군인이 되어 먼저 서울을 벗어난 아버지와 떨어진 채 군인 가족이라는 화를 입을까 과부 행세, 고아 행세를 했던 것처럼 이들에겐 국가가 있어도 있는 게 아니다. 피난길에 마주친 곳곳의 송장 무더기들, 산도깨비처럼 언제 나타날지 모르는 북한군과 중공군을 피해 마음을 졸이며 치안의 공백 지대를 통과하는 이들이 의지하는 것이라고는 간밤에 꾼 아버지의 꿈이 좋은 일을 가져다 줄 거라는 미신뿐이다.

그런데 이들은 마냥 무력한 모습으로만 재현되지는 않는다. 피난길에 막

37 이 단편집의 표제작이 된 「얼룩진 시대풍경」은 최초 발표 시에는 「얼럭진 시대풍경」(예술원보, 1961.7)이었지만, 염상섭의 사후에 단행본으로 출판될 때 제목이 '얼룩진'으로 교정되었다.

내가 기지를 발휘해 자신들을 산으로 납치하려 했던 빨치산으로부터 벗어날 수 있었던 「산도깨비」의 결말처럼 이들은 총탄과 공습, 죽음의 위협을 피해서, 먹을 것을 찾아서 적극적으로 자신들의 생존과 안전, 이익을 도모한다.

이종호(2009)는 해방기 염상섭 소설에서 국경을 넘나들며 이동하는 존재들에게 개인적인 안전과 안위를 추구하는 문제가 중요하다고 보았다.[38] 이는 해방기의 이동을 국가의 관점에서만 접근하지 않으려 했다는 점, 그리고 염상섭 소설에 재현된 피난민의 형상을 행위자로서 적극적으로 포착하려 했다는 점에서 주목된다. 그와 같은 피난민의 실천은 한국전쟁기 소설들에 이르기까지 일관되는데, 후자의 경우 피난을 반공과 국민의 징표로 내세웠던 당시 만연했던 반공주의 담론을 고려했을 때 특히 중요하다.

『취우』가 연재되던 시기는 주지하듯, 문단 안팎에서 피난 여부로 도강파와 잔류파를 가르고, 잔류파를 반역자, 비국민시 하고, 도강파를 애국자인양 하는 사회 분위기 속에서 강력한 반공주의에 기반을 둔 관제 피난기나, 잔류 체험 수기 등이 대량으로 생산되던 때였다.

그러나 『취우』를 비롯한 염상섭 소설에서는 가장이 부산이나 대구에 있더라도, 당장 피난길에 먹을 것이 떨어지면 북한군이 점령한 서울로 되돌아갈 도리밖에 없는 「산도깨비」 속 피난민 가족의 모습처럼 의도적으로 그와 같은 동시대 반공주의 피난 담론을 비껴간다.

한강을 건너려 시도하는 『취우』의 첫 장면 역시 그 점에서 새삼 눈길을

---

38 이종호, 「해방기 이동의 정치학: 염상섭의 단편소설을 중심으로」, 『한국문학연구』 36, 동국대학교 한국문학연구소, 2009, 350면.

끈다. 이 장면은 이민영(2015)의 지적처럼 한강 다리가 끊어지고, 통행로가 봉쇄되면서 도강에 실패하고 잔류할 수밖에 없었던 사정에 대한, 염상섭의 잔류파 작가로서의 변으로도 읽을 수 있지만,[39] 다른 소설에서는 잘 드러나지 않는, 피난과 잔류를 둘러싼 개인들 제각각의 충돌하는 욕망과 내면을 드러내면서, 당대의 도강파/잔류파 담론 자체를 무화시키는 대목으로도 읽을 수 있어 흥미롭다.

여기서 한미무역회사 사장인 김학수는 어떻게 해서든 전 재산이 든 보스턴백을 한강 이남으로 넘기는 데 혈안이 되어 있다.("무엇보다도 보스턴백을 피난시켜야 하겠다." 17) 강순제는 공들여 마련한 집과 세간살이를 팽개쳐두고 피난을 간다는 게 못마땅해 정반대로 기회가 생길 때마다 도로 집으로 돌아가자고 권한다. 신영식은 수원 정거장에서 만나기로 한 정명신과의 약속과, 집에 남겨두고 온 어머니와 여동생 걱정 사이에서 갈팡질팡하는 모습을 보인다("영식이의 마음은 또 다시 올지 갈지였다" 21). 운전수는 얼른 이들을 피난시켜놓고 서울로 돌아와 자동차를 맘대로 끌고 다니며 한 몫 단단히 벌겠다는 심사로 들떠있다.

> 한미무역회사의 김사장은 목숨과 옆의 가방이 무사하기 위하여 이 밤이 새기 전에 한강을 건너야 하겠다고 몸이 달았지마는 운전수는 제 목숨보다도, 이 차에 탄 다섯 목숨보다도 자동차 하나만 고스란히 넘겨놓았으면 그만이라는 욕기에 이해가 일치되었다.[40]

---

39 이민영, 「1945~1953년 한국소설과 민족담론의 탈식민성 연구」, 서울대학교 박사학위논문, 2015, 187면.

40 염상섭, 『취우』, 『취우, 새울림, 지평선』, 글누림, 2018, 15면.

> 금시로 서울이 두려빠지는 것이 아니요 불바다가 될 것도 아닌데, 자기야 여자 한 몸뚱이 아무러면 어떨라구, 시급히 서울을 빠져 나가야만 될 것도 아닌 것을, 괜히 끌어내서 고생만 짓시켰다고 듣기 싫은 소리가 하고 싶었다. (중략) 인제야 자리가 잡힌 살림을 버리고 따라 나서기는 정말 싫었던 것이다.[41]

비슷한 시기 창작된 김송의 단편 「서울의 비극」(전쟁과 소설, 계몽사, 1951.5)에는 북한군이 점령한 서울에서 적군에게 굴복할 바에야 죽는 것이 낫다며 목숨을 끊는 주인공이 등장하고, 장편 『탁류 속에서』(신조사, 1951.11)에는 국가의 장래를 도모한다는 비장한 사명감을 띠고 서울로부터 피난하는 주인공이 등장한다.

그처럼 서울을 사수한다느니, 북한군의 통치를 받을 바에야 죽는 게 낫다느니, 국가를 위해 피난한다느니 하는 식의 사고를 보여주는 '국민'은 『취우』에는 없다. 『취우』에서 애국은 시시껄렁한 농담조로 말해질 뿐이다.("만일 이대루 공산 천하가 된다면 아마 난 애국에 목매달아 죽어야 할까 봐." 92) 이들에게 피난이나 잔류는 다만 자신의 생존과 안위, 이익을 위한 본능적이고 계산적인 선택이며, 따라서 그것이 보장되지 않는다면 반드시 감행해야 하는 절대적인 과제는 아니다.

염상섭은 「자전거」에서 그러하였듯, 반공주의 담론으로 포착되지 않는 전시 개인들의 사적인 움직임에 훨씬 관심을 가지면서, 그 이동의 궤적을 좇는다. 들여다보면, 『취우』의 서사는 북한군 점령기의 서울 안에서 김학수,

41 염상섭, 위의 책, 42면.

강순제, 신영식이 끊임없이 이 동네에서 저 동네로 은신처를 옮기며 피난하는 이야기이다. 돈 가방을 지키려는 김학수의 피난, 의용군 징집을 피한 신영식의 피난, 그리고 신영식과의 사랑을 쟁취하기 위한 강순제의 피난 등 돈, 안전, 사랑을 위한 개인들 제각각의 욕망이 추동하는[42] 이동의 제 양상인 것이다.

한편, 애국적인 국민이 없는 것처럼 이른바 비국민, 반역자, 적, 빨갱이라고 할 만한 이들도 없다. 피난이나 잔류가 지극히 본능적이며 개인적인 안위와 이익을 기준으로 선택되었듯, 이념의 선택도 마찬가지다. 앞서도 지적하였듯, 전시 염상섭 소설에서 북한군 점령기의 빨갱이 노릇은 돈이나 권력 등의 개인적인 이권을 얻고 욕망을 달성하기 위한 선택이자 변신일 따름이다.

이는 흡사 해방기를 배경으로 한 「해방의 아들」에서 혼혈인 마쓰노 조준식이 식민지 시기 배급을 생각해 외가의 일본 민적에 입적하고, 『효풍』에서 조선인 남성과 결혼한 일본인 여성 가네코가 해방이 되자 한복을 차려 입고 조선 기생 흉내를 내며 요릿집 영업에 나선 것과도 같다.

『취우』에서 김학수가 숨어있는 신영식 집이나, 강순제 집을 들쑤시고 회사 사람들을 선동하는 임일석, 김한 패는 빨갱이인 척 하며 한몫 챙기려드는 기회주의자들에 지나지 않는다. "진짜 빨갱이"로 말해지는, 해방기에 월북했다가 전쟁 때 서울로 남하한 강순제의 전 남편 장진은 단 한 번 등장하고, 일선으로 사라지는 데서 알 수 있듯 서사의 뒷전으로 밀려나있다.

오히려 『취우』에서 염상섭의 관심은 개인들의 사적인 욕망이나, 친밀하

42 김양선, 「염상섭의 『취우』론: 욕망의 한시성과 텍스트의 탈이념적 성격을 중심으로」, 『서강어문』 14-1, 서강어문학회, 1998, 140면.

고 익숙한 관계의 점성으로 인해 이데올로기의 호명이 실패하고 멈추는 순간들을 겨냥하고 있다. 예컨대, 북한군이 서울에 입성하자 한미무역회사 사람들을 모아놓고 선전선동을 해보려 했던 임일석은 그들을 향해 야심차게 "동무들"이라고 호명해보지만, 당장 그 말을 꺼낸 자신부터 어설픈 생각이 드는 것을 어쩔 수 없다.

남한에서의 타락한 생활을 "단연히 청산을 하구, 자기비판을 하구 압질러 나서"기를 권하는 공산주의자인 전 남편 앞에서 강순제는 "살림하는 아내"의 여성성을 내세우며 능청스럽게 회피한다. 서울이 수복된 뒤 담총한 국군에게 끌려가는 북한군의 행렬을 보고는 석 달 전 북한군의 포로가 되었던 국군과 경찰관들의 모습을 떠올리며 심난해하는 강순제나, 얼마 안 있음 저들이 죽겠거니 하는 생각에 흥미도 적개심도 줄어든 군중들의 김빠진 표정을 제시한다.

> 맨 앞에는 머리 위로 총대를 가로 들고 걷는 놈도 있고 모두 맨발들이다. 전후좌우로는 국군이 총을 겨누고 간다. 어디선지 박수 소리가 난다.
>
> "죽여야지!"
>
> "아무렴! 죽여야지!"
>
> 중늙은이들의 핏대 오른 목소리였다. 손뼉 소리는 흐지부지하였다. 저것들이 끌려가며는 당장 쓰러지려니 하는 공포에 그 마음들이 어떨구? 하는 생각을 하면 손뼉을 칠 흥미도 적개심도 줄어진 모양이다.
>
> 순제의 머리에는 석 달 전에 대학병원 중턱, 창살문 앞에 쓰러져 썩어가던 붕대를 하얗게 동인 국군들의 퉁퉁 부어터진 얼굴이 머리에 떠올랐다.
>
> (그걸 생각하면……)
>
> 그러나 저 젊은애들이 같은 핏줄에 얽혀 맺는 것보다도 마지못해 끌려나온 것들이라면—아니 그보다도, 바로 엊그제 끌려 나간 애들이 그 틈에

끼어 있다면…… 하는 생각을 하고는 순제는 마음이 흐려졌다.[43]

이 대목을 두고 배하은(2015)은 "과연 반공주의가 규정하고 있는 '적'이 진실로 '적'인지에 대해 근본적인 의문을 제기하며 반공주의의 모순과 허상"을 폭로한다고 보았다.[44] 비슷한 맥락에서 테오도르 휴즈(2018)는 『취우』가 적군과 국군의 단순한 대립에 의문을 제기하면서, 그 대신 개인들의 일상을 친친하게 감싸는 "친밀성의 거미줄"[45]과 그 그물망을 타고 흐르는 내밀한 감정과 욕망을 전면화한다고 보았다.

이 글 역시 바로 그 점에 주목해 『취우』가 전쟁이 삶에 끼친 영향을 미미하게 파악하고 '현상적 층위(일상적 욕망)'를 기술하는 데 그치는 역사인식의 미달을 보인다거나,[46] 이데올로기의 억압과 공포로 인해 통속적인 세태소설로 전락했다는 분석[47]은 재고될 필요가 있다고 본다. 이는 잔류파와 도강파가 관계를 회복해 새롭게 협력할 수 있는 가능성을 제시한다[48]고 보는 관점과도 다르다. 염상섭은 의식적으로 잔류파/도강파 같은 구분 짓기 자체가 불가능하고 무용해지는 차원을 말하고 있기 때문이다.

『취우』가 능숙하면서도 주의 깊게 기술해나가는 일상은, 그간 주목된

---

43 염상섭, 위의 책, 336~337면.

44 배하은, 「전시의 서사, 전후의 윤리」, 『한국현대문학연구』 45, 한국현대문학회, 2015, 205면.

45 테오도르 휴즈, 「염상섭의 적산 문학」, 『취우, 새울림, 지평선』, 글누림, 2018, 600면.

46 김종욱, 위의 글, 1992, 155면; 김양선, 위의 글, 1998, 149면; 이봉일, 『1950년대 분단소설 연구』, 월인, 2001, 68면; 배경렬, 「한국전쟁 이후 염상섭 소설 연구」, 『현대문학이론연구』 32, 현대문학이론학회, 2007, 245면.

47 유임하, 「이데올로기의 억압과 공포」, 『현대소설연구』 25, 현대소설학회, 2005, 69면.

48 김영경, 「적치하 '서울'의 소설적 형상화: 염상섭의 『취우』 연구」, 『어문연구』 45-2, 한국어문교육연구회, 2017, 312면.

일상의 연속성뿐만 아니라, 전쟁을 치르는 국가의 경계 짓고 배제하는 이데올로기가 완전히 파고들기에는 너무 복잡하고 끈끈하게 뒤엉켜있는, 복합적인 친밀성의 영역으로 재현된다는 점을 주목해야 한다.[49] 이 친밀한 관계들로 이루어진 일상의 풍경들, 즉 냉전의 회색지대를 전면화함으로써 『취우』는 전쟁을 수행하는 국가의 논리, 나아가 냉전 이데올로기를 우회하고 그에 맞서는 전략에 성공했다고 읽힌다.

요컨대, 한국전쟁이 한창 진행 중이던 시점에 피난수도 부산의 정훈감실에서 해군 소령이라는 군인의 신분으로 쓰였던 『취우』는 냉전을 우회하고 적대와 폭력이 관철되지 않는 영역으로서 일상의 얼럭진 풍경들, 개인의 욕망들, 친밀한 관계들, 그로부터 추동되는 피난이라는 움직임을 전략적으

---

49 이때의 친밀성은 이타성이나 도덕적 선함과는 다른 맥락에 있다. 이철호(2013)는 『취우』의 강순제가 전시에 자신을 둘러싼 주변 사람들과 맺는 '이타적' '윤리적' 인간관계에 주목하며 그의 가치를 적극적으로 재평가하고자 했다. 그런데 그러한 접근 방식이 오히려 강순제라는 인물을 납작하게 해석하는 것은 아닌지 재고해볼 만하다. "영식을 하염없이 기다릴 줄 아는 여인"(112) "영식이 마음을 정리하고 자신을 다시 찾을 때까지 기다리는 법도 안다"(113) 같은 서술들도 그러하지만, 전쟁이 끝나고 강순제가 주변 사람들로부터 버림받으며, 삶과 죽음, 인간과 비인간의 문턱으로 내몰린다(117)는 해석은 소설의 내용과 맞지 않는다. 이철호가 강순제의 '선량한' 변화를 이끌어내는 계기가 되었다고 본, 자본주의 질서가 정지된 전시 서울(114)이라는 전제도 동의하기 힘들다. 이 소설에서 많은 연구자들이 주목한 '보스톤백'이야말로 지속하는 자본주의 질서를 상징하는 오브제인 까닭이다. 누구의 소유인지와 상관없이, 즉 애초의 가방 주인이었던 김학수의 납북과 상관없이 계속 가방이 열리고, 그곳에서 나오는 돈들이 순환되고, 부산까지 무사하게 승계된다는 사실을 간과해서는 안 된다. 만약 여성인물로서 강순제의 변화를 적극적으로 조명하려 했다면, 강순제가 선량하고 윤리적으로 변했다는 관점보다는 교환의 대상이 아니라 주체로 변신하였던 측면, 즉 신영식과의 사랑을 쟁취하기 위해 자신이 가용할 수 있는 자원들을 모조리 활용하고, 포틀래치와 같이 주변 사람들에게 과도하게 증여함으로써, 누구도 가능할 것 같다고 여기지 않았던 이혼한 여성이자 김학수의 첩이었던 강순제가 미혼 남성인 신영식과의 사랑을 현실화시켰다고 본 허윤(2015)의 관점이 더 적합해 보인다. 이철호, 「반복과 예외, 혹은 불가능한 공동체: 『취우』(1953)를 중심으로」, 『대동문화연구』 82, 성균관대학교 대동문화연구원, 2013, 112~117면; 허윤, 「1950년대 한국소설의 남성 젠더 수행성 연구」, 이화여자대학교 박사논문, 2015, 89~90면.

로 부조했다는 점에서 적극적으로 재평가될 수 있다.

5. 결론을 대신하여

1950년대 염상섭 소설의 마지막 전쟁 이야기에 해당하는 단편 「동기(同氣)」(사상계, 1959.8)에 대해 살펴보는 것으로 이 글을 매듭짓고자 한다. 이 소설은 민족주의자인 형과 공산주의자인 동생 간의 갈등을 다루는데, 이 같은 설정은 클리셰라고 할 만큼 한국전쟁을 다룬 소설들에서 빈번하게 나타난다. 그럼에도 이 소설은 훨씬 더 긴 호흡으로, 한국의 근현대사의 중요한 순간들을 관통하며, 조남현(1993)의 표현을 따르자면, "핏줄과 이데올로기의 긴장관계, 핏줄의식과 자기보호본능 사이의 거리"[50]를 타진해나간다는 점에서 특징적이다.

시간의 순으로 재배열해보면, 「동기」의 서사는 식민지 시기 신의주 형무소, 해방기 서울, 그리고 한국전쟁의 발발과 9·28 수복을 전후한 시기 서울이라는 역사적인 시공간을 경유하며 전개되어 나간다. 각각의 역사적 순간마다 형 김학수와 아우 김정수의 처지는 부침을 거듭하고, 닭이 먼저냐 달걀이 먼저냐의 문제와도 같이, 애초에 동기간의 사소하고 미묘한 감정 갈등에서 시작되었는지, 이데올로기의 상이에서 시작되었는지 모를 둘 사이의 감정의 골은 깊어져만 간다.

그중에서도 소설에서 가장 큰 비중으로 다루어지는 시기가 9·28 서울

---

50 조남현, 「염상섭의 후기소설」, 『한국전시소설의 해부』, 문예출판사, 1993, 163면.

수복 이후이다. 해방 이전부터 공산주의 운동을 한답시고 상해 등지를 떠돌아다니던 아우 정수는 북한군 점령기에 서울시청에 취직하여 “석달 동안 말직이나마 괴뢰군 점령 밑에 얻어 걸려서 의기 양양하게 드나들며 부역”(347)을 하였고, 정수보다도 훨씬 공산주의 사상이 투철한 정수댁은 청량리 여성동맹에서 감투를 쓰고 대활약을 하였으니 이제 부부 모두 목숨이 위태로워지게 된 것은 불 보듯 뻔한 일이다.

그런데 워낙에 전쟁부역자 처벌이 삼엄한 국면이다 보니 형 학수 역시 정수 식구들에게 도움의 손길을 건네기가 어렵게 되었다. 그들을 외면하는 것이 “인간으로서 참아 못당할 노릇(348)이라고 생각하면서도 “자식들의 장래를 위하여”, “김씨집 일문을 위하여”, “가장으로서의 책임문제”(347)를 생각하면, “한 때 인정”이 훗날 어떤 결과를 초래할지 모른다는 두려움이 앞서는 것이다.

그동안 역사의 흐름에 따라 두 형제의 처지가 수시로 변하면서 한쪽이 마지못해 도움의 손길을 건네고, 다른 한쪽이 구차스럽더라도 손을 빌리지 않을 수 없었던 일들과는 비교도 할 수 없이, 이제는 이데올로기의 차이가 목숨까지 가르게 된 판국이다.

결국 학수는 담총한 청년단에 의해 연행되어온 정수댁을 수수방관으로 지켜볼 수밖에 없었고, 어린 자식과 함께 피난처를 찾아 자신의 집으로 숨어들어온 정수에게는 금시계를 풀러주며 어서 이곳을 떠날 것을 종용하기에 이른다. 현재 학수 식구가 살고 있는 집이야말로 실상 해방기에 정수 식구들이 살던 집을 “솔개미 까치집 차지하듯” 꿰찬 것인데도 말이다.

형제간 사상의 대립이 없더라도 이렇게 남남끼리보다도 더 심하게 구

> 는 것이 원체 동기(同氣)라는 것인지?[51]

조남현이 지적하였듯, 이 소설은 동기간의 미묘하고 사소한 감정 문제와 심리적 갈등이 이념 대립과 만나며 극적으로 증폭되는 양상을 생생하게 보여준다.[52] 형제 간의 이념의 차이는 이제 결코 좁혀질 수 없는 상황까지 치달았고, 더군다나 냉전의 '사상지리'[53]에 의해 재편된 한반도에서는 이념이 다른 형제가 한 집안 안에 공존하는 것조차 불가능하게 되었다.

그러나 다른 한편으로 이 소설은 결말에 이르러 전쟁이 끝난 지 9년 만에 문득 학수 식구 앞에 나타난 정수의 아들 기주처럼, 그리고 아버지를 잃은 조카 기주를 양자로 받아들이는 학수 가족의 모습처럼 피를 나눈 동기간으로 대변되는 가족 공동체의 질긴 유대와 회복력에 대해 끈질기게 기입해두고 있는 것 역시 사실이다.

> 역시 언제까지나 질질 끌리는 것은 동기라는 혈연이요, 그대신 끝까지 반발하는 것은 이데올로기의 상이(相異)이었다.[54]

권헌익(2020)은 『전쟁과 가족』에서 냉전기 한국에서 친족의 영역은 국가가 봉쇄와 억제 정책을 행사하는 주된 대상으로, 정치적 개입과 통제의 중요한 표적이 되어왔으면서도, 현대 정치권력이 아무리 집요하게 통제하려

---

51 염상섭, 「동기」, 『사상계』, 1959.8, 352면.

52 조남현, 위의 책, 164면.

53 이혜령, 「사상지리의 형성으로서의 냉전과 검열: 해방기 염상섭의 이동과 문학을 중심으로」, 『상허학보』 34, 상허학회, 2012.

54 염상섭, 위의 글, 353면.

해도 그 지배에 완전히 종속되지 않는 인간관계가 존재하는 장소였다고 보았다.[55] 국가가 정치 공동체의 건설로 동원하고자 했던 일상적인 친족 공동체들은 국가권력이 강제하는 절대적인 정치적 결합력과 동질성이라는 기준에 비추어 보았을 때 훨씬 다원적이고 포괄적이었으며,[56] 그에 바탕을 둔 고유하고 자율적인 윤리야말로 국가의 배제의 정치학과 대립 구도에 중대한 변화를 가져올 수 있다고 본 것이다.[57] 권헌익은 이를 퇴니에스의 개념을 빌려 '불온한 공동체(bad Gemeinschaft)'라고 표현하였다.[58]

염상섭이 「동기」에 이르기까지 한국전쟁을 다룬 1950년대 소설에서 내내 전면화하고자 했던 것이야말로 바로 그와 같은 일상적이고 친밀한, 불온한 공동체의 영역이라고 할 수 있다. 특히 「동기」에서 작가는 장장 30여 년에 걸친, 오래되고 깊은 이념 갈등의 골을 보여주면서도, 그와 같은 긴 시간도 끝내 완전히 재편하지 못하고 종속시키지 못한 공동체의 '고유하고 자율적인 윤리'의 회복에 대해 이야기한다.

식민지 시기 상해를 유랑하다 문득 학수 앞에 나타난 아우 정수, 해방기 이북에서 월남해 문득 정수 앞에 나타난 형 학수, 전쟁이 끝난 지 십 년이 다 되어가는 이제 문득 학수 앞에 나타난 조카 기주, 그리고 언젠가 이들 앞에 그처럼 문득 다시 나타나게 될 지 모를 정수, 이 위태롭게 내밀리고 유랑하는 가족들을 품을 도리밖에 없는 불온한 공동체, 냉전의 회색지대.

이곳이야말로 해방기에 창작된 「이합」, 「재회」, 『효풍』에서부터 염상섭

---

55 권헌익, 정소영 옮김, 『전쟁과 가족』, 창비, 2020, 117, 126면.

56 권헌익, 위의 책, 99면.

57 권헌익, 위의 책, 101면.

58 권헌익, 위의 책, 25면.

이 끈질기게 추구해왔던 '삼팔선 위'로 대변되는, 삼팔선을 아슬아슬하게 배회하는 존재들이 유랑을 끝내고 정주할 수 있는, 탈냉전의 상상력을 이어받는 장소이자, 염상섭의 후기 문학이 도달한 궁극의 장소이다.

참고문헌

1. 1차 자료

염상섭, 『삼팔선』, 금룡도서, 1948.

______, 「해방의 아침」, 『신천지』, 1951.1.

______, 「짹나이프」, 『국제신보』, 1951.11.20~28.

______, 「나의 군인생활: 군인이 된 두 가지 실감」, 『신천지』, 1951.12.

______, 「탐내는 하꼬방」, 『신조』, 1952.1.

______, 「연재장편소설 『취우』 작가의 말」, 『조선일보』, 1952.7.11.

______, 『취우』, 『조선일보』, 1952.7.18~1953.2.10.

______, 「자전거」, 『협동』, 1952.9.

______, 『취우』, 을유문화사, 1954.

______, 「동기(動機)」, 『해군』, 1958.3.

______, 「노염 뒤」, 『한국평론』, 1958.5.

______, 「공습」, 『사조』, 1958.6.

______, 「동기(同氣)」, 『사상계』, 1959.8.

______, 「하치 않은 회억」, 『예술원보』, 1960.12.

구상, 「종군예술가좌담회」, 『전선문학』, 1952.12.

김동리, 「임진문화결산: 부진무실의 일 년(문학)」, 『전선문학』, 1952.12.

______, 「횡보선생의 이면」, 『현대문학』, 1963.5.

김송, 「서울의 비극」, 『전쟁과 소설』, 계몽사, 1951.5.

____, 『탁류 속에서』, 신조사, 1951.11.

2. 논문 및 단행본

강성현, 「전향에서 감시, 동원, 그리고 학살로: 국민보도연맹 조직을 중심으로」, 『역사연구』 14, 역사학연구소, 2004.

권헌익, 정소영 옮김, 『전쟁과 가족』, 창비, 2020.

김승환, 「염상섭론: 상승하는 부르주아와 육이오」, 『한국학보』 74, 일지사, 1994.

김양선, 「염상섭의 『취우』론: 욕망의 한시성과 텍스트의 탈이념적 성격을 중심으로」, 『서강어문』 14-1, 서강어문학회, 1998.

김영경, 「적치하 '서울'의 소설적 형상화: 염상섭의 『취우』 연구」, 『어문연구』 45-2, 한국어문교육연구회, 2017.

김영미, 「한국전쟁과 마을 연구」, 『중앙사론』 33, 한국중앙사학회, 2011.

김윤식, 『염상섭연구』, 서울대학교출판부, 1987.

______, 「우리 근대문학사의 연속성에 대하여: 『취우』와 『대동강』을 중심으로」, 『한국현대문학연구』 1, 한국현대문학회, 1991.

김재용, 「정부수립 직후 극우반공주의가 남긴 상처, 냉전적 반공주의와 남한 문학인의 고뇌」, 『역사비평』 37, 역사비평사, 1996.

김종균, 『염상섭연구』, 고려대학교출판부, 1974.

김종욱, 「염상섭의 『취우』에 나타나는 일상성에 관한 연구」, 『관악어문연구』 17, 서울대학교 국어국문학과, 1992.

나보령, 「전후 한국문학에 나타난 난민의식 연구: 염상섭, 박경리, 이호철을 중심으로」, 서울대학교 박사학위논문, 2021.

박찬승, 『마을로 간 한국전쟁: 한국전쟁기 마을에서 벌어진 작은 전쟁들』, 돌베개, 2010.

배경렬, 「한국전쟁 이후 염상섭 소설 연구」, 『현대문학이론연구』 32, 현대문학이론학회, 2007.

배하은, 「전시의 서사, 전후의 윤리」, 『한국현대문학연구』 45, 한국현대문학회, 2015.

신영덕, 「전쟁기 염상섭의 해군 체험과 문학활동」, 『한국학보』 18-2, 일지사, 1992.

유임하, 「이데올로기의 억압과 공포」, 『현대소설연구』 25, 현대소설학회, 2005.

이민영, 「1945~1953년 한국소설과 민족담론의 탈식민성 연구」, 서울대학교 박사학위논문, 2015.

이봉일, 『1950년대 분단소설 연구』, 월인, 2001.

이종호, 「해방기 이동의 정치학: 염상섭의 단편소설을 중심으로」, 『한국문학연구』 36, 동국대학교 한국문학연구소, 2009.

______, 「해방기 염상섭과 『경향신문』」, 『구보학보』 21, 구보학회, 2019.

이철호, 「반복과 예외, 혹은 불가능한 공동체: 『취우』(1953)를 중심으로」, 『대동문화연구』 82, 성균관대학교 대동문화연구원, 2013.

이혜령, 「사상지리의 형성으로서의 냉전과 검열: 해방기 염상섭의 이동과 문학을 중심으로」, 『상허학보』 34, 상허학회, 2012.

조남현, 『한국현대소설의 해부』, 문예출판사, 1993.

테오도르 휴즈, 「염상섭의 적산 문학」, 『취우, 새울림, 지평선』, 글누림, 2018.
한국문인협회 엮음, 『해방문학 20년』, 정음사, 1966.
허윤, 「1950년대 한국소설의 남성 젠더 수행성 연구」, 이화여자대학교 박사학위논문, 2015.

해방 후 염상섭 소설의 '서울'이라는 지리적 구상 : 『난류』와 『취우』

유건수

[전략] 전일지물 편에서도
소위 **마카오 종이** 역시 양복감과 같은 운명에 빠져가서,
차차 수입금지에까지 이른다면 종이 하나만 붙들고 늘어지다가는
앞으로 어떻게 될지 전도가 암담한 판인데
대일무역의 길이 터질 기미니 [후략][1]

녹번리 큰길로 나서니 거리는 왁자하고 사람은 들끓으나
서울이 가까워 오는 것이 싫었다.
장진이가 잔뜩 들어 앉았는 **서울** 하늘은
감옥문을 바라보는 것처럼 답답하고 육중해 보였다.[2]

1. 들어가며

이 글은 해방 후 염상섭의 『난류』(『조선일보』, 1950.2~1950.6)와 『취우』(『조선일보』, 1952.7~1953.2) 연작을 바탕으로 해방 후 염상섭이 '서울'을 중심으로 어떤 지리적 구상을 갖고 있었는지를 살펴보고자 한다. 『취우』는 『효풍』(『자유신문』, 1948.1.~1948.11)과 더불어 해방 후 염상섭의 대표적인 장편소설로 연구자들의 관심을 받아왔다. 특히, 『취우』는 해방 후 쓰인 염상섭의 장편소설 중에서 드물게 완결까지 되었으며, 동시대를 다루는 다른 장편들과 달리 시차를 두고 쓰이면서 서사적 구성이 치밀하게 짜였다는 점에서 완성도가 높다는 평가를 받아 왔다.[3] 『취우』에서 염상섭이 당대의 주류로 받아들여진

1 염상섭, 『난류』, 글누림, 33~34면.
2 염상섭, 『취우』, 글누림, 233면.

실존문학과 반공문학 중 어디에도 속하지 않은 채, 적 치하 서울의 일상을 담담한 시선으로 바라보며 우직한 필채로 그려내고 있다는 점은 상당한 수의 연구자들이 동의하고 있는 바이다.

그러나 세부 논의로 들어와서는 『취우』에서 드러나는 염상섭 특유의 담담한 시선에 대하여 다양한 견해들이 개진되었다. 먼저 김윤식은 염상섭 소설 전반을 관통하는 "가치중립성"이 『취우』에도 고스란히 담겨 있으며, 『취우』에서 그려지는 6·25 전쟁은 외부로부터 온 재앙으로 해당 사건을 바라보는 작가의 시선에는 민족사적·사회사적 시각이 부재한다고 평가한다.[4] 김윤식의 『취우』에 대한 평가는 차후 "가치중립성"이 "일상성" 또는 "탈이념성" 등으로 변주되는 과정에서 『취우』를 1950년대 다른 문학 작품과는 변별되는 핵심 요소이자 『취우』가 역사적(총체적) 인식에 닿지 못하게 만드는 한계로 지적하는 흐름으로 이어졌다.[5] 반면 배하은, 김영경과 같은 연구자들은 역사적 관점이 부재한다는 기존의 평가에 이의를 제기하며 『취우』에 '적치하 서울'의 특수성과 사회혁신에 대한 전망이 드러나 있다는 점을 강조하였다.[6]

『취우』의 성취에 대하여 각기 다른 평가가 내려지고 있으나, 이상의 연구들은 모두 '서울'이라는 공간의 특성을 그 공간에서 활동하는 인간들의 삶

---

3 김영경, 「적치하 '서울'의 소설적 형상화」, 『어문연구』 45-2, 한국어문교육연구회, 2017.

4 김종욱, 「염상섭 「취우」에 나타난 일상성에 관한 연구」, 『관악어문연구』 17, 서울대학교 국어국문학과, 1992.

5 배하은, 「전시의 서사, 전후의 윤리」, 『한국현대문학연구』 45, 한국현대문학회, 2015.

6 배하은의 경우, 역사적 전망이 부재하다는 기존의 평가를 수용하지 않으나 사회혁신에 대한 전망이 "비극적 사건들에 대한 반성과 애도"를 거치지 않아 복고체제에 흡수되었다는 점을 지적한다는 점에서 『취우』의 다른 한계를 지적하고 있다. 배하은, 위의 글을 참조.

을 통해서 이해하고 있다. 종래의 이해가 '서울'이라는 공간의 특성을 파악하는 데에 있어 적실한 방법임은 틀림없다. 염상섭이 자신의 소설 속에서 재구성한 '서울'이라는 공간은 근본적으로 인물의 행동이 펼쳐지는 공간이며, 인물 행동을 그려내기 위해 주어지는 것이기 때문이다. 그러나 방법의 적실성에 종속되어, 구상되었으나 전면적으로 그려지고 있지 않은 작품 속 '서울'을 놓치고 있지는 않은지 검토해볼 필요는 있다. 하나의 작품이 읽힐 때, 그 작품이 당대의 사회적 코드 가운데에서 이해된다는 점을 고려한다면, 작품에 직접적으로 드러나고 있지는 않지만 암시되고 있는 공간의 특성을 추적하면서 '서울'이 어떤 지리적 구상 속에 위치하는지를 파악하는 작업은 그동안 놓치고 있던 『취우』 속 '서울'의 다른 면모를 확인할 수 있는 좋은 방법이다.

염상섭 소설의 '서울'을 조금은 다른 방식으로 이해하기 위해서 '서울'이 어떤 공간들과 어떤 방식으로 연결되어 있는지를 살펴보는 방식을 시도해 볼 수 있다. 나보령에 의해 지적되고 있듯, 해방 후 염상섭은 남과 북을 가르는 경계가 변천하는 과정에서 수차례 이동과 월경의 궤적을 밟아야 했다.[7] 지리적·사상적 경계를 넘나드는 경험을 하는 과정에서 의심의 눈초리를 받아야 했던 염상섭은 이념의 문제를 직접적으로 다루지 못하고 자기증명과 자기검열에 압박을 받을 수밖에 없었다. 그러나 본래부터 갖고 있던 공간의 연결에 대한 민감한 의식을 고려할 때, 염상섭이 겪어야 했던 이동과 월경은 단순히 사상적 제한에 맞닥뜨리는 것으로 끝나지 않았을 것이다.

---

7 나보령, 「염상섭 소설에 나타난 피난지 부산과 아메리카니즘」, 『인문논총』 74-1, 인문학연구원, 2017.

염상섭은 초기 소설에서부터 공간이 어떻게 연결되고 있는지에 민감한 반응을 보여온 작가였다. 공간 간의 연결을 통해서 공간의 성격을 의미화하고 강화한 바를 이미 『만세전』과 『표본실의 청개구리』에서 찾아볼 수 있다. '묘지'로서의 식민지 조선은 조선의 군상들을 통해서 우선적으로 파악되지만, 동시에 '동경'과의 거리를 통해 그 의미가 보다 분명해지며, 남포에 있는 김창억의 생활은 경성과 북만주라는 양극 사이에서 더 긴장감 있는 것으로 묘사된다.[8] 마찬가지로 『취우』에서 묘사되고 있는 '서울' 역시 연결되어 있는 공간들을 통해서 다른 이해가 가능하다. 특히 해방과 6·25 전쟁을 전후한 시기에 공간적 연결이 급속하게 변화하고 있었다는 점을 고려한다면, 이 시기 염상섭의 소설을 이해할 때 지역 간의 연결성을 충분히 고찰할 필요가 있다.

2. 해방 후 수입 무역의 변화와 '난류'의 이중적 의미

소설 『난류』는 『취우』·『새울림』(「국제신보」,1953.12~1954.2)·『지평선』(「현대문학」,1955.1~1955.6)과 달리 "소나기 삼형제"에는 속하지 않는다.[9] 그러나 선행연구에서 지속적으로 언급되어 왔듯이, 『난류』의 주요 인물의 성격과 인간관계가 "소나기 삼형제"의 주요 인물들에게 상당 부분 승계되어 있다는 점에서 『난류』는 『취우』 삼부작의 전사를 제공해주는 역할을 한다. 『난

---

8 『삼대』의 경성도 상해와 끊임없이 상호작용한다.

9 『조선일보』, 1952.7.15.

류』가 『취우』 삼부작과는 다른 배경에서 쓰였기에 따로 읽어야 한다는 의견도 있으나, 이 글에서는 염상섭이 서울의 지리적 위상을 어떻게 구상하고 있었는지에 관심이 있는 만큼, 『취우』 삼부작의 전사로 『난류』를 읽는 데에는 큰 무리가 따르지 않는다고 보아 『난류』를 『취우』 삼부작과 함께 검토하고자 한다.

『난류』는 마카오를 통한 무역이 한계에 부딪힌 상황에서 전태식의 전일지물공사와 김사장의 삼한무역이 힘을 합쳐 대일무역을 추진하려는 상황에서 서사가 시작된다. 두 회사가 합자하는 과정에서 전태식의 아들인 전필환과 김사장의 딸인 김덕희를 혼인시키려는 움직임이 일어난다. 반면에 덕희는 삼환무역 직원이자 산업경제긴급대책연구회 간사직을 맡고 있는 한택진에 대하여 애정을 갖고 있는 터라, 자신의 의사와 관계없는 혼인을 거부하고자 한다. 이 과정에서 덕희와 덕희의 애정 성취를 방해하는 인물들 간에 고조되는 갈등이 『난류』의 핵심 서사를 구성한다.

이 글에서 주목하고자 하는 바는 『난류』의 핵심 서사를 구성하는 갈등보다는 『난류』에서 갈등이 시작되는 지점, 전일지물과 삼한무역의 합자가 추진되는 배경이다. 「상지相持」의 첫머리에서 서술자는 김기홍의 입장에서 두 회사의 합자가 추진되고 있는 배경을 설명한다. 소설의 첫 부분에서 마카오 양복감을 수입하던 삼한무역은 마카오로부터의 수입이 금지되면서, 상품의 가격이 오르고 구매력이 떨어져 재고만 쌓이는 형편에 처해 있었다. 합자 파트너사인 전일지물은 마카오에서 지류(紙類)를 수입하는 회사로, 종이가 수입금지 품목으로 정해지지 않은 까닭에 삼한무역보다는 여력은 있었으나 마카오 무역의 불안정성에 대응할 필요가 있었다. 두 회사의 이해관계가 일치하여 합자가 추진되는 과정에서 상대적으로 여유로운 전일지물과 직원들의 월급조차 간신히 지급하고 있는 불리한 위치에 놓인 삼한무역 사이의 최대 지분을 확보하려는 은근한 알력 다툼이 「상지相持」에서 묘사된다.

두 회사의 합자가 이루어지는 시기의 무역 정책을 살펴보면, 어떤 과정에서 두 회사의 합자가 추진되는지를 보다 분명하게 이해할 수 있다. 1946년에서 1959년 사이 한국에서 무역은 대체로 원조에 의한 수입이 주를 이루고 있었고, 그 비중은 거의 92%에 이르렀다.[10] 수입액 대부분이 미군정 및 대한민국 정부에서 필요로 하는 재원이었기 때문에, 당시 민간무역의 비중은 매우 적었다. 그 상황에서 몇 안 되는 무역업자들이 초기에 면허를 발급받아 중국 중심의 정크선 무역에 참여했다. 그러나, 1947년 초부터 중국 공산당이 약진하면서 상하이와 텐진 등이 항구로 사용되지 못하게 되었다. 자연스럽게 해당 항구를 거점으로 전개되던 정크 무역은 퇴조하였다. 정크 무역이 퇴조하던 때와 비슷한 시기에 트루먼 정부가 미군정의 긴급재정지원을 보류하고, 대외 수출을 통해서 자체적으로 수입 자금을 확보하도록 지시하면서, 마카오와 홍콩을 거점으로 하는 무역이 본격화된다.[11]

마카오 무역은 1947년 3월부터, 홍콩 무역은 1947년 8월부터 본격적으로 시작되었다. 마카오와의 무역을 통해서 생고무, 양복지, 복사지가 주로 수입되었고, 홍콩으로부터의 수입 품목도 마카오의 무역품과 크게 다르지 않았다. 마카오 무역과 홍콩무역의 강세는 1948년 대한민국 정부가 수립된 이후에도 이어졌다. 정크선 무역에서 특징적인 부분이 '면허제'였다면, 마카오·

10 김종철, 「한국무역의 발전」, 『경영논집』 4-4, 서울대학교 상과대학 한국경영연구소, 1970, 44면.

11 차철욱, 「미군정기 민간무역정책과 무역업자의 활동」, 『문화전통논집』 6, 경성대학교 한국학 연구소, 1998.

홍콩 무역에서 특정적인 것은 수입쿼터제도였다. 수입쿼터제도는 품목, 액수, 지역에 따라 수입을 금지하는 제도로, 수입품 가격의 불안정을 초래하는 경우가 많았다. 홍콩과 마카오 무역의 강세는 1949년부터 일본과의 통상이 논의되기 시작하여 1950년에 6월 4일에 한일무역협정이 체결되고, 6월 25일에 한국전쟁이 발발하면서 일본에 대한 무역의존도가 급증하게 되어 끝나게 된다.[12]

[표 1] 지역별 무역구조 1946-1947 (민간무역, 단위: 천원)

구분 / 국별	수출				수입			
	1946년		1947년		1946년		1947년	
	금액	%	금액	%	금액	%	금액	%
미국	-	-	52,722	4.8	528	0.3	268,554	12.8
중국	38,863	81.4	255,224	22.9	159,205	94.5	672,279	32.2
일본	8,874	18.6	-		8,054	4.8	10,361	0.5
홍콩	-	-	465,405	41.9	-	-	148,056	7.1
기타	-	-	337,780	30.4	619	0.4	988,873	47.4
계	47,737	100.0	1,111,133	100.0	168.406	100.0	2,088,125	100.0

[표 2] 지역별 수입구조 1949-1952 (민간무역, 단위: 백만원)

연도 / 국별	1949년		1950년		1951년		1952년	
	금액	%	금액	%	금액	%	금액	%
일본	1,910	12.9	3,601	69.1	88,642	72.7	416,726	59.1
홍콩	1,232	8.4	176	3.4	21,765	17.8	54,912	7.8

12 지역별 수입 규모 변화는 표1과 표2를 참조. 표 1을 살펴보면 대일 수입규모가 1946년 4.8%에서 1947년 0.5%로 감소한 것을 확인할 수 있고, 1949년 12.9%에서 1950년 69.1%로 급증한 것을 확인할 수 있다. 표1과 표2는 한국무역협회 엮음, 『한국무역사』, 한국무역협회, 1972의 표를 인용.

중국	3,125	21.2	458	8.7	1,501	1.3	83,163	11.8
미국	2,703	18.4	547	10.5	4,610	3.8	79,460	11.3
영국	1,822	12.4	217	4.2	324	0.3	2,319	0.3
태국	-	-	-	-	-	-	57,718	8.2
기타	3,924	26.4	21.3	4.1	4,985	4.1	10,121	1.3
계	14,716	100.0	5,213	100.0	121,827	100.0	704,419	100.0

소설 『난류』는 이와 같은 당대 한국 무역의 변천을 배경으로 삼고 있다. 전일지물과 삼한무역이 주력으로 다루고 있는 상품은 당대 마카오·홍콩 무역에서 각광받았던 상품인 양복지와 종이이다. 그중에서 삼한무역의 창고에 쌓여 있는 마카오 양복감은 수입쿼터제도에 따라 수입이 제한되면서 그 가격이 폭등한 상태임을 알 수 있다. 전일지물이 삼한무역과 달리 여력이 있음에도 불구하고 합자에 참여하는 이유는 전일지물의 수입품목인 마카오 종이 역시 어느 순간에 수입쿼터제도에 개입을 받을지 모르는 상태라는 점으로 분명해진다. 한 해 전부터 대일무역과 관련한 논의가 오고 갔다는 것을 고려하면 두 회사가 대일무역을 지향하며 합자 논의를 하게 되는 것은 자연스러운 수순을 따르는 것으로 보인다.[13]

무역 정책과 관련된 시대적 배경을 고려할 때 이목을 끄는 것은 소설의 제목 『난류』이다. 해방 후 염상섭은 소설의 제목에 기후와 관련된 요소를 빈번하게 사용하였다. "소낙비"라는 뜻이 병기되어 있던 『취우』는 물론이고, 이보다 먼저 연재되었던 『효풍』과 『무풍대』도 기후와 관련된 제목이다.

13 미국의 아시아 경제권 구상과 관련된 대일무역의 성격과 『난류』의 혼인문제를 연결시킨 김영경의 연구를 참고할 필요가 있다. 김영경, 「단정 이후 염상섭의 정치의식과 미완의 서사」, 『현대소설연구』 64, 한국현대소설학회, 2016을 참조.

각 소설의 제목은 주제와 밀접한 관련이 있음이 익히 알려져 있다. 『난류』 역시 이 흐름에서 크게 벗어나 있지 않은 것으로 보인다. 『난류』를 시작하는 「작가의 말」을 살펴보면, "자기도 아낄 줄 알고, 곁사람을 자기처럼 아끼는", "욕심 없는 사랑"을 할 수 있는, "범상한 그네들 속에 섞여 사는", "이 시대의 참된 청년 남녀들"의 사정을 통해서 "이상적 새 여성"의 모습을 그려내고자 한다는 의도를 드러내고 있다.[14] 이를 통해서 최소한 표면적으로 염상섭이 인색하거나 이기적이지 않은, 자신과 주변 사람을 따뜻하게 사랑할 수 있는 새 여성의 도래를 난류(暖流)에 비유했음을 알 수 있다.

비유적인 의미의 '난류'를 배경과 관련된 용어로서의 '난류'와 겹쳐 생각해보면, 그 의미가 강화된다. 한반도 주위를 흐르는 주요 난류-황해 난류, 대마 난류, 동한 난류-들은 쿠로시오 해류의 지류이며, 쿠로시오 해류와 그 지류의 흐름은 마카오·홍콩으로부터 한반도로의 무역로 흐름과 대체로 일치하는 경향을 보인다. 이를 고려하면 '난류'는 무역을 통하여 부(富)를 운반하는 흐름 또한 상징할 수 있다. 그렇다면 『난류』의 서사는 욕망에 따라 흐르는 부(富)의 난류가 흔들리는 상황을 극복하는 방법은 다른 부의 난류에 의존하는 것이 아닌, 사랑의 난류라는 다른 관계망의 도입을 꾀해야 한다는 점을 역설하는 것으로 읽히게 된다.

흥미로운 점은 마카오·홍콩과 연결되는 부(富)의 난류가 정상 작동하는 동안에는 덕희와 택진이 사이의 애정에 큰 방해 요소가 없었다는 것이다. 삼한무역이 어려움에 빠지기 전에 덕희의 오빠 기홍이는 내색은 하지 않았으나 "택진이를 매부로 삼았으면 하는 생각은 전부터 하여 왔"다.[15] 택진이

---

14 염상섭, 『난류』, 7면.

를 매부로 삼고자 했다는 기홍이의 속내는 회사에 문제가 생기지 않았다면 덕희와 택진이의 연애를 기홍이가 지지했으리라는 것을 암시한다. 물론, 애초에 덕희가 졸업 후에 전공에 맞는 활동을 하려고 했던 점을 고려한다면 덕희와 택진의 관계가 혼담으로 이어지지 않았을지도 모른다. 그러나 적어도 마카오 무역에 문제가 없던 시점에 두 사람의 관계에 대해서 긍정적으로 바라보는 기홍이가 있다는 사실은 욕망과 사랑이 반드시 대립하지는 않는다는 점을 적시한다.

더 나아가 합자의 배경을 숙고해보면 덕희의 혼담 문제는 두 회사가 '합자'를 하지 않았다면 발생하지 않았을 문제였음이 드러난다. 마카오·홍콩 무역이 제한당했다 하더라도, 각각의 회사가 독립적으로 대일무역을 꾀할 수 있는 역량이 있었다면 서로 알력 다툼을 할 일도, 그 안에서 서로에 대한 '신뢰'의 징표로 덕희와 필환의 혼담에 얽매일 필요도 없었을 것이다. 소설에서 두 회사의 합자가 기본값으로 전제되면서 은폐되고 있는 것은 두 회사의 취약함이고, 그 취약함을 덕희에게 미룸으로써 '서울'과 다른 공간을 연결하고자 한다는 점이다. 정크선 무역부터 마카오·홍콩 무역에 이르기까지 한반도 역내의 무역회사들은 상대적으로 대규모 자본을 축적하고 있던 화상(華商)이나 해외에서 물품을 공급하는 회사의 하청업체에 가까웠다.[16] 해방 이후 수출입 통로가 극히 제한된 상황에서 정보와 상품의 유통이 지극히 제한된 상태였기에 소설 속에서 그려지는 두 회사-전일지물공사와 삼한무역-의 취약함을 논하는 것은 시대적 맥락에 비추어 볼 때 정당하지 않을지

---

15 위의 책, 61면.

16 차철욱, 앞의 책 참조.

도 모른다. 그러나, 취약함 자체를 문제 삼는 것은 정당하지 않을지라도 그 취약함을 다른 대상에게 폭력적으로 전가하는 방식에 문제가 있음은 분명하다.

『난류』에서 암시되어있는 '서울'과 마카오의 연결을 상기하고 이를 바탕으로 당대의 사정을 살펴보는 것은 서사의 표면 아래로 잠긴 은폐된 문제를 다시 떠오르게 한다. 서울과 마카오의 관계, 서울과 일본의 관계를 되짚어보게 되는 순간, 기업이 취약함을 다른 대상에게 넘기고 있을 뿐 아니라 그러한 취약함을 만들어낸 것이 '미군정'과 '정부'라는 점이 드러난다. 미군정과 정부에서 추진된 무역 정책들은 소규모 자본의 기업에게는 무역의 기회를 거의 주지 않았으며, 그로 인해서 한국인 무역업자들의 지위는 한정적일 수밖에 없었다. 드물게 기회가 주어지더라도 수입쿼터제와 같은 강력한 통제가 수출입을 좌우하는 경우가 많았다.[17] 전일지물공사와 삼한무역의 합자가 벌어지는 '서울'은 덕희를 중심으로 하는 『난류』의 서사를 가능하게 하는 공간임과 동시에 서사를 추동하는 사회적 문제에 대한 비판을 떠오르게 하는 공간이 된다.

---

17 염상섭이 『경향신문』에서 활동하던 당시, 미군정의 정책적 실패에 대한 좌담회를 주도했다는 점을 고려하면 비슷한 비판을 소설을 통해 은근히 제시했다고 볼 수 있다. 염상섭과 『경향신문』에 대해서는 이종호, 「해방기 염상섭과 『경향신문』」, 『구보학보』 21, 구보학회, 2019를 참조.

3. 닫혀있지만 동시에 열려있는 '서울'

연재 시기와 시간적 배경이 비슷했던 『난류』와 달리, 『취우』는 연재시점으로부터 2년 정도 차이가 나는 1950년 6월 28일부터 1950년 12월 13일까지의 서울을 배경으로 삼고 있다. 『취우』는 1950년 6월 28일 한강 인도교가 폭파되어 다섯 사람이 회사 차를 타고 서울 시내를 헤매는 장면으로부터 시작한다. 『난류』를 『취우』의 전사로 삼아 읽을 때, 이 장면에서 독자는 『난류』에서 추진되던 두 회사의 합작이 『취우』에서 "한미무역"으로 이루어졌다는 점을 확인하게 된다. 『난류』의 주요 인물들과 『취우』의 주요 인물에 대응시켜보면, 김덕희는 정명신에, 한택진은 신영식에, 이의순은 강순제에, 전태식은 김학수에 대응된다. 다만, 『취우』에서는 정명신의 역할이 제한되고, 강순제가 주도적인 인물로서 서사의 핵심 흐름을 이끌어간다는 차이점이 있다.

삼각지에서 삼판동을 돌아 마포로, 다시 삼각지로 나와 이태원으로, 물러나와 남대문 안으로 들어서 한국은행 앞 로터리에서 총격을 당하기까지 서울을 탈출하려는 한미무역 김학수 영감과 그 동석자들-강순제와 신영식, 그리고 운전기사와 조수아이-이 헤매는 일련의 과정은 서울이 폐쇄적인 공간이 되었음을 알려주는 상징적인 장면이다. 탈출할 길이 막힌 이 시기와 이 시기 서울에 대한 인식을 가장 잘 드러내는 표현은 아마 '적치하'일 것이다. '적치하' 서울 또는 '적치하' 90일이라는 표현은 '서울'이라는 공간의 폐쇄성을 강조한다. '적치하 서울'에서 처음부터 끝까지 숨어 있어야만 하는 김학수 영감에게서 '서울'의 폐쇄성은 절절하게 강조된다. 그러나 서울의 폐쇄성은 곧 일상적 시간에 의해 후경화된다. 「절벽」에서 나타나는 긴박감이 "서술시간 속에서 서술되는 시간이 점점 많아짐으로써 서술 템포는 빨라지는 반면 시간적 긴박감은 감소"하면서 보스턴 백으로 상징되는 돈(자본), 신영식과 강순제를 둘러싼 연애 및 가정 문제 등이 전면으로 부상하게 된다. 자본, 연애, 가족 문제가 본격화되면서 비일상의 강도는 약화가 되며 일상적 삶과 시간이 전경화된다.[18] 일상적 시간 속에서 의용군 소집이 시작되기 전까지 신영식과 강순제는 천연동, 사직골, 재동, 혜화동, 창신동 등 서울 내부를 종횡으로 가로지른다.[19]

심지어 이들의 이동은 서울의 경계를 향한다. 「도피행 하루」에서 신영식과 강순제는 식량을 확보할 겸 연서와 녹번리로 향한다.

> 그러나 역시 그보다도 순제는 이 집 마님의 눈칫밥 먹기가 싫고 단 이십 리라도 서울을 떠나가 있으면 마음이 놓일 것 같아서 연서 산소로 나가려는 것이다. [중략] 시원한 초여름 아침의 가벼운 바람이 성글하니 몸에 좋았다. 두 남녀는 갇혔다가 나온 사람들처럼 기죽을 펴고 훨훨 걸으면서도 무학재 고개를 넘도록 별로 말이 없었다. 왜 그런지 피차에 가슴이 벅찼다.[20]

순제는 연서에 있는 산소를 향하는 길을 "단 이십 리라도 서울을 떠나가"

---

18 김종욱, 앞의 책을 참조.

19 미군에서 1946년 제작한 서울 지도(시카고 대학 소장)에서 신영식과 강순제가 방문하는 주요 장소를 살펴보면 상당히 넓은 공간을 움직이고 있다는 사실을 가시적으로 알 수 있다. 해당 지도의 디지털본은 Korea city plans 1:12,500 : Kyongsong or Seoul (Keij-o), United States. Army Map Service, (digital publisher)American Geographical Society Library Digital Map Collection. https://collections.lib.uwm.edu/digital/collection/agdm/id/611/

20 염상섭, 『취우』, 219~220면.

있는 것으로 생각한다. 현재 서울특별시 은평구와 고양시에 해당하는 연서와 녹번리는 1949년 8월 13일에 경기도 고양군 은평면에서 서울시 서대문구로 편입되어 작품의 시간적 배경이 되는 시기에는 신영식의 집이 있는 천연동과 함께 서대문구에 속했다. 행정적으로는 서울 내부가 되었으나 7월 무렵의 이야기로 보이는 「도피행 하루」에서 순제의 생각과 묘지기 천수 가족에 대한 서술을 살펴보면 행정구역 개편이 채 1년도 되지 않은 상태에서 사람들, 최소한 염상섭의 인식 속에서는 연서와 녹번리가 서울의 외부로 인식되었던 것으로 보인다.

서울의 외부로 인식되고 있는 연서에서 순제가 반쯤 농담이 섞인 어투로 천수 내외에게 연서로 피난을 왔다고 말을 꺼내고, '도피행'에 대하여 이야기를 건네자 천수 내외는 내무서원이 찾아오면 어쩌냐는 물음을 던진다. 포천에서 왔다고 답하면 된다는 순제의 말에 내무서원이 그 답을 믿겠냐는 천수 내외의 의심에서는 그 답의 진실성만이 의문시된다. 이 장면에서 연서와 포천 사이의 이동이 가능하다는 사실 자체는 문제가 되지 않음을 알 수 있다. 서울에서 연서로의 실제적 이동, 연서에서 포천으로의 가능한 이동은 염상섭의 지리적 구상에서 '서울'이 고립된 장소가 아니라는 점을 분명히 한다.[21] 임시수도 부산이 아메리카를 향해 열려있는 한편, 낙동강 이북을

---

21 물론 실제적 이동을 가능한 이동으로 답변해야 하는 만큼, 서울에서 연서의 이동이 자유롭지는 않았다. "사실 시장한 줄을 몰랐다. 그래도 영식이가 자기가 가지고 나온 것과 얼러서 대신 한 어깨에 걸머진 륙색 속에서 껌을 찾아내어 둘이 씹으며 남자의 팔에 어깨를 끼워서 노랫가락으로 걸었다. 가다가다 폭격기가 머리 위를 높닿게 하고 윙윙 지나갈 뿐, 전쟁은 어디서 났던지, 먼 날의 꿈같다. 그러나 운동화에 대팻밥모자 쓴 청년이 눈을 두리번거리고 지나는 것과 마주치면 뜨끔하여 전쟁이 머리에서 살아나는 것이다."(『취우』, 232~233면.) 이 대목 직후에 논번리 큰길로 나왔다는 서술은 의미심장하다. 당시 녹번리에는 해방 직후 염상섭과 함께 경향신문에 몸을 담았고 유사한 정치행보를 보였던 정지용이 해방 후부터

향해서 닫혀 있었다면, 적치하 서울은 한강 이남을 향해 닫혀있지만, 북을 향해서는 열려있는 공간이었다.[22]

한강 이남이 아닌, 북을 향해 열린 공간으로서의 '서울'은 식민지 시기의 경성이나 대한민국의 수도 '서울'과는 다른 특징을 지닌다. 이 특징은 김학수 영감이 집착하는 '보스턴 가방'이 어떻게 활용되고 있는지를 통해서 확인할 수 있다. "한미무역의 전 재산과 김학수의 일대의 천량"이 들어 있는 보스턴 가방은 천연동 신영식의 집 아래에 숨겨져 있다가 사직골 순영의 집으로 김학수 영감과 함께 옮겨진다. 그 후 돈항아리와 함께 있던 보스턴 가방은 김학수 영감의 납치될 때에도 사직골에 남아 있다가, 서울을 떠나는 사람들의 행렬에 실려 임시수도 부산으로 향하며 부산에서 동아상사의 밑거름이 된다.[23]

보스턴 가방의 특이성은 사용되지만 숨겨져야 한다는 점에 있다. 보스턴 가방의 재산은 김학수 영감의 필요에 따라 창길이, 순제 그리고 영식이네로 조금씩 풀려나온다. 하지만 보스턴 가방을 노리는 사람들, 예컨대 한미무역 사원 대표를 자청한 임일석과 그 동료들이 있기 때문에 바깥으로 드러나서는 안 된다. 보스턴 가방이 바깥으로 드러나는 순간, 그 가방에 담긴 재산이 압류당하게 될 것은 명약관화하기 때문이다. 『취우』에서 확인되는 보스턴 가방의 성격은 보스턴 가방이 새로운 이윤을 창출할 수 있으나 소비될 수 없었던, 삼한무역의 창고에 쌓여 있던 마카오 양복감과 반대로 기능한다는

시작하여 납북 이전까지 머물러 있었다. 그런 장소를 전쟁을 상기시키는 인물이 둘어보고 있다는 점은 의미심장하다.

22 임시수도 부산의 성격에 대해서는 나보령의 연구를 참조. 나보령, 앞의 책.

23 『취우』, 46면.

점을 보여준다. 실물이자 생산 기능으로만 사용될 수 있는 『난류』의 '마카오 양복감'과 화폐이자 소비되는 『취우』의 '보스턴 가방'은 대조적이다.

그러나 두 자본의 차이는 그 자본 자체의 성격보다는 그 자본이 위치한 '장소'에 따른 것이라 보아야 한다. 부산으로 옮겨진 '보스턴 가방'이 소비되는 자산이 아닌 '동아상사'의 자본이라는 형태로 새로운 이윤 창출 관여하게 되기 때문이다. 마카오 양복감이 있던 '서울'은 마카오·홍콩과 현재 연결되어 있거나 일본과 연결될 공간으로 대한민국의 '중핵'이었다. 『새울림』과 『지평선』에서 보스턴 가방이 옮겨진 '부산'은 미국 및 일본과 연결된 공간으로서 대한민국이라는 정체를 유지시키는 힘이 공급되는 공간으로 대한민국의 중핵이 되었다. 적어도 이 시기 염상섭에게는, 자본은 중핵에 있을 때라서야 생산 기능을 할 수 있다고 표상되는 것이다. 반면에 보스턴 가방이 숨겨진 '적치하 서울'은 한강 이남과는 단절된 상태로 북한과 연결되어 있으면서, 생산물이 유출되는 주변부로서 자본이 생산 기능으로 제대로 활용되지 못하는 공간이다. 이런 주변부로서의 '서울'의 성격은 식민지 시기에조차 중간 기착지로서 지역 중핵으로 작동했던 '서울'에는 낯선 것이었다.

적치하 서울의 주변부로서의 성격은 서울에 위치한 보스턴 가방의 성격뿐 아니라 순애가 다닌다는 피복공장 에피소드를 통해서도 드러난다.

> "그래 애들은 어디 갔에요?"
>
> "순영이는 피복공장에를 들어갔지. 어제부터 다닌다누. 순철이는 감자라두 구래 본다구 산소에를 나가구."
>
> "네? 산소에? 우리두 쌀을 구해 볼까 하구 어제 저녁 다녀 들어갔는데! 그래 피복공장은 어딘데, 어떻게 들어갔에요?"
>
> "놀구 있으면 뭘 하나. 무엇보다도 쌀 배급이 있다는 맛에! 그것두 마

침 은애가 길을 뚫어 줘서…….”

“이은애도 같이 다닌대요?”

자기의 귀애하는 직속 부하니만큼 영식이가 알은체를 하였다.

“네, 저 명동 정자옥 옆이라나요. 밤일까지 시켜서 고단하긴 해두, 첫째 쌀이요, 가만히 들어앉았으면 여성동맹에 나오라구 조르구 다니구 이것저것 성이 가시게 구니까, 요담 정부가 들어 와두 먹을 거 없어서 직공 노릇했다는 건 시비가 안 되겠다구들 나서 본 거죠.”[24]

적치하 서울에서 민간기업에 의한 생산활동은 중지되었지만, 통치기구(북한) 주도의 생산활동이 그 자리를 대신한다. 공장에 나가 밤까지 일해야 하는 사람들은 쌀 배급을 그 대가로 얻지만, 그것이 충분한 노동의 대가인지는 확인되지 않는다. 정당한 대가가 지급되었다 하더라도 쌀 배급을 받기 위해서 노동이 선택이 아니라 강요에 가까웠음은 부정하기 어렵다. 또 피복공장에서 생산된 상품이 서울 자체 수요를 위해 사용되었을 가능성 또한 낮다. 피복공장은 적치하 서울에서 항상 빼앗길 위험에 노출되어 있어 숨겨져야만 하는 '보스턴 가방'처럼 서울이 예외적인 상황에 놓여 있음을 보여준다. 오랜 세월 최소한 '기착지' 이상이었던 '서울'이 그 최소한의 기능을 상실한 상태가 『취우』에서 그려지는 '서울'의 모습이며, 주변부로서의 '서울'은 전쟁 속에서 지속되는 일상적인 삶에 대한 탐구로부터 드러난다.

---

24 『취우』, 243면

4. 『난류』의 '서울'과 『새울림』·『지평선』의 '부산'

『새울림』과 『지평선』은 '서울'을 주 무대로 삼은 『취우』와 달리 1·4 후퇴 이후의 임시 수도 부산을 소설의 배경으로 삼고 있다. 이 두 작품에서 그려지고 있는 부산은 애도가 부재하여 체제 담론이 약속하는 거짓된 화합이 이루어지거나 낙동강 이북을 망각하며 미국 주도의 자유 민주주의의 보루라는 환상을 통해 상상적 공동체가 탄생하는 공간으로 규정되었다.[25] 때문에 『취우』에서 염상섭이 보여주었던 균형 감각이 쇠퇴하여 『새울림』과 『지평선』에서는 통속적인 성격이 강화된다는 평가가 있다. 확실히 『새울림』과 『지평선』에 나타나는 인물들의 모습에서는 연회, 추석 놀이 등에 취해 있을 뿐, 전쟁에서 벌어진 비극에 대한 애도를 찾아보기 어렵다. 하지만 『새울림』과 『지평선』에 염상섭의 비판적 시각이 부재하는지는 검토해볼 필요가 있다. 이를 위해서 『난류』에서 나타난 '서울'과 『새울림』과 『지평선』의 무대가 되는 '부산'을 함께 놓고 비교해볼 필요가 있다.

앞서 『난류』의 서울은 미군정과 대한민국 정부의 무역 정책 실패가 나타난 공간으로, 정부의 정책 실패에 대처하기 위해서 새로운 무역로를 모색하려는 두 회사가 '덕희'의 희생을 강요하는 장소였다. 한국전쟁 시기의 부산은 그 자체로 미군과 대한민국 정부의 실패를 상징한다는 점에서 서울과 비슷하지만, 북한의 공세에 밀리고 수도를 지켜내지 못했다는 점에서 서울보다 정부의 무능과 실패를 더욱 적나라하게 보여주는 공간이다. 시민들의

25 배하은, 「전시의 서사, 전후의 윤리」와 나보령, 「염상섭 소설에 나타난 피난지 부산과 아메리카니즘」 참조.

안전한 탈출도 보장하지 못했다는 점을 '임시 수도 부산'이 상기시킨다. 이 실패에 대응하려는 움직임이 '부흥다방'으로 상징되는 미국의 원조에 기반한 부흥 계획이다. 『난류』에서 마카오·홍콩 무역에서의 실패를 서울과 일본의 연결을 통해서 극복할 수 있다고 믿었듯, 『새울림』과 『지평선』의 부흥은 미국과의 새로운 연결을 통해서 가능하다는 믿음으로 나타난다.

흥미로운 지점은 새로운 연결이 『난류』와 마찬가지로 여성의 개성을 무시하는 방법을 통해서 이루어진다는 점이다. 『난류』에서 김덕희의 연애와 연애 감정이 무시되었듯, 『새울림』과 『지평선』에서는 양공주, 유엔마담들의 '활약'을 대가로 부흥을 위한 자금과 모임이 조직된다. 주요 인물인 정명신, 강순제의 처지는 양공주와 유엔마담의 활동과 그렇게 다르지 않게 묘사된다.

> 설마 최 박사 부처도 직업적이 아닌 접대부로 이용하려고 남의 양가의 처녀를 연회장으로 끌고 다니면서 외국손님과 춤을 추게 하고 교제를 시키는 것은 아니나 명신이 같은 영리한 지식 여성은 가다가다 이러한 화려한 연회장에 앉아서 자기의 존재에 의심을 품고 굴욕감을 느낄 때도 없지 않다.[26]

정명신은 자신과 양공주의 처지가 다르다고 되뇌이나, 연회에서 자신이 양공주와 그리 다르지 않은 역할을 맡고 있다는 사실을 알고 있다. 그렇기에 정명신은 "굴욕감"을 느낀다. '서울'의 덕희가 정해진 혼담을 거부하고 자기만의 길을 갈 것을 천명하는 반면에 부산의 명신은 자신을 속이는 길을 선택하였다. 성격을 계승 받은 인물이 비슷한 환경에서 다른 대응을 하는

---

26 염상섭, 『새울림』, 글누림, 433면.

이유를 확인하는 작업은 두 작품 사이의 차이를 확인하는 데에 주요하다.

부산에서 정명신이 처한 상황을 이해하기 위해서 모윤숙이 주도한 낙랑클럽을 참조할 수 있다. 모윤숙은 79년도에 진행한 인터뷰에서 이승만의 부탁으로 낙랑클럽을 조직한 경위를 밝혔다. 인터뷰에서 모윤숙은 이승만의 의도가 "외국 손님 접대할 때 기생파티 열지 말고 레이디들이 모여 격조 높게 대화하고 한국을 잘 소개하라"라는 데에 있다고 말했다.[27] 파티의 형식은 바꾸되, 파티는 계속하라는 이승만의 부탁은 사실 기생들과 낙랑클럽의 회원들이 동일한 목적에 동원되고 있다는 점을 보여준다. 낙랑클럽의 파티가 공적인 관계를 구성하는 데에 그치지 않고 사적인 관계로 발전한 경우도 있다는 점을 고려한다면, 그 정도의 차이가 있었을 뿐 두 집단 사이에 상당한 유사성이 있었음을 확인할 수 있다.

익히 알려져 있다시피 이승만 정부가 모윤숙을 통하여 낙랑클럽을 조직한 이유는 미국인 및 유엔 인사들을 향한 공식적인 로비 루트를 확보함과 동시에 미국의 의향을 파악하여 대응하기 위한 정보 창구의 확보에 있었다. 미국과 여러 차례 마찰을 겪고 있던 이승만의 입장에서는 미국 정부 및 미군의 의향을 재빠르게 알아채고, 대응해야 할 필요가 있었다. 실현되지 않았지만, 만일을 대비하여 입안되었던 에버레디 계획 등은 당시 이승만의 정치적 입지에 미국의 의향이 얼마나 결정적이었는지를 보여준다. 이승만 정부라는 체제를 유지하는 핵심 동력은 대한민국에 있던 것이 아니라 태평양 너머에서 오고 있었다.

---

27 김상도, 「6·25 무렵 모윤숙의 미인계조직 '낙랑클럽'에 대한 미군방첩대 수사보고서, 미국립문서보관서 비밀해제로 최초공개」, 『월간중앙』, 1995.2, 220면.

『난류』의 '서울'과 『새울림』·『지평선』의 '부산'은 모두 대한민국의 중핵이다. 그 둘 사이에 차이가 있다고 한다면, 서울과 일본의 연결, 그리고 연결에서 나오는 힘(이윤)은 다른 연결로 대체가 가능하지만, 부산과 미국의 연결, 그리고 그 연결에서 나오는 힘(무력)은 대체 불가능하다는 것이다. 임시수도 부산에 위치한 '대한민국'은 미국 없이는 '대한민국'이라는 질서를 유지할 수 없는 처지였다. 염상섭이 『난류』와 『취우』 연작을 집필하며 설정한 '서울'과 '부산'의 지리적 구상은 다른 선택지가 없는 처지 자체에 주목할 것이 아니라 그러한 처지에 놓이게 된 원인이 무엇인가를 은연중에 지시하고 있는 것으로 보인다. 이런 의미에서 미완으로 끝난 『새울림』·『지평선』은 두 작품의 빈 부분을 『난류』와 『취우』의 '서울'을 통해 보충할 때, 그 전모가 바로 드러난다고 볼 수 있다.

5. 나가며

'서울'이라는 공간이 문학에서 어떻게 형상화되고 있는가는 여러 연구자가 지속적으로 관심을 기울이고 있는 주제이다. 대한민국 근현대사에서 정치 권력뿐 아니라 수많은 권력들-경제, 사회, 그리고 출판 권력에 이르기까지-이 서울을 무대로 삼고 있었다. 권력들의 경합이 서울을 중심으로 펼쳐지면서, 인구 역시 서울과 수도권으로 집중되었고, 서울을 중심으로 한 인구의 수도권 집중 현상은 아직도 이어지고 있다. 대한민국 전체 인구의 절반 이상이 서울 및 수도권을 생활권으로 삼고 있는 이상, 서울은 앞으로도 한국 문학에서 상당한 비중을 차지할 것이다. 서울이 차지하고 있는 비중에 따라, 서울을 향한 연구자들의 관심 역시 한동안 지속될 것이다.

다만, '서울'을 이해하고자 할 때, 다른 공간과 어떻게 연결되어 있는지를 확인하는 작업이 더 활발하게 이루어질 필요가 있다. 기존 연구에서도 한 공간에 대한 접근은 다른 공간과의 비교를 통해서 이루어졌다. 『만세전』에서 일본에서 조선으로 향하는 여정에서 공간에 따라 주인공의 긴장감이 어떻게 변화하는지를 살펴본 연구들도 기본적으로 서로 다른 공간을 비교함으로써 가능했다. 그러나 두 공간의 차이점에만 주목한 연구들은 공간 간의 연결이 어떤 의미를 갖는지를 파악하는 데에 익숙하지 않았다. 이 글에서는 서울과 다른 공간이 어떻게 연결되어 있는지를 보다 의식적으로 탐구함으로써 '서울'이 지닌 의미는 서울이라는 공간 자체만으로는 확보되지 않는 의미를 확인하고자 했다. 염상섭의 『난류』와 『취우』 연작은 서울이 어떤 공간들과 연결되는지에 따라 다른 의미를 갖게 된다는 점을 보여주는 적실한 사례이다.

『난류』의 서울은 홍콩, 마카오, 일본 등과 연결되어 최소한 한반도 내에서 자본이 집중되는 중핵으로 기능하는 공간이었다면, 『취우』의 서울은 조선 중기의 왜란과 호란 이후 오랜만에 그 중핵의 기능을 상실한 공간이었다. 다만, 그 기능 상실은 서울이라는 도시가 폐쇄도시로 모든 공간과의 연결을 상실했기 때문이 아니라, 다른 중심에 종속된 '주변부'가 되었다는 점에 있다. 염상섭은 서울에 잔류했던 자신의 경험과 어느 쪽에도 비판적이었던 시선을 통해서 서울을 바라보며 1950년 하반기 서울의 주변부적 성격을 포착하는 데에 성공했다. 이는 『취우』 연작이 총체적 인식과는 거리가 있을지언정, 서울의 지리적 위상을 면밀하게 그려내어 서울에 대한 일종의 역사적 인식이 드러나는 성과를 이루었음을 보여준다.

참고문헌

1. 1차 자료

염상섭, 『난류』, 글누림, 2015.

______, 『취우·새울림·지평선』, 글누림, 2018.

2. 기사 및 지도

김상도, 「6·25 무렵 모윤숙의 미인계조직 '낙랑클럽'에 대한 미군방첩대 수사보고서, 미국립문서보관서 비밀해제로 최초공개」, 『월간중앙』, 1995.2

『조선일보』, 1952.7.15.

Korea city plans 1:12,500 : Kyongsong or Seoul (Keijo), United States. Army Map Service, (digital publisher)American Geographical Society Library Digital Map Collection. https://collections.lib.uwm.edu/digital/collection/agdm/id/611/

3. 논문 및 단행본

김영경, 「단정 이후 염상섭의 정치의식과 미완의 서사」, 『현대소설연구』 64, 한국현대소설학회, 2016.

______, 「적치하 '서울'의 소설적 형상화」, 『어문연구』 45-2, 한국어문교육연구회, 2017.

김종욱, 「염상섭 「취우」에 나타난 일상성에 관한 연구」, 『관악어문연구』 17, 서울대학교 국어국문학과, 1992.

김종철, 「한국무역의 발전」, 『경영논집』 4-4, 서울대학교 상과대학 한국경영연구소, 1970.

나보령, 「염상섭 소설에 나타난 피난지 부산과 아메리카니즘」, 『인문논총』 74-1, 인문학연구원, 2017.

배하은, 「전시의 서사, 전후의 윤리」, 『한국현대문학연구』 45, 한국현대문학회, 2015.

이종호, 「해방기 염상섭과 『경향신문』」, 『구보학보』 21, 구보학회, 2019.

차철욱, 「미군정기 민간무역정책과 무역업자의 활동」, 『문화전통논집』 6, 경성대학교 한국학 연구소, 1998.

한국무역협회 엮음, 『한국무역사』, 한국무역협회, 1972.하

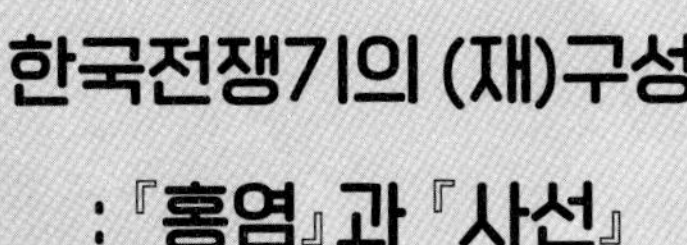

한국전쟁기의 (재)구성
:『홍염』과 『사선』

유서현

* 이 글은 『인문논총』 79권 1호(서울대학교 인문학연구원, 2022.02)에 게재되었던 「한국전쟁기의 (재)구성: 염상섭의 『홍염』·『사선』론」을 전재한 것이다.

** 『홍염』 · 『사선』의 원문 및 저자수정본은 서울대학교 규장각한국학연구원의 21세기 신규장각 자료구축 사업의 일환으로 2020년도에 진행된 '해방 이후 염상섭 문학과 '전쟁'' 연구팀으로부터 제공받았다. 세미나를 함께한 선생님들께 다시 한번 감사를 전한다.

1. 들어가며

염상섭의 해방 이후 장편소설이 현실에 대한 응전력을 상당 부분 상실하고 풍속 소설적 차원으로 떨어졌다는 통설이 비판되기 시작한 것도 10년을 훌쩍 넘기고 있다. 이제 제법 연구가 쌓여 그 경향을 갈래지어볼 수 있을 것 같다. 우선 해방 이후 염상섭 문학의 역사성 부재에 대한 통념을 전면적으로 반박하며, 해방기·전쟁기 한반도 정세에 대한 염상섭의 정치의식을 읽어내는 연구들이 있다.[1] 그리고 이 연구들과 유사한 목적을 가지면서도 '인민군 치하 서울'이나 '피난지 부산' 등 특히 공간의 의미에 주목해 전개되는 연구들이 있다.[2] 피난지 부산을 주목하는 연구들은 공통적으로 미국의 원조 정책에도 관심을 기울이는데, 이 연구들의 곁에 미국에 대한 당대 일반 시민 그리고/혹은 작가의 시각을 살피는 연구들도 위치시킬 수 있다.[3]

---

1 안서현, 「'효풍'이 불지 않는 곳」, 『한국현대문학연구』 39, 한국현대문학회, 2013; 정종현, 「1950년대 염상섭 소설에 나타난 정치와 윤리」, 『동악어문학』 62, 동악어문학회, 2014; 김영경, 「단정 이후 염상섭의 정치의식과 미완의 서사」, 『현대소설연구』 64, 한국현대소설학회, 2016; 김민수, 「제국을 넘나든 새벽바람, 『효풍』의 미학과 주체의 포이에시스」, 『상허학보』 59, 상허학회, 2020; 박성태, 「단정 수립 이후 염상섭 문학의 중도적 정치성 연구(1948-1950)」, 『현대소설연구』 83, 한국현대소설학회, 2021 등.

2 배하은, 「전시의 서사, 전후의 윤리」, 『한국현대문학연구』 45, 한국현대문학회, 2015; 나보령, 「염상섭 소설에 나타난 피난지 부산과 아메리카니즘」, 『인문논총』 74-1, 서울대학교 인문학연구소, 2017; 김영경, 「적치하 '서울'의 소설적 형상화」, 『어문연구』 45-2, 한국어문교육연구회, 2017; 김영경, 「한국전쟁기 '임시수도 부산'의 서사화와 서사적 실험」, 『구보학보』 19, 구보학회, 2018; 오태영, 「한국전쟁기 남한사회의 공간 재편과 욕망의 동력학」, 『사이間SAI』 29, 국제한국문학문화학회, 2020 등.

3 김학균, 「염상섭 장편소설에 나타난 미국인과 '아메리카니즘'」, 『도시인문학연구』 6-1, 서울

마지막으로 전후 여성성과 남성성을 주제로 하는 많은 연구가 제출되었는데 특히 전쟁과부의 문제가 주목받아왔다.[4]

이러한 선행연구의 성과에 힘입어 해방 이후의 염상섭 문학은 점차 재평가되고 있지만, 연구 대상들 간 불균형이 존재하는 것도 사실이다. 『미망인』 연작은 전쟁과부를 주제로 비교적 일찍부터 연구되었고, 『취우』와 『효풍』의 정치성은 해방 이후 염상섭 작품 가운데 가장 적극적으로 재고되었으며, 『난류』와 『젊은 세대』 연작도 점차 단독 논문이 축적되는 가운데, 여전히 소외되어있는 것이 『홍염』·『사선』 연작이다.

『홍염』·『사선』 연작은 『취우』보다 조금 이른 시기인 1952년 1월 『자유세계』에 연재를 시작하여 1953년 2월까지 8회를 발표하고, 4년여의 긴 휴지기를 거쳐 1956년 10월에 연재를 재개해 1957년 4월에 미완으로 종료된 장편소설이다. 작중 인물 가운데 김난이의 나이가 바뀌거나 박영선 가족의 5남매가 6남매가 되는 등 약간의 균열은 있으나, 『홍염』과 『사선』은 긴 시차에도 불구하고 큰 위화감 없이 이어지는 연작이다.

이야기는 1950년 6월 23일부터 시작해 가을로 접어드는 9월 초중순에 막을 내린다. 『취우』 연작과 달리 작중 인물들은 다른 도시로 피난을 가지 않고 인민군 치하의 서울에 줄곧 머무르며, 원남동(영선네), 아현동(영애네),

---

시립대학교 도시인문학연구소, 2014; 전훈지, 「미국화 수용에 따른 작중 인물의 태도 연구」, 『춘원연구학보』 10, 춘원연구학회, 2017 등.

4 김종욱, 「한국전쟁과 여성의 존재 양상」, 『한국근대문학연구』 9, 한국근대문학회, 2004; 김태진, 「전후의 풍속과 전쟁 미망인의 서사 재현 양상」, 『현대소설연구』 27, 한국현대소설학회, 2005; 허윤, 「1950년대 전후 남성성의 탈구축과 젠더의 비수행」, 『여성문학연구』 30, 한국여성문학학회, 2013; 이철호, 「반공과 예외, 혹은 불가능한 공동체」, 『대동문화연구』 82, 성균관대학교 대동문화연구원, 2013; 정보람, 「탕녀와 가장」, 『현대소설연구』 61, 한국현대소설학회, 2016 등.

돈암동(의순네), 현저동(피난처1), 능안(피난처2), 인사동(소옥네, 피난처3) 등 인물들의 각 거처가 주된 공간적 배경으로 등장한다. 핵심 인물군은 박영선(45~6세)—이선옥(42세)의 가족과 장취원(42세)—최호남(30세)—영애(27세)의 가족이다. 두 가족이 얽히게 된 내력과 작품의 줄거리를 먼저 짚고 가자. 최호남의 본처는 영애이다. 그런데 그들이 세를 들려고 했던 원남동 집의 집주인인 장취원이 호남에게 한눈에 반하면서, 영애와 자식들에게는 취원이 따로 집을 얻어주고 호남은 취원과 함께 살게 된다. 이후 취원은 그가 기생으로 일하던 젊은 시절부터 알고 지냈던 박영선에게 원남동 집을 팔기로 한다. 피차 아는 사이에 집을 매매한 터라, 취원과 호남이 새 집을 구하기 전까지 원남동 집에서는 박영선 가족과 장취원 가족이 같이 지내게 된다. 이렇게 한 지붕 아래 사는 동안 박영선의 아내인 이선옥이 최호남과 새로이 연애 관계를 맺는다. 한국전쟁 발발 직전에 시작된 선옥과 호남의 관계는 전쟁 중에도 계속해서 이어진다. 한편 우익 언론인으로 알려진 박영선은 전쟁 발발 후 피난지를 옮겨 다니며 몸을 숨기고, 장남 상근과 차남 광근이 각기 공산주의자와 국군으로 참전하면서 가족 간 불신과 갈등이 점차 심해진다.

『홍염』·『사선』의 서지사항 및 줄거리와 인물의 특성 등은 1974년 김종균의 『염상섭 연구』에서 처음 소개되지만[5] 이후 본격적인 연구 대상이 되기까지는 오랜 시간이 걸렸다. 염상섭의 전쟁기 활동에 천착한 신영덕(1992)이 전쟁 기간 동안 발표된 두 장편소설 중 하나로서 『홍염』·『사선』의 인물 특성과 구성을 간략히 검토했을 뿐이고,[6] 염상섭 후기 문학에 대한 주요

---

5 김종균, 『염상섭 연구』, 고려대학교 출판부, 1974, 239~241면.

초기 저서로 거론되는 김윤식의 『염상섭 연구』[7]나 김경수의 『염상섭 장편소설 연구』[8] 등에서는 『홍염』·『사선』이 거론되지 않았다. 2000년대 이후에는 여전히 『홍염』·『사선』을 단평으로 비판하는 경우도 있지만[9] 조금 더 긴 호흡으로 새로이 『홍염』·『사선』을 다룬 소수의 연구들도 등장했다. 미국의 냉전정책에 대한 염상섭의 통찰에 주목한 나보령(2017)이나 인공치하 서울이라는 공간성이 야기한 인물들의 변모양상을 고찰한 오태영(2020) 등을 그 예로 들 수 있다. 또한 2018년 『홍염·사선』이 단행본으로 출간되면서 이종호가 작품을 창작하던 시기의 염상섭의 상황과 발표지인 『자유세계』의 성격, 연구사 검토 등을 포함한 해설을 수록하기도 했다.[10] 이 연구들은 그간 망각되어 있던 『홍염』·『사선』을 다시 논의의 대상으로 끌어올려 다양한 시사점을 던져준다는 점에서 큰 의의가 있다. 그러나 여기에서도 『홍염』·사선』은 일부 장면만이 분석되거나, 혹은 궁극적으로 『취우』 연작을 분석하기 위한 비교 대상으로 자리매김하는 경향이 있어 아쉽다.

기왕의 연구사에서 『홍염』·『사선』이 소외되어 온 것은 다른 작품에 비해 그 특이성이 한눈에 보이지 않는 탓이 클 것 같다. 전쟁과부, 사적(私的) 외교, 세대교체, 수도와 임시수도 등 여타의 작품에서 중시된 주제들이 『홍염』·

6 신영덕, 「전쟁기 염상섭의 해군 체험과 문학활동」, 『한국학보』 18-2, 일지사, 48~50면.

7 김윤식, 『염상섭 연구』, 서울대학교 출판부, 1987.

8 김경수, 『염상섭 장편소설 연구』, 일조각, 1999.

9 배경렬은 한국전쟁 이후의 염상섭의 소설을 전반적으로 분석하며 "『홍염』 연작은 이념적 문제를 원경으로 처리하고 이와 분리된 중노녀들의 개인적인 애욕과 심리적 갈등에만 초점을 맞춤으로서 구성상의 파탄을 초래하고 있다"고 평한다(배경렬, 「한국전쟁 이후의 염상섭 소설 연구」, 『현대문학이론연구』 32, 현대문학이론학회, 2007, 250면).

10 이종호, 「냉전체제하의 한국전쟁을 응시하는 복안」, 염상섭, 『홍염·사선』, 글누림, 2018.

『사선』에서는 나타나지 않기 때문에 염상섭 문학의 지형도에 쉽게 위치 지어지지 않는다. 더욱이 작품의 전면에 내세워진 연애 서사가 전쟁기라는 현실감각을 압도하는 듯 보이면서 통속소설이라는 인상을 벗어나기 어려워진 듯하다.

그러나 『홍염』·『사선』 연작은 다음과 같은 점에서 재조명될 가치가 있다. 첫째로, 해방 이후 염상섭의 문학에 등장하는 미국에 대한 연구는 종종 이루어져 왔으나 이는 대부분 문화적이거나 경제적인 측면에 집중해서였다. 그러나 문화 방면에서의 선망이 주된 노선이 되는 아메리카니즘, 혹은 대미무역으로 상징되는 자본주의 경제강국 미국에 대해서만으로는 냉전에 대한 염상섭의 정치적 인식을 충분히 파악하기 어렵다. 『홍염』·『사선』은 냉전기 세계정세와 그것의 한국전쟁과의 관련성이 가장 직접적으로 언급된 작품으로, 한국전쟁의 전야를 구성하는 냉전에 대한 염상섭의 정치 감각을 확인하는 데 가장 적합한 텍스트이다.

둘째로, 선행연구들은 해방기 좌우합작통일을 지향한 중간파로서의 염상섭이 단독정부수립과 보도연맹가입을 기점으로 점차 비관적인 자기검열을 하게 되었다고 의견을 모아왔다. 『홍염』·『사선』은 1950년을 배경으로 하면서도 해방기 좌우합작파에 대한 회고가 저변에 깔려 있다는 점에서 흥미롭다. 더불어 1950년 5.30 선거 직후라는 서사적 현재와 1952년 제2대선을 앞둔 작가적 현재가 중첩되어 중간파에 대한 은밀한 기대감이 표출된다. 냉전에 대한 통시와 중간파에 대한 기대는 염상섭의 시야가 '조선학'에서 '남한학'으로 좁아졌다거나 반공주의적 감시에 몰려 조심스러운 태도로 위축되었다는 기존의 시선[11]을 재고할 수 있게 해준다.

마지막으로, 해방 이후 염상섭이 젊은 세대로 상징되는 새로운 가치를 지지했는지 기성세대가 지녀온 전통적인 가치를 고수했는지에 대한 연구자들의 시각은 종종 갈린다. 『홍염』·『사선』은 이 문제에 있어 특이한 위치를 점한다. 이 작품은 중년 여성과 청년 남성의 연애를 통해 세대 구분을 무의미하게 만들기 때문이다. 이러한 설정은 세대론으로 단순화할 수 없는 염상섭 문학의 새로운 지점을 보여줄 수 있다.

본고는 이상과 같은 문제의식과 방향성을 바탕으로 본격적인 『홍염』·『사선』론을 전개하고자 한다. 논의를 통해 『홍염』·『사선』이 염상섭의 문학세계에서 충분히 그리고 적실하게 평가받는 데 기여할 수 있기를 기대한다.

2. 열전의 적에 가려진 냉전의 책임자들

『홍염』·『사선』 연작은 1950년 6월 23일 금요일이라는 매우 구체적인 일자로부터 이야기가 시작된다. 첫 장의 제목 '전야(前夜)'를 고려하면 이 날짜는 어떤 사건의 전야에 해당하고, 그 어떤 사건이란 한국전쟁이라는 것이

---

11 해방 이후 염상섭 문학에 대한 초기 연구들은 해방기에 염상섭이 가졌던 중도적 입장이 '방관자적 입장'(신영덕)이나 '보수주의적 중산층의 입장'(김윤식)으로 전환되었다고 보았다. 이후 해방기 염상섭의 행적을 상세히 정리한 김재용은 그가 중간파적 노선에서 지지했던 남북협상 및 통일에 대한 전망이 국민보도연맹가입에의 강제적 가입을 계기로 상실되었다고 말했다(김재용, 「분단을 거부한 민족의식」, 『국어국문학연구』 20, 원광대학교 인문과학대학 국어국문학과, 1999, 199~200면). 그 뒤 안서현(2013)은 1949년 7월에 연재된 염상섭의 『무풍대』를 분석하면서 그가 단독정부수립 및 보도연맹가입 이후에도 현실에 대한 날카로운 비판의식을 유지하고 있었음을 주장한다. 다만 안서현은 『무풍대』를 기점으로 염상섭의 시야가 '분단극복을 위한 조선학'에서 '부르주아 독재의 혼탁상을 그려내기 위한 남한학'으로 축소되었다고 보고 있어, 근본적으로는 선행연구들과 입장을 같이 한다. 안서현의 시각은 이후 정종현(2014), 배하은(2015), 박성태(2021) 등에 의해 수용·확장되었다.

가장 쉬운 결론이다. 그러나 막상 작품을 읽어보면 한국전쟁은 작가의 초점에서 빗겨나 있다는 인상을 받게 된다. 이 작품에서 전쟁은 문밖으로 들리는 소리(비행기, 대포, 방송, 소문)로 지나갈 뿐이다. 국군과 인민군이 작중 인물로 등장하지만 열전의 현장은 전혀 가시화되지 않는다.『홍염』·『사선』을 한국전쟁을 다룬 소설로 간주할 경우 현실인식이 결여되고 일상에 매몰되었다는 비판적인 시선이 나올 수밖에 없는 것은 이 때문이다.

그러나 애초부터 염상섭이 한국전쟁을 배경으로 만들면서 부각하려 한 것은 일상성이 아닐 수 있다. '전쟁'과 '일상'을 비교 대상으로 간주하는 시각에서 벗어나 '(한국)전쟁'과 '냉전'을 견주어보면『홍염』·『사선』의 의도가 명료하게 보인다.『홍염』·『사선』의 관심은 '전야 뒤의 전쟁'에 있지 않다. 오히려 '전쟁 전의 전야'에 있다. 한국전쟁의 전개가 간접 제시되는 것과 달리 냉전의 전개가 인물들의 대화를 통해 상세하게 언급되는 것은 이 때문이다.

「중소동맹조약이 된 것이 二월 보름께 일인데 넉달만에 겨우 그 대항책으로 대일단독강환지 조기강화(早期講和)인지를 서둘르는것쯤이니 남은 발등에 불이 떨어지는데 일본을 경제부흥을 시켜주고 재무장을 시켜서 방공(防共)의 방파제(防波堤)로 내세우자는것이 틀렸다는것이 아니요[,][12] 내일의 일본이 또다시 우리집 뒷문을 노리는 이리(狼)가 되고 안되는것은 차치막론하고라도 당장 앞문턱에 입을 벌리고 앉았는 호랑이는 누구더러 무얼로 막아내라는 말인지, 그야 우리가 막아 내야는 하겠

12 이 대목은『자유세계』에 연재될 때 '틀렸다는 것이 아니요?'였으나 저자수정본에서 '틀렸다는 것이 아니요,'로 고쳐져 있다.

지만 적어두 소련이 저놈에게 주니만치나 중화기라든지 비행기를 주고서 씨름을 하라야 말이 되죠. ……철의 장막이라하기로 금성탕지(金城湯池)가 아니거던 전연 무장비[sic]상태대로 내 버려두고 가버렸으니 벌거숭이 환도 찬 셈으루 총자루나 하나 메고 멀거니 三八선을 바라보고 섰는 감시병과 똑같은 신센데 그래 일본무장부터 시켜야 하겠다니 정세를 알고 하는 수작인지 더 답답한 노릇이 어디있읍니까?」

대개는 공개장의 논지를 되풀이하는 것이지마는 열렬히 입힘차게 느러놓는 것이었다. 대일강화조약 체결의 임무를 맡은 「덜레쓰」를 뒤 따라서 이튿날 六[월] 十八일에는 「쫀슨」 국방장관과 「부랏드레」 합동참모본부 의장의 일행이 동경에 날라와서 『맥아더』 최고사령관과 극동의 평화대책을 상의하였다는 것이다. 이회의에서 한국문제는 과연 어떠한 결론을 얻었는지 한국원조의 구체안을 시급히 세우고 실행하라는 것이 공개장의 결론이었던 것이다.

「여부가 있나! 그나마 한국은 작전상 이용가치가 없느니 방위선에서 제외하느니 하고 포기한듯이 언명을하여 놓았으니 점점더 딱한사정이 아닌가.」

「그러게 말얘요. 저놈들 귀에 솔깃한소리만 들려주면서 원조는 한다고 방송만하니 저놈들만 때만났다구 춤을 출거요, 원조를 받어 이쪽 장비가 완성되기전에 거사를하려 서두를거 아닙니까? (하략)」[13]

위 인용문은 『중앙시론』의 사장 박영선과 편집장 이종무가 나누는 대화의 일부이다. 1950년 6월 말은 중소조약(1950.2)이 체결된 이후 위협을 느낀 미국이 일본과의 평화조약을 준비하면서 반공전선을 강화하려던 시기이다.

---

13 염상섭, 「홍염」, 『자유세계』, 1952.4, 213~214면.

실제로 1951년 9월에 체결된 샌프란시스코 조약은 일본에게 있어 전범국으로서의 책임을 뒤로 하고 동아시아 반공전선 수호의 의무를 우선시할 수 있는 계기가 되었다. 또한 조약 체결 당시 남한과 북한이 모두 서명 국가에서 배제된 것은 미국-일본-한국의 불평등한 위계가 냉전 체제하에서 다시 세워지게 된 것을 보여준다고 지적된다.[14]

『홍염』·『사선』은 대일강화조약 이후 진공상태가 될 남한을 염려하며 공개장을 쓴 『중앙시론』의 사장 박영선을 통해 이러한 냉전기 미국의 반공 전략을 명료하게 짚는다. 대일강화조약은 중소조약에 대한 대응으로서 서둘러진 것이며, 특히 1950년 1월 애치슨 선언으로 한국이 동북아시아 방위선에서 제외된 상태에서 미국이 일본의 재무장에만 신경을 쓰니 북한이 남침을 시도하는 것은 시간문제라는 것이다. 이것은 이 작품에서 반공 이데올로기를 강화한다기보다 도리어 미국에 대한 은근한 적대감을 드러내는 역할을 한다. 북한을 비판하는 것이 목적이었다면 대일조약이 아닌 중소조약에 초점을 맞추고 "소련이 저놈에게 주니만치"의 심각성을 부각하는 것이

---

14 샌프란시스코 조약이 냉전체제 및 한미일 위계와 어떻게 관련되는지에 관해서는 류지아, 「한국전쟁 전후, 대일강화조약 논의에 의한 아시아 내에서 일본의 안보와 위상」, 『한일민족문제연구』 18, 한일민족문제학회, 2010; 신욱희, 「샌프란시스코 강화조약」, 『한국과국제정치』 36-3, 경남대학교 극동문제연구소, 2020 등을 참조. 샌프란시스코 조약 체결 당시 한국이 배제된 외재적·내재적 원인에 대해서는 각각 김태기, 「1950년대초 미국의 대한(對韓) 외교정책」, 『한국정치학회보』 33-1, 한국정치학회, 1999; 유의상, 「샌프란시스코 대일강화회의와 한국의 참가문제」, 『사림』 53, 수선사학회, 2015 등을 참조. 한편 한미일 외 다른 국가들이 샌프란시스코 조약에 대해 어떤 입장을 가졌는지는 김채형, 「샌프란시스코평화조약의 법적체제와 주요국가의 입장분석」, 『인문사회과학연구』 17-2, 부경대학교 인문사회과학연구소, 2016을, 샌프란시스코 조약 비(非)서명국들이 추후 이본과의 수교를 통해 샌프란시스코 조약의 규범을 유지하게 된 점에 대해서는 김숭배, 「샌프란시스코평화조약과 동북아시아 비(非)서명국들」, 『일본비평』 22, 서울대학교 일본연구소, 2020을 참조.

더 자연스럽기 때문이다. 그러나 『홍염』·『사선』에서는 미국의 행보가 한반도의 평화를 심각하게 깨뜨릴 수 있다는 우려가 북한에 대한 적개심보다 전면화되어 있다.

박영선이 미국의 행보를 보며 표출하는 위기감이나 불만은 염상섭 그 자신이 해방기에 가지고 있었던 것이었다. 그는 1948년 1월 「UN과 조선문제」라는 글에서 "소련을 제외하고 대일강화회의가 성립되고 조약이 체결된다기로 조선으로서나 세계동향으로서나 환영할 바 아님은 물론이다"[15]라면서 대일강화조약이 냉전 구도의 정치적 갈등을 심화할 것이라고 말한 바 있다. 좀 더 거슬러 올라가면 기실 염상섭은 미군정기부터 '실권자이면서 방관자인' 미국을 비판하고 있었다. 미군정기 조선의 극심한 생활난을 문제시하는 한 글에서 그는 "군정의 완전한 이양"이 궁극적 목적임을 분명히 하면서도, "도대체 군정은 어느 한도 이상으로는 너희들이 해볼 대로 해보라는 듯이 관망적·비판적 태도인 듯한 점이 없지 않으니 (...) 실권을 잡고 지도적 책임이 있는 바에는 그러한 겸양이 도리어 군정의 실패를 자초하는 결과에 빠질 것"이라고 지적했다. 남한의 운명을 좌지우지하는 막강한 권력을 지녔으면서도 정작 실질적인 남한 내부의 문제에 대해서는 "시험대를 주시·관찰하는 과학자의 눈으로 냉연히 바라보는 그런 태도와 심경"을 보인다는 것이다.[16] 해방기 염상섭의 이와 같은 문제의식이 고스란히 박영선에게 전달된 셈이다.[17]

---

15 염상섭, 「UN과 조선문제」, 한기형·이혜령 엮음, 『염상섭 문장 전집 III』, 소명출판, 2014, 68면.

16 염상섭, 「부문별 위원회 설치와 실질적 이양」, 위의 책, 35면, 37면, 38면.

17 이러한 맥락에서, 그간 박영선을 '보수우익언론인'으로 규정해온 선행연구들의 시각에는

『홍염』·『사선』 연작이 청년·자식 세대가 아닌 중년·부모 세대를 주인공으로 내세운 것은 이러한 냉전에 대한 시각을 보다 잘 드러내기 위함이라고 할 수 있다. 공산주의자 상근과 국군 중위 광근, 광근의 약혼자 경애와 공산 진영의 스파이 난이, 상근의 편에 가담하는 윤식 등의 청년들은 진영에 상관없이 모두 한국전쟁으로 인해 핵심적인 속성이 규정되거나 변화한 인물들이다. 광근의 경우 그야말로 생사여부가 한국전쟁에 달려 있고, 상근과 윤식은 공통적으로 한국전쟁을 통과하며 '전과 다른 사람'이 된 것으로 묘사된다. "걸음[걸이]도 새로 훈련을 받았는지 **전에 보지못하던** 걸음새였다"[18]거나 "전에는 싹싹하게 이야기도 곧잘하고 명랑한편이었는데 그것도 빨갱이의 물이 들어서 그런지 **사변이후로 성질이 별안간 변한듯**"[19]하다는 것이다. 전쟁으로 인한 청년들의 변화는 『홍염』에서 『사선』으로 건너오는 동안 점차 심화되어, 『사선』에서는 상근과 윤식에 대한 가족들의 의심과

재고의 여지가 있다. 텍스트의 표면에 내세워진 박영선의 정체성은 "좌익을 호들갑스럽게 쳐오던 중앙시론 사장"(염상섭, 「홍염」, 『자유세계』, 1952.10, 261면)이자 "빨갱이가 노리는 한 사람"(염상섭, 「홍염」, 『자유세계』, 1952.8·9, 210면)이지만, 실제 박영선의 발언들을 들여다보면 그의 현실감각은 단순한 반공주의자의 그것과는 큰 차이가 있는 것이다.
박영선에게 보수우익으로서의 면모가 있다면 그것은 대미나 대북 의식에서가 아니라 오히려 대일 의식에서이다. 앞서 인용한 박영선과 이종무의 대화 장면에서 일본에 대한 비판의식은 상대적으로 가볍다. 미국의 경제원조를 통해 재기한 일본이 훗날 한국을 다시 침략할 수도 있다고 이야기되지만 그 이상의 언급이 이어지지는 않으며 과거 식민지배에 대해서도 거론되지 않는다. 박영선은 해방 직후 적산가옥이 문제가 되었던 적이 있는 인물이다. 책방을 운영하며 성장해온 박영선의 내력이 언급되기는 하나 다소 의심되는 그의 친일적인 면모는 완전히 침묵되어 있다. 인민군이 서울을 점령했을 때 공산주의자 아들 상근이 박영선에게 자수만이 살길이라고 하는 것도 사실상 그가 친일부역자로 몰리기 쉽기 때문일 것이다. 그러나 박영선은 자신에게 죄가 없다며 '빨갱이' 자식만 탓하는 모습을 보인다.

18 염상섭, 「사선」, 『자유세계』, 1956.10, 269면. 강조는 인용자.

19 염상섭, 「사선」, 『자유세계』, 1957.3·4, 110면. 강조는 인용자.

두려움이 서사적 긴장감을 고조시킨다. 이렇게 한국전쟁에 지대한 영향을 받는 만큼 이들 청년의 시야는 한국전쟁의 틀에 묶여 있다고 볼 수 있다. 국군의 출정 장면을 보며 감격의 눈물을 흘리는 경애는 "애인이 그리워 우는 것도 아니요 나라를 걱정해서도 아니었다. 다만 어쩐지 대견하여 보이고 감격하였다"[20]고 서술되는데, 이는 곧 한국전쟁에 사로잡힌 청년들이 그 비장하고 낭만적인 열정에 비해 국가에 대한 거시적인 안목은 부족하다는 작가의 논평이라고 할 수 있다. 반면 전쟁이 발발하기 이전부터 미국의 움직임을 주시하고 있던 박영선이라는 인물은 한국전쟁 이외의 이야기를 하기에 용이하다. 요컨대 염상섭에게는 한국전쟁에만 관여할 청년들이 아니라 냉전에도 관심이 있는 중년들이 필요했다.

한편 『홍염』·『사선』의 청년 세대가 공산주의진영과 자본주의진영을 모두 포함한다는 점 역시 주목을 요한다. 반재영은 한국전쟁기 남한문학 속 '적(敵/赤)=청년'의 형상이 냉전적 인식론과 통한다고 지적한 바 있다. 냉전적 인식론의 핵심 중 하나는 소련이 아닌 곳에서 전개되는 각국의 공산주의 운동을 단지 사주받은 것으로 치부하고 그 토착성과 역사를 부정하는 것이다. 이 때문에 1950년대 남한의 전쟁소설은 1920년대부터 이어져 온 한국사회주의운동의 역사는 소거한 채 치기 어린 청년 공산주의자들만을 적으로 재현한다. 그리고 적(敵/赤)=청년이라는 타자를 통해 남한의 지식인들은 스스로를 지혜롭고 성숙한 노장으로 구성한다.[21]

『홍염』·『사선』의 공산주의자 상근 역시 어리석은 젊은이로 형상화되는

---

20 염상섭, 「홍염」, 『자유세계』, 1952.8·9, 206면.

21 반재영, 「붉은 청년과 반공의 교양」, 『한국문학연구』 65, 한국문학연구소, 2021.

것이 사실이며, 선옥이 전쟁을 "전쟁이라기 보다도 아이들의 병정재끼같이 생각"[22]하는 것도 유사한 맥락 위에 있다. 그러나 『홍염』·『사선』은 국군인 광근을 '물정을 모르는 어린애'로 형상화하는 지점에서 '자본진영=성숙' 대 '공산진영=미성숙'이라는 전형적 구도를 벗어난다. 상근보다 훨씬 훤칠한 미남자로 묘사되는 광근은 얼핏 보기에 상근과 대조되는 인물인 듯하지만, 기실 이 작품에서 광근이 얽힌 장면은 전쟁이 터졌을 때 얼마나 남한이 뒤늦게 혹은 무책임하게 대응했는지를 드러내는 역할을 한다. 광근은 1950년 6월 25일 일요일에 휴가를 나와 경애와의 데이트를 앞두고 있다가 별안간 비상소집을 당해 허둥지둥 집을 나선다. 박영선은 "군인이면서도 깜깜히 영문도 모르고 있는 아들에게 무슨죄나 있는듯이 역정을 내"고, 광근도 "군인된 자기로서 적이 쳐들어오도록 갑갑히 모르고 있었다는것이 무안쩍어서"[23] 늘 있는 북한의 도발일 것이라고 변명한다. 물론 개인의 입장에서 전쟁 발발을 예측할 수 없는 것은 당연하다. 그러나 광근의 다급한 참전 장면은 '국군의 용진으로 적군을 격퇴했으니 안심하라'는 헌병대와 경찰청의 거짓 포고문 장면과 곧바로 대비되면서 작가의 냉소적인 눈길을 느끼게 한다. 실제 출정 상황과 정부의 선전 사이의 균열은 광근의 애인 경애에게조차 의아함과 무안함으로 감지된다.[24] 이 외에도 전쟁이 터졌는데도 신임 국장

---

22 염상섭, 「홍염」, 『자유세계』, 1952.10, 225면.

23 염상섭, 「홍염」, 『자유세계』, 1952.5, 209면.

24 "국군이 서울안에 얼마나 있길래, 아직도 덜 나가고 있는가? 광근이도 그속에 남아있다면 다시 한번 만날수 있겠다는 생각에 반갑기도하나, **한편으로는 무엇하느라고 이때껏 꾸물꾸물하고 있었던가하는 의아한 생각도 들어서,** / 「아침내 쏟아져 나가더라는데, 아직두 덜 나가구 남아 있었군요?」 하고 물으니까 / 「아, 인제야 대부대가 본격적으루 동원돼 나가는 거 아닙니까, 아침에 나간것은 어제 토요일에 외출 안하구 남았던 잔류부대 였겠죠.」 하고

의 환영회를 나간 남한의 공직자들이나,[25] 정부의 잘못된 선전 때문에 더 엉망이 된 피난길의 모습은[26] 공통적으로 한국전쟁 초기 남한의 무책임한 태도를 지적한다. 이렇게 볼 때 국군 광근의 어리숙한 이미지는 자본주의진영의 반공 선무공작을 해체하는 전략이 되기도 한다. 『홍염』이 염상섭이 해군 장교로 복무하던 시절에 연재되었던 것을 고려하면 국군을 탈신성화하고 남한정부의 허위적 선전을 폭로하는 이러한 서술은 결코 가볍지 않다. 공산주의가 젊은 청년들을 휩쓴 것도 사실이지만, 그렇다고 해서 그들에 대응하는 남한의 방식이 현명하지도 않았다고 염상섭은 지적하고 있다.

전쟁이 시작되면 적(북한과 공산진영)은 명백히 보인다. 염상섭이 전쟁이 시작되기 이전에 『홍염』·『사선』의 서사를 출발시킨 것은 전장에서의 가시적인 적이 아니라 전쟁을 일으킨 비가시적인 책임자들(미국과 남한정부)도 시야에 두기 위해서였다. 냉전기 미국의 반공 전략이 한반도에 전쟁을 가져올 것이라는 박영선의 우려는 금세 현실이 되었으며, 미국과 유엔의 원조를 기다리다가 전쟁이 터지자 헛된 선전을 내보내며 수뇌부만 도피한 남한 정부는 사태의 방관자였다. 한국전쟁의 전야에 무슨 일이 일어났는가에 대한

태연무심히 설명을한다. **경애는 잠자코 말았다. 광근이부텀 열시가 넘어서 비상소집령을 받고 들어갔다지 않는가?**"(염상섭, 「홍염」, 『자유세계』, 1952.8·9, 205면. 강조는 인용자).

25 "**난리가 일변 쳐들어 온다는데 차려놓은 음식이 아깝고 기위 [벌인] 잔치니 그대로 나갔다는 「그분들」이 더 딱한 사람들이라고** 호남이는 속으로 혀를 찼다. / 이집 단골인 XX국의 간부들이 신임 국장의 환영회를 정릉안 막[바지], 북한산 기슭의 수석이 좋은 [놀이]터에 베풀고 주말휴양(週末休養)을 겸하여 하루의 청유(淸遊)를 즐기자는 것인데,"(염상섭, 위의 글, 201면. 강조는 인용자).

26 "피난민이 한때 뜸하였던 까닭이 이제야 짐작 났다. **의정부가 탈환되었으니 안심하고 있으라는 선전 바람에 주춤하였던 사람들이 다급하여 뛰어 나와보니 큰길은 막히고** 능안 쪽으로 돌아오는 동안에 영문 모르고 들어 앉았던 사람들까지 따라 나서게 돼서 이렇게 [불은] 모양이다." (염상섭, 「홍염」, 『자유세계』, 1952.10, 217~218면. 강조는 인용자).

『홍염』·『사선』의 재구성은 곧 한국전쟁이 발발하게 된 계기와 책임이 누구에게 있는가에 대한 문제 제기이다.

3. 1948, 1950, 1952의 중첩과 중간파의 행로

『홍염』·『사선』 연작에서 드러나는 염상섭의 시선이 한 편으로 한반도를 둘러싼 냉전에 닿아 있다면, 다른 한 편으로는 5.30 선거를 둘러싼 남한 내부의 정치에 닿아 있다. 안서현은 『무풍대』에서 염상섭이 1948년 제헌 국회의원 선거(5.10 선거)에 출마한 태영이라는 인물을 통해 선거 전후의 정계의 기회주의를 비판했다고 분석한 바 있다.[27] 『홍염』·『사선』은 5.10 선거로부터 2년이 지난 후인 제2대 국회의원 선거(5.30 선거)를 통해 염상섭의 정치적 입장을 암시한다.

> 이 진공상태를 저놈들은 [샅샅]이 빤히 들여다보구 앉았는데 우리가 저놈들이 지금 뭘하구 있는지 냄새나 맡을수 있읍니까, **남북협상에 갔다가 온 사람들의 말을 들어봐야 복면을 시켜 가지구 조리를 돌리는대로 끌려만 다니다가 온 셈**이니 무어 하나 정세를 관측한 자료를 가져온게 있기에 말이죠. 무슨 **통일전선이니 난장이니 또 다시 개수작을 끄내 놓고서는 이주하 김삼룡과 조만식선생을 바꾸자고 찝쩍거리는것**도 무슨패를 쓰는 것일지 누가 압니까?[28]

---

27 안서현, 앞의 글, 172~178면.

28 염상섭, 「홍염」, 『자유세계』, 1952.4, 213면. 강조는 인용자.

위 인용문은 앞 장에서 보았던 박영선과 이종무의 대화의 일부이다. 작중 인물들의 현재가 1950년 6월 말임을 다시 한번 상기한다면, 여기에서 별안간 남북회담이 거론되는 것은 다소 돌출적이다. 염상섭은 1950년 한국전쟁 직전의 현재에서 출발해, 1948년 남북연석회의와 남북요인회담으로 순식간에 시선을 돌렸다가, 다시 1950년 북한이 김삼룡·이주하와 조만식의 교환을 위한 남북협상을 제안한 상황으로 되돌아오는 것이다. 1948년과 1950년의 사건들이 이렇게 긴밀히 함께 제시되는 것은 우연의 소산만은 아니다. 이 시간들의 겹침이 보여주는 염상섭의 내면은 무엇인가?

선행연구들이 잘 정리하고 있듯 1948년은 염상섭이 단독선거에 반대하고 남북협상을 지지하는 좌우합작파의 입장에서 여러 정치적 활동을 보인 시기이다. 이는 북한에서 진행된 남북회담과 동시기에 이루어진 일이었다. 1948년 4월 14일 염상섭이 참여한 문화인 108인의 남북회담지지 성명은 북행을 고민하던 김규식이 하지 사령관의 만류에도 불구하고 결국 북한으로 가는 계기가 되었다고 알려져 있다. 당대 남한 언론에서 남북회담은 「남북협상 공산파회담에 불과 민중은 현혹치 마라」(『동아일보』, 1948.5.4.), 「남북협상의 비자주성」(『동아일보』, 1948.3.30.) 등과 같이 반공주의적 시각에서 보도되는 것이 당연했는데, 염상섭은 남북요인회담이 진행되던 바로 이 시기(4월 27일~30일)에 『신민일보』 필화사건을 겪고 있었다. 그 뒤로도 염상섭은 남조선 인민대표자대회(8월 21~25일)에 참가할 대의원 지하선거(7월 15일)에 이름을 올리고, 7월 26일 미소 양군의 철수를 통한 통일자주독립을 주장하는 문화인 330인의 성명에 참여하는 등 꿋꿋하게 통일독립노선을 걸었다.[29]

29 1948년 염상섭의 정치적 활동에 대해서는 김재용, 앞의 글, 197~199면; 이봉범, 「단정수립

『홍염』의 위 대목은 바로 이 시기에 염상섭이 가졌을 기대와 좌절감을 우회적으로 보여준다고 할 수 있다. 남북협상 관련자들이 큰 성과를 내지 못했다는 이종무의 발언은 그 당시 작가 자신이 지향했던 좌우합작 통일론을 환기하는 동시에, 그것이 실패로 끝난 데 대한 답답한 심정을 느끼게 한다. 통일정부가 세워지기는커녕 통일정부노선을 주장한 김구와 김규식 등은 그 이후 남한의 정치에서 배제된 것이다. 그 뒤 염상섭은 1948년의 통일론이라는 기표를 징검다리 삼아, 1950년 북한이 다시금 통일전선을 거론하며 이주하·김삼룡과 조만식의 교환을 제의했던 일로 초점을 옮긴다. 작중 인물들은 이 새로운 통일 이슈가 어떻게 전개될지 아직 알 수 없지만, 1952년을 살고 있는 독자들에게는 다시 한번 통일의 실패가 환기되는 지점이라고 할 수 있다. 독자의 입장에서는 당시 남한사회가 조만식의 무사 귀환에 대해 큰 관심과 기대를 가졌었던 정황과 더불어,[30] 결국 이 교환이 성사되지 않은 채 전쟁이 터졌다는 사실이 동시적으로 상기될 것이기 때문이다.

요컨대 『홍염』은 1950년의 인물들이 1948년을 돌아보도록, 그리고 1952년의 독자들이 1948년과 1950년을 돌아보도록 만들면서 좌우합작 통일론이라는 키워드를 수면 위로 올린다. 기왕의 연구에서는 염상섭이 단선과 보도

후 전향의 문화사적 연구」, 『대동문화연구』 64, 성균관대학교 대동문화연구원, 2008, 232~234면; 이혜령, 「사상지리의 형성으로서의 냉전과 검열」, 『상허학보』 34, 상허학회, 2012, 149~151면; 안서현, 앞의 글, 162면 및 「백팔 문화인도 단연 궐기」, 『우리신문』, 1948.4.29.; 「양군 철퇴의 일로만이 각축 반발 시의를 일소하는 정로」, 『조선중앙일보』, 1948.7.27. 등을 참조.

30 「조만식씨 도라오나!」, 『조선일보』, 1950.6.17.; 「조만식씨 월남 환영준비」, 『동아일보』, 1950.6.19.; 「조만식선생 과연 도라오려나?」, 『경향신문』, 1950.6.20.

연맹가입을 분기점으로 반공주의자로 몰리지 않게끔 자기검열을 해나간 과정이 주목되었지만,[31] 후일담 형식으로 듣는 해방기의 사정은 좀처럼 볼 수 없었던 중간파로서의 염상섭의 심경을 전해준다.

나아가 조금 더 적극적으로 독해하자면 염상섭은 이러한 중간파의 행로가 아직 종결되지 않았음을 암시하는 듯 보이기도 한다. 이와 관련해서는 박영선과 그의 사위 장윤식이 5.30 선거에 대해 나누는 대화가 주목된다.

> 「어떤모양야? 요새 정계동향은….」
>
> 사위와는 터놓고 대작을하며, 영감은 노상 어린 이 정치기자를 취재(取才)나 하듯이 말을 시키는 것이었다.
>
> 「제가 뭐 압니까마는, 五·三〇선거후의 세력분야가 분명해지구 정계가 안정이 되려면 한참 걸릴겁니다. 무소속인지 중간파인지가 새분야를 찾아들어가서 이합취산이 일단락 져야하겠는데 백년하청을 기다리기는 역시 일반이죠.」
>
> 「그렇기야하지. 그래 C씨의 태도는 어떤모양인구? 부의장설은 유력한가?」
>
> 「종래의 인상을 백팔십도로 일전시킬만큼 태도를 대담히 명백하게 하지않는한, 누구보다도 어려운처지겠죠. 정치적생명을 살리고 죽이는것이 이 일거에 있다고 하겠는데요….」
>
> 「응, 그는 그래….」
>
> 사위가 나이 보아서 맹문이가 아니라고, 영감은 역시 귀엽게 생각하였다.[32]

---

31 각주 11번 참고.

32 염상섭, 「홍염」, 『자유세계』, 1952.5, 198면.

한국의 선거 역사에서 5.10 선거와 5.30 선거는 종종 비교 연구의 대상이 되었다. 단독선거에 반대하던 좌익·중도정당들이 선거를 보이콧한 상태에서 치러진 5.10 선거는 사실상 한민당과 이승만계 세력이 미군정의 비호하에 신임투표를 진행한 것이나 다름없었다고 평가된다. 반면 5.30 선거는 무소속 후보가 대거 당선되어 총 의석의 60%(210석 중 126석)를 차지하게 되었다는 점에서 좀 더 다양한 해석이 가능해진다. 전통적인 해석은 5.10 선거에 참여하지 않았던 좌익·중도세력이 다시 경기에 참가한 것이 5.30 선거의 결과에 큰 영향을 미쳤으리라는 것이다. 대한민국 수립 이후 국가보안법에 의해 좌익정당을 비롯한 진보정당들 다수가 불법화되면서 이 세력들이 무소속으로 선거에 출마하게 되었고, 따라서 무소속 세력의 확대는 곧 이승만 정권과 분단 심화에 대한 민중의 반감을 수치로 보여준다고 보는 것이다.[33] 이러한 전통적 해석은 진보세력의 행보에 대한 미화라는 비판을 받기도 하는데, 가장 큰 이유는 무소속 세력 각각의 경향을 정확하게 파악할 수 있는 자료가 부족하기 때문이었다. 이 때문에 5.30 선거를 통해 무소속 세력이 과반수 의석을 차지했다는 객관적인 사실과는 별개로 당시의 정치적 세력 분포에 대한 시각은 연구자마다 큰 차이를 보인다.[34]

『홍염』의 위 인용문에서 "五·三〇선거후의 세력분야가 분명해지구 정계가 안정이 되려면 한참 걸릴" 것이라고 한 것은 선거 당시에도 정치적 진영

---

33 오유석, 「1950년 5.30총선」, 『역사비평』, 1992 봄; 강정구, 「5·10 선거와 5·30 선거의 비교연구」, 『한국과 국제정치』 9-1, 경남대학교 극동문제연구소, 1993; 강정구, 「전상인의 반론에 대한 답론」, 『한국과 국제정치』 10-1, 경남대학교 극동문제연구소, 1994.

34 전상인, 「강정구의 "5·10 선거와 5·30 선거의 비교연구"에 대한 반론」, 『한국과 국제정치』 10-1, 경남대학교 극동문제연구소, 1994; 김일영, 「농지개혁, 5·30선거, 그리고 한국전쟁」, 『한국과 국제정치』 11-1, 경남대학교 극동문제연구소, 1995.

도가 명확하지 않아 서로 다른 해석이 가능했음을 알게 한다. 이러한 맥락에서 "무소속인지 중간파인지가 새분야를 찾아들어가서 이합취산이 일단락 져야하겠"다는 장윤식의 발언와 이에 동조하는 박영선의 모습은 주목을 요한다. 무소속 세력의 성격이 무엇인지 명확히 알 수 없는 상황에서, 염상섭이 장윤식을 통해 "무소속인지 중간파인지가"라고 표현하는 것은 그가 '무소속 곧 중간파'를 상정하는 것으로 볼 수 있기 때문이다. 그리고 이 중간파들이 새 분야를 잘 찾아 들어가는 것이 정계 안정의 관건이라고 말하고 있는 것이다.

한편 박영선이 장윤식에게 묻는 "C씨"란 죽산(竹山) 조봉암(曺奉岩, 1899~1959)을 가리킨다. 조봉암이 종래의 인상을 일전시키는 것이 중요하다고 한 것은 그가 1946년 공식적으로 사상전향을 한 전(前)공산주의자이기 때문일 터이다. 인물들의 우려 섞인 호기심에 걸맞게 실제로 조봉암은 1950년 국회부의장에 선출되어 이후 4년간 부의장직을 지냈다.

염상섭이 5.30 선거를 둘러싼 수많은 이슈 가운데서 유독 조봉암을 호명한 것은 쉽게 지나칠 수 없는 부분이다. 조봉암은 염상섭과 마찬가지로 해방기에 좌우합작 평화통일을 주장한 인물이다. 그는 1947년 이극로 등과 함께 민주주의독립전선을 결성해 정치위원 겸 선전부장으로서 활동하면서 남북통일을 지향하는 중간파 세력을 모으는 데 힘썼다. 민주주의독립전선은 미소공위에 대처하기 위해 미소공위대책각정당사회단체협의회를 조직하면서 중간파의 핵심세력으로 부상했다.[35] 이러한 해방기 중간파의 통일운

---

35 노경채, 「조봉암·진보당·사회민주주의」, 『한국민족운동사연구』 64, 한국민족운동사학회, 2010, 445~446면.

동은 실패로 끝나지만, 평화통일담론은 한국전쟁 이후까지 조봉암과 진보당에 의해 명맥을 이어갔다. 한국전쟁을 겪으며 조봉암은 반전(反戰) 평화통일에 대한 신념을 더욱 강화했다. 그는 한국전쟁은 무력에 의한 통일이 불가능하다는 것을 증명하는 사건이며, 통일은 단일민족이라는 당위성이 아니라 반전사상을 기초로 이루어져야 함을 주장했다.[36] 1959년 간첩 혐의로 사형당하기 전까지 조봉암과 진보당은 평화통일론을 일관되게 추구했고, 이것은 이승만의 북진통일론에 압도되어있던 남한 사회에서 거의 유일한 대안적 목소리였다는 점에서 오늘날 높이 평가된다.[37]

앞서 남북협상에 대한 박영선과 이종무의 대화가 해방기 통일운동의 실패에 대한 안타까움 섞인 회고였다면, 조봉암에 대한 언급은 평화통일운동의 미래에 대한 조심스러운 기대로 간주해볼 수 있다. 김구·김규식이 대표하는 해방기 좌우합작파가 대한민국 수립 이후 정치적 생명을 잃은 데 반해 조봉암은 남한 사회 속에서 살아남은 중간파였다. 전술했듯 5.10 선거 당시 대부분의 좌익·중도세력은 선거를 보이콧했지만 조봉암은 단선 참가를 주장하는 입장이었다. 그는 좌익·중도세력의 큰 비난을 무릅쓰고 무소속으로 출마해 당선되었고 1950년 5.30 선거에서도 재선된다.[38] 제헌국회에서 조봉암은 무소속구락부를 발족시키는 데 앞장섰고,[39] 그의 중도노선은 이승만

---

36 김태우, 「조봉암의 평화사상」, 『통일과 평화』 9-1, 서울대학교 통일평화연구원, 2017, 121~122면.

37 정진아, 「조봉암의 평화통일론 재검토」, 『통일인문학』 48, 건국대학교 인문학연구원, 2009, 75면; 김태우, 위의 글, 100~101면; 노경채, 앞의 글, 456면.

38 선거 유세 당시 조봉암과 경합한 김석기는 조봉암을 공산주의자로 몰아세우며 좌우 이념대립을 전략적으로 이용했지만 조봉암은 양군철퇴와 평화통일을 호소하며 유권자들의 호응을 얻었다. 이현주, 「해방 후 조봉암의 정치활동과 제헌의회 선거」, 『황해문화』 30, 새얼문화재단, 2001, 156~157면, 159면.

정권이 극우반공적 경향으로 극단화되는 것에 대한 최소한도의 제동장치였다.[40]

'살아남은 중간파'로서의 조봉암의 존재는 비단 1950년 인물들의 현재만이 아니라 1952년 작가의 현재에도 중요했다. 『홍염』에서 5.30 선거와 조봉암에 대해 박영선과 장윤식이 대화를 나누는 장면은 1952년 5월 연재분에 해당한다. 작가의 현재에 눈을 돌리면 이 시기는 1952년 8월에 있을 제2대 대통령의 선거유세가 한창이던 시기였다. 조봉암은 여기에서도 유엔총회 감시 하 평화통일을 주요 공약으로 내세웠다. 결과적으로 이 선거는 부산정치파동과 발췌개헌을 통한 이승만의 압승으로 끝났지만 조봉암은 점차 대표적인 진보 인사로 자리매김했다. 이후 1956년 제3대 대통령 선거에서 조봉암은 30%에 가까운 득표를 하면서 파란을 일으키는데, 이 대선은 조봉암의 지속적인 평화통일담론이 대중적인 주목을 받게 된 시기로 일컬어진다.[41]

해방기 중간파의 상당수가 정치적으로 완전히 배제된 1950년대 남한 사회에서, 조봉암의 일관된 평화통일론은 염상섭이 해방기에 지향했던 바를 조금이나마 유지하게 해줄 유일한 희망이었을 것이다. 『홍염』의 박영선과 장윤식이 1950년 5.30 이후의 중간파와 조봉암에 주목하며 남한 정치의 새로운 바람을 기대했다면 1952년 염상섭은 제2대선을 앞두고 이 인물들의 바람을 연장하고 있는 것이다. 전술했듯 기존의 연구들은 염상섭이 단독정

---

39 노경채, 앞의 글, 447면.

40 김태우, 앞의 글, 112면.

41 강우진, 「1956년 대통령 선거에서 조봉암의 약진요인에 대한 분석」, 『현대정치연구』 10-1, 서강대학교 현대정치연구소, 2017, 32면; 정진아, 앞의 글, 76~77면; 김태우, 위의 글, 120면.

부 수립과 한국전쟁을 겪으면서 중간파로서의 입장을 저버렸다고 판단했지만, 이 장에서 살펴본 장면들은 염상섭의 시야가 결코 축소되지 않았음을, 여전히 통일을 전제로 남북한의 관계를 주시하고 있었음을 보여준다.

4. 정치의식과 연애서사의 중첩과 그 너머

냉전과 중간파에 대한 인식이 『홍염』·『사선』의 시공간을 구축하는 바탕에 해당한다면, 그 바탕 위에서 표면화되는 것은 두 중년 여성과 한 청년 남성의 연애 서사이다. 이는 『홍염』·『사선』이 통속소설로 폄하되거나 연구 대상에서 제외되도록 만든 근본 원인이다. 냉전 초기 한국사회를 바라보는 염상섭의 시선은 이러한 연애 서사에 어떻게 닿아 있는 것일까?

『홍염』·『사선』의 연애 서사가 작가의 현실 인식과 맞물리는 지점은 『홍염』의 말미에 등장하는 다음 장면에서 분명하게 나타난다.

> 종무는 술잔을 비어주면서,
> **「그런데 대관절 이책임은 누가 져야합니까?」**
> 하고 말을 돌린다.
> 「책임? 질사람이 지겠지.」
> 영감이 홧김에 혀를 차려니까, 소옥이가 받은술을 벌주 켜듯이 쭉 마시고나서
> **「뭐? 책임야, 영감 마누라 다 있지.」**
> 하고 가만히 구경만하고 앉았는 선옥이를 힐끗 건너다 본다. 선옥이는 불똥이 자기에게 뛰어 오는가 싶어서 찔끔하였다.
> 「이건 또 무슨 객설야?」

취원이 나무래니까

「뭐 너두 책임이 있지.」

하고 소옥이는 여전히 딴청을한다. 짓궂게 강주정을 하는 눈치가 이상해서, 선옥이는 어서 자리를 떠야 하겠다고 엉뎅이가 들먹어렸다.

「그럴법이 있나요 어린것들이 불쌍해요. 죄없이 껄려나가는 저 어린것들이!」

이종무도 빈속에 독한술이 들어가서 자위가 풀린 눈을 홉뜨며 소리를 버럭 지른다.

「여부가 있나! 자식들은 저지경이 되구!……」

소옥이의 맞장구에 선옥이는 저입에서 또 무슨소리가 나올까 무서워서 일어 서려는데, 참외를 벗겨 들여왔다.[42]

위 대목은 서울을 점령한 인민군의 눈을 피해 현저동 최호남의 이모네로 피신해 있는 박영선에게 여러 인물들이 인사를 오면서 술자리가 벌어진 장면이다. 이종무는 현 상황에 대한 책임을 누가 져야겠느냐고 묻고 박영선은 체념 섞인 분통을 터뜨린다. 박영선과 이종무가 묻는 책임은 물론 한국전쟁에 대한 것으로, 앞서 살펴본 전쟁 배후의 책임자들을 다시금 상기시키는 대목이다. 흥미로운 것은 이종무의 물음에 대한 소옥의 대답이다. 소옥은 '영감과 마누라에게 책임이 있다'고 말하는데, 이것은 대화의 주제를 '전쟁에 대한 책임'으로부터 '부적절한 연애에 대한 책임'으로 은근슬쩍 전환한 것이다. 소옥은 선옥과 호남, 그리고 취원까지("뭐 너두 책임이 있지.") 삼각관계의 당사자들을 고루 거론하며 이 연애 관계로 인해 두 가정이 파탄나고

---

42 염상섭, 「홍염」, 『자유세계』, 1953.1·2, 241면. 강조는 인용자.

있음을 암시한다. 이러한 소옥의 의중을 알아차린 선옥은 뜨끔하며 자리를 뜰 기회를 엿본다. 반면 인물들의 속사정을 알지 못하는 이종무는 그저 소옥이 전쟁의 책임은 기성세대에게 있다고 말한 것으로 생각한다. 이종무가 소옥에게 동조하며 기성세대 때문에 청년들이 전쟁터로 끌려나가고 있다고 언급하자, 소옥은 "여부가 있나! 자식들은 저지경이 되구!"라고 답한다. 이는 짓궂게도 또 한 번 이종무에게 대답하는 척하며 삼각관계 당사자들을 꼬집은 것이다. 자식들은 저마다의 방식으로 전쟁에 생사를 걸고 있는데 부모들은 사적 욕망에 사로잡혀 이를 방치하고 있다는 것이다.

김경수는 염상섭의 소설에서 남녀의 결연담이 작가의 현실 이해를 보여주는 일관된 비유라고 지적한 바 있다.[43] 『홍염』·『사선』 연작에서도 염상섭은 인물들 간의 정보 차이를 이용해 전쟁에 대한 책임론과 가정에 대한 책임론을 의도적으로 겹쳐두었다. 『홍염』·『사선』에서 염상섭이 주시하는 것이 전장에서의 적이 아니라 전쟁에 대해 합당한 책임을 지지 않는 배후의 방관자적 존재들이라고 할 때, 서사의 표면에서 그 방관자는 '연애하는 영감/마누라'들의 모습으로 나타나는 셈이다. 남한 정부와 미국이 한반도를 분열시킨 배후의 책임자이듯, 연애하는 부모들은 가정을 분열시킨 배후의 책임자이다. 이 둘은 결과적으로 청년(자식)들을 전장에 서게 한다는 점에서 상통한다.

문제는 전쟁의 책임자와 가정의 책임자를 견주어보게 하는 염상섭의 전략이 그 의도와 무관하게 결과적으로 여성 인물의 성적 방종에 대한 비난으로 이어지기 쉽다는 점이다. 특히나 포탄이 떨어지는 와중에도 연애를 하는

43 김경수, 앞의 글, 258~259면.

것은 선옥, 호남, 취원이 모두 같음에도, 작품의 비판적 시선은 어머니로서의 역할을 저버리는 선옥에게로 보다 치중된다. 선옥은 "이십년 길러낸 자식보다도 어끄제 만난 남자에게 더 마음이 씨우는 것이 죄로 갈것 같아서 괴로"워하다가도 "그러나 자식을 버리고 나서는 사람도 있지 않은가?"[44]하고 스스로의 욕망을 정당화하며, 『홍염』에서 『사선』에 이르는 동안 호남과의 연애를 점점 더 대담하게 이어나간다. 이러한 선옥의 모습은 작가의 목소리를 가장 많이 담지하고 있는 인물인 박영선이 맞이하는 상황과 대조된다. 전쟁이 발발한 뒤로 박영선은 이곳저곳 피난처를 옮겨 다니며 숨을 죽여야 했고, 특히 『사선』에서는 공산주의자로 귀환한 장남 상근으로부터 자수서 제출을 종용받으면서 가부장으로서의 권능을 상실해가기 때문이다. 냉전기 국내외의 정세를 예리하게 주시하는 지식인이자 방정한 품성과 부성애로 전통적인 가족관계를 통할하기에도 적합한 인물형[45]인 박영선은 시간이 흐를수록 궁지에 몰리고, 반면 철없는 연애에 빠진 듯 보이는 이선옥은 점점 더 왕성한 활동력을 가지는 것이다.

그러나 『홍염』에서 『사선』으로의 이와 같은 전개가 초반에 박영선이 보여주었던 통찰력을 무용한 것으로 만들거나 작품의 "구성상의 파탄"[46]을

---

44 염상섭, 「홍염」, 『자유세계』, 1952.12, 259면.

45 박영선은 20대에 취원을 처음 알게 되지만 이 시기에 친구의 돈으로 서점을 내어 일을 시작한 이후로는 화류계에 발을 들인 적이 없는 것으로 서술된다. 취원과의 연은 이후로도 오래 이어져 간혹 오해를 사기도 하나 "실상은 아무 까닭도 없이 깨끗한 우정(友情)"(염상섭, 「홍염」, 『자유세계』, 1952.3, 205면)이다. 또한 사업으로 눈코 뜰 새 없이 바쁠 때에도 자식들에게 상당히 마음을 쓰는 다정한 부친으로 설정되어 있다. 염상섭의 소설에서 보기 드문 긍정적인 중년 남성 인물이라고 할 수 있다.

46 배경렬, 앞의 글, 250면.

야기하는 것이 아님을 유의해야 한다. 한반도의 청년들을 전쟁터로 보낸 책임이 누구에게 있는가를 질문한 것이 『홍염』이었다면, 『사선』은 그 질문에 제대로 답하지 못한 남한 사회가 어떻게 분열되어갔는가를 보여주는 데 무게를 둔다고 할 수 있다. 상근, 광근, 윤식, 경애 등의 청년/자식들은 『홍염』에서 『사선』으로 이행하는 동안 점차 한국전쟁의 틀 속에서만 적군과 아군을 판별하게 되며, 이는 박영선으로 상징되는 (탈)냉전질서나 평화통일의 발화 주체를 어디에도 위치할 수 없게 만든다. 동시에 『홍염』에서 『사선』으로 건너오는 시간은 청년/자식들이 전장에 나가 있는 동안 사태 배후의 방관자들이 여전히 합당한 책임을 지지 않고 더욱 한반도/가정의 분열을 가속화한 시간으로 제시된다. 전쟁의 책임자에 비유되는 가정(분열)의 책임자들의 연애 서사가 『홍염』에서 『사선』에 이르는 동안 점점 더 부각되는 것은 이 때문이다. 다만 이때 연애하는 영감·마누라들 중에서도 유독 어머니 선옥에 비판의 시선이 치중되는 것은 서사 전략의 필요에서가 아니라, 이를테면 미국·남한정부의 가장 적절한 비유 대상이 선옥이어서가 아니라 염상섭이 내재하고 있던 가부장제 이데올로기에 의해서라고 보는 것이 자연스러울 것이다. 박영선의 위축과 이선옥의 부상은 작가가 감각하고 있던 당대 현실이 무엇이었는가를 직설적으로 드러내는 셈이다. 비록 그것이 작가의 "남근적인 위기의식"[47]에 찬 우려의 시선 속에서, 즉 부정적 현실(남한

47 이 표현은 이철호가 『취우』 연작을 분석하며 사용한 것이다(이철호, 앞의 글, 121면). 『취우』에서 강순제가 보여주었던 모든 긍정적인 속성들은 『지평선』에 이르러 남성 인물들이 생환하면서 맥없이 소거된다. 이에 대해 이철호는 "염상섭 소설의 문법에서는 그녀[강순제-인용자] 같은 신여성의 주체적 삶이 여전히 번역 불가능한 어떤 것"이었다고 말한다(118면). 염상섭의 문학에서 "신여성에 대한 인간적인 시선 뒤에는 근본적으로 남근적인 위기의식이 잠복해 있으며, 이것이 한국전쟁 이후의 "가족관계의 재구성, 이를테면 여성 중심으로 재편될

정부와 미국에 의해 분열된 한반도)에 비견되는 또 다른 부정적 현실(연애하는 중년 여성에 의해 분열된 가정)로 제시되었을지라도 그렇다.

결국 『홍염』·『사선』 연작이 비판을 받는다면 그 근거는 통속성이 아니라 작가가 비판적인 현실인식을 전달하는 과정에서 그 비판이 결국 여성 인물로만 향하도록 만들었다는 점에 있어야 한다. 그런데 역설적으로 이 사실은 『홍염』·『사선』 연작을 통속소설로의 전락으로 보는 낡은 시선에서 벗어나 새로운 독해의 가능성을 열어준다. 선옥의 성적 욕망의 발현을 당대 한국사회의 (비유적이고도 현실적인) 위기로 제시하는 염상섭의 방식과 무관하게, 텍스트의 기호화(encoding)와 기호 해독(decoding)이 결코 일치할 수 없다는 홀의 오랜 지적을 상기한다면 이 주제는 대항적 기호체계(oppositional code)를 통해 새로이 읽힐 수 있기 때문이다.[48] 이는 곧 작가가 스스로 인지하지 못한 채 가부장제 이데올로기적 틀에서 산출했을 메시지를 가부장제 이데올로기로부터의 이탈이라는 대안적 준거틀에서 재구성해보는 것이다. 이 재구성은 텍스트 독해의 어떤 자율성 옹호에서 비롯되는 것이 아니다. 도리어 『홍염』·『사선』의 가장 주요한 초점화 대상이라는 선옥이라는 바로 그 점으로 인해 가능한 것이다. 가장 오랫동안 작품에 노출된 선옥인 만큼 그의 동기와 변화는 다른 어떤 인물에 비해서도 선명하게 나타나고, 미완인 이 작품 속에서 유일하게 모종의 결말을 맞이하는 것도 선옥이기 때문이다.

선옥이 호남을 욕망하게 된 계기는 무엇일까? 취원의 경우 호남의 미모

지도 모를 새로운 세계의 갑작스런 도래"를 서사적으로 부정하도록 만든 것이다(121면).

48 기호화와 기호 해독 사이의 (비)대칭성 및 기호 해독의 세 가지 기호체계(dominant-hegemonic code, negotiated code, oppositional code)에 대해서는 스튜어트 홀, 임영호 옮김, 「기호화와 기호 해독」, 『문화, 이데올로기, 정체성』, 컬처룩, 2015, 417~435면 참고.

에 첫눈에 반하는 장면이 상세하게 제시되지만, 선옥이 호남에게 관심을 갖게 된 이유는 직접적으로 서술된 것이 없어 일견 모호하게 여겨질 수 있다. 이 물음에 답하기 위해서는 선옥-호남의 연애나 선옥-호남-취원의 삼각관계가 아닌, 선옥과 취원이라는 두 여성 인물의 관계로 시선을 돌릴 필요가 있다. 선옥이 별안간 호남과 가까워진 것은 박영선이 위병으로 입원하고 장취원이 어머니 제사를 지내러 자리를 비운 사이, 즉 선옥이 집주인으로서 호남에게 아침을 먹이면서부터였다. 중요한 것은 이 행위가 정확히 취원에 대한 모방이라는 점이다. 취원도 반년 전 정월 초이튿날 호남에게 아침을 먹이면서부터 그를 쟁취했다는 확신을 얻었던 것이다. 취원은 선옥의 현재가 자신의 과거를 답습하고 있다는 것을 잘 알고 있다. "호남이가 오늘 아침에 안에서 아침밥대접을 받았다는말에 먼저 머리에 떠오르는것이, 역시 그날아침에 맞겹상으로 밥을 먹던 그 광경"[49]이었던 것이다. 그렇기에 취원은 이때부터 선옥을 부쩍 의식하고 의심한다. 귀순 어머니가 선옥을 보며 "아씨 요새루 퍽 젊어지셨어. 사랑채아씨를 따라가시는게야."[50]라고 한 것은 이러한 맥락에서 보면 취원에 대한 선옥의 모방을 퍽 적실하게 지적한 것이다.

요컨대 선옥이 호남을 욕망하는 것은 선옥이 모방하는 취원이 호남을 욕망하기 때문이다. 주지하듯 이러한 삼각형의 욕망에서 중요한 것은 욕망의 대상(최호남)이 아니라 중개자(장취원)이다.[51] 그렇다면 취원은 어떤 속성

---

49 염상섭, 「홍염」, 『자유세계』, 1952.3, 211면.

50 염상섭, 「홍염」, 『자유세계』, 1952.1, 188면.

51 "대상을 향한 돌진은 근본을 파헤쳐보면 중개자를 향한 돌진이다"(르네 지라르, 김치수·송의경 옮김, 『낭만적 거짓과 소설적 진실』, 2001, 한길사, 51면).

을 대변하는가? 그는 "남에게 넘보이지 않고 버젓이 행세를하는 기골이 있"[52]고, "딱 [마주]치면 기가 눌려서 마음것 인사를 하"[53]게 되는 인물로 묘사된다. 오랫동안 기생으로 지냈지만 영감을 만나서 살 때는 "뜬소문 하나 없이 얌전히 살아 주"기 때문에 평판이 깔끔하고, 소옥의 요릿집에 자금을 대어줄 만큼 경제력을 갖추고 있다. 취원과 호남의 관계에서도 상대방에 대한 애정의 무게는 취원의 것이 훨씬 무겁지만, 이것은 호남의 영향력을 높이기보다는 취원의 주체성을 강화하는 데 기여한다. "취원은 보료위에 한가운데 앉았고, 호남이는 발치께로 비스듬이 물러앉은 꼴"[54]은 취원이 호남의 집안에 첩으로서가 아니라 새로운 가장으로서 진입했음을 시각적으로 보여준다. 가장으로서의 취원은 호남의 본처인 영애와 자식들에게도 지성껏 살림을 도우면서 우호적인 관계를 유지한다. "두여자[취원과 영애-인용자]는 이 음식으로 정이 통하고, 호남이댁의 마음은 차츰차츰 관대하여져 갔던것"[55]이라는 대목은 이들의 독특한 관계를 잘 보여준다.

선옥이 근본적으로 욕망하고 있던 것은 이와 같은 취원의 경제력, 진취성, 가장으로서의 속성 등이었다고 볼 수 있다. 호남에게 아침을 먹인 날을 기점으로 선옥은 "이때까지 보지못하던 화려한 표정"으로 "마음을 탁 놓고 느긋이 푸근하게 한바탕 기죽을"[56] 편다. 다분히 취원을 연상시키는 이러한 선옥의 변화는 '최호남의 존재'가 아니라 '박영선과 장취원이라는 두 가장

---

52 염상섭, 「홍염」, 『자유세계』, 1952.1, 191면.
53 위의 글, 190면.
54 염상섭, 「홍염」, 『자유세계』, 1952.3, 203~204면.
55 위의 글, 212면.
56 염상섭, 「홍염」, 『자유세계』, 1952.1, 184면.

의 부재'가, 정확히 말하자면 두 가장의 부재에 따른 집주인으로서의 자신의 위치가 촉발시킨 것이다. 이것은 이후 장남 상근이 등장해 그들의 집을 점령한 뒤 선옥에게 나서지 말고 가만히 있으라고 명령했을 때 선옥이 보이는 불쾌감의 이유이기도 하다.[57] 이렇게 본다면 취원이 선옥에게 빼앗길까봐 불안해하는 것 역시 근본적으로는 최호남이 아니라 자신이 점하던 위치였을 수 있다.

선옥과 취원은 서로에 대한 견제와 질투를 이어가지만, 그럼에도 그들의 서사는 남성을 사이에 둔 경쟁 관계로만 규정할 수 없다. 작품의 결말부에서 두 인물은 공습경보가 해제될 때까지 처음이자 마지막으로 단둘이 술자리를 가진다. 마치 취원과 영애가 단순한 처첩관계로 규정될 수 없는 정을 나누고 있듯, 선옥과 취원도 이 장면에서 서로에게 기묘한 친밀감을 느낀다. 그간의 시간을 돌아보며 날을 세우기도 하나 "한편으로는 어쩐지 그만큼 흉허물이 없다는 친숙한생각이 드는 것"[58]이다. "그리 반가울것도 없는 터"였지만 함께 음식을 먹고 술잔을 나누면서 "그래도 마음들이 풀"[59]린다. 그리고 이 자리를 끝으로 두 사람은 "좋은 낯으로 헤어져"[60] 간다. 선옥과 취원이 이처럼 서로를 인정하고 일종의 안정감을 형성한다고 할 때, 그 이후로 선옥과 호남의 연애 장면이 더 이상 등장하지 않는 것도 이해할 만하다. 선옥은 더 이상 취원의 욕망을 모방할 필요가 없는 것이다. 이 미완의 작품

---

57 "「아무것두 모르면 가만이 계세요. 세상이 어떻게 돌아가는지나 아시구 그러슈?」 (...) 선옥이는 아지두 못하면 가만 있으라는 말에 기가 막혀서 선옥이는 마루로 향하여 돌아 앉으며 방바닥을 쳤다"(염상섭, 「사선」, 『자유세계』, 1956.10, 272면).

58 염상섭, 「사선」, 『자유세계』, 1957.3·4, 108면.

59 위의 글, 109면.

60 위의 글.

에서 완성된 서사 줄기가 있다면 그것은 취원에 대한 선옥의 모방과 그에 따른 변화, 그리고 상호 인정을 통한 안정감 형성으로 이어지는 선옥과 취원의 관계 발전의 서사이다.

이 지점에서 『취우』의 강순제를 떠올려보는 것도 좋겠다. 『취우』에 대해 여러 선행연구들이 공통적으로 언급하는 바는 강순제의 주체적 여성으로의 변화가 '예외상태'의 산물이라는 것, 즉 김학수 영감이 사라지고 인민군이 서울을 점령하면서 기존의 질서가 정지했기 때문에 가능했다는 점이었다.[61] 물리적이거나 상징적인 가부장이 사라지면서 억압되어있던 여성의 욕망이 발현되었다는 것이다. 『홍염』·『사선』의 선옥의 욕망도 같은 계기로 발현된 것으로 보일 수 있으나,[62] 이 작품은 여성의 욕망이 가부장의 존재/부재에만 종속된 것이 아니라 여성 사이의 관계를 통해 촉발되고 전개될 수 있음을 보여준다는 점에서 유의미한 차이가 있다.

1950년대에 남한 정부의 반공주의 이데올로기에 함몰되지 않은 채 분단의 계기를 논하고 반전(反戰) 통일이라는 지난한 대안을 놓지 않았던 박영선의 존재는 염상섭이라는 당대 남성 지식인으로부터 얻을 수 있는 값진 결실임이 분명하다. 다만 그는 탈식민적 사회를 이룩하기 위해 청산해야 할 또 다른 과제인 남성 중심적 가부장제 이데올로기까지는 볼 수 없었다. 이선옥이나 장취원과 같은 염상섭 소설 속 여성 인물들이 전통적인 가족관계를 이탈하는 모습을 적극적으로 독해할 필요는 여기에 있다. 『홍염』·

61 정보람, 「전쟁의 시대, 생존의지의 문학적 체현」, 『현대소설연구』 49, 한국현대소설학회, 2012, 344~345면; 이철호, 앞의 글, 115~117면; 배하은, 앞의 글, 194~198면; 김영경, 앞의 글, 2017, 302~303면; 오태영, 앞의 글, 26~28면.

62 오태영의 연구가 이러한 시각을 보여준다(위의 글, 26~27면).

『사선』 속 위축된 남성성과 가장으로서의 여성들을 '사회의 위기'로도 '통속성에의 함몰'로도 읽지 않고 한국전쟁기를 구성하고 있었던 또 하나의 시대적 요소로 간주하면서, 『홍염』·『사선』에 대한 다양한 독해를 재개해야 할 시점이다.

5. 나가며

염상섭의 『홍염』·『사선』 연작(1952~53, 1956~57)은 일상성·통속성에 매몰된 태작으로 치부되어 2000년대 이후 염상섭의 후기 문학이 적극적으로 재평가되는 동안에도 오랫동안 소외되어왔다. 이 글은 『홍염』·『사선』에 대한 통념을 벗겨내고 이 작품이 염상섭의 문학세계에서 적절하게 자리매김할 수 있도록 하려는 목적을 가지고 출발했다.

본고가 『홍염』·『사선』에 대해 주장하고자 한 점은 크게 세 가지이다. 먼저, 『홍염』·『사선』은 한국전쟁에서의 가시적인 적(북한과 공산진영)이 아니라 전쟁을 불러온 비가시적인 책임자들(미국과 남한정부)을 시야에 두고자 한 작품이다. 염상섭은 작중 인물 박영선이 1950년 6월 말 덜레스 고문의 방한을 보며 쓴 공개장을 통해, 이 시기는 단지 한국전쟁의 전야가 아니라 중소조약 체결 이후 불안을 느낀 미국이 대일강화조약을 준비하면서 냉전을 심화시킨 시기임을 상기시킨다. 또한 국군 중위인 박상근의 뒤늦은 출정 장면 및 그와 대조되는 정부의 허위 선전은, 한반도 문제를 해결함에 있어 미국과 유엔에 지나치게 의존하던 남한정부가 한국전쟁 초기 무책임한 태도를 보이면서 혼란이 가중되었음을 폭로한다. 『홍염』이 한국전쟁 중 연재되었던 작품임을 고려하면 미국과 남한정부에 대한 이러한 염상섭의 날카로운 비판의식은 결코 가벼운 것이 아니다.

다음으로, 『홍염』·『사선』은 남북협상 및 평화통일을 지지했던 해방기 중간파로서의 염상섭의 심경을 우회적으로 드러낸다는 점에서도 주목을 요하는 작품이다. 염상섭은 1950년 서사적 현재와 1948년 과거에 벌어진 특정 사건들을 선별하고 한 데 모아 제시하는데, 이 사건들을 묶어주는 주제는 바로 좌우합작 통일론이다. 그가 이 작품에서 제2대 국회의원 선거인 1950년 5.30 선거를 다루면서 '무소속=중간파'의 대두와 국회 부의장 조봉암의 존재를 거론하는 것도 같은 맥락에서 이해할 수 있다. 조봉암이 해방 이래 일관적으로 반전(反戰) 평화통일론을 주장해온 대표적인 진보 인사임을 고려한다면, 『홍염』·『사선』은 해방기에 중간파로서 염상섭이 지향했던 평화통일론이 여전히 포기되지 않았음을 보여준다고 할 수 있다.

마지막으로, 『홍염』·『사선』의 연애서사는 냉전기 남성 지식인인 염상섭이 가질 수 있던 정치적 상상력의 한계를 드러내는 동시에 오늘날의 독자들이 새로운 정치성을 발견해낼 수 있는 가능성의 장이다. 우선 이 글은 염상섭이 '한반도의 평화를 깨뜨린 책임자'와 '가정의 평화를 깨뜨린 책임자'를 의도적으로 중첩시키고 있다는 점에 주목해 『홍염』·『사선』의 정치의식과 연애서사의 괴리가 구성상의 파탄을 낳았다는 기존의 시각을 탈피하고자 했다. 그리고 통속소설이라는 『홍염』·『사선』의 '오명'이 기실 여성의 욕망 발현을 통속적인 것으로 치부하는 시각에서 비롯된 것일 수 있다는 문제의식 위에서 연애서사 자체의 의의를 재고하고자 했다. 선옥-호남-취원의 삼각관계가 아닌 선옥과 취원의 관계 발전에 초점을 맞추면 『홍염』·『사선』의 연애서사는 남성 가부장의 존재/부재가 아닌 여성들 간의 모방과 인정을 통해 여성의 주체성이 형성되는 과정을 보여준다. 가정을 이탈해 팽창하는 여성들의 활동력을 염상섭은 우려의 시선으로 바라보았을지 모르나, 작가의 시선과 별개로 그러한 모습들은 새로운 시대의 전조로 나타난다.

참고문헌

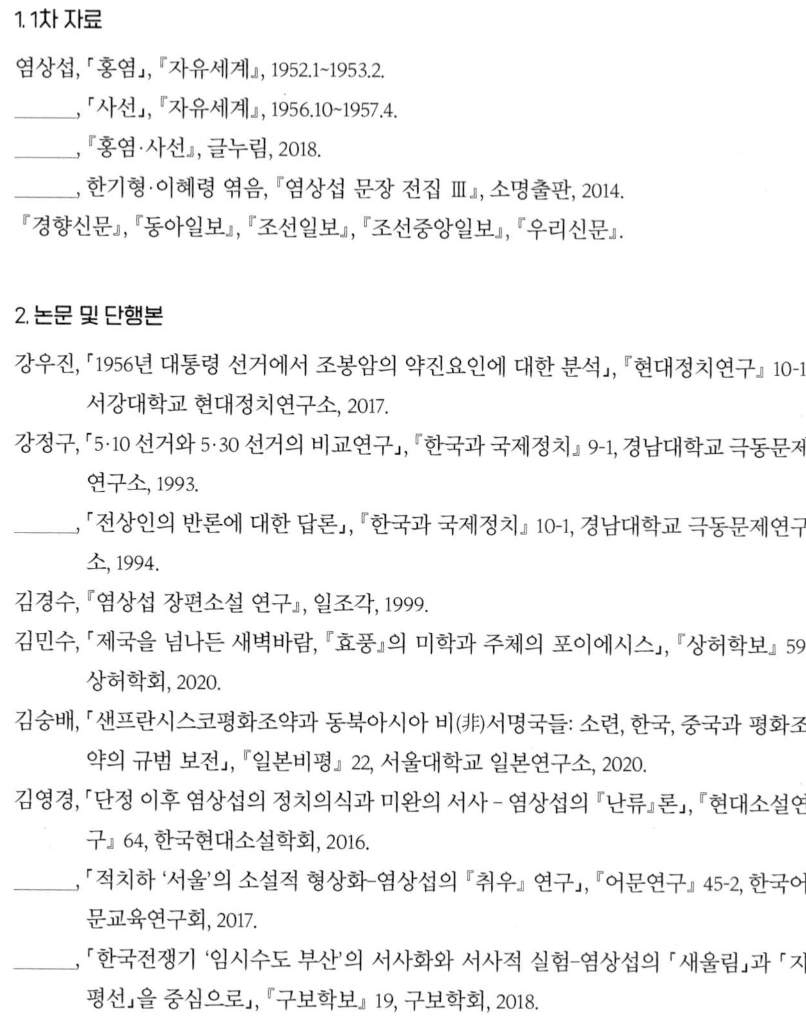

1. 1차 자료

염상섭, 「홍염」, 『자유세계』, 1952.1~1953.2.

______, 「사선」, 『자유세계』, 1956.10~1957.4.

______, 『홍염·사선』, 글누림, 2018.

______, 한기형·이혜령 엮음, 『염상섭 문장 전집 Ⅲ』, 소명출판, 2014.

『경향신문』, 『동아일보』, 『조선일보』, 『조선중앙일보』, 『우리신문』.

2. 논문 및 단행본

강우진, 「1956년 대통령 선거에서 조봉암의 약진요인에 대한 분석」, 『현대정치연구』 10-1, 서강대학교 현대정치연구소, 2017.

강정구, 「5·10 선거와 5·30 선거의 비교연구」, 『한국과 국제정치』 9-1, 경남대학교 극동문제연구소, 1993.

______, 「전상인의 반론에 대한 답론」, 『한국과 국제정치』 10-1, 경남대학교 극동문제연구소, 1994.

김경수, 『염상섭 장편소설 연구』, 일조각, 1999.

김민수, 「제국을 넘나든 새벽바람, 『효풍』의 미학과 주체의 포이에시스」, 『상허학보』 59, 상허학회, 2020.

김숭배, 「샌프란시스코평화조약과 동북아시아 비(非)서명국들: 소련, 한국, 중국과 평화조약의 규범 보전」, 『일본비평』 22, 서울대학교 일본연구소, 2020.

김영경, 「단정 이후 염상섭의 정치의식과 미완의 서사 - 염상섭의 『난류』론」, 『현대소설연구』 64, 한국현대소설학회, 2016.

______, 「적치하 '서울'의 소설적 형상화-염상섭의 『취우』 연구」, 『어문연구』 45-2, 한국어문교육연구회, 2017.

______, 「한국전쟁기 '임시수도 부산'의 서사화와 서사적 실험-염상섭의 「새울림」과 「지평선」을 중심으로」, 『구보학보』 19, 구보학회, 2018.

김윤식, 『염상섭 연구』, 서울대학교 출판부, 1987.

김일영, 「농지개혁, 5·30선거, 그리고 한국전쟁」, 『한국과 국제정치』 11-1, 경남대학교 극동문제연구소, 1995.
김재용, 「분단을 거부한 민족의식 - 8.15 직후 염상섭의 활동과 『효풍』의 문학사적 의미」, 『국어국문학연구』 20, 원광대학교 인문과학대학 국어국문학과, 1999.
김종균, 『염상섭 연구』, 고려대학교 출판부, 1974.
김종욱, 「한국전쟁과 여성의 존재 양상 – 염상섭의 『미망인』과 『화관』 연작」, 『한국근대문학연구』 9, 한국근대문학회, 2004.
김채형, 「샌프란시스코평화조약의 법적체제와 주요국가의 입장분석」, 『인문사회과학연구』 17-2, 부경대학교 인문사회과학연구소, 2016.
김태기, 「1950년대초 미국의 대한(對韓) 외교정책」, 『한국정치학회보』 33-1, 한국정치학회, 1999.
김태우, 「조봉암의 평화사상 - '적극적 평화론'의 관점에서의 고찰」, 『통일과 평화』 9-1, 서울대학교 통일평화연구원, 2017.
김태진, 「전후의 풍속과 전쟁 미망인의 서사 재현 양상–염상섭의 『미망인』 『화관』 연작을 중심으로」, 『현대소설연구』 27, 한국현대소설학회, 2005.
김학균, 「염상섭 장편소설에 나타난 미국인과 '아메리카니즘'–『이심』과 『효풍』을 중심으로」, 『도시인문학연구』 6-1, 서울시립대학교 도시인문학연구소, 2014.
나보령, 「염상섭 소설에 나타난 피난지 부산과 아메리카니즘」, 『인문논총』 74-1, 서울대학교 인문학연구소, 2017.
노경채, 「조봉암·진보당·사회민주주의」, 『한국민족운동사연구』 64, 한국민족운동사학회, 2010.
류지아, 「한국전쟁 전후, 대일강화조약 논의에 의한 아시아 내에서 일본의 안보와 위상」, 『한일민족문제연구』 18, 한일민족문제학회, 2010.
박성태, 「단정 수립 이후 염상섭 문학의 중도적 정치성 연구(1948-1950) - 민족통합과 친일파 청산 문제를 중심으로」, 『현대소설연구』 83, 한국현대소설학회, 2021.
반재영, 「붉은 청년과 반공의 교양–한국전쟁기 젊음(적)의 재현과 성장(전향)의 서사」, 『한국문학연구』 65, 한국문학연구소, 2021.
배경렬, 「한국전쟁 이후의 염상섭 소설 연구」, 『현대문학이론연구』 32, 현대문학이론학회, 2007.
배하은, 「전시의 서사, 전후의 윤리–『난류』, 『취우』, 『지평선』 연작에 나타난 염상섭의 한국전쟁 인식 연구」, 『한국현대문학연구』 45, 한국현대문학회, 2015.
신영덕, 「전쟁기 염상섭의 해군 체험과 문학활동」, 『한국학보』 18-2, 일지사, 1992.
신욱희, 「샌프란시스코 강화조약: 한미일 관계의 위계성 구성」, 『한국과국제정치』 36-3, 경남대학교 극동문제연구소, 2020.
안서현, 「'효풍'이 불지 않는 곳–염상섭의 『무풍대』 연구」, 『한국현대문학연구』 39, 한국현대문학회, 2013.
오유석, 「1950년 5.30총선-위기로 몰린 이승만 정권」, 『역사비평』, 1992 봄.
오태영, 「한국전쟁기 남한사회의 공간 재편과 욕망의 동력학-염상섭의 장편소설을 중심으로」, 『사이間SAI』 29, 국제한국문학문화학회, 2020.
유의상, 「샌프란시스코 대일강화회의와 한국의 참가문제」, 『사림』 53, 수선사학회, 2015.
이봉범, 「단정수립 후 전향의 문화사적 연구」, 『대동문화연구』 64, 성균관대학교 대동문화연구원, 2008.
이종호, 「냉전체제하의 한국전쟁을 응시하는 복안」, 『홍염·사선』, 글누림, 2018.
이철호, 「반공과 예외, 혹은 불가능한 공동체-『취우』(1953)를 중심으로」, 『대동문화연구』 82, 성균관대학교 대동문화연구원, 2013.
이현주, 「해방 후 조봉암의 정치활동과 제헌의회 선거-인천에서의 활동을 중심으로」, 『황해문화』 30, 새얼문화재단, 2001.
이혜령, 「사상지리의 형성으로서의 냉전과 검열-해방기 염상섭의 이동과 문학을 중심으로」, 『상허학보』 34, 상허학회, 2012.
전상인, 「강정구의 "5·10 선거와 5·30 선거의 비교연구"에 대한 반론」, 『한국과 국제정치』 10-1, 경남대학교 극동문제연구소, 1994.
전훈지, 「미국화 수용에 따른 작중 인물의 태도 연구–해방 이후 염상섭 소설을 중심으로」, 『춘원연구학보』 10, 춘원연구학회, 2017.
정보람, 「전쟁의 시대, 생존의지의 문학적 체현-염상섭의 『취우』, 『미망인』 연구」, 『현대소설연구』 49, 한국현대소설학회, 2012.
______, 「탕녀와 가장 – 1950년대 전쟁미망인의 이중적 표상 연구」, 『현대소설연구』 61, 한국현대소설학회, 2016.
정종현, 「1950년대 염상섭 소설에 나타난 정치와 윤리-『젊은 세대』, 『대를 물려서』를 중심으로」, 『동악어문학』 62, 동악어문학회, 2014.
정진아, 「조봉암의 평화통일론 재검토」, 『통일인문학』 48, 건국대학교 인문학연구원, 2009.
허윤, 「1950년대 전후 남성성의 탈구축과 젠더의 비수행」, 『여성문학연구』 30, 한국여성문학학회, 2013.
르네 지라르, 김치수·송의경 옮김, 『낭만적 거짓과 소설적 진실』, 한길사, 2001.
스튜어트 홀, 임영호 옮김, 『문화, 이데올로기, 정체성』, 컬처룩, 2015.

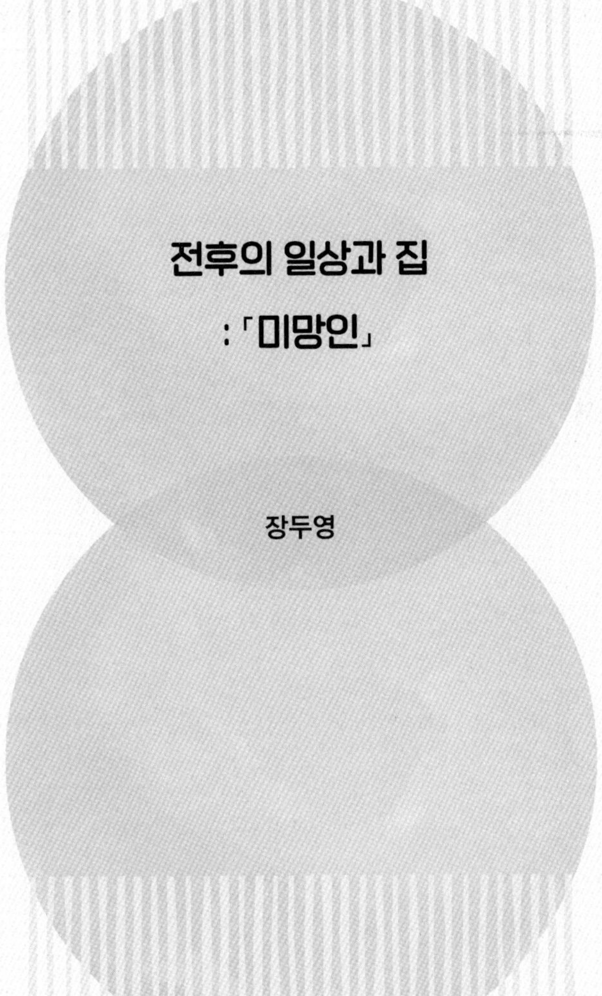

전후의 일상과 집
:「미망인」

장두영

* 이 글은 『구보학보』 30집(구보학회, 2022.04.)에 게재되었던 「염상섭의 「미망인」에 나타난 전후 일상과 집」을 전재한 것이다.

1. 서론

염상섭의 「미망인」은 1954년 6월 16일부터 같은 해 12월 6일까지 총 151회에 걸쳐 『한국일보』에 연재되었던 장편소설로서, 작가 연보를 놓고 볼 때 전후 일상의 문제에 집중하는 창작적 국면으로의 진입을 알리는 작품이다. 주지하는 바와 같이 「미망인」의 앞선 자리는 염상섭 후기 문학의 대표작인 「취우」(1952년 7월-1953년 2월 『조선일보』 연재)가 차지한다. 전쟁이 한창이던 시점에 전시의 상황을 다룬 「취우」는 6.25라는 역사적 상황과 50대 중반의 나이에 해군 장교로 3년간 복무했던 작가의 개인사적 사정이 만들어낸 결과에 해당한다. 그러나 1953년 휴전 협정 이후 사회 전반이 빠르게 일상을 회복하기 시작한다. 휴전 직후 염상섭은 가족들을 데리고 피난지 부산을 떠나 서울로 돌아왔고, 군을 제대하여 민간인 신분으로 복귀하였다. 급격한 사회적·개인적 변화 속에서 염상섭의 창작 활동 또한 전시의 상황을 다룬 「취우」의 단계를 벗어나 환도 직후의 서울을 배경으로 한 「미망인」의 단계로 옮겨가게 된 것이다.

물론 휴전이 되었다고 해서 작가의 관심이 급변했다고 보기는 어렵다. 오히려 염상섭은 휴전 직후에도 한동안 전시 상황에 관심을 기울이고 있었으며, 이는 「취우」의 후속작인 「새울림」(1953년 12월-1954년 2월 『국제신보』 연재)과 「지평선」(1955년 1월-1955년 6월 『현대문학』 연재)의 발표에서도 확인된다. 염상섭은 「취우」의 인물과 갈등 구조를 그대로 가져와 전시 부산을 배경으로 한 두 편의 장편소설을 시도하였고, 작품 발표 시기를 따진다면 「미망인」은 이 두 편의 작품 사이에 끼인 형국이다. 그러나 「새울림」은 어중간한 상태에서 연재를 중단한 채 전혀 다른 이야기인 「미망인」의 연재를 시작했고, 「미망인」의 연재가 종료된 뒤 「새울림」을 그대로 이어받은 「지평선」의 연재를 시작했으나 이 또한 미완에 그치고 말았다. 이후에는 「젊은 세대」(1955), 「화관」(1956-1957), 「대를 물려서」(1958-1959) 등 계속해서 전쟁 이후를 배경으로 한 장편소설을 발표함으로써 전시를 다루는 작품에서는 멀어지는 모습이 완연하다. 요컨대 염상섭은 휴전 직후에도 전시 상황의 소설적 형상화에 적지 않은 관심을 쏟았으나 그 결과는 여의찮았으며, 결국 작가의 창작적 방향은 전후의 일상을 다루는 쪽으로 기울었다고 정리된다.

전시에서 전후로의 창작적 관심의 전환, 즉 「취우」의 후속편인 「새울림」을 계속 발표하지 않고 「미망인」을 발표하게 된 데에는 『한국일보』 창간이라는 외부적 요인이 중요하게 작용하였다. 『한국일보』는 장기영이 경영난을 겪고 있던 『태양신문』의 판권을 인수하여 1954년 6월 9일 제호를 '한국일보'로 바꾸면서 창간한 신문이다. 장기영은 염상섭이 「취우」를 『조선일보』에 연재할 당시 『조선일보』 사장을 맡았던 인물로, 『조선일보』에서 퇴사한 후 『한국일보』를 창간하면서 첫 번째 연재소설 연재를 염상섭에게 부탁한다. 서광원의 기록에 따르면 "병상에 누워 있는 횡보를 장기영이 직접 찾아가 집필토록 설득"[1]할 정도로 장기영은 「미망인」의 연재에 큰 관심을 기울였는데, 이러한 그의 관심은 염상섭이 연재를 시작하면서 소감을 밝힌 「소설과 현실—'미망인'을 쓰면서」에서도 확인된다.

---

1 서광원, 『한국신문소설사』, 해돋이, 1993, 323면.

이 소설은 제목부터 독자의 흥미를 끌 수 있으리라고 장 사장 자신이 붙여준 것이거니와, 나 역시 제목을 고르기에 고심하였던 끝이라 아무 이의는 없었으나 선전 전단에는 '가정연애소설'이라고 주까지 내었기에 저속한 감이 없지 않아서 싫다한즉 그래야 인기를 끌 것이라 한다. 그만큼 문학에 대한 이해가 있는 신문인이면서 역시 인기부터 염두에 두는 것이다.[2]

장기영 사장이 직접 나서서 독자의 흥미를 끌 수 있는 제목을 제안하고, '가정연애소설'이라는 광고 문구까지 내걸면서 기대한 것은 작품의 대중적 성공이다. 『한국일보』가 창간될 무렵, 『서울신문』에서는 같은 해 1월부터 정비석의 「자유부인」이 선풍적인 인기를 불러일으키며 연재되고 있었다. 신문을 창간하여 새로운 독자를 최대한 확보해야 하는 상황에서, 더욱이 창간호 사설을 통해 '상업신문의 길을 개척하여 나가지 않으면 안 될 것이다'라고 상업주의를 전면에 표방[3]하고 나선 입장에서, 사장 장기영은 소설 연재를 시작하는 염상섭에게 「자유부인」 같은 작품을 요구한 것이다.[4] 휴전 직후 크게 변화한 당시 사회를 배경으로 바람 난 가정주부를 주인공으로 내세워 큰 인기를 끌고 있던 「자유부인」의 대항마를 요청하는 상황에서 염상섭으로서도 전시 상황을 다루는 작품을 계속 고수하기는 힘들었을 터, "결국 독자와 신문사에 타협"[5]한 결과가 서울 환도 직후를 배경으로 '미망

---

2 염상섭, 「소설과 현실—'미망인'을 쓰면서」, 『미망인』, 글누림, 2017, 6면. 이하 제목과 면수 표기.

3 강준만, 『한국 현대사 산책—1950년대편』 2, 인물과사상사, 2004, 218면.

4 참고로 『한국일보』에서는 「미망인」 바로 다음 작품으로 정비석의 「민주어족」을 1954년 12월 10일부터 연재하였다.

인'이라는 새로운 인물형을 주인공으로 내세운 「미망인」이다.

그러나 염상섭이 말한 '타협'이 인기부터 염두에 두는 신문사 측의 요구를 그대로 수용한다는 의미는 아니다. 그와는 반대로 염상섭은 "흥미에 편한 소설, 독자의 비위부터 맞추려는 작품을 쓴다면 문학은 체면을 잃고 타락할 것"이라고 경고하면서, 소설이 추구하는 것은 "흥미보다는 먼저 진실한 생활상과 시대상을 붙들어 여실히 독자의 눈앞에 내밀어 놓는 데 있는 것"임을 새삼 강조한다.[6] 나아가 염상섭은 독자를 향해 '전쟁미망인'을 흥미 위주로만 보아서는 안 된다고 당부한다.[7] 특히 그는 "이번에 겪은 전란은 여러 각도로 보아야 하"며, "그 부작용의 하나로서 나타난 전쟁미망인의 생활과 그 사회적 위치라든지 의의를 무시할 수 없다"[8]라고 밝힘으로써 '전쟁미망인'을 주인공으로 내세운 이번 작품을 통해서 당시의 생활상과 시대상을 포착하고, 전쟁을 새로운 각도에서 조망하겠다는 창작 의도를 드러내고 있다.

대부분의 기존 연구는 바로 이 '전쟁미망인'이라는 키워드에 집중한다. 김종균이 작가의 발언을 이어받아 전쟁미망인의 "실생활을 파악하여 진상을 포착하려고 애를 썼"[9]다고 평가한 이후, 김경수는 전쟁미망인을 "전후의

5 「소설과 현실」, 6면.

6 「소설과 현실」, 6~7면.

7 이 같은 당부에는 독자들이 소설 속 전쟁미망인을 흥미 위주로 여기리라는 예상이 깔려 있다는 사실을 놓쳐서는 안 된다. 염상섭 스스로도 전쟁미망인의 연애라는 소재가 독자의 흥미를 자극하는 요소가 될 수 있다고 파악한 것이다. 염상섭으로서는 인기를 끄는 소설을 써달라는 장기영 사장의 청탁을 전혀 무시할 수는 없었다고 보인다.

8 「소설과 현실」, 7면.

9 김종균, 『염상섭연구』, 고려대학교출판부, 1974, 252~253면.

현실을 가장 단적으로 보여주는 전형적인 인물"[10]이라고 설명하였고, 김동윤은 "이 소설에서 가장 주목되는 면은 전쟁미망인 문제를 형상화했다는 것"[11]이라고 강조하였다. 「미망인」이 전쟁미망인의 재현을 통해 전후 사회를 충실히 재현하거나 문제를 제기하였고, 전쟁미망인의 결혼을 통해 해결책을 제시한다고 파악하는 논의[12]에서도 논의의 출발점은 '전쟁미망인'이다. 특히 김종욱은 작품 내에서 전쟁미망인이라는 존재가 어떻게 의미화되는가에 주목하여 전쟁미망인이 "전쟁의 직접적인 피해자임에도 불구하고 도덕적 타락의 근원으로 규정되는 또 다른 폭력의 희생양"임을 논증하였으며[13], 이후 전쟁미망인의 존재 양상에 대한 관심은 '보호의 대상'이자 '유혹의 주체', 또는 '위험한 존재'이자 '가장' 등 전쟁미망인을 향한 이중적인 시선에 대한 정연정, 정보람 등의 논의로 이어졌다.[14]

그런데 「소설과 현실」에서 염상섭이 전쟁미망인의 형상화에 관하여 다소 신중한 태도를 보이고 있음을 놓쳐서는 안 된다. 그는 "'모델'이 있는 것도 아니요 (작가 자신이, 인용자) 그네들의 생활에 접촉이 있는 것도 아니니 얼마나 그 실상을 포착할 수 있을지? 또는 얼마나 그네들의 호소와 희망과

---

10 김경수, 『염상섭 장편소설 연구』, 일조각, 1999, 240면.

11 김동윤, 「염상섭의 '미망인' 연구」, 『한국언어문화』 21, 한국언어문화학회, 2002, 100면.

12 김태진, 「전후의 풍속과 전쟁 미망인의 서사 재현 양상」, 『현대소설연구』 27, 한국현대소설학회, 2005; 공종구, 「염상섭 소설의 전쟁 미망인」, 『현대소설연구』 78, 2020.

13 김종욱, 「한국전쟁과 여성의 존재 양상」, 『한국근대문학연구』 5-1, 한국근대문학회, 2004, 247면.

14 정보람, 「탕녀와 가장」, 『현대소설연구』 61, 한국현대소설학회, 2016; 정연정, 「근대화 과정 속 전쟁미망인의 존재양상과 역할변화」, 『문학 사학 철학』 29, 한국불교사학회 한국불교사연구소, 2012; 정보람, 「전쟁의 시대, 생존의지의 문학적 체현」, 『현대소설연구』 49, 한국현대소설학회, 2012.

신념을 대변할 수 있겠는지 의문”[15]이라고 덧붙임으로써, 다소 자신이 없는 듯한 태도를 보인다. 염상섭은 신여성의 내면 풍경, 서울 중산층의 심리, 정치적·이념적 감각 등 줄곧 자신이 가장 잘 아는 것으로 소설을 써왔다. 그에 비하여 ‘전쟁미망인’은 작가가 스스로 밝힌 바와 같이 직접 접촉하거나 경험해보지 못했던 낯선 소재다. 실제로 작품 속에서 탁아소 설립, 원호회 사업 등 전쟁미망인을 상대로 한 구제 활동이 간간이 언급되기는 하지만 서사 전개와는 밀착하지 못한다. 또 염상섭은 전쟁미망인이 이번 전란을 보는 여러 각도 중 하나라고 강조하였으나 정작 작품 속에서는 6.25에 대한 역사적 고찰이 거의 이루어지지 않는다. 전쟁미망인을 내세웠으나 전후 사회의 전형적 존재로 형상화하는 데는 부족함이 발견되는 것이다.

이에 이 글에서는 「미망인」을 살펴봄에 있어 전쟁미망인이라는 키워드에 집중하기보다는 휴전 직후 일상적 세계의 소설적 형상화에 더 큰 관심을 기울이고자 한다. 이를 위하여 비슷한 시기 동일한 일상적 소재를 다룬 염상섭의 다른 작품과의 비교 작업을 수행함으로써 그러한 일상적 소재 활용의 의미를 파악하고자 한다. 즉 이는 염상섭 후기 문학의 흐름 속에서 「미망인」을 이해해보고자 하는 시도이며, 한 작품만 들여다보았을 때는 잘 드러나지 않았던 비교 작업을 통해 보다 선명히 파악할 수 있으리라는 기대에서 출발한다. 또한 이러한 시도는 유비추론에 바탕은 둔 접근으로, 한 작가가 여러 작품에서 동일한 일상적 소재나 상황을 다룬다면 그 소재에 대한 태도나 관점이 비슷하게 유지되리라는 것을 전제로 한다. 가령 작중 인물이 집을 구하기 위해 애쓰는 내용이 「미망인」을 비롯하여 비슷한 시기 염상섭의

---

15 「소설과 현실」, 8면.

여러 작품에도 반복적으로 나온다면, 다른 작품의 작중 인물이나 서술자가 집에 대하여 가지는 감정이나 관념은 「미망인」에서도 비슷하게 이어질 가능성이 크다고 볼 수 있으며, 이것은 「미망인」에 나오는 일상적 삶을 이해하는 데 활용될 수 있다. 나아가 「미망인」과 다른 작품의 비교는 단순히 소재적 차원의 유사성을 확인하는 데에만 머물지 않고, 플롯의 전개 양상, 결말 처리 방법 등 서사적 차원의 분석까지 아우르고, 궁극적으로는 작품 창작 당시 작가의 의도를 파악하는 데까지 이르고자 한다.

2. 피난의 연장으로서의 서울 환도와 집 구하기의 서사

「미망인」의 첫 장면은 1953년 부산역전 대화재 사건을 배경으로 한다.[16] 11월 27일 밤 8시 30분경 부산 중구 영주동 피난민 판자촌에서 최초의 화재가 발생하였고 이후 불길은 바람을 타고 중앙동, 대청동, 초량동 등 부산역전 일대로 번졌다. 이튿날 새벽 6시 30분경에야 진화된 이 화재 사고로 부산역이 전소되고, 부산우편국, 부산일보사, KBS부산방송총국 등이 큰 피해를 보아 교통, 통신, 방송이 마비되고, 주택 3천여 채가 전소되었으며, 사상자 29명, 이재민 6천여 세대 3만여 명이 발생하였다. 바로 이때의 이재민 중 하나가 주인공 명신이다. 그전까지 명신이네 가족은 서울 환도(1953.8.15.) 바람에 친척과 지인이 대부분이 서울로 돌아가는데도 불구하고 구멍가게

---

16 「미망인」에 나오는 화재 사건이 1953년 부산역전 대화재라는 사실은 김종욱이 언급한 바 있다. 김종욱, 앞의 글, 234면.

하나에 의지하여 부산에 눌러앉을 작정이었다. 그런데 이번 화재로 인해 그 구멍가게를 잃었고, 이에 모든 것을 단념하고 서울행에 나서게 되었다. 즉 부산역전 대화재 사건은 단순한 시간적 지표를 넘어 작품의 전체 서사를 출발시키는 힘으로 작용한다.

부산역전 대화재 사건은 「미망인」이 한창 연재 중이던 1954년 9월 『새벽』 창간호에 발표된 염상섭의 단편소설 「귀향」에도 나온다. 「귀향」은 서울 환도 직후 서울로 전근하게 된 50대 공무원이 가족과 함께 상경하면서 겪는 여러 일화를 다룬 자전적 소설[17]이다. 「귀향」에서는 주인공 '그'가 밤 9시경 불이 났다는 소식을 듣는 것으로 시작해서, 새벽 3시경 불길이 번지는 광경을 직접 목격하고, 이튿날 아침 피해 상황에 관한 소문을 듣고 불에 탄 방송국 뒤편 일대를 직접 돌아다니면서 상황을 파악하는 등 화재 사건이 상세히 소개된다. 염상섭은 휴전 전까지 부산 초량동에서 살았는데,[18] 「귀향」의 주인공이 초량동 부근에 살았다고 가정하면 화재 발생 전후 주인공의 행적이 쉽게 설명된다. 「미망인」에서 한밤중에 잠을 자다가 급히 피신하게 된 명신이네 가족이 "초량역 앞마당까지 간신히 빠져나와서 밤을 꼬박 밝"[19]힌다는 내용을 보면 명신이네 가족도 거의 비슷한 지역에 살았다고 추정할 수 있다. 또 전소된 부산역을 대신하여 경부선 서울행 열차 임시 출발역으로 지정된 부산진역에서 언제 팔지도 모르는 차표를 사려고 한참을 서서 고생하는 모습도 두 작품이 비슷하다.[20] 이렇게 본다면 염상섭은 자신의 체험을

17 김종균, 앞의 책, 42면.

18 위의 책.

19 염상섭, 『미망인』, 글누림, 2017, 13면. 이하 작품명과 면수 표기.

20 김동윤은 작가의 전기적 사실과 「미망인」의 초반부를 비교하여, 「미망인」이 작가의 부산

바탕으로 하여, 한편으로는 「귀향」에서는 50대, 공무원, 남성 등 작가 자신에 매우 근접한 인물을 만들어내고,[21] 다른 한편으로는 「미망인」에서 20대, 전쟁미망인, 여성 등 상상력을 한껏 발휘한 인물을 만들어낸 것이 된다. 즉 전쟁미망인의 생활에 관해 잘 모르던 염상섭으로는 자신이 겪은 서울 환도의 체험을 바탕으로 인물형상화를 시도하는 것이다.

서울에 올라와서 겪는 일상적 경험을 다루는 데서도 두 작품은 유사한 모습을 보인다. 서울에 올라온 그들이 가장 먼저 체감한 것은 추위이다. 비교적 온화한 부산 기후에 익숙해져 있던 터라 서울의 초겨울 날씨가 더 차갑게 느껴졌을지도 모른다. 그러나 그보다는 환도 이후 장작값이 비싸서 난방을 충분히 할 수 없던 것이 더 큰 이유이다. 명신이 모친이나 '그'의 아내가 서둘러 구공탄(구멍탄) 아궁이를 만들어서 난방 문제에 대처하는 모습도 두 작품이 유사하다. 전력 부족도 다반사다. 「미망인」에서는 미군 덕에 특선이 들어오는 금선이의 집을 방문한 명신이가 "전등불을 몇 달 만에 보는가싶이 반갑다"[22]라면서 부러움과 놀라움이 뒤섞인 반응을 보이고, 「귀향」에서는 전기가 들어오지 않아 아이들이 깜박거리는 등잔불 밑에서 공부하는 모습을 '그'가 안쓰럽게 쳐다본다. 주택난도 두 작품에서 반복적으로 언급되는 서울 생활의 어려움인데, "환도 후 물가가 나날이 오르고, 셋방이 동이 나고, 집값은 한 달 전이 옛날[23]"이라는 말이 나올 정도로 집값, 방값이

생활과 관련이 있다고 분석한 바 있다. 김동윤, 앞의 글, 107~108면.

21 1953년 당시 염상섭은 57세, 해군본부 서울분실 정훈실장으로 있었다. 김윤식, 『염상섭연구』, 서울대학교출판부, 1987, 908면.

22 『미망인』, 60면.

23 『미망인』, 209면.

급격하게 오른다. 「귀향」에서는 가평에 있는 산을 팔아 집 살 돈을 마련하지만 막상 그 돈으로는 서울에서 방 한 칸 마련하기도 벅차다는 사실을 깨닫고 난감해한다.

「귀향」에서는 주인공의 가족이 서울에 올라온 것을 두고 "고향이나 제 집에 돌아온 것이 아니라 여행을 온 것이요 피난의 연장이었다."[24]라고 한다. 불난리로 인해 천신만고 끝에 서울행 기차에 올라서 고향인 서울에 돌아왔지만, 여전히 피난 생활 못지않게 어려움이 가득한 생활을 계속해 나가야 한다는 상황은 「미망인」에서도 똑같다는 점에서 명신이네 가족이 느끼는 감정 상태도 그리 다르지 않을 듯하다. 이렇게 본다면 염상섭은 애초에 전쟁미망인의 생활을 실감 나게 보여주겠다고 하였으나 '그네들의 생활'에 접촉이 없던 작가로서는[25] 전쟁미망인의 생활을 세부적으로 묘사함에 있어서 전쟁미망인이라는 특수성보다는 작가 자신을 포함하여 서울로 돌아온 시민들의 일상이라는 보편성에 더 많이 기대는 모습을 보인다고 할 수 있다.

상경 직후 친척 집에서 신세를 지다가 서글픔을 맛본다는 설정도 두 작품이 공통적이다. 「미망인」에서 명신이네 식구는 명신이 모친의 이종사촌인 조씨 부인의 집을 찾아가고, 「귀향」에서 주인공의 가족은 집을 구할 때까지 당분간 시집간 조카딸의 집에 신세를 지기로 한다. 이러한 설정은 염상섭이 휴전 직후 서울에 올라와 북아현동 1-267번지에 있던 조카딸의 집에 기식(寄食)[26]했던 경험을 바탕으로 한 것으로 보인다. 두 작품에서 주인공의 가

24 「귀향」, 20면.

25 이에 관해서는 1장을 참고.

족이 찾아간 친척은 처음에는 오랜만에 찾아온 손님을 반갑게 맞이하지만, 휴전 직후 제 식구 먹여 살리기도 바쁜 처지에 서서히 덜 반기는 기색을 보인다. 명신이 모친은 형편이 넉넉한 조씨 부인에게 방 하나쯤 빌리기는 쉬우리라 예상했지만, 막상 명신이 모친이 도움을 청하는 기색을 보이자 조씨 부인은 한발 물러서는 태도로 일관한다. 나중에 홍식이 부친의 도움으로 금선이네 집으로 이사갈 때 명신이 모친이 "도대체 그 집에서 빠져나왔다는 것이 무슨 짐이나 벗어 논 듯싶이 시원하다."[27]라고 말하는 모습을 보면 조씨 부인의 집에서 얼마나 눈치를 보면서 구차하게 지냈었는지 단적으로 알 수 있다. 「귀향」에서는 비어 있던 안방을 편하게 쓰시라는 조카사위의 제안을 받아들여 보증금 없이 반찬값 조로 얼마간의 돈만 내고 조카딸네 집 안방에 살게 되는데, 점차 주인행세를 하는 조카딸 시누이의 등쌀에 몰려 어쩌면 집에서 쫓겨날지도 모르는 상황을 맞이하면서 친척 집 더부살이의 서글픔은 절정에 달한다.

> 부모가 물려준 집간이나 있기로 더구나 난리를 치르고 나서야 그 집이나마 지니고 있는 것이 무던하다 할 것이다. 호박 김치 하나로 밥을 먹고 나서 깜박거리는 등잔불 밑에 사는 원시생활로 돌아갔대도 집이 있으니 그에게는 부러웠다.[28]

친척 집에서 느끼는 서글픔이란 집 없는 설움이다. 조카딸네 집에서의

---

26 김종균, 앞의 책, 42면.
27 『미망인』, 52면.
28 염상섭, 「귀향」, 『염상섭전집』 11, 민음사, 1987, 16면.

생활이 아무리 열악하다고 하더라도 그런 집 한 칸 없는 주인공의 처지에서는 집을 가졌다는 사실 그 자체가 그저 부러울 따름이다. 여기에는 집 하나만 있었어도 이런 고생과 서글픔은 겪지 않았으리라는 아쉬움과 후회가 깔려 있다. 내심 도움을 기대했던 조씨 부인이 냉랭한 태도로 나왔을 때 명신이네 식구가 느낀 감정도 이와 동일하다. 조씨 부인을 바라보는 명신이 모친의 시선에는 부러움이 가득하고, 동시에 집을 향한 갈망이 솟아오른다. 이러한 갈망이 집 한 채 마련해주겠노라는 창규의 제안을 수락하라고 딸에게 여러 차례 권유하는 "기생 에미 같은 심보"[29]로 이어진다. 명신이로서는 모친의 권유를 계속 거부하면서도 세 식구가 머무를 최소한의 보금자리를 마련해야 한다는 상황만큼은 피할 수 없어 생계를 위해 가정의 테두리 밖으로 나오게 되는데, 이후 명신이가 온갖 갈등과 사건에 휘말리게 된 것은 결국 그러한 '보금자리로서의 집을 구하는 일'에서 비롯된다고 볼 수 있다.

「미망인」에서 생존을 위한 최소한의 보금자리로서의 집을 확보하기 위한 명신이의 노력은 유난히 잦은 이사로 이어진다. 이를 두고 김동윤은 "이사로 시작해서 이사로 끝났다 해도 과언이 아닐 정도로 여러 번 거처를 옮겨야 했다"[30]라고 지적하기도 하였는데, 작품 속에서도 명신이가 반복해서 이사를 다니자 명신이를 못마땅하게 여기던 조씨 부인은 "또 무슨 이사냐? 이사만 하다 마니!"[31]라고 핀잔을 주기도 하고, 홍식이도 명신이에게 "이사두 너무 잦구, 풍파두 심하군!"[32]이라고 말하기도 한다. 작품에 나오는

---

29 『미망인』, 312면.
30 김동윤, 앞의 글, 108면.
31 『미망인』, 229면.
32 『미망인』, 391면.

이사 횟수는 ①서대문 금선이네 집, ②안암동 조씨 부인 집, ③홍파동 홍식이가 구해준 셋방, ④명동 초입 다방에 딸린 방, ⑤안암동 조씨 부인 집 근처 셋방, ⑥저동 창규가 제공한 집 등 총 여섯 번인데, 작품 초반부 홍식이네 집이나 조씨 부인의 집에 잠시 신세를 진 것, 작품 후반부 부산으로 내려가 홍식이와 며칠간 지낸 것, 신설동 원호회 회장 마님의 집으로 피신한 것까지 포함하면 명신이의 이동 횟수는 더 늘어난다.[33]

이때의 집 구하기는 단순히 '거처'의 마련만을 의미하지는 않는다. 여러 차례 반복되던 이사는 작품의 결말에서 홍식이와의 결혼 승낙을 받아 한 가정에 정착하게 됨으로써 종료될 수 있다. 결과적으로 명신이의 집 구하기는 '집'의 또 다른 의미인 '가정을 이루고 생활하는 집안'을 회복하는 일이다. 즉 전쟁으로 인해 남편을 잃고 가정으로서의 집이 훼손되었다가 홍식이와의 재혼으로 다시 가정을 회복하는 것이다.[34] 그러므로 「미망인」을 집 구하기의 서사로 파악할 때, 집 구하기란 거처의 마련과 가정의 회복이라는 두 가지 의미가 함께 들어 있다.

한편 이동의 양상을 들여다보면 반복적인 패턴이 발견된다. 표면적으로 명신이 머무는 곳은 다양하지만, 이동의 방향성을 고려하면 세 가지 지점을

---

33 「미망인」에서는 이사 외에도 다양한 공간 이동이 나온다. 심지어 인물의 회상을 통해 언급되는 전쟁 중 피난이라든가, 더 거슬러 올라가서 만주에서 귀환한 것까지 포함하면 그 횟수나 종류는 더욱 증가한다. 그러나 논의의 효율을 위해서는 소설의 플롯 전개와 직결되는 부분에만 집중하는 것이 적절하다는 점에서 이 글에서는 명신이가 상경한 후 여러 차례 이사하는 데 집중하기로 한다.

34 소설의 결말에서만 가정으로서의 집의 의미가 부각되는 것은 아니다. 소설의 플롯 자체가 연애구도를 중심으로 전개되고 있으며 명신이의 입장에서는 그 목적지가 가정의 회복이 된다. 즉 소설이 전개되는 내내 거처를 확보하려는 노력과 가정을 회복하려는 노력이 동시적으로 진행되는 셈이며, 작품의 결말에 이르러 그것이 하나임을 확인하게 되는 것이다.

오가는 것으로 단순화할 수 있다. 첫째는 홍식이네 집, 홍식이네 공장, 금선이네 집, 홍파동 셋방을 포괄하는 '서대문 부근'이다. 둘째는 안암동 조씨 부인 집과 신설동 원호회 회장 마님 집을 포괄하는 '동대문 부근'이다. 셋째 명동 초입에 있는 고원 다방과 창규가 얻어준 저동집을 포괄하는 '명동 부근'이다. 세 지점을 오가는 명신의 이동 경로를 선으로 연결하면 'T자' 형태를 이루는데, 서대문과 동대문을 잇는 동서의 수평축을 오가는 것은 명신이와 홍식이 두 사람이 서로 만나기 쉬워지느냐 어려워지느냐와 연결되고, 수평축에서 명동으로 뻗어가는 남북의 수직축은 명신이가 금선이와 창규의 간계에 넘어가느냐 마느냐로 연결된다. 김경수의 분석처럼 "횡보 특유의 연애소설의 구도"[35]를 이 작품의 중심에 놓고 본다면, 명신이의 집 구하기(이사) 과정은 연애구도의 중심 갈등 전개와 맞물려 있다고 할 수 있다.

또한 명신이의 집 구하기는 주요 등장인물 사이의 갈등을 촉발하고 심화시키는 계기로 작용한다. 예를 들어 명신이가 금선이의 이층집에 들어가 살게 된 직후의 내용을 살펴보자. 이즈음 명신이는 홍식이를 향하여 "그 호의가 무던하고 고마운 것만이 아니라, 마음속에 아지랑이 같은 아리숭아리숭한 무어라고 꼭 집어 말할 수 없는 감정"[36]을 가진다. 사랑의 감정이 시작되었으나 아직은 그 감정의 실체를 명확히 깨닫지 못한 상태다. 홍식이 또한 명신이에게 미묘한 감정을 가지기 시작한 때라 금선이를 만난다는 핑계로 명신이가 사는 금선이네 집을 자주 드나든다. 홍식이가 금선이를 만나러 온다고 오해한 명신이는 금선이에게 질투심을 갖게 되고, 이러한 질투심

35 김경수, 앞의 책, 240면.
36 『미망인』, 82면.

은 홍식이를 향한 사랑의 감정을 더욱 자극한다. 여기에 홍식이에게 호감을 가진 금선이와 명신에게 흑심을 품은 창규가 가세하면서 명신이에게 다방 마담 자리와 세 식구가 거처할 집을 제안하고, 홍식이는 명신이에게 그런 유혹에 빠지지 말라고 권고함으로써 비로소 두 사람은 서로를 향한 마음을 확인하게 된다. 정리하자면 명신이가 금선이네 집에 들어간 것을 계기로 명신이와 홍식이의 연애 관계가 본격적으로 시작되고, 명신-홍식-금선, 홍식-명신-창규라는 이중의 삼각관계가 성립된다.

이 작품의 플롯 전개는 '눈에서 멀어지면 마음에서도 멀어진다'라는 단순한 논리가 적용된다. 명신이가 홍식이와 가까운 곳으로 이사 가느냐, 반대로 먼 곳으로 이사 가느냐가 한동안 스토리 전개의 중심을 차지한다. 창규와 금선이는 어떻게 해서든 명신이를 다방으로 불러들이려고 하는데, 이것은 명신이를 홍식이에게서 물리적으로 떨어뜨리기 위해서 벌이는 수작이다. 그래서 명신이와 홍식이의 관계가 멀어지기라도 하면 그 기회를 틈타서 창규는 명신이를, 금선이는 홍식이를 빼앗으려고 한다. 이에 대항하는 홍식이도 똑같은 방법을 쓴다. 홍식이는 명신이를 다방에서 최대한 멀리 떨어뜨려 놓겠다고 생각인데, 명신이를 서대문 부근으로 보냈다가 명신이가 명동 부근에 가까워지면 다시 동대문 부근으로 보내는 패턴을 반복한다. 또한 창규의 제안은 처음에는 다방에 딸린 작은 방이었다가 방을 하나 따로 얻어주는 것으로 커지고, 나중에는 집 한 채를 해주겠다는 식으로 점점 규모가 커지는데, 이에 대하여 홍식이 역시 명신이에게 방을 마련해주기 위해 처음에는 자신의 용돈을 내놓고, 부친에게 손을 벌리고, 나중에는 공장 금고에까지 손을 대는 등 점점 비례적으로 대처한다. 이처럼 명신이를 자신과 가까운 곳에 두려는 홍식과 창규 두 사람의 노력이 점점 커지는 과정은 갈등이

고조되면서 점차 절정을 향해 다가가는 플롯의 전개 과정과 일치한다.

명신이를 다방에서 멀리 떨어뜨리기 위해서 조씨 부인의 집으로 데려놓아도 갈등이 증폭되기는 마찬가지다. 다만 이번에는 사랑의 경쟁자 간의 갈등이 아니라 사회적 관습이 사랑의 방해물로 작용할 때 발생하는 갈등이다. 홍식이와 인임이의 혼담이 진행되던 중 명신이와 홍식이가 가까이 지내는 것을 조씨 부인 식구들이나 홍식이네 식구들이 알아차린다. 명신이와 홍식이는 간혹 청요릿집에 가서 데이트 기분을 내기도 하지만 대부분은 홍식이가 명신이의 집으로 찾아가서 만나는데, 이 때문에 조씨 부인과 멀리 떨어져 살 때는 괜찮았지만 창규의 간계를 피하기 위해 조씨 부인 가까운 곳으로 이사를 했다가 결국에는 명신이와 홍식이의 관계가 들통나게 된 것이다. 이에 조씨 부인은 "미장가 전에 어린애가 달린 젊은 과부댁에게 허덕지덕하다니……"라며 화를 내고, 인임이는 "뭘, 전쟁미망인이나 끌고 다니며…"[37]라면서 코웃음 치는데, 총각과 과부의 결합을 향한 당시의 부정적인 시선을 확인할 수 있는 대목이다. 이런 시선은 홍식이네 집안에서도 다르지 않아서 홍식이 부자간 갈등의 원인으로도 작용한다. 홍식이는 명신이를 다방에서 멀리 떨어진 곳으로 이사 보내기 위해 부친의 공장 금고에 손을 댔다가 그 사실이 드러나서 급기야 홍식이 부친의 입에서 "장가두 안 간 총각 놈이 어린 과부댁에 등이 달아 애비 돈까지 훔쳐내구……"[38]라는 말이 나오는데, 비난의 방향과 초점이 조씨 부인이나 인임이의 경우와 동일하다. 이로써 명신이의 집 구하기는 연애 서사에서 빈번하게 활용되는 두 가지

37 『미망인』, 169면.

38 『미망인』, 185면.

사랑의 장애물, 곧 사랑의 경쟁자라는 인격적 요소는 물론 사회적 관습이라는 비인격적 요소[39]까지 연결되어 있음을 확인할 수 있다.

3. 집을 가진 자와 못 가진 자

「미망인」에는 명신이 외에도 여러 명의 과부가 등장한다. 당장 명신이 모친부터 과부이고, 조씨 부인, 원호회 회장, 홍식의 형수, 금선이 등이 모두 과부이며, 소설에 잠깐 등장했다가 사라지는 홍파동 집주인도 과부로 설정되어 있다. 이러한 인물 설정과 배치는 다분히 작가의 의도에 따른 것으로 염상섭은 「소설과 현실」에서 "각양각색의 미망인 혹은 준미망인의 생활양상과 생활태도와 그들이 걷는 길과 생각하는 바를 비교하여 관찰하고 그려보고자 이 붓을 든 것이다"[40]라고 밝힌 바 있다. 이에 주목하여 기존의 논의에서는 이들 과부 인물을 대상으로 세대론의 관점에서 비교[41]하거나 당시 여성의 경제활동이라는 관심사를 추출[42]하였다.

그런데 한 가지 특이한 점은 명신이 모녀를 제외한 다른 과부들은 환도 직후 서울의 일상생활에서 그다지 큰 어려움을 겪지 않는다는 사실이다. 명신이 모녀를 제외하면 인물마다 정도의 차이는 있지만 대부분 경제적으

---

39 김창식, 「연애소설의 개념」, 대중문학연구회 엮음, 『연애소설이란 무엇인가?』, 국학자료원, 1998, 15~16면.

40 「소설과 현실」, 8면.

41 김종욱, 앞의 글, 239~243면.

42 정보람, 앞의 글, 346면.

로 여유가 있다. 본인이 소유한 재산을 따진다면 홍식이 형수 정도는 예외일 수 있지만, 그녀도 부잣집 며느리이자 장손의 어머니이기 때문에 경제적으로는 어려움을 겪을 일은 별로 없다. 이것은 주인공 명신이가 겪는 어려움이 전쟁으로 남편을 잃었기 때문이라고 간단히 설명하기가 어렵다는 뜻이기도 하다. 명신이 겪는 어려움의 원인을 제대로 이해하기 위해서는 조금 더 시야를 넓혀서 비교적 공통점이 많은 명신이 모친과 조씨 부인의 차이점을 우선 살펴보는 것이 유용하다.

명신이 모친과 조씨 부인은 둘 다 남편이 병으로 사망했다는 공통점이 있다. 두 사람은 남편이 남겨놓은 자식만을 바라보면서 개가하지 않았다는 것도 공통적이다. 다만 조씨 부인은 죽은 남편으로부터 집 한 채를 물려받았지만, 명신이 모친은 그렇지 않았다. 조씨 부인은 금비녀를 꽂은 전형적인 구식부인이지만 손재주가 있어서 신식 양재를 배웠던 터라 남편이 물려준 집에서 재봉틀로 생활비를 벌어가며 두 남매를 키웠다. 반면 명신이 모친은 전쟁 전 서울에서 셋집에 살다가 피난을 갔고 부산에서는 구멍가게를 하며 푼푼이 모으며 살았다. 부산역전 대화재로 알량한 장사 밑천마저 다 날린 판에 "이제는 딸의 덕이 보고 싶어"[43] 딸을 경제력이 있는 창규에게 시집보내고 싶어 한다.

조씨 부인처럼 과부가 개가하지 않은 채 집 한 채와 재봉틀 한 대로 자식을 키운다는 설정은 1949년과 1950년에 발표한 염상섭의 단편소설 「일대의 유업」과 「속 일대의 유업」에도 똑같이 나온다. 소설의 주인공 기현 어머니는 사망한 남편 지주부 영감으로부터 집을 한 채를 물려받았는데 서술자는

---

43 『미망인』, 135면.

이를 두고 “어쩌니저쩌니하여도 집간이나 지닌 덕에 어린것들과 마음을 붙이고 이렇게 들어앉아서 아직은 굶지 않고 사는 것”[44]이라고 설명한다. 기현 어머니는 “집 한 채, 재봉틀 한 대면 혼잣손으로도 산다고 하던 영감의 말”을 따라 재봉 기술을 배웠고, 그 덕분에 큰돈은 아니어도 생활비를 제 손으로 벌어가며 자식을 키울 결심을 한 것이다. 「일대의 유업」 연작은 과부인 기현 어머니가 죽은 지주부로부터 ‘일대의 유업’인 ‘집’을 물려받게 된 내력에서 시작하여 결국 시동생에게 ‘집’을 뺏기는 것으로 끝나는데, 여기서 과부가 혼자의 힘으로 살아가는 데 있어 ‘집’의 소유 여부를 매우 중요한 조건으로 여기는 작가의 생각을 엿볼 수 있다.

「미망인」에서는 집을 가지고 있느냐 못 가지고 있느냐에 따라 환도 직후 서울에서 고달픈 생활을 하느냐 마느냐가 갈린다. 생활 수준의 차이는 현실 세계에서는 경제적 차원에 속하지만, 「미망인」이라는 허구 세계에서는 반드시 ‘집’이라는 소재를 거침으로써만 측정되고 표현될 수 있다. 이것은 명신이 모친이 안암동 조씨 부인의 집을 찾아갔을 때 부러움을 느끼는 내용을 보면 분명히 확인된다. 전쟁 중 부산에서 살 때는 다 같은 피난민 처지라 조씨 부인의 생활 수준에 대해 막연히 남부럽지 않게 사는 정도로 생각하였으나, 휴전 후 서울에 돌아오게 되자 비로소 “방 한 칸이 이렇게도 아쉬울까 싶었”[45]고, 조씨 부인이 남편이 물려준 집에서 번듯하게 자식을 키우며 사는 모습을 보고 나서 새삼 “자기 신세가 가엾다는 생각이 들어서 모든 것이 부러웠다.”[46]라고 느낀다. 이처럼 「미망인」에서 ‘집’이란 작중 인물이 처한

44 염상섭, 「일대의 유업」, 『염상섭전집』 10, 민음사, 1987, 205면.
45 『미망인』, 35면.

경제적 상황을 단적으로 보여주는 소설적 장치이다.

금선이의 집 역시 집을 가진 자와 못 가진 자의 생활 수준 차이를 선명하게 보여주는 장치이다. 다음 인용 대목은 명신이가 금선이네 집을 처음 방문하였을 때의 묘사이다. 명신이네 가족이 서울에 올라와서 절실히 느끼게 되는 난방난, 전력난, 주택난 같은 서울살이의 어려움[47]을 전혀 찾을 수 없다는 것이 특징이다. 천신만고 끝에 서울에 올라와 최소한의 보금자리마저 구하지 못해 삶의 비애까지 느끼던 명신이나 명신이 모친의 입장에서는 이질감을 강하게 느낄 수밖에 없는 화려한 생활이다. 더욱이 이 대목에서 금선이의 집은 집주인과 세입자, 고용주와 피고용인이 만나는 면접 장소로 탈바꿈하면서, 돈을 매개로 한 권력의 위계가 작동하는 공간으로 의미화된다.

> 방문을 열고 들어서니 훈훈한 난로 기운이 첫대 언 몸에 좋거니와 팔조나 되는 다다미방에는 푸근푸근한 양탄자를 깔고 새로 장만한 듯한 응접세트가 놓여있다. 불그레한 휘장이 늘인 그 안에는 침대며 의걸이 양복장들 세간이 놓였을 것이다. 전기 스토브와 경유 스토브 두 개가 양편으로 갈라져 있고 스위치를 트니 꼭 전등불이 환히 들어왔다.
>
> 전등불을 몇 달 만에 보는가싶이 반갑다. 이 집에는 미군 덕에 특선이 들어와서 스토브로 밤새껏 때는 모양이다. 그러나 어쩐지 버터 냄새가 짙은 것 같고 분홍빛 침대 휘장을 보면 부산에서 보던 뒷골목 양갈보 집 들창에 친 커튼이 머리에 떠올라서 미군 부대 다닌다니 그렇겠지마는 어째 주인댁의 잔주름 잡힌 얼굴이 빤히 쳐다보인다.[48]

---

46 『미망인』, 47면.

47 이에 관해서는 2장을 참고.

금선이의 집은 비단 집을 가진 자와 못 가진 자의 대비에 국한하지 않고 금선이의 인물 성격화에도 효과적으로 활용된다. 금선이는 공식적으로는 미군 부대에서 통역 일을 하는데 동네 사람들의 소문을 들어보면 미군 대령의 첩 노릇을 하는 듯하다. 사업으로 자수성가하고 부산에 있을 때는 지방 선거에 참섭하기도 한 홍식이 부친마저 "공장 터를 살 때 수속 관계로"[49] 청탁을 할 정도로 미군 쪽에 든든한 연줄을 지닌 인물이 금선이다. 이층짜리 적산집을 불하받은 것, 당시 서민층에서는 상상하기도 어려운 서양식 가구와 세간으로 집 내부를 꾸민 것, 난방난과 전력난이 극심한 휴전 직후에 난방과 조명을 마음껏 하는 것은 모두 금선이가 미군 쪽에 대어놓은 연줄에서 나왔으리라 짐작된다. 다만 작품 내에서는 그러한 과정이 암시만 되는데, 그 대신 눈썰미가 좋고 눈치가 빠른 명신이가 금선이의 집을 방문하여 내부를 구경하고 나서 '버터 냄새', '양갈보 집 들창에 친 커튼'을 연상하는 모습을 보여줌으로써 독자로 하여금 금선이가 '유엔 마담' 비슷한 인물이라고 확신에 가까운 의심을 품도록 이끈다.[50]

집을 가진 자와 못 가진 자의 대조는 명신이를 가운데 놓고 벌어지는

---

48 『미망인』, 60~61면.

49 『미망인』, 66면.

50 염상섭의 단편소설 「양과자갑」의 새로운 집주인(양장미인)도 금선이와 비슷하게 미군의 첩 노릇을 하는 인물인데, 집주인이 이사 들어올 때 가져오는 물건 목록이 금선이네 집 내부를 채운 물건 목록과 거의 일치한다. "미군 트럭이 한 채 놓이고 인부 두셋이 안락의자며 테이블이며 세간짐을 내려놓기에 부산하다. 또 무슨 세간짐이 오나 싶었다. 힐끔 보기에도 보통 조선집 세간은 아니요 어떤 양관의 응접실을 그대로 옮겨오는지 훌륭한 응접세트다. 안락의자가 대여섯, 찬란한 무늬 있는 우단 소파(장의자)가 두엇, 번즐번즐한 큰 테이블이 두엇이요, 둘둘 만 양탄자까지 있다. 탁자니 화병이니 전기스토브니…… 보배는 서양잡지의 그림에서나 보던 사치스런 제구들이다." 염상섭, 「양과자갑」, 『두 파산』, 문학과지성사, 2006, 이하 제목과 면수 표기.

창규와 홍식이의 대결로도 이어진다. 여러 차례 이루어지는 사랑의 경쟁자 간의 대결은 대부분 창규의 승리로 이어진다. 이에 홍식이는 “방 한 간으로 해서 세 사람의 운명의 지침이 바뀌다니!”[51]라고 개탄하기도 하는데, 홍식이와 창규의 대결에서 집 구하기가 관건임을 다시 한번 확인할 수 있다. 창규의 승리에는 명신이와 홍식이가 멀어지기를 바라는 금선이의 조력이나, 딸이 돈 많은 남자의 후처나 첩 자리라도 구해서 새 인생 살기를 바라는 명신 어머니의 계산도 작용하지만, 무엇보다 중요한 것은 홍식이와 창규 두 사람이 지닌 재력의 차이다. 비록 부잣집 아들이고 피복공장에서 관리자로 일하면서 약간의 월급도 받지만 아직 대학생 신분인 홍식이에 비해 창규는 ‘집 한 채’쯤은 얼마든지 내놓겠다고 자신만만하게 나설 만큼[52] 든든한 재력을 가졌다. 「미망인」에서는 창규가 재산을 모으게 된 내력을 언급하는 대목이 있어서 이를 잠시 살펴볼 필요가 있다.

> 천상 팔자가 입 하나를 팔아먹고 살라고 났든지, 해방 전부터 일본 사람 브로커 밑에서 고용살이를 하다가 해방 후에는 제법 제 혼잣손으로 벌어먹겠다고 날뛰더니 피난통에 부산 내려가서야 한밑천 잡고서 이제야 큰소리치게 된 판이다. 금선이가 홍식이를 데리고 어제 갔던 고원 다방도 실상은 이 사람이 경영하는 것이다. (……) 그중에도 씨·에이·씨에서 만난 금선이는 색다른 여성이요, 제 깐에 인텔리라고 아니꼬운 점도 있으나, 한참 동안 이용하기 위하여 데리고 다니던 여자이다.[53]

---

51 『미망인』, 162면.

52 창규가 명신이에게 아예 집 한 채를 선사하겠다고 제안하고 이에 홍식이의 대결 의식이 절정에 이르는 내용을 다룬 제15장의 장 제목이 ‘집 한 채’로 되어 있다.

53 『미망인』, 107면.

창규는 피난통에 부산에 내려가서 한밑천 잡은 인물이다. 그가 부산에서 무슨 일을 했는지 작품 속에 구체적으로 나오지는 않지만 염상섭의 다른 작품을 보면 미국에서 오는 원조물자와 관련이 있으리라 짐작할 수 있다. 부산 피난지를 배경으로 한 염상섭의 작품 중에는 원조물자를 빼돌려 한몫 챙기는 인물이 여럿 등장한다. 「미망인」이 연재 중이던 1954년 7월 『현대공론』에 발표된 「흑백」에는 "부두에 나가서 미국 물자를 배에서 내려 창고에 넣는 사무를 보는 소위 '체커'"[54]인 종일이가 물건을 빼돌려 돈을 챙기고, 나중에 미군 '통역'으로 승진한 후에는 화물선째로 빼돌리는 범죄를 저지르는 내용이 나온다. 「해지는 보금자리 풍경」(1953)에서 큼직한 씀씀이로 이혼녀인 정원이를 유혹하는 유만영도 체커 일을 하면서 군사물자, 약품, 메리야스 등을 훔쳐내고 나중에는 일본 밀수입에도 가담한 인물이다. 이러한 인물 설정은 원조에 의존하던 당시 경제 상황을 반영하는 동시에 염상섭이 피난지 부산에서 은밀한 뒷거래로 한밑천 잡은 인물에게 적지 않은 관심을 가졌음을 보여준다.

창규가 금선이를 만난 계기가 씨·에이·씨라는 점도 창규가 미국 원조 물자와 관련된 일을 한다고 볼 수 있는 또 다른 근거다. 씨·에이·씨는 염상섭이 「미망인」을 연재하기 직전 발표한 작품인 「새울림」에서도 여러 차례 비중 있게 다루는 소재로서 UN민사원조사령부(UNCAC)[55]를 가리킨다. 「새

---

54 염상섭, 「흑백」, 『얼룩진 시대풍경』, 정음사, 1973, 67면. 이하 제목과 면수 표기.

55 UN민사원조사령부는 전재민 구호 문제를 처리하기 위해 1950년 9월 창설되었으며, 휴전 후에는 한국민사원조사령부(KCAC)로 개편되어 미8군 소속으로 1955년까지 존속되었다. 「새울림」에서는 UNCAC이고, 「미망인」에서는 KCAC인 셈인데, 염상섭은 구분 없이 CAC로 쓰고 있다

울림」에서는 전재민 구호 물품을 담당하는 기관인 씨·에이·씨에 연줄이 닿으면 큰돈을 벌 수 있다는 사실을 누구도 부인하지 않는다. 미국인과 가까운 최 박사가 씨·에이·씨에도 연줄이 있는데, 사업가인 종식이는 자신의 사업에 이용할 수 있다는 계산으로 최 박사에게 굽실거리고, 이를 두고 명신이는 "돈벌이에 좋은 거간, 브로커"[56]를 잡았다며 신랄한 소리를 한다. 또 순제가 씨·에이·씨에서 사람이 와서 모셔 가겠다고 했던 일을 말하자 영식이는 "흥! 지폐 더미가 문 밑까지 제 발로 걸어들어왔단 말이지?"[57]라고 대꾸한다. 「새울림」에서 원조 물자에 기대어 한몫을 챙기려는 모의와 협상이 이루어지는 곳이 순제의 부흥다방이었듯, 「미망인」에서 창규의 사업상 교제 혹은 브로커 협잡이 이루어지던 곳이 고원 다방이다. 그리고 환도 후 그대로 서울로 옮겨온 그곳에서 창규와 금선이는 씨·에이·씨에 빌붙어 한밑천 잡을 기회를 노리고 있던 것이다.

이처럼 피난지 부산을 배경으로 한 염상섭의 작품에서는 여러 인물의 행동과 발언을 통해 미국의 원조 사업에 빌붙는 것이야말로 돈을 버는 절호의 기회라고 강조되는데, 비슷한 시기 발표된 「미망인」도 예외가 아니다. 앞서 살핀 것처럼 금선이나 창규 같은 부정적 인물뿐만 아니라 원호회 회장도 비슷한 생각을 한다. 그녀는 미국 원조물자에 기대어 본격적으로 전쟁미망인 원호 사업을 추진하겠다고 계획 중인데, 그래서 명신이가 면접을 보러 왔을 때 "고 인물에 영어를 했더면 잘 써먹는걸……"[58]이라면서 아쉬워한

56 염상섭, 「새울림」, 『취우·새울림·지평선』, 글누림, 2018, 461면. 이하 제목과 면수 표기.
57 「새울림」, 495면.
58 『미망인』, 335면.

다. 또 명신이 모친은 영어를 잘하는 것 하나로 적산가옥을 차지하고 화려하게 생활하는 금선이를 지켜보면서 "우리 딸두 영어나 가르쳐 놓았더면 이 고생은 안 하는걸……"[59]이라면서 아쉬워한다.

이렇게 본다면 집을 가졌느냐 못 가졌느냐는 구분은 서울 환도 직후 과부가 일상에서 어려움을 겪느냐 마느냐의 차원을 넘어서 금선이나 창규처럼 어수선한 혼란기에 미국에 빌붙어 한밑천 단단히 챙긴 자와 그렇지 못한 대다수 평범한 시민의 대조로 전환된다. 그리고 그렇게 챙긴 밑천으로 마련한 것이 퇴폐적 분위기가 물씬 풍기는 금선이의 집이고, 명신이 앞에 미끼로 내건 창규의 고원 다방에 딸린 방과 '집 한 채'다. 작품 연재를 시작하면서 염상섭이 "시대상을 붙들어 여실히 독자의 눈앞에 내밀어 놓"[60]겠다고 했던 발언을 떠올린다면, 「미망인」에서 집은 시대상을 포착하는 소설적 장치라고 볼 수 있다.

한편 염상섭의 작품에는 집을 마련하지 못하고 셋방을 전전하는 생활력이 부족한 남성 인물이 자주 나온다. 2장에서 다룬 「귀향」을 포함하여 「양과자갑」, 「이사」, 「흑백」 등의 주인공이 그런 유형의 인물인데 대개 자존심 강한 지식인 타입의 인물이라는 공통점이 있다. 어수선한 세태 속에서 약삭빠르게 움직여 적산가옥 하나쯤 차지하는 사람들이 넘쳐나던 시절이라 주인공의 가족들은 주인공을 향해 푸념하기도 하는데, 구체적으로는 "주변이 없어서"(「양과자갑」), "야미를 못해서"(「이사」), "사바사바를 못해서"(「귀향」) 집을 못 가졌다고 한다.[61] 그러나 주인공들은 양심을 저버리고 부정하게 뒷

---

59 『미망인』, 72면.

60 「소설과 현실」, 7면.

거래하는 것을 주변성이 있다는 식으로 추켜올리는 당시의 세태를 향해서 "그까짓 것 더럽게 세상을 그렇게 살면 무얼 하나"(「양과자갑」)[62] "자기는 어디까지나 그렇지 않다고 뻗디디면서"(「흑백」)[63] 살겠다는 다짐한다. 남들처럼 야미를 하거나 사바사바를 하지 않았기 때문에 집이 없는 것이라는 생각에 이르면, 집을 못 가졌다는 사실은 부끄러움의 이유가 아니라 오히려 자부심의 근거가 되기도 하는 것이다.

이러한 자부심 또는 자존심은 「미망인」에서도 발견된다. 명신이는 현실과 조금만 타협하면 집을 구할 수 있다. 고원 다방에 취직하거나, 창규의 첩이 되면 집을 쉽게 구할 수 있다. 명신이 모친이 명신이에게 권하는 것도 그런 선택이고, 어떤 돈푼 있는 늙은이의 후실로 들어갔다가 남편의 사망 후 집 한 채를 물려받아 편히 사는 홍파동 집주인의 삶이 그런 선택의 미래를 예시한다. 명신이는 자신 앞에 그런 쉬운 길이 펼쳐져 있다는 사실을 누구보다 잘 알고 있고, 홍식이 또한 명신이의 처지를 잘 이해한다. 그렇기에 홍식이는 명신이를 향해 '타락'에 빠지지 말라고 여러 차례 권고하는데, 명신이는 그러한 권고를 자신을 향한 애정의 표현이라고 여기고 기뻐한다. 또 홍식이는 가족들에게도 자신이 명신이를 돕는 일은 그녀를 '타락'에서 구하는 길이라면서 도덕적으로 정당한 행동임을 내세운다. 이렇듯 두 사람

---

61 손정목에 의하면 '사바사바'는 당시 한국 사회에서 유행했던 말이다. "1945년에서 1960년까지의 15년 동안 가장 유행했던 말을 든다면 첫째가 '사바사바'이고 둘째가 '빽'이었다. 사바사바라는 말의 어원이 무엇인지는 알 수 없다. 한국어도 일본어도 아니며 영어도 아닌 것 같다. '돈과 권력을 이용해 슬쩍 부정을 저지른다'는 뜻을 가진 은어였는데 삽시간에 유행어가 되어버린 것이다." 손정목, 『손정목이 쓴 한국 근대화 100년』, 한울, 2015, 202면.

62 「양과자갑」, 104면.

63 「흑백」, 71면.

에게 집 구하기란 일종의 도덕적 문제로 인식되는 셈이다.

그 결과 집 구하기의 서사로 이루어진 「미망인」의 중심 서사는 타락의 유혹에 맞서 자존심을 지키면서 진정한 사랑을 추구하는 일종의 도덕적 대결에 관한 이야기가 된다. 명신이와 홍식이가 타락의 유혹과 타협하지 않고 스스로의 힘으로 집을 구하겠다고 노력하는 모습은 야미를 하지 않고 사바사바를 하지 않은 자들, 그래서 집을 가지지 못한 자들의 도덕적 우월감을 재확인시킨다. 여기서 양심과 자존심을 지키며 집을 구하기 위해 노력하며 살아가는 사람들이란 염상섭 소설 속의 인물에 한정되지 않고 서울 환도 직후 일상을 회복하기 위해 애쓰며 살았던 대다수의 서울 시민으로 확장됨은 물론이다.

4. 선의의 도움과 새 시대의 소망

「미망인」에서 명신이는 주위의 유혹에도 불구하고 끝내 타락하지 않고 재혼에 성공함으로써 해피엔딩을 맞이한다. 시라카와 유타카의 지적대로 "과부의 재혼 자체에 반대하는 분위기가 남아 있는 당시의 사회를 상상할 때 상당히 용기 있는 결구"[64]이다. 이러한 결말은 작가가 작품을 연재하면서 직접 내걸었던 "그 청춘과 닥쳐오는 생활고를 어떻게 처리하고 수습할 것인가?"[65]라는 질문에 대한 직접적이고 최종적인 답변이라는 점에서 작품

64 白川豊, 「과부 문제의 '발견'과 모색」, 염상섭, 『미망인』, 글누림, 2017, 412면.

65 「소설과 현실」, 7면.

해석에 있어 각별한 관심이 요구된다. 이미 여러 논자가 작품의 결말에 주목하였는데, '가정적 영역으로의 귀속'[66] 또는 '전통적 가족 관계의 유지라는 사회적 요구의 반영'[67]이라는 분석과 당시를 지배하던 '이데올로기적 억압에 대한 전면적 거부이자 극복'[68] 또는 '시대논리의 변환을 상징'[69]한다는 분석이 엇갈린다.

그런데 「미망인」의 결말은 염상섭의 다른 작품과 견주어 볼 때 상당히 이례적이라는 사실을 간과할 수 없다. 이것은 '전쟁미망인'에서 '전쟁'이라는 특수성을 괄호 치고, '과부'가 등장하는 작품과의 비교를 거칠 때 발견되는 특이성이다. 김종균에 따르면 염상섭의 단편소설 중 과부의 애정 문제를 다룬 작품은 총 16편으로 여기에 등장하는 과부가 예외 없이 "모두 패륜과 방탕으로 자신과 이웃을 더럽히고 있다."[70] 곧 「미망인」에서 명신이와 홍식이가 '타락'이라고 경계하던 과부의 삶은 염상섭의 다른 단편소설에 빈번히 등장하는 과부의 모습 그대로인 것이다.

과부가 등장하는 염상섭의 다른 작품 중에는 「미망인」처럼 과부가 총각에게 연애 감정을 느끼는 내용이 나오는 작품이 여럿 있다. 예를 들어 「일대의 유업」 연작에서는 과부인 기현 어머니가 총각에게 연애 감정을 느낀다는 점에서는 「미망인」의 명신이와 홍식이의 관계를 연상하게 한다. 「미망

66 김태진, 앞의 글, 101면.

67 김종욱, 앞의 글, 247면.

68 정보람, 「전쟁의 시대, 생존의지의 문학적 체현」, 『현대소설연구』 49, 한국현대소설학회, 2012, 350면.

69 정보람, 「탕녀와 가장」, 『현대소설연구』 61, 한국현대소설학회, 2016, 250면.

70 김종균, 앞의 책, 299면.

인」에서 금선이가 명신이에게 다방 일을 권했듯, 「일대의 유업」에서는 사동집 마누라가 기현 어머니에게 자신이 영업하는 요릿집에서 나오라고 권하는데, 기현 어머니는 요릿집에서 쉽게 돈을 버는 경험을 몇 번 하다 보니 결국 남자들에게 술을 따르는 신세가 되고 만다.[71] 또 「해지는 보금자리 풍경」에서는 가게 총각이 과부인 순원이에게 관심을 가지는 내용이 나오는데,[72] 처량한 과부 신세를 서글퍼하던 순원은 "먹여만 준다는 사람이 있으면 아무 데라도 가겠다는 생각"을 하고 더 나아가 "밑천만 누가 대어준다면 벗고 나서서 술장사라도 하겠다는 것이 소원"[73]이라고 자신의 속내를 드러낸다. 「일대의 유업」과 「해지는 보금자리 풍경」 두 작품에서 과부는 경제적인 문제로 화류계의 유혹을 받거나 돈 많은 남자의 후실이나 첩이 되는 길을 희망하는데, 「미망인」에서 명신이가 창규의 제안을 받아들인다면 펼쳐질 법한 생활이다.

결말만을 놓고 본다면 「미망인」은 예외적인 작품이 되지만, 결말에 이르기까지의 중간 과정을 따진다면 오히려 다른 작품과의 유사성을 강조할 수 있다. 최소한의 보금자리도 구하지 못한 채, 일상에서 여러 어려움을 겪는 명신이에게 유혹의 손길이 다가온다면 그녀는 그것을 받아들일 것인가 아니면 뿌리칠 것인가라는 질문이 작품이 전개되는 내내 독자의 관심을 끈다. 염상섭의 다른 작품에서 흔히 발견되는 '과부를 타락으로 이끄는 환경과

---

71 작품의 결말에서 기현 어머니는 총각과의 연애 혹은 재혼에도 실패하고, 죽은 남편이 물려준 집도 시동생에게 빼기고 만다.

72 「해지는 보금자리 풍경」에서는 과부는 아니지만 이혼녀인 동생 정원이가 댄스홀에서 총각을 사귀는 내용이 나온다. 「늙은 것도 설은데」에서도 과부와 총각이 댄스홀에서 만나는 내용이 나온다.

73 염상섭, 「해지는 보금자리 풍경」, 『염상섭전집』 10, 민음사, 1987, 310면.

조건'을 「미망인」에도 끌어들여서 주인공 명신이의 위기를 조성함으로써 극적 긴장을 고조시켰다가 해소하기를 반복하는 것이 「미망인」의 플롯 전개 기본 방법이 된다. 이런 점에서 「미망인」은 과부의 타락을 다룬 염상섭의 여러 작품을 변형한 결과로 이해된다. 즉 '전쟁미망인'에서 '전쟁'보다는 '과부(미망인)'에 방점이 찍혀 있는 것이다.

그렇다면 「미망인」의 결말이 과부가 등장하는 염상섭의 다른 작품과 달라진 요인은 무엇일까? 「미망인」에는 있고 다른 작품에는 없는 것이 예외적인 결말을 만들었다고 할 수 있는데, 그것은 '도움'이다. 다른 작품에서는 과부가 타락에 빠지게 될 환경과 조건만 제시되는 데 비하여 「미망인」에서는 홍식이나 원호회 회장 마님, 인웅이 등 명신이에게 도움을 준다. 이런 맥락에서 「미망인」의 첫 장면이 홍식이의 도움으로 시작한다는 사실은 가볍게 지나칠 성질의 것이 아니다. 홍식이는 서울행 기차표를 구하려고 부산진역에 몰려든 인파 속에서 우연히 명신이와 만나서 그녀에게 도움을 준 것으로 시작해서, 명신이가 생활상의 어려움을 겪거나 금선이와 창규의 마수가 뻗쳐올 때마다 계속해서 그녀를 돕는다. 명신이가 새로운 거처를 구할 때마다 홍식이가 적당한 집을 수소문하고 방세를 마련해주는데, 작품 속에서 명신이의 이사가 빈번하다는 것은 그만큼 홍식이의 도움이 빈번했음을 방증하는 것이다. 플롯이 전개되면서 타락의 유혹은 점차 거세지고, 아예 '집 한 채'를 내놓겠다는 창규의 조건 앞에서 홍식이가 더 이상 명신이를 도울 도리가 없게 되었을 때 플롯은 절정에 도달한다. 그리고 이때 홍식이를 대신하여 원호회 회장 마님이 나서서 명신이에게 또다시 도움을 주면서 명신이를 타락의 위기에서 구출한다.

특히 원호회 회장 마님의 도움은 작품의 결말에 결정적으로 작용한다.

회장 마님은 작품 초반에 잠깐 등장하였다가 플롯이 본격적으로 전개되는 내내 거의 모습을 드러내지 않다가 플롯이 절정에 이르렀을 때 등장한다. 회장 마님의 등장에 관해서는 여러 논자가 주목한 바 있는데, 그녀의 등장이 다분히 의도적인 것이며 그녀의 도움으로 인한 결과인 명신이와 홍식이의 결합 또한 현실성이 부족한 당위적 차원에 속한다는 점에 대체로 동의한다.[74] 그녀는 그동안 팽팽하게 이어지던 홍식이와 창규의 대결에 개입하여 단번에 힘의 균형을 무너뜨리고, 인임이 모친을 찾아가 혼담이 파의되었음을 확인하고, 홍식이 부친을 찾아가 명신이와 홍식이의 결혼 문제에 관해 담판을 벌인다. 작품 전체에서 지속적으로 갈등을 조성해온 중심축인 사랑의 경쟁자와 사회적 관습이라는 두 가지 사랑의 방해 요소를 그녀가 해결하는 것이다. 또한 그녀는 명신이가 창규의 마수를 벗어나서 피신할 수 있는 거처(집)를 제공하고, 명신이가 홍식이와 결합하여 한 가정(집)을 이룰 수 있도록 도와준다는 점에서 집 구하기의 서사를 종결시키는 역할을 담당한다.

홍식이나 원호회 회장 마님의 도움은 전쟁미망인 원호 사업의 일환이 아닌 개인적인 선의에서 비롯한 도움이라는 점이 특징이다. 홍식이나 원호회 회장 마님은 둘 다 전쟁미망인 원호라는 사회적 차원의 명분을 내세우지만 실제로 명신이를 돕는 과정은 사회적 차원과는 무관하다. 처음에는 죽은 형님 친구의 부인을 돕겠다는 동기 곧 전쟁미망인을 돕겠다는 명분에 부합하였지만 얼마 지나지 않아 이성을 향한 개인적인 관심, 동정, 애정, 혹은 사랑의 경쟁자를 향한 질투와 대결 의식이 동기의 대부분을 차지한다. 마찬

74 김경수, 앞의 책, 245면; 김종욱, 앞의 글, 246면; 정연정, 앞의 글, 50면.

가지로 원호회 회장 마님의 도움도 대부분 개인적 선의에 따른 것이다. 수산장을 차려서 전쟁미망인에게 직업을 제공하고, 미국 원조 물자를 이용하여 전쟁미망인의 생계를 지원하는 것이라면 몰라도 명신이를 수양딸로 삼고, 명신이가 머무를 방을 제공하고, 중매를 주선하는 것은 원호회 회장 직함과는 무관한 개인적 활동이다. 오히려 홍식이 부친이 명신이를 보고 탁아소의 필요성을 절감하고 자기 공장에도 "탁아실 같은 것도 부설해야 할 것이라는 공상을 진심으로 하여 보는 것"[75]이 사회적 차원의 접근법에 더 잘 어울린다.

실상 홍식이와 원호회 회장 마님의 개인적 선의는 전쟁미망인의 원호가 아니라 과부의 재혼에 더 큰 비중을 두고 있다. 이것은 작품이 전개되는 과정에서 명신이를 도와주는 명분이 전쟁미망인 원호에서 '시대의 변화'로 바뀌는 데서 확인할 수 있다. 두 인물은 시대가 바뀌었으니 중매 결혼에 반대한다, 결혼 문제는 당자의 의견을 따라야 한다면서 홍식이 부친과 맞선다. 비교적 중립적인 태도를 유지하던 서술자도 "이십 년 전 일본에서 여자대학을 나온 이 마님은 그래도 이 시대 청년과 호흡이 맞는 데가 있었다."[76]라면서 은근슬쩍 그들의 편을 들어준다. 그 결과, 한편으로는 새로운 시대 논리를 내세우면서 가부장의 권위에 맞서고 다른 한편으로는 여성은 남성의 보호를 받아야 한다는 가부장제의 기본 논리를 내세운다. 문제는 시대의 변화가 의미하는 바가 구체적이지 않기 때문에 작가가 어느 쪽에 더 큰 비중을 두고 있는지 확인할 길이 없다는 것이다. 결말에 대한 기존의 논의

75 『미망인』, 56면.
76 『미망인』, 380면.

가 엇갈리는 상황도 이와 같은 구체성의 결여가 한몫한다.

물론 이와 같은 구체성의 결여에도 불구하고 이 작품이 집 구하기의 서사를 중심으로 구성되어 있고, 가정을 꾸림(결혼, 재혼)으로써 집 구하기가 마무리된다는 점에 착안한다면, 작가는 전쟁으로 인해 훼손된 집, 좁게는 가정, 넓게는 나라 전체의 회복을 뚜렷이 지향한다고 파악할 수 있다. 다만 홍식이와 원호회 회장이 '시대의 변화'를 내세우면서 가부장의 권위에 저항한 데서도 확인되듯 집의 회복이 퇴영적 과거로의 회귀가 아닌 새로운 윤리와 질서 구축의 방향성을 지녀야 한다는 점을 뚜렷이 드러낸다.

요컨대 과부가 타락에 유혹에 이끌리는 환경과 조건에 누구보다 관심이 많았던 작가인 염상섭은 그것을 이용하여 전쟁미망인이 처한 곤경을 소설적으로 포착하는 데는 성공하였지만, 전쟁미망인 문제에 대한 구체적인 해결책을 제안하거나 전쟁미망인 구제책을 서사와 엮어낼 만한 여력은 없었다. 본인이 밝힌 대로 전쟁미망인의 생활에는 접촉이 없었기 때문이다.[77] 그 대신 어려움에 처한 사람을 동정하고 직접 도움의 손길을 건네는 선량한 사람들의 도움을 설정함으로써 주인공이 타락의 유혹에 맞서게 하였고, 그 결과 「미망인」은 과부가 등장하는 염상섭의 여타 작품과는 다른 결말을 지니게 되었다. 그리고 구체성은 부족하지만 그런 선의의 도움을 통해서 전쟁으로 인한 피해와 상처를 회복해야 한다는 당위를 강하게 피력하고 있다.

개인적 선의의 도움으로 해피엔딩을 맞이하는 것이 상당히 이례적이라 할 때, 「채석장의 소년」을 살펴볼 필요가 있다. 「채석장의 소년」에 나오는

---

77 1장 참고

여러 설정과 일화는 「미망인」과 비슷한 점이 많다. 완식이네 세 식구는 채석장 근처 방공굴에 사는데 번지수도 없어 집이 없는 것이나 마찬가지다. 그전에는 전재민에게 개방했던 일본 요릿집 건물에 방을 얻어 살고 있었는데, 갑작스럽게 불이 나서 방공굴까지 밀려온 것이다. 이것은 부산역전 대화재로 인하여 판자촌 구멍가게를 잃은 명신이네의 처지와 유사하다. 부잣집 아들 규상이는 집이 없는 완식이네 식구를 돕기 위해 자신의 아버지에게 부탁하는데, 명신이네 식구가 방을 얻도록 부친에게 도움을 요청했던 홍식이와 닮았다. 또한 과부인 완식이 어머니는 가족의 생계를 위해 피복공장에 다니는데, 명신이가 처음 구한 직업이 피복공장 직공이었다. 완식이 어머니는 규상이네 집에서 식모로 일하면서 방을 얻는데, 이것도 명신이 모친이 금선이네 집에서 식모로 일하면서 방을 쓰게 되는 상황과 닮았다. 완식이네가 집을 구하는 과정에서 나이가 지긋한 회장 영감(영길 아버지)이 완식이 어머니를 데리고 가서 집주인에게 소개하는 장면은 홍식이 부친이 명신이를 집주인인 금선이 앞에 데리고 가서 소개하는 장면과 흡사하다. 과부인 완식이 어머니를 중심으로 본다면 「채석장의 소년」은 또 하나의 '과부의 집 구하기 이야기'가 되며, 여러 세부적 내용이 「미망인」의 초반부와 닮았다.

집을 갖지 못한 이유가 만주로부터 귀환한 이력과 연결된다는 점도 공통적이다. 「채석장의 소년」에서 완식이네는 만주에서 귀환한 전재민이고 「미망인」에서 명신이네 가족도 해방 전 만주에서 살다가 해방을 맞아 서울로 온 것으로 되어 있다. 명신이네는 만주에서 올 때 겨우 옷가지나 추려서 돌아왔는데, 서울에서 부친은 새로 취직도 못 하고 지내다가 뇌일혈로 갑자기 사망하였고 명신이 모녀는 번듯한 집이 아니라 당장 먹고살 걱정을 할 처지에 놓였다. 「채석장의 소년」에서 완식이 어머니는 만주에서 초등학교 교사였으나 해방 후 서울에서는 자격이 인정되지 않아 채석장에서 돌을 캐거나 공장에서 단춧구멍을 뚫으며 살아갈 수밖에 없었고 결국 집 없이 방공굴에서 지내게 되었다. 해방이 되었을 때 서울에 없었기 때문에 지금까지 집을 갖지 못했다고도 볼 수 있는데, 「이사」, 「재회」, 「이합」, 「양과자갑」 등에 나오는 여러 인물 역시 같은 이유로 서울에 집을 갖지 못했다. 무엇보다도 염상섭 본인이 1936년 말 만주에 건너갔다가 해방 직후 귀환하여 시대적 격랑 속에서 불안정한 삶을 살았다. 이런 점에서 「미망인」의 결말에 나오는 일상 회복의 당위는 그 범위가 휴전 직후에만 국한되는 것이 아니라 해방 직후까지 거슬러 올라간다.

> (가) “야아, 만세!”
>
> 앞선 완식이가 책을 끼고 가까이 오자, 아이들의 입에서는 만세 소리가 쳐들었던 두 팔을 내려서 찰싹찰싹 손바닥들을 쳤다. 입학이 된 것이 반가워서 떠들어대는 것이지마는, 무엇보다도 모자에 붙인 노란 교표가 햇빛에 반짝이는 것이 먼저 눈에 띄어 한층 더 법석들을 하는 것이었다.
>
> “자아, 인젠 이삿짐이다!”
>
> (……) 짐을 든 아이들은 벌써 열을 지어 나섰다.[78]

> (나) 영감은 껄껄 웃었다. 마님은 눈이 반짝 띄우며
>
> “잘 맡아 두죠마는 언제 찾아가시겠습니까?”
>
> 하고 깔깔대니까,
>
> “인제 찾아갈 때가 되면 찾아가겠죠.”

---

78 염상섭, 『채석장의 소년』, 글누림, 2015, 171면.

하며 또 한 번 부드러운 웃음을 앞뒤로 섰는 의(義)모녀에게 던졌다.

(……) 건넌방에 숨을 죽이고 들어앉았던 인웅이는 앞에 앉은 홍식이더러

"됐어! 염려 없어. 한턱내라. 신홍식 군 만세……"

하고 소리를 버럭 지르며 밖으로 후다닥들 나왔다.[79]

개인적 선의의 도움으로 해피엔딩을 맞이하는 두 작품은 마지막 장면에서 거의 동일한 분위기를 연출한다. 어려움에 처한 주인공을 돕는 선의의 노력이 결실을 보는 순간이다. 도움을 준 이와 받은 이 주위에는 그들에게 성원을 보내는 이들이 에워싸고 있다. 사람들은 모두 웃는 얼굴이고, 행복한 결말에 만족한 이들은 흥에 겨워 손뼉을 치고, 만세를 부른다. (가)에서 완식이는 학교에 들어가고 가족이 살 집을 구하게 되었는데, 만주에서 온 소년이 공동체의 일원으로 인정받는 것인 동시에 비로소 한곳에서 안정적으로 정착하게 됨을 의미한다. (나)에서 명신이도 이제 한 집안의 일원으로 재편입을 승인받았으며 동시에 집을 구하기 위해 이사 다니기를 반복할 필요 없게 되었다. 사회적·경제적·물질적 안정이 한꺼번에 달성된 것이다.

또한 여기에는 공통으로 행복한 미래가 예고된다. (가)에서 아이들이 줄지어 이삿짐을 나르는 모습은 힘찬 행진을 연상하게 하는데, 앞으로도 선의의 도움이 계속되리라는 암시인 동시에 미래의 주역들에게 거는 기대와 소망이 담겨 있다. (나)에서는 홍식이나 인웅이 같은 젊은이들이 기쁨의 환호성을 지르며 방 밖으로 뛰쳐나온다. 그동안 그들은 명신이에게 도움을 주어

79 『미망인』, 404면.

행복한 결말을 만들어냈으며, 앞으로 새로운 시대를 이끌어갈 세대다. 염상섭은 「미망인」 연재 예고에서 "사회의 새 질서와 윤리를 세우는 데 도움이 되도록 어떠한 희망을 가지고 암시를 주는 것은 긴요한 일이요 작가의 한 임무"[80]라고 말하였는데, 새롭게 펼쳐질 질서와 윤리에 희망을 걸어보는 작가의 소망이 가장 선명하게 표현된 곳이 바로 작품의 마지막 장면이다.

그러나 동시에 새 시대를 향한 작가의 소망은 일정한 한계를 지닌다. 아이들이 같이 힘을 모아 이삿짐을 나르는 것을 응원하지만 어디까지나 당위적 차원의 소망임은 부인할 수 없다. 「채석장의 소년」은 해방 이후 염상섭이 가졌던 기대가 실망으로 바뀌던 시기에 발표한 작품으로 어른이 아닌 아이들에게 희망을 건 것은 현재를 향한 염상섭의 실망과도 연관이 있음을 김재용은 지적하였다.[81] 이런 상황은 「미망인」에서도 비슷하다. 홍식이와 인웅이가 만세를 부르며 환호하였지만, 그들은 이제 막 학교를 졸업하고 사회에 첫발을 내딛는 처지이며 그들이 앞으로 어떤 역경을 겪게 될지는 미지수다. 이런 분위기는 작품 속에서 두 청년의 병역 문제로 가끔씩 그림자를 드리우는데,[82] 휴전 성립 후 불과 1년도 못 된 시점[83]임을 고려한다면 불안감은 더욱 커질 수 있다. 특히 「미망인」의 소설 텍스트 외부의 상황이지만 동일한 인물과 상황에서 후속 이야기를 이어간 「화관」에서 영숙이(=명

---

80 「소설과 현실」, 8면.

81 김재용, 「냉전적 반공주의 하에서의 민족적 통합 및 민주주의에 열망」, 염상섭, 『채석장의 소년』, 글누림, 2015, 194면.

82 홍식이의 병역 문제는 명신이와의 결합을 방해하는 여러 요인 중 하나이다. "군대를 끌려간다는데 딸이 두 번 과수 될까 봐 이번에는 나이 지긋한 자국을 고르려는 것" 같은 명신이 모친의 생각은 이를 잘 보여준다. 『미망인』, 292면.

83 마지막 장면의 시간 배경은 1954년 봄이다.

신이)와 진호(=홍식이)의 결혼이 위기를 겪는 것을 보더라도 「미망인」의 결말은 적지 않은 불안 요소를 안고 있다.[84] 결국 「미망인」의 결말은 냉정한 현실 인식에 바탕을 둔 '전망'이 아니라 어디까지나 다음 세대가 하루라도 빨리 전쟁의 상처를 치유하고 일상을 회복할 수 있기를 응원하는 당위적 차원의 '소망'을 표현한 것이다. 물론 이를 뒤집어서 본다면 휴전 직후 일상의 회복을 향한 염상섭의 소망이 그만큼 간절했음을 의미한다.

---

84 이 글에서는 논의의 대상을 「미망인」으로 한정한다. 기존의 연구에서는 후속작인 「화관」을 함께 다루는 경우가 많다. 염상섭의 장편소설에는 연작 관계를 이루는 작품이 많은데, 「삼대」나 「취우」를 다룰 때 「무화과」나 「난류」, 「취우」, 「새울림」, 「지평선」 등을 함께 다루는 빈도는 높지 않다는 점에서 「미망인」을 「화관」과 같이 볼 필요는 없다고 생각한다. 앞서 1장에서 언급한 바와 같이 기존의 연구는 전쟁미망인 즉 인물에 초점을 맞춘 경우가 많은데, 특히 명신이(=영숙이)와 홍식이(=진호)의 결합을 방해하는 금선이(=봉순이)가 「화관」에서 맹활약하기에 두 작품을 같이 놓고 보는 것이 유효할 수 있다. 그러나 이 글에서는 전쟁미망인보다는 서울 환도 직후 시민의 일상에 초점을 맞춘다. 「화관」에서는 주요 배경이 부산으로 설정됨으로써 서울 환도 직후 일상의 회복이라는 주제에서는 상당히 멀어지고, 자연스럽게 명신이(=영숙이)의 역할도 대폭 축소된다. 이것은 「미망인」으로부터 1년 8개월이 지나 「화관」을 발표하는 시점(1956.9~1957.9)에는 작가의 관심이 전쟁 직후의 상황에서 멀어졌기 때문이 아닐까 추측할 수 있다. 「순정의 저변」(『자유문학』, 1958.3)에는 "아직도 밀수야 들키며 말며 풍성풍성하지만, 본점이 서울로 올라가 앉고 질서가 잡혀가는 판이라 전 같이 공으로 만져보는 돈이라곤 없고"(염상섭, 『일대의 유업』, 을유문화사, 1960, 380면)라는 대목이 나오는데 1950년대 중후반 무렵 일상의 측면에서는 어느 정도 안정감이 확보되었음을 엿볼 수 있다. 한편 이 시기 염상섭의 단편소설에서는 바람난 유부남 이야기가 종종 나오는데 「화관」에서 결혼을 약속한 진호가 봉순이의 유혹에 넘어가는 내용을 연상하게 한다. 이에 관해서는 추후 과제로 남기기로 한다.

5. 결론

지금까지 염상섭의 장편소설 「미망인」을 대상으로 하여, 작품 속에 나타난 휴전 직후 일상적 세계의 소설적 형상화 양상을 '집'이라는 소재를 중심으로 살펴보았다. 이는 기존의 논자들이 '전쟁미망인'이라는 키워드에 집중하던 것에서 벗어나 염상섭 후기 문학의 전반적인 흐름 속에서 「미망인」을 이해하려는 시도이다. 이를 위하여 한 작가가 여러 작품에서 특정 소재를 다룰 때 비슷한 태도와 관점을 유지하리라는 가정을 세우고, 「미망인」과 비슷한 시기에 발표된 염상섭의 여러 작품과의 비교 작업을 수행하였다. 그 결과 「미망인」 한 작품에만 집중하였을 때는 분명하게 드러나지 않았던 몇 가지 의미들을 파악할 수 있었다.

2장에서는 염상섭의 자전적 소설 「귀향」과의 비교를 거침으로써 「미망인」이 전쟁미망인의 특수성보다는 작가 자신의 체험을 포함하여 환도 직후 서울 시민의 일상이라는 보편성에 좀 더 기대어 소설의 내용을 펼치고 있음을 확인하였다. 「미망인」에서는 서울의 일상 중 특히 집 없는 설움이 부각되는데, 이는 작품이 전개되는 내내 주인공 명신이 집을 구하기 위해 이사를 반복하는 결과로 이어진다. 또한 명신이의 집 구하기는 연애 구도를 중심으로 이루어지는 갈등의 증폭 및 플롯의 전개와도 맞물려 있다. 이런 점에서 「미망인」의 전체 서사는 주인공 명신이의 집 구하기를 중심으로 이루어진다고 파악할 수 있다.

3장에서는 작품 속에서 '집'이라는 소재가 활용되는 방식을 살펴보았다. 염상섭은 「일대의 유업」에서 과부의 생활을 다루면서 집의 소유 여부에 큰 관심을 보였는데, 이것은 「미망인」에서도 이어진다. 작품 속 다른 과부들과는 달리 명신이네 모녀가 서울 생활에서 어려움을 겪는 것은 결국 집이 없다는 사실과 관련이 있다. 또한 집은 금선이나 창규 같은 부정적 인물이 미국에 빌붙어 뒷거래로 한밑천 챙기게 된 내력을 보여줌으로써 시대상을 포착하게 하는 소설적 장치로 기능하기도 한다. 「양과자갑」, 「이사」, 「흑백」, 「귀향」 등에서는 집이 없다는 사실이 양심을 지키며 산다는 자존심의 근거가 되기도 하는데, 이것은 명신이와 홍식이가 '타락'에 빠지지 않겠다고 다짐하는 모습으로 이어진다. 즉 명신이와 홍식이의 집 구하기는 일종의 도덕적 문제로 인식되는 셈이며, 서울 환도 직후 대다수 평범한 서울 시민의 도덕적 우월감을 확인시키는 기능을 한다.

4장에서는 과부의 타락을 다룬 염상섭의 다른 작품과의 비교를 통하여 「미망인」의 결말이 지닌 의미를 파악하고자 하였다. 다른 작품에서 반복적으로 나오는 '과부가 타락하기 쉬운 환경과 조건'을 활용하여 갈등을 생성하고 플롯을 전개하면서도, 개인적인 선의로 주인공에게 '도움'을 주는 인물을 배치함으로써, 「미망인」은 과부를 다룬 다른 염상섭의 작품과는 다르게 행복한 결말에 이를 수 있었음을 알아보았다. 선의의 도움을 통하여 해피엔딩에 이르는 「미망인」의 특이성은 「채석장의 소년」과의 공통분모를 비교함으로써 그 의미가 더욱 선명하게 드러났다. 선의의 도움 덕분에 주인공 명신이가 공동체의 일원으로 승인되고 집 구하기가 성공적으로 달성되었음을 자축하는 「미망인」의 결말에는 새 질서와 윤리에 희망을 걸어보는 작가의 소망이 담겨 있다.

서울 환도 후 집 구하기의 어려움, 타락의 유혹과의 대결, 개인적 선의에 의한 도움 등을 거치면서 이루어낸 해피엔딩은 전쟁으로 인해 훼손된 집을 회복하려는 당위적 의지의 산물로 냉철하게 현실을 관찰하여 얻어낸 리얼리즘적 전망과는 거리가 있다. 「미망인」이 휴전 협정 체결로부터 불과 1년이 지난 시점에 발표된 작품이라는 사실을 떠올린다면, 전망의 부재와 작가적 시야의 협소함에 대한 비판보다는 전후 일상의 회복을 향한 작가의 소망이 얼마나 간절했는지 애틋한 마음마저 갖게 된다.[85] 한편 「미망인」의 연재를 종료한 다음 곧바로 「새울림」과 「지평선」에서 또다시 전시의 상황으로 나아간다는 점에서 「미망인」은 염상섭 후기 문학의 흐름에서 일종의 숨 고르기에 해당한다고 볼 수 있다.

---

85 「미망인」을 집필하던 시기 염상섭이 위병으로 심하게 고생하고 있었다. 앞서 1장에서 언급하였듯 『한국일보』 장기영 사장이 소설 연재를 청탁하러 방문하였을 때도 염상섭은 와병 중이었다. 김종균의 기록에 따르면 "1954년부터 1963년 3월 상섭이 세상을 떠나기까지의 생활은 한마디로 말하면 투병기였다."고 한다. 김종균, 앞의 책, 42면. 염상섭은 1955년도 자유문학상 수상 소감을 밝힌 「병중수상록」에서 "서울에 돌아온 뒤(1953년, 인용자)에 차츰 차츰 깊어간 위장병"을 언급하면서, "작년(1955년, 인용자) 한때는 아마 이 병으로 죽으려니 하고 때만 기다리고 있었"다고 할 정도였다고 밝힌다. "당장 술 몇 잔에 즉효가 나서 붓을 들 수 있는 고식지계로 그날그날의 원고를 써온 것이 근 2년이나 된 것"이라고 하는데 「미망인」을 집필하는 상황을 짐작할 수 있다. 염상섭, 「병중수상록」, 『염상섭 문장 전집』 3, 소명출판, 2014, 315~316면.

참고문헌

1. 1차 자료

염상섭, 『일대의 유업』, 을유문화사, 1960.

______, 『얼룩진 시대 풍경』, 정음사, 1973.

______, 『염상섭전집』 10, 민음사, 1987.

______, 『염상섭전집』 11, 민음사, 1987.

______, 『두 파산』, 문학과지성사, 2006.

______, 『염상섭문장전집』 3, 소명출판, 2014.

______, 『채석장의 소년』, 글누림, 2015.

______, 『미망인』, 글누림, 2017.

______, 『취우·새울림·지평선』, 글누림, 2018.

2. 논문 및 단행본

강준만, 『한국 현대사 산책—1950년대편』 2, 인물과사상사, 2004.

공종구, 「염상섭 소설의 전쟁 미망인」, 『현대소설연구』 78, 2020.

김경수, 『염상섭 장편소설 연구』, 일조각, 1999.

김동윤, 「염상섭의 '미망인' 연구」, 『한국언어문화』 21, 한국언어문화학회, 2002.

김윤식, 『염상섭연구』, 서울대학교출판부, 1987.

김재용, 「냉전적 반공주의 하에서의 민족적 통합 및 민주주의에 열망」, 염상섭, 『채석장의 소년』, 글누림, 2015.

김종균, 『염상섭연구』, 고려대학교출판부, 1974.

김종욱, 「한국전쟁과 여성의 존재 양상」, 『한국근대문학연구』 5-1, 한국근대문학회, 2004.

김창식, 「연애소설의 개념」, 대중문학연구회 엮음, 『연애소설이란 무엇인가?』, 국학자료원, 1998.

김태진, 「전후의 풍속과 전쟁 미망인의 서사 재현 양상」, 『현대소설연구』 27, 한국현대소설학회, 2005.

서광원, 『한국신문소설사』, 해돋이, 1993.

손정목, 『손정목이 쓴 한국 근대화 100년』, 한울, 2015.

정보람, 「전쟁의 시대, 생존의지의 문학적 체현」, 『현대소설연구』 49, 한국현대소설학회, 2012.
______, 「탕녀와 가장」, 『현대소설연구』 61, 한국현대소설학회, 2016.
정연정, 「근대화 과정 속 전쟁미망인의 존재양상과 역할변화」, 『문학 사학 철학』 29, 한국불교사학회 한국불교사연구소, 2012.
白川豊, 「과부 문제의 '발견'과 모색」, 염상섭, 『미망인』, 글누림, 2017.

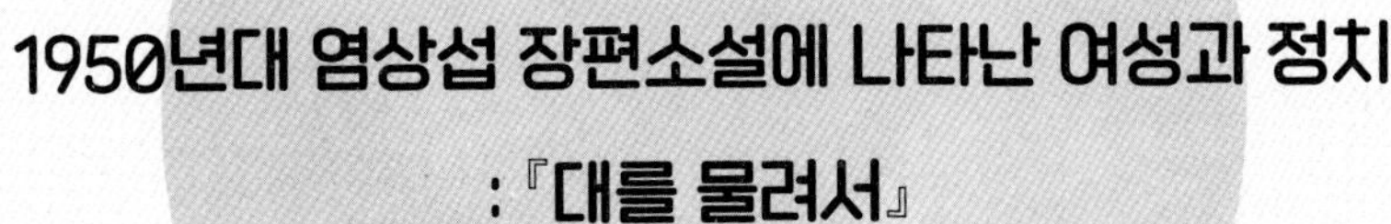

1950년대 염상섭 장편소설에 나타난 여성과 정치

:『대를 물려서』

윤국희

* 이 글은 『인문논총』 79권 1호(서울대학교 인문학연구원, 2022.02)에 게재되었던 논문 「1950년대 염상섭 장편소설에 나타난 여성과 정치: 염상섭의 『대를 물려서』를 중심으로」를 전재한 것이다.

1. 서론

> 이 금고지기는 세상을 하직하려 한다. 조부의 일생은 말하자면 이 금고를 지키기에 소모되고 만 것이다. (…) 조부는 역시 자기를 이 속에 가두고 가려 한다. 덕기의 일생은 이 금고 앞에서 떨어져서는 안 될 것을 엄명하였다. 그리고 그 금고지기의 생애는 지금 이 순간부터 시작되는 것이다. 왜 의심이 부쩍 들었나? 왜 지금 이 금고를 보살피러 나왔는가? — **내 일생에 하지 않으면 안 될 가장 중대한 일은 이 금고 여닫는 것과 사당 문을 여닫는 것 두 가지 밖에 없단 말인가? 마치 간수가 감방문을 여닫듯이. 그리고 그 중대(?)한 사업**이 오늘 이 자리에서부터 시작되는 것이다.[1] (강조: 인용자)

『삼대』의 조의관이 죽기 직전, 덕기에게 대물려주는 것은 "[금고의]열쇠를 붙들고 사당을 지켜야 한다"[2]는 가부장의 운명이다. '봉제사'도 하지 않는 아들 상훈에게는 '삼백 석'을, 손자 덕기에게는 '천 오백 석'의 재산을 상속하는 이유도 바로 그가 제사와 호주 상속인이기 때문이다. '조씨 집 재산'이 분배된 정황이 매우 구체적으로 제시된 것처럼, 1949년 10월 『문예』에 발표된 「일대의 유업」에는 지주부 영감이 일생을 바쳐 장만한 집 한 채를 "일생일대의 큰 사업이나 남기고 가는 듯"[3] 명의를 장남 기현으로 변

---

1 염상섭, 『삼대』(염상섭전집 4), 민음사, 1987, 264~265면.

2 위의 책, 254면.

3 염상섭, 「일대의 유업」, 『중기 단편』(염상섭전집 10), 민음사, 1987, 205면.

경하고 그 후견인으로 아우로 둔 사정이 자세히 서술된다. 상속분 중 여자들의 몫은 자신이 죽고 3년 후에 집행할 것을 유서에 적어두었던 조의관처럼, 지주부 영감 역시 33살의 젊은 아내가 "설마 자식을 거리에 내앉히구 집 팔아들고 서방맞아 갈까"[4] 싶어 친모에게 호주 상속인인 아들의 후견권도 주지 않고 재산과 호주 상속에서 완전히 배제한다. 이러한 가부장 인물들의 염려는 지적되어온 바처럼 작가 자신의 가부장제 원리에 의한 것으로 볼 수도 있지만, 이는 곧 식민지 시기와 해방기까지의 일상적인 풍경이기도 하다.

조선민사령 11조에 의해 조선의 관습대로 친족·상속과 관련된 민사를 해결했던 사정에 따라, 식민지 시기 제사상속은 호주상속과 함께 장남에게 가독 상속되었다.[5] 피상속인이 될 아들이 없는 경우에는 양자나 서양자를 들여서라도 '사당과 금고'를 지킬 호주권을 상속해왔다. 이러한 관습은 1958년 제정되어 1960년부터 시행되었던 신민법 이전까지 유지되었는데, 새로운 가족제도가 마련되는 과정에서 헌법상의 남녀평등에 대한 해석과 여성

---

4 염상섭, 「일대의 유업」, 위의 책, 205면.

5 『관습조사보고서』(1910)에서 일제는 조선의 상속 제도를 제사, 재산, 호주상속으로 구분하였다. 제사상속은 호주상속과 별개로 그 가의 조상을 제사하는 자의 지위를 승계하는 것으로, 선대의 제사와 기존의 제사 승계를 모두 포함하는 조선의 봉사 개념과는 조금 다르다. (김일주, 「일제하 친족 관련 법령과 호주권」, 연세대학교 대학원 석사학위논문, 2014, 35면.) 그러나 일제는 봉사권자를 통해 가계를 계승한다는, 즉 봉사권자가 가문의 대를 잇는다는 의미를 가져와 제사상속이라는 용어로 정리한 후, 이를 호주상속인을 정하는 기준으로 삼고 호주권을 조선의 전통적인 관습으로 만들었다. 1923년 중추원 회답에서는 "조선에서는 호주의 사망 그 외의 사유로 인해 가에 호주가 없을 때는 그 가에 있어서 조상의 제사자인 지위를 승계하는 자(남자에 한함)가 호주의 지위를 승계"한다는 관습을 확인하고, 1933년 고등법원은 공식적으로 제사상속을 조선의 상속관습에서 제외하고 호주상속으로 일원화하였다. (홍양희·양현아, 「식민지 사법관료의 가족 '관습' 인식과 젠더 질서」, 『사회와역사』 79, 한국사회사학회, 2008, 180~181면.)

인권을 둘러싼 입장 차이는 가장 핵심적인 논쟁이었다.[6] 여성의 법적 지위에 대한 논쟁은 호주 및 재산의 상속권과 자식에 대한 친권 행사 등 '처와 모', 그리고 '여자인 자(子)'의 법적 권리와 긴밀하게 연관되어 있다. 1958년 12월부터 1959년 12월까지 1년간 『자유공론』에 연재된 『대를 물려서』는 바로 이러한 현실에 대한 매우 즉각적인 반응으로 쓰여졌다.

일생의 가장 중대한 일이면서도 간수와 같은 심정으로 덕기가 상속 받은 '사당과 금고'는 염상섭 소설에 나타나는 '핏줄과 돈의 원리(이해관계)'를 상징한다. 김윤식은 『삼대』가 돈의 원리와 이데올로기적 측면이라는 두 가지 큰 원리에 의해 지탱되고 있다고 보았다.[7] 조의관이 품고 있는 삶의 감각은 서울 중산층의 일상적 삶의 감각이자 "가부장제적 가족제도의 엄격함"(533면)이며, 김병화로 대표되는 이데올로기적 층위는 덕기에게 연결됨으로써 두 가지 의미층이 유기적으로 조직된다는 것이다. 여기서 정치적 감각이 사라졌을 때 '일상적 삶의 평면'만이 남게 되고, 「일대의 유업」(1949)은 그 최대치이자 한계점으로 평가된다.[8] 그렇기에, 『대를 물려서』를 포함한 1950년대 이후의 작품세계는 "늙은이의 미묘한 심리묘사가 아니면 일상적 삶의

---

6 1952년 7월 법전편찬위원회가 민법 친족상속편의 축조기초를 완료한 이후, 이태영의 주도하에 여성계는 1953년 여성단체연합대표의 이름으로 "개인의 자유와 인격의 평등을 이념으로 하는 현법률사상과 아국 헌법정신" 및 헌법 제20조(혼인은 남녀동권을 기본으로 한다)를 들며 총 7개항으로 된 건의서를 제출한다. 1957년 11월 민법안 국회심의를 앞두고 같은 해 10월, 여성단체연합은 또 다시 국회의원들에게 호소문을 전달했다. 여기에서도 핵심은 "남녀평등을 이념으로 하는 헌법정신에 비추어 종래의 누습을 타파하고 국민의 행복과 안녕을 증진케 하기" 위한 것으로, "관습 자체의 후진성과 비민주성은 물론 개인존중·양성평등의 원칙에 배치되는 점"을 수정할 것을 호소하였다. (이태영, 『가족법 개정운동 37년사』, 한국가정법률상담소출판부, 1992, 42~45면, 59~60면.)

7 김윤식, 『염상섭연구』, 서울대학교출판부, 1987, 262면.

8 위의 책, 811면.

윤리감각, 핏줄과 물질적 이해관계의 세계"(870면)일 뿐이라는 것이다. 여기서 주목되는 것은, 1950년대 후반의 단편소설들에 나타나는 '핏줄과 물질적 이해관계'가 다분히 모계적인 것으로 분석되고 있다는 점이다. 김윤식은 「돌아온 어머니」(1957)와 「법 없어도 사는 사람」(1958)에서 반복되는 '어린 아들을 버린 어머니의 귀환'을 염상섭 후기 문학의 한 가지 유형으로 보고, '모계의 핏줄'을 둘러싼 애착과 증오 사이의 균형감각을 가능하게 하는 경제적 이해관계를 지적한다.[9]

그렇다면 같은 시기, 『삼대』의 정치적 감각과 「일대의 유업」의 최대치의 삶의 감각이 사라진 자리에서 연재된 『대를 물려서』에는 무엇이 남아있을까. 본고는 1950년대 후반 단편소설의 '모계의 핏줄'과 '돈의 원리'를 둘러싼 '아들-가장의 심리'가 장편 『대를 물려서』에 '어머니-호주의 심리'라는 뒤집힌 형상으로 재현되고 있음을 분석하고자 한다. 나아가, 급격하게 변화하고 있는 국내외 현실과 조건 사이에 놓인 정권말기의 풍경을 젠더적인 관점에서 포착하고 있다는 점에서 그 정치적 의미를 함께 밝혀보고자 한다.

『대를 물려서』에 대한 기존의 연구는 『젊은 세대』와 함께 염상섭 후기 문학의 일상성과 정치성, 윤리성을 살피는 것에 초점을 두고 진행되어 왔다. 새로운 세대의 사랑 문제를 부모세대의 삶의 조건 내지는 결혼관과의 관계 속에서 규명한다는 김경수의 지적[10] 이래로, 대부분의 연구들은 작품에 나타나는 신구세대의 연애가 교차되는 양상과 그 의미에 주목한다. 1950년대 전후라는 역사적 시공간, 특히 서울 중산층의 일상과 연애를 통해 세대 문

9 김윤식, 앞의 책, 872~875면.

10 김경수, 「전후 염상섭 장편소설의 전개」, 『서강어문』 13, 서강어문학회, 1997.

제를 이야기하고 있음이 공통적으로 지적되는데, 여기서 크게 두 가지 방향의 분석이 이루어져왔다. 한편으로는 구세대의 무능력함과 난잡한 애정관이 무기력한 젊은 세대로 이어지고 있는 현실을 비판적으로 그려냈다는 평가[11], 그리고 다른 한편으로는 "긍정적인 모랄을 유지하고 있던 중류층의 시민과 젊은 학생들에게 민주국가 건설의 주체로서의 가능성"[12]을 발견할 수 있음이 지적되어 왔다.[13]

40대의 미망인이자 호텔 여사장인 주인공 박옥주와 그 딸 신성이 만드는 애정의 삼각관계, 그리고 그 사이에 낀 두 명의 남자 주인공 한동국과 안익수의 행보를 두고 부정적 혹은 긍정적인 평가를 내리고 있는 것이다. 사실

---

11 정소영, 「해방 이후 염상섭 장편소설 연구」, 세종대학교 대학원 석사학위논문, 2016; 김영경, 「염상섭 후기소설 연구: 해방 이후 민족공동체의 서사적 상상」, 서강대학교 대학원 박사학위논문, 2019.

12 정종현, 「1950년대 염상섭 소설에 나타난 정치와 윤리: 젊은 세대, 대를 물려서를 중심으로」, 『동악어문학』 62, 동악어문학, 2014.

13 이때, 허윤과 공종구는 젠더적 관점으로 작품에 접근하고 있다는 점에서 본고와 문제의식을 공유한다. 먼저, 허윤은 1950년대 전후 문학에서 남성성이 탈구축되는 양상을 논의하며, '남성성의 비수행적' 형상으로서 '국가건설의 주체가 되지 못하는 남성주체'로서의 한동국과 결혼을 '선택하지 않는' '멜랑콜리아적 주체'로서의 안익수를 분석한다. 작품에서 "결혼을 통해 가족을 건설하고 건강한 국가를 재건한다는 젠더 규범은 굴절"된다는 관점에는 동의하지만, 이러한 분석이 남성인물들에 한정되어 작품 전체에 대한 충분한 논의가 되지 못했다는 점에서 아쉬움을 남긴다.(허윤, 「1950년대 전후 남성성의 탈구축과 젠더의 비수행 Undoing」, 『여성문학연구』 30, 한국여성문학학회, 2013.) 이와 대조적으로, 공종구는 여성인물에 초점을 두고 신구세대의 대립을 통한 여성의식을 분석한다. 그러나 여전히 구세대 여성인 박옥주는 주도적인 의미를 지니지 못하며 "철저하게 세속적인 이해타산과 물질적인 욕망에 포획된" 여성으로 그려지고, 작가는 신성과 삼열이라는 신세대 여성인물들의 여성의식에 보다 우호적인 입장을 취한다고 지적한다. 하지만 이때의 '여성의식'은 단순히 "젊은 여성들의 당돌하다 싶을 정도로 주체적인 모습"(93면)으로만 해석되고 있어, 작품의 남녀 인물들에 대한 보다 세밀하고 종합적인 논의가 필요함을 시사한다.(공종구, 「1950년대 염상섭 소설의 여성의식과 사회·정치의식—『젊은 세대』와 『대를 물려서』를 중심으로」, 『현대소설연구』 81, 한국현대소설학회, 2021.)

상 상반된 두 가지 관점 모두에는 작가가 여성인물들을 윤리적으로 부정적인 인물로 재현하고 있다는 분석이 전제되어 있다. 이러했을 때 비로소 구·신세대 남성인물인 한동국과 안익수는 무능력하고 무기력한 세대를 상징할 수도, 역으로 '긍정적인 모랄'과 '민주 시민 주체로서의 가능성'을 획득할 수도 있다. 하지만 작가는 의도적으로 박옥주에 대한 일방적인 묘사와 서술을 피하고 있으며, 한동국과 안익수 역시 각자의 팜므파탈에 대한 유혹을 이겨내는 정신적 건강함을 지닌 인물로 묘사되고 있다고 보기 어렵다. 그렇기에 이 작품은 남녀의 연애와 세대교체의 양상을 그리면서도, 이를 단순히 선악의 대립구도를 통한 멜로드라마적 감정의 과잉과 윤리적 해소의 서사로 풀어내고 있지 않다는 점에 주목할 필요가 있다.[14]

지금까지의 연구가 지적해온 것처럼, 『대를 물려서』는 실제로 작품이 연재된 1958년 전후의 서울을 배경으로 국제적 정세 및 국내의 다양한 사회적·정치적 변화들에 민감하게 반응하며 쓰여졌다. 작품은 국회의원 선거를 앞둔 1958년 봄에서 시작되어 같은 해 가을에서 마무리되며, 『자유공론』에 1958년 12월부터 1년 간 연재되었음을 고려할 때 작가는 연재가 시작되었던 1958년의 처음으로 돌아가 1년의 시간을 다시 그려내고 있음을 알 수 있다. 1950년대 후반, 정권말기의 세대교체를 앞두고 암시되는 사회적이고 제도

---

14 "가부장제와 민주주의의 충돌과 균열"(168~9면)로 작품을 분석한 최애순의 지적은 이 지점에서 유효한데, 중산층의 보수적인 가부장적 대물림 의식이 가정 내 세대문제로 인해 허물어지고 있음을 포착하고 있다는 것이다. 다만 익수를 친미적 성향의 엘리트로, 삼열과 신성은 각각 전통적 여성과 아프레걸을 상징한다고 보고, 친미 엘리트의 자유와 민주주의적 경향에 의해 중산층의 봉건적 삶의 방식이 균열되고 있다는 분석은 각 인물들에 대한 다소 피상적인 접근에 의한 것으로 보인다.(최애순, 「1950년대 서울 종로 중산층 풍경 속 염상섭의 위치」, 『현대소설연구』 52, 한국현대소설학회, 2013.)

적인 변화들을 담고 있는 것이다. 흥미로운 것은 이러한 변화들이 젠더화된 방식으로 감지되고 있다는 사실이다. 염상섭은 1950년대 작품들에서 여성들이 경험했던 사회적 조건들에 관심을 놓치지 않아왔는데, '가장이 없는 집안'의 분위기와 미망인의 경제 활동과 재혼 문제 등은 중요한 주제 중 하나였다.[15] 『대를 물려서』 역시 전쟁미망인과 딸, 그리고 납북미망인과 아들로 구성된 가족을 중심으로 이야기를 전개한다. 여기서의 핵심은 편모가정에 있어서 '상속'의 문제이다. 작품 초반에 나타내는 자녀들의 연애 및 결혼에 대한 부모들 각각의 속셈은 작품이 결국 명동에서 호텔을 운영하는 박옥주의 재산을 누가 상속할 것인가, 즉 누가 호텔을 물려받을 것인가의 문제로 귀결될 것임을 암시한다. 이들의 고민은 모두 현재 피상속인이 여호주로 추정되는 여성이기 때문에 발생한다.

본고는 『대를 물려서』를 경제적·정치적 힘을 가진 여성이 사회와 가정 내에서 자신의 목적을 달성하기 위해 능동적으로 움직이는 여성 서사로 보고, 그 결과 '어머니-딸들'로 이어지는 새로운 세대의 방향을 보여주고 있음을 분석하고자 한다. 2장에서는 아버지에서 아들로 이어지는 대 잇기가 정

---

15 『미망인』(1954)의 첫 번째 장에는 환도한 명신과 어머니가 우연히 만난 홍식의 집에 찾아가는 장면이 채워진다. 홍식의 부친은 유엔잠바를 입고 군복을 만드는 피복공장을 운영하는 "거간노릇을 하여 자수성가한 사람이라 돈에 무섭고 일에 염증을 모르는 정력가"(30면)로 묘사되는데, 명신네를 잠시 머무르게 하려던 홍식은 아버지의 말에 한 마디 대꾸도 하지 못하고, 명신이 모친도 그를 보자마자 어떠한 '위압'을 느끼는 듯 며칠 신세를 지려던 생각을 바로 접는다. 그렇게 홍식의 집을 나온 명신 모녀는 "왜 그런지 숨을 시원히 쉴 수 있고 어깨가 거뜬하니 기분이 가벼워"지는데, 그 이유는 다음과 같이 설명된다. "명신은 철나서부터 남자라고는 없는 집에서 어머니 그늘 밑에서 자라났고, 시집을 갔대야 남편 밑에는 단 일 년 지냈을까, 기죽을 훨훨 펴고 살아온 이 사람들에게는 그렇게 규모가 째이고 거북살스러운 영감의 눈앞에는 잠간도 지내기가 벅찬 것이었다."(염상섭, 『미망인』, 글누림, 2017, 33면.)

치적·경제적 측면에서 모두 실패하는 양상을 살피고, 아버지의 정치이념과 박옥주의 재산을 모두 상속받지 못하는 아들 익수의 모습이 두 여성 사이에서 갈피를 잡지 못하는 모습과 겹쳐지고 있음을 분석한다. 3장에서는 박옥주라는 여성인물이 호주이자 재산 피상속인으로서, 공적·사적인 측면에서 자신의 권력을 활용하는 양상을 살핀다. 이때, 그녀가 부모 세대의 여성들을 '여성동지회'라는 정치적 모임으로 연합시킴과 동시에, 자녀 세대의 연애 판도에 적극적으로 개입함으로써 삼열이 주체적인 여성으로 각성하는 계기가 되는 지점을 분석한다. 이는 여성인물에 대한 부정적 재현 혹은 젊은 세대에 대한 비판 의식이라는 일괄적인 평가, 그리고 남성인물 중심의 계보를 통해 작품의 주제의식을 분석해왔던 기존의 관점에서 벗어나 세대와 젠더 문제를 둘러싼 작가의 문학적 고민을 1958년이라는 구체적인 역사적 맥락에서 보다 세밀하게 파악해보고자 하는 시도이다.

2. 가부장'들'과 대를 잇지 못하는 아들

『대를 물려서』는 세 가정의 부모와 자녀가 다양한 동기에 의해 얽히면서 발생하는 사건들의 이야기이다. 주인공 박옥주는 전쟁미망인으로, 한동국을 정치적·경제적으로 후원하며 이성적으로도 교제한다. 그녀는 자신의 옛사랑인 납북 정치인사 안도의 아들 안익수와 자신의 딸 신성을 결혼시키기 위해 전략적으로 움직인다. 익수는 동국의 딸 삼열과 약 6년 간 교제한 사이였으나, 옥주는 감정과 자본을 도구로 삼아 세 자녀들의 마음을 흔들어 놓는다. 익수는 유혹에 넘어갈 위기에서 신성을 선택하지 않은 채 삼열에게 달려가지만, 이미 익수에게서 마음이 떠난 삼열과 재결합할 가능성은 불분명한 상태에서 작품은 끝난다.

작품에는 두 명의 아버지가 등장하는데, 익수의 아버지인 안도와 삼열의 아버지인 한동국이다. 두 사람은 “중학 동창이요 정치노선이 같다 해서도 절친한 사이”[16]로 ‘독립운동’도 함께 했었던 것으로 서술된다. 안도는 초대 국회의원으로 43세에 9.28 수복 직전 협상파라는 이유로 이미 북으로 끌려간 납북인사이며, 한동국 역시 1958년 5월 선거에 무소속으로 출마해 당선된 국회의원이다. 이 두 가부장들은 서술의 층위에서 의도적으로 동일시된다. 작품에는 총 다섯 차례에 걸쳐 안도가 당선되었던 저녁과 한동국이 당선된 저녁이 겹쳐진다. 익수가 아버지 생각이 날 때마다 꺼내 본다는 당선 기념사진은 안도라는 정치가이자 한 집안의 가장의 권위와 힘을 상징한다. 이때, 안도와 동국의 기념사진이 한 쌍을 이루게 되는데, 과거 안도의 기념사진에서 뒷줄에 서 있던 옥주처럼, 숙경은 동국의 기념사진에서 똑같이 뒷줄에 서서 사진을 찍는다.[17] 두 가장이 정치적 힘과 가장으로서의 권위를 최대로 드러냈던 과거와 현재의 순간이 기념사진을 통해 교묘하게 겹쳐지고 있는 것이다.

---

16 염상섭, 『젊은 세대·대를 물려서』(염상섭전집 8), 민음사, 1987, 270면. 이후 같은 책에서 인용할 경우 본문에 (면수)로 표기함.

17 “십 년 전, 아버지가 초대 국회의원으로 당선되던 날 저녁에, 축하하러 꼬여든 손님과 선거사무원들 틈에 끼어서 전등불 밑에 박힌 커다란 사진이다. (…) 오랜만에 그 사진이 보고 싶고, 그때 그러했던 **옥주여사가 어째 얼굴만 내 보이고 저— 뒤에 숨어 있었든지**? 이때것 무심히 보아 왔지마는 다시 한 번 자세히 보고 싶었다.”(280면)
“한동국이 집에서 보내온 그날밤의 사진을, 신성이가 자세히 들여다 보다가 불쑥 이런 소리를 하였다. (…) 그런데 **사직동 아주머닌 요렇게 조— 뒤에 얼굴을 반만 내밀구 박으셨군요.**”(298면) (강조: 인용자)

그런데, 두 사람은 당선날을 정점으로 서사에서 점차 그 권위를 잃어간다는 점에서도 닮아 있는 한 쌍이다. 안도는 북한으로 납치된 이후 그 생사마저 알 수 없으며, 동국은 "지금쯤 이북의 어느 구석에서 쭈구리고 앉았을 안도가 눈에 번히 보이는 듯"(310면) 그의 '불행함'을 안타까워한다. 옥주 또한 납북 이후의 안도를 생각하며 "잘못하면 탄광 같은 데로 보낸다니, 그 지경이 되었다면 차라리 그 고생을 안하고 죽는 것이 낫지"(257면)라며 애처로움을 감추지 못한다. 한동국 역시 당선 이후 정치적 입지를 점차 잃어가며 옥주가 만든 '여성동지회'로부터도 직접적인 입당 압박을 받는다. 사무실조차 제대로 마련하지 못해 옥주의 태동호텔 한 방을 빌려 사무실로 꾸렸으나, 그마저도 여당으로 입당하지 못하자 "월급을 못 주게 되니 붙어 있는 아이가 없게"(382면)되고, 결국 방을 뺄 눈치를 보는 '무소속의 설움'[18]을 받게 되는 것이다. 이처럼 안도와 한동국이 상징하는 단독정부 수립 1세대 정치인이자 가부장들은 1950년대 후반의 현실에서 더 이상 과거의 영광으로 기억되지도, 정력적인 활동을 지속하지도 못한다.

무소속 후보이자 국회의원인 한동국이 처한 정치적 상황은 작품이 연재되었던 당시 정치 현실을 구체적으로 재현한다. 작품에는 당대의 시대적 표지들이 직접적으로 기입되어 있는데,[19] 국내 정치적 상황에 대해서도 그

---

18 선거 입후보가 시작되었던 1958년 4월, 민주당 공천으로 입후보한 이모씨가 '평화여관'을 선거사무소로 임대했으나 이를 경찰이 영업취소를 위협하며 강제로 사무실 임대 계약을 해약한 사건이 발생한 바 있다. (「경찰이 압력 야당선거 사무실 임대계약해약토록」, 『동아일보』, 1958.4.3.) 이처럼 야당 후보 및 무소속 후보에 대한 자유당 측의 압박은 후보자들에게 실질적인 위협으로 다가왔을 것으로 보인다.

19 작품에 등장하는 '마리아 앤더슨'의 내한 소식, 시공관에서 열리는 '도로시 스미스'의 독주회, 육군체육관에서 열린 여자 농구 결승전은 모두 1957년과 1959년 실제 이화여대 대강당과 시공관에서 진행되었던 공연들과 이화여고와 정신여고의 춘계 농구 결승전을 그대로 가리

시기를 가늠할 수 있을 정도로 구체적인 표지들이 삽입되어 있다.

「인제 아니까 호별방문이시군요. 그래 내게까지 선거운동이세요?」
「말야 발은대루 말이지, 이번엔 호별방문을 했다가는 걸리는 판인데, 마침 네, 생일이라기에 잘됐구나 하구 과자봉지나 사들고 왔다마는……」(264~5면)

없는 돈에 이턱 저턱 끌어대서, 자유당 공천 후보만치야 못하지만 무소속으로서는 과히 남에 지지 않게 하자니, …… 아니, 당장 이 마나님한테서도 백만환이나 울거다가 썼으니 변명 삼아서라도 자연 이런 군소리가 나오는 것이었다.(268면)

1958년 4월 1일부터 10일까지 입후보 등록을 마치고 5월 2일 시행된 제4대 국회의원 선거[20]에 입후보한 한동국이 신성의 생일을 핑계로 옥주의 집에 찾아오자, 옥주는 '호별방문'이라면서 자신에게까지 선거운동을 하느냐며 농담을 한다. 이들이 주고받는 '호별방문'은 1958년 선거법 개정에 의한 선거공영제에 따른 선거운동 제한을 지적하는 것이다. 1957년 4월

킨다.

20 제4대 국회의원 선거에서 입후보 비율은 무소속이 42.4%로 예상 외로 높게 나타났는데, 득표율은 자유당이 42.1% 민주당 34.2%로 집계됐고 무소속은 21.7%로 그쳤다. 서울시에서 무소속으로 당선된 의원은 동대문구 갑 민관식 한 명으로, 그는 1958년 5월 민주당에 입당하였다. ("무소속 당선자들에 대한 여당과 야당의 '포섭공작'이 활발했는데, 기사에 따르면 선거결과 27명의 무소속 당선자들의 "성분 등으로 미루어보아 새 국회가 열리는 내 6월 8일까지는 그 대부분이 양당에 흡수될 것"으로 예측되었다. 민관식은 5월 5일 "조병옥 민주당 최고위원에게 동당입당원서를 제출"한 바 있다고 기록된다." (「무소속 당선자 포섭공작 활발」, 『동아일보』, 1958.5.7.)

경부터 논의된 선거법 개정은 80여차의 협상을 통해 11월 9일 합의되었는데, 이때 후보자등록 신청 시 1인당 50만환을 선거구선거위에 기탁해야 한다는 기탁금 제도가 신설되었다. 기탁금의 부담은 혁신계 및 무소속 후보의 출마를 급감시키는 결과를 초래했고, 민주당은 야권 단일화를 위해 해당 조항을 신설하는 대신 선거공영제와 언론 규제 등의 조항에 양보를 하게 되었다.[21] 선거 운동에서는 선거 운동원의 수 제한, 호별방문 금지, 선거 비용 제한 등의 규정이 시행되었으며, 민의원 선거법 제90조에 의해 선거비용이 일인당 100환으로 결정되었다.[22] 그러나 선거법 규정은 야당에게만 엄격하게 지켜지고, 자유당 선거 운동원들은 발급받은 야간통행증을 소지해 통행금지 시간 중 호별방문을 자유롭게 하며 선거 운동 중 다양한 부정행위를 일삼았다.[23]

1960년 3·15 부정선거보다 앞서 선거운동부터 개표까지 대대적인 부정행위로 이루어진 선거에서, 무소속으로 당선된 한동국은 당선날 저녁부터 여야로부터 입당 압박에 시달린다. '찌프차'도 제대로 된 사무실도 없이도 묵묵하게 활동을 계속해오던 그는, 옥주가 호텔 지배인을 앞세워 사무실을 뺄 것을 종용하자 전에 없이 흥분하며 자신이 "XX당으루 머리를 틀어 박지

---

21 김진흠, 「1958년 5·2 총선 연구: 부정 선거를 중심으로」, 성균관대학교 대학원 석사학위논문, 2012, 26~27면.

22 「일인당 일백환 선거비용 정식결정」, 『조선일보』, 1958.03.22. 후보자 한 사람의 총 선거비용은 1인당 금액에 해당 선거구의 선거인수를 곱한 만큼의 금액으로 결정되는데, 제4대 국회의원 선거에서 서울 선거구당 득표수가 평균적으로 3-4만 표 정도였음을 고려할 때 총 선거비용의 제한액이 300-400만환 정도였을 것으로 추정된다. 옥주가 한동국에게 선거비용으로 준 100만환은 당시 총 선거비용의 30% 정도에 해당했던 것을 알 수 있다.

23 김진흠, 앞의 글, 70면.

않아서 그러는 거"(384면)냐며 소리를 지른다.

「하여간 떠나는 주지. 내가 여기 있기 때문에 기밀이 누설될가 봐서두 XX당 축들의 발길이 멀어지는 건 사실일 거니까」

영감은 그래도 사패 보는 소리를 하니까

「온 별걱정을 다 하시네」

하고 옥주 여사는 가루 막았다.

「가만 있소. 세상은 언제까지나 XX당 천하란 법은 없으니까, 나두 반도호텔 XX호실을 차지하구 들어앉을 날두 있을께니, 이렇게 축객을랑 마소」(385면)

비록 사회적 입지와 힘을 잃어가면서도 무소속으로서의 정치적 정체성을 분명하게 표명하는 한동국의 위치는 "여기에서[옥주의 침실에서] 묵지는 않았다. 붙들지도 않았다."는 서술자의 두 문장으로 요약된다. 여당 입당을 통해 경제적 이득을 바라는 옥주의 침실에 더 이상 묵으려고 하지도 않았지만, 옥주 역시 이해관계가 사라진 동국을 더 이상 붙들지도 않았다는 것이다. 동국이 말하는 '반도호텔 XX호실'은 당시 교통부 산하의 반도호텔을 자유롭게 사용했던 자유당의 사무실을 가리키는 것이 명백해 보인다. 지금까지의 입당 강요에도 크게 흔들리거나 자신의 입장을 밝히지 않았던 동국이 보이는 매우 직접적이고 공격적인 발화는 갑작스러운 것처럼 보인다. 그러나 해당 부분이 1959년 9월호에 연재되었다는 점을 고려해보면, 염상섭은 이미 같은 해 5월 경향신문 폐간 철회를 요구하는 성명서에 이름을 올리며 자유당의 언론탄압을 강도 높게 비판해왔던 시기라는 사실을 알 수 있다. 염상섭은 한동국의 발화를 통해, 안도-한동국이 상징하는 가부장'들'

이 자신의 정치적 신념 앞에서 최소한의 뜻을 굽히지는 않았음을 보여준다.

한편, 정치적 관계에서의 동국과 연애 관계에서 익수가 처한 위치가 미묘하게 겹쳐지며 연애와 정치의 서사가 상호 환기된다. 작품은 동국이 무소속으로 입후보 등록 → 당선 → 입당 압박을 받는 이야기와 익수가 삼열과의 연애를 시작 → 약혼 약속 → 신성과의 교제를 압박받는 이야기의 결합으로 요약될 수 있다. 두 이야기의 결말에 나타나는 아버지와 아들 각자의 난처함은, 여당으로의 전향을 결혼·재혼과 빗대어 말하는 동국의 서술에 의해 동일한 차원이 된다.[24] 하지만 정치적 정체성을 굽히지 않았던 한동국과 달리, 아들 안익수는 세 여성들 사이에서 입장을 분명하게 가지지 못하고 휘둘리기만 하는 모습을 보여준다.

중학교 수학 선생님인 익수는 고등학교 시절 농구선수로 활동했고, 대학원까지 졸업해 고등학교에서 독일어도 강의하는 뛰어난 용모와 능력을 갖춘 인물이다. 예술을 하겠다는 신성과 비교해서 "똑똑한 수재면서도 실제적인 인물"(258면)로 옥주에게 평가 받지만, 사실상 연애면과 진로면에서 모두 우유부단하고 현실적이지 못하다. 익수는 삼열과 우산을 함께 썼던 '비오던 날'의 성적 충동과 설렘을 반복적으로 기억한다. 삼열과의 '비오던 날'의 "행복한 추억이랄지, 이상한 흥분"(271면)은 신성이 자신의 생일날 입었던 "노란 저고리에 연분홍 치마"(254면)와 정면으로 부딪힌다. 옥주의 계획에 이끌려 신성과 데이트를 반복하면서, 그는 삼열에게는 없는 매력을 신성에게서 발견한다. 책을 읽다가도 눈앞에 알진거리는 '분홍치마 자락'으로 상

24 "여당으루 전향을 하자니 저편이 달가워하여야 말이지. 핫하하……. 그것두 늙은 총각이 장가가기 어렵고, 젊은 과부가 개가하기가 어려운 거나 마찬가진가 봅니다. 허허허……." (444면)

징되는 신성의 매력은 "이기적이요 앞뒤를 사리는 삼열이에 비하여, 나무에서 갓 딴 과실처럼 서슬이 보얗고, 고운 살갗 밑에 감추어 두었던 향기를 거침없이 내뿜는 듯한 상글하고 감칠 듯한 젊음의 유혹"(333면)이다. 하지만 신성의 매력은 언제나 옥주의 '독일유학'이라는 경제적 후원과 함께 오는 것이고, 한편으로는 교제 중인 삼열에 대한 죄책감을 수반한다.[25]

어머니가 한동국 영감을 끌고 나가 주니, 뒤에 남은 두 남녀는 큰 시름을 잊은 듯이 하두 좋아서 마주 얼싸안고 싶은 충동을 느끼며 마주 보았다. 그러나 차마 그리할 용기들이 아니 나서, 신성이는 살짝 발개진 얼굴을 감추며 돌아서 가서 스위치를 제쳤다. 별안간 방 안이 환해지니, 두 남녀의 흥분은 가라앉는 것 같았다.(444면)

그럼에도 불구하고 익수는 어른들이 잡은 삼열과의 약혼식 날짜가 계속 미뤄지는 상황에서도 신성과 삼열 사이에서 전혀 갈피를 잡지 못한다. 신성의 유혹에 넘어가지 않고 삼열을 선택하는 장면으로 평가되어 왔던 작품의 마지막 장면도, 자세히 살펴보면 무엇도 익수의 자발적인 선택이 아님을 알 수 있다. '얼싸안고 싶은 충동'을 멈춘 것은 실상 신성이고, 비가 오니 자신의 집에 더 머무르라는 신성의 제안을 거절하지도 못하는 와중 옥주가 동국과 같은 차로 돌아가라고 데리러 왔기에 집을 떠났던 것뿐이다. 이를 두고, 익수가 옥주 모녀의 유혹을 뿌리치고 삼열을 택하

---

25 "그야 의리로나 도의상으로나 삼열이에게 떳떳하지 못한 일은 조금도 없다. 그러나 이때것 사괴어 온 우의라는 것이 있지 않은가? 당장 자기도 신성이와 함께 삼열이 앞에 나타나는 것이 미안하다는 생각이 들지 않았던가!"(263면)
"삼열이가 타박타박, 혼자 걸어가는 곁을 차가 휙 지나칠 때 곁눈으로 힐끈 내다보고는, 자기가 무슨 큰 배신행위를 하는 것만 같아서 마음에 찔리고, 삼열이가 풀없이 금시로 외로워하는 듯한 눈치에 가엾은 생각이 들었다."(337면)

는 정신적 건강함을 획득했다고 평가하기에는 무리가 있다.

줏대 없이 휘둘리는 성격은 자신의 진로나 미래 설계에 있어서도 마찬가지로 묘사되는데, 옥주가 넌지시 암시하는 유학 지원에 몹시 끌리면서도 수학과 독일어를 전공한 교사 출신인 자신이 외국 유학을 통해 구체적으로 무엇을 할 수 있겠는지에 대해서는 생각하지 않는다. 익수에게 가장 큰 관심은 '로켓과 우주시대', '원자력', '유도탄'과 같이 "주책없는 어린애 공상" 같은 것뿐이다.

> 하지마는 무슨 말 끝에던가, 옥주여사가 「가만 있어—.」하고 생각이 있다는 듯이 하던 그 말을 생각하면, 무슨 길을 뚫어 줄 자신이 있는 말 같아서 일루의 희망이 아직은 있는 것 같기도 하다. 공상은 터무니없이 자꾸 꼬리를 잇달아 나갔다. —
>
> 신성이를 데리고, 미국으로 가서, 신성이는 음악 공부를 하고 자기는 원자과학, 「로케트」 제작, …… 우주정복에 실질적 계획이 무엇인지라도 들여다보고 왔으면 하는 꿈이 성취되는 것이요, 구라파로 건너가서 독일, 오스트리아를 휘돌아오면 얼마나 좋겠는가! ……
>
> 주책없는 어린애 공상 같으면서도, 역시 수단 조흔 박옥주 여사가 가만 있으라고 했으니 무어나 될 듯싶기도 하다.
>
> 끝없는 공상이 이렇게 휙 도니, 신성이의 존재가 별안간 커다랗게 크로—즈, 엎 해온다. 노랑 저고리에 분홍치마가 또 눈앞에 알진거린다.(277면)

작품에서 빈번하게 언급되는 '우주시대', '로켓' 등은 1958년을 전후한 시기에 심화되고 있었던 미소 간 냉전체제를 환기한다. 물론, 1955년 제1차

아시아·아프리카 회의를 통해 비동맹 중립국의 평화협정이 이루어지고, 1957년과 1958년에 걸쳐 남한에서도 중립국 외교를 펼치기도 했다.[26] 그러나 같은 시기, 1957년 베를린 선언부터 베를린 장벽 설치까지 서독과 동독을 둘러싸고 서방승전국과 소련 사이의 긴장은 '제2차 베를린위기'[27]로 불리며 점차 고조되고 있었다. 미국과 소련은 경쟁적으로 인공위성 발사 등 경쟁적으로 과학기술을 내세우고, 핵무기와 유도탄, 미사일 등 공격적으로 무기를 개발하는 등 외교 갈등이 심화되고 있었던 것이다.[28] 이와 같은 상황에서 익수는 한동국에게도 열심히 "유도탄 이야기인지? 우주비행 이야기인지?"(267면)를 설명하기에 바쁘고, 유학을 보내줄 것 같은 옥주의 말에 원자과학, 로켓 제작, 우주정복을 배워볼 생각에 빠져있다. 중요한 것은 작품에서 익수의 생각들이 실질적인 '계획'이 아닌 '공상'으로 반복해 처리되고 있다는 사실이다. 그리고 이러한 공상 끝에 신성의 '분홍치마'가 다시금 떠오른다. 신성에 대한 익수의 향의는 이렇듯 공상과도 같은 유학 계획을 가능하게 하는 옥주의 경제적 지원에 덧붙여진 것에 불과하다.

가부장'들'의 대를 이어야 하는 '안도의 아들'[29]은 납북된 정치인사인 자

---

26 김도민, 「1950년대 중후반 남·북한의 '중립국' 외교의 전개와 성격: 동남아시아·중동·아프리카 지역을 중심으로」, 『아시아리뷰』 10-1, 2020, 170~175면.

27 1958년 후르시초프의 최후통첩에서 1961년 8월 베를린 장벽이 건설될 때까지를 제2차 베를린 위기의 기간으로 산정할 수 있으며, 이는 1955년 제네바 회담의 결렬 이후 현상유지가 기정사실화되는 과정에서 미소 양 초강대국 간 불가피하게 발생된 사건이라 할 수 있다.(김진호, 「독일문제와 제2차 베를린 위기」, 『평화연구』 20-2, 고려대 평화와민주주의연구소, 2012, 242면.)

28 「우주경쟁의 격화와 소련의 고민」, 『동아일보』, 1958.02.04.

29 "첫째가 **안도의 아들**이니 말이라할까? 첫째가 인물이 출중하고 둘째가 **안도의 아들**이니 놓치기 아깝다 할까?"(258면)
"마음에 드는 익수가 탐이 난다. 아니, **안도의 아들**이니 무엇을 주어도 아깝지 않고 미덥성스

신의 아버지의 정치적 이념 및 의사(擬似) 아버지 한동국의 무소속으로서의 정체성을 물려받지 못한 채 예비 장모의 돈으로 외국 유학을 다녀올 공상에만 골몰한다. 심지어 결국에는 신성과의 결혼마저 소원해지며, 대를 이어야 하는 '아들-가부장'으로서의 새로운 세대의 남성은 정치·경제적 관계와 연애적 관계 모두에서 주체성을 획득하지 못한다. 이러한 실패한 아버지-아들의 대 잇기는 삼열이 보내는 최후통첩에 묘사되는 '목발을 짚은 채' 절뚝거리는 불구의 형상으로 상징된다.

3. 대를 물려줄 수 있는 '처/모'의 서사

3.1. 미망인에서 호주가 된 여성

박옥주는 태동호텔의 '중성적이고 호쾌한' 여걸풍의 여사장으로, 한국전쟁 이전부터 남편과 함께 호텔을 경영하다가 '피난통에' 남편을 여의고 전쟁미망인의 입지로 환도 후 호텔을 혼자서 재건해 경영하고 있다. 해방 후부터 정계의 사람들과 친분관계를 유지했으며, 여관조합 이사직을 맡고 '여성동지회'를 꾸리는 등 스스로 정계에 진출하고자 하는 야망 역시 가진 것으로 암시된다. 경제적인 능력은 해방기부터 1950년대 후반까지도 언제나

럽다는 것이요"(259면)
"더구나 **안도의 아들**이니 또 군소리 같지마는 놓치기가 아깝다."(292면)
"그럴바에는 눈에 드는 **안도의 아들** 익수에게로 마음이 가는 것이었다."(297면)
"익수는 **안도씨의 아들** 아내요?"(372면) (강조: 인용자)

상당했던 것으로 묘사되는데, 5·10 총선거를 준비하는 안도에게 익명으로 선거자금을 보내왔던 것, 안도가 납북된 한국전쟁 당시부터 피난지 부산에서 김숙경에게 경제적 도움을 주었던 것, 한동국에게 선거자금을 준 것 등을 포함하여 여가 및 문화생활, 자식교육, 패션 등 모든 측면에서 경제적인 부를 과시한다.

1916~1918년 정도에 출생, 1930년대 중후반에 일본에서 유학하고 20대 후반에 해방을 경험했을 박옥주라는 인물은 해방 이전 염상섭 작품들에 등장하는 전형적인 '신여성'들과 동년배이다. 동시에, 두 번의 전쟁을 통해 남편과 아이를 잃고 경제적 가부장의 역할을 할 수밖에 없던 전형적인 전쟁미망인 세대이기도 하다. 옥주가 당당하게 태동호텔의 여사장으로서 재산권을 가지고 있다는 사실은 그녀가 호주였던 남편의 죽음 이후 임시적이나마 호주권을 승계했음을 보여준다. 『미망인』·『화관』에서 미망인의 재혼을 둘러싼 문제를 다뤘다면, 『대를 물려서』의 미망인은 재혼하지 않고 호주의 권리를 적극적으로 행사하는 여호주의 모습으로 등장한다.

> "이 나이에 시집두 우습지만, 영감 없이는 어렵구, 얻자니 눈에 차는 것은 계집자식 있구, 그렇지 않으면 돈이나 바라구, 이 알량한 호텔이라두 휘두르려구 덤비는 축이니, 이럴 수도 없구 저럴 수도 없구……천생 남의 영감에나 신세를 질 수밖에! 호호호……"
>
> 이것은 자기와 같은 사업을 하고 몸이 맨 데가 없는 여자에게는, 무슨 터놓은 특권이나 되는 듯싶이, 취담이기는 하나 꺼릴 것 없이 자기 속을 쏟아 놓는 것이었다.(314면)

1960년 신민법 시행 이전까지 유지되었던 구민법에 따라, 호주가 사망했을 때에는 제사상속의 순위에 따라 상속인이 정해졌다. 제1순위는 적장자가 되며, 그가 미혼인 채로 사망한 경우에는 차남 이하의 남자가 나이 순서에 따라 호주 상속인이 되었다. 그러나 사망한 호주에게 딸만 있고, 양자를 선정하지 않는 한, 제사상속이 이루어지지 않더라도 호주는 그 가족원 중 가장 나이가 우위인 모, 처, 딸의 순서에 의해 상속이 이루어졌다.[30] 그러나 이는 임시적인 것으로, 여성 호주가 입양을 하지 않고 사망할 경우 그 가는 폐가된다.[31] 즉, 외동딸인 신성이 유일한 직계비속인 상황에서 호주인 남편이 사망하고, 시어머니가 언급되지 않는 상황에서 가장 나이가 많은 '처' 옥주가 양자 혹은 서양자 입양 전까지 호주를 상속한 것으로 볼 수 있다. 호주상속이 이루어진 경우 재산상속은 동시에 발생했는데, 1) 호주 상속인이 단독으로 재산을 상속한 이후 상속순위와 비율에 따라 상속분재권을 청구 2) 일시적인 여호주도 단독 상속하고 사후양자가 있게 되면 그가 상속한다.[32]

미망인 박옥주가 '처'이자 '모'의 신분으로 태동호텔을 포함해 죽은 남편의 모든 재산을 관리할 수 있었던 것은, 그녀가 호주를 상속하고 그 재산을 일시적으로 단독 상속했기 때문이다.[33][34] 작품 내내 안익수를 사위, 즉 서양

---

30 홍양희, 「식민지시기 상속관습법과 '관습'의 창출」, 『법사학연구』 34, 민속원, 2006, 116면.

31 김일주, 앞의 글, 36면.

32 정긍식, 「식민지기 상속관습법의 타당성에 대한 재검토: 가족인 장남의 사망과 상속인의 범위」, 『서울대학교 법학』 50-1, 서울대 아시아태평양법연구소, 2009, 304면.

33 1921년 조선민사령 제2차 개정에 의해 친권에 해당하는 법조항은 일본 민법을 의용하여 적용하였다. 의용 민법 제877조에 따르면, 미성년 혹은 독립적인 생계를 가지지 않은 자는 부의 친권에 종속되고, 부가 죽은 경우 일가에 속한 모가 친권을 행사한다. 또한 자가 성년이 되었을 때 자신의 관리를 물려주나, 기존의 재산보다 감한 것은 자녀 양육 및 재산관리 비용으로 하여 실질적으로 친권자의 재산관리권을 전면적으로 허용하였다.(의용 민법 제

자로 삼아 태동호텔을 물려주고자 하는 옥주의 은밀한 계획은 바로 이러한 정황에서 비롯된 것이다. 이처럼 옥주는 자신의 법적 권리를 정확하게 인식하고 전략적으로 시행하는 여성으로, "다 생각이 있어 하는 일이요, 하나라도 무심해 하는 일이 없는"(404면) 인물이다.

옥주라는 여성 인물을 더욱 흥미롭게 만드는 것은 그녀가 철저하게 이성적이고 전략적인 인물로만 묘사되고 있지 않다는 것이다. 그녀는 작품에서 의도적으로 사회적·젠더적 경계를 넘나드는 인물로 재현되고 있다는 점에서 문제적이다. 그녀는 그야말로 전형적인 여성도 남성도 아닌 '중성적'인 여걸풍의 여사장이며, 법적 정체성 역시 '임시적'이며 동시에 '비전형적인' 호주이자 재산 피상속인의 위치를 점하고 있다. 작품은 결국 옥주의 재산을 누가 '상속'받을 것인가, 옥주가 과연 누구에게 '태동호텔'의 경영권을 대를 물려줄 것인가의 문제로 요약된다. 그녀의 재산은 "태동호텔의 건물은 그만두고라도 명동거리의 지대만 해도 지금 시세로 얼마나 되겠기에! 그것이

890조) 그렇기에, 직계비속인 미혼의 딸인 신성에게도 재산분할권이 있지만, 1958년 시점에서 21살 생일을 맞은 신성이 한국전쟁 당시 남편이 사망했을 때에는 미성년이므로 그 재산에 대한 관리권은 친권자인 옥주에게 귀속된다.

34 염상섭은 비슷한 시기 발표한 단편들에서도 가족제도에 대한 법적 규정에 관심을 드러낸 바 있다. 「법 없어도 사는 사람」(1958)에는 친모, 계모(父의 첩/길러준 모), 법적 모(父의 처)가 함께 등장하고, 「얼럭진 시대풍경」(1961)에는 법적 권리와 혈연관계, 경제적 이해관계가 갈등하는 장면들이 연출된다. 신민법에 대한 언급은 「수절내기」(1958)에 나타나는데, 일가의 장손인데도 계사할 자식이 없는 기명에게 동생 기정은 "새 민법에는 딸도 상속할 수 있다니 제 딸년이라두 들여 세울까요?"라고 묻는다. 형의 유산 중 집 한 채와 돈 백만 환이라도 탐이 난다면 큰딸이라도 바칠 수 있다는 것이다. 이와 관련하여 김영경은 염상섭 전후 단편소설들을 5가지 유형으로 구분하고, 그중 연애담과 가족문제를 다룬 작품들을 묶어 "전후 혼란한 현실에서 가족 공동체의 질서의 변화를 그려내고자 한 것"이라 지적한다.(김영경, 「염상섭 전후 단편소설과 말년의 감각」, 『우리말글』 88, 우리말글학회, 2021, 248면.)

도틀어 나중에 뉘 것이 되겠느냐는 것을 생각할 제, 당대의 주인인 박옥주 여사의 눈이야 아직 시퍼렇지마는, 누구나 욕심이 아니 날 리 없"(266면)는 것으로, '부잣집 며느리-공주님 찾기/되기' 서사에 대응하는 '부잣집 사위-왕자님 찾기/되기'의 서사이자 그마저도 불발로 끝이 나는 이야기이다.

옥주는 경제적으로 움직이는 사업가의 모습을 보이면서도, 한편으로는 옛사랑에 대한 사랑을 잊지 못하는 감정적인 인물로 그려진다. 수복 이후 남편이 고용했던 지배인을 갈아 치우면서 재건해온 자신의 전 재산을 물려주는 것에 있어 가장 영향을 미치는 것은 다름 아닌 익수가 '안도의 아들'이라는 사실이다. "평생을 두고 잊힐 수 없는 커다란 존재"(257면)인 안도에 대한 옥주의 향의는 어떻게든 익수를 데릴사위로 삼아 과거의 이루어지지 못했던 사랑을 매듭짓는 계산적인 일이자, 동시에 '순정'에서 비롯된 낭만적인 결정이다. 하지만 옥주는 안도에 대한 순정과 별개로, 경제적 목적을 위해 안도의 절친이었던 한동국과 성적인 관계를 맺는 것에도 아무 거리낌이 없다. 사위를 가로챌 때와 마찬가지로, 남의 남자를 뺏는 전략 역시 성적인 매력과 경제적인 유혹으로 일관된다.

안도와 한동국의 아내들은 동국이 드나드는 옥주의 침실을 '더러운 침대'라고 욕하지만, 여기서 주의해야 할 것은 인물들의 목소리와 달리 서술의 차원에서는 그들의 관계가 다르게 서술되고 있다는 사실이다. "천생 남의 영감에나 신세를 질 수밖에" 없다며 동국에게 일주일에 한 번씩 '양복시중'을 들게 해달라는 옥주는 자유로운 여성이지만 결코 "집안 식구에 대해서 위신을 잃지 않"으며 "어리석고 개전치 않은 꼴"(312~3면)을 보이지 않는 여성으로 묘사된다. 즉, 결코 '음행이 상습한 여자'는 아니라는 것이다. "국회의원 한동국이를 침실에 끌어들여서 술대접하는것쯤야 사업가로서, 또 혹은 아직 늙지 않은 과부로서 누가 나무라겠느냐는 배짱"(313면)을 가진 여성일 뿐이라는 것이 서술자의 태도이다. '사업가'의 목적 있는 육체적 교섭은 그야말로 '비즈니스적인 차원'이자 "사업을 하고 몸이 맨 데가 없는 여자에게는, 무슨 터놓은 특권이나 되는 듯"(314면)이 서술되는 것이다. 작가는 이처럼 박옥주를 '현모'와 '양처'는 아니지만, 윤리적·성적으로 타락한 여성 혹은 계산적이고 교활한 여성으로 형상화하지 않기 위해 상당한 주의를 기울이고 있음을 알 수 있다.

서사에서 박옥주의 기능은 두 가지인데, 1) 이질적인 배경과 성향을 가진 부모 세대의 여성들을 정치적 모임으로 연합시켜 한동국을 압박하는 것과 2) 젊은 세대 남녀의 연애 판도에 개입해 익수를 압박하고 삼열이 익수와 헤어질 마음을 먹게 하는 것이다. 먼저, 옥주는 자신이 경제적으로 후원하고 성적으로 교섭하고 있는 동국을 여당에 입당시키기 위해 '여성동지회'를 만든다. 고문에 한동국과 부인 장문숙, 회장에 박옥주, 부회장에 김숙경, 서기로 동네 반장 이희자를 둔 정치적 모임이다. 여기서 눈에 띄는 인물은 이희자로, "거리에서 조고만 책사를 경영하는 젊은 인테리의 아내"(331면)이면서 정치에 자신의 의견을 가지고 동회일에 참여하는 여성으로 그려진다. 서사에 별달리 참여하지 않는 해당 인물의 존재는, 이 모임이 단순히 주인공 남녀들의 친목회가 아니라 실질적인 정치적 목적을 가진 단체라는 사실을 지시한다. 옥주 자신의 목적을 위한 것이지만, 해당 모임을 통해 결속되는 것은 전쟁미망인이자 경제인사, 납북미망인, 전형적인 가정주부, 지역사회 통제 및 관리와 밀착되어 있는 반장을 맡고 있는 다양한 배경과 조건을 가진 여성들이다. 발기준비회에서 여성동지회는 '우수회원 유치'와 '운동자금 마련'이라는 정치적 목적을 공유하고, "내후년에 있을 대통령, 부통령 선거에 대비하기 위해"(424면) 만난 예회에서 한동국이 반드시 여당으로 입당할 것을 요구하는 결의사항을 내건다.

'여성동지회'는 1950년대 전후 사회에서 정치·경제 및 문화면으로 확대되었던 여성들의 활동범위와 양상을 상징적으로 환기한다. 전쟁으로 인한 남성 부재, 고아와 과부의 폭발적인 증가, 경제적 불안, 미국 대중문화의 유입과 전통적 가치의 혼란 등 전후의 사회적 문제들은 '민족적 위기'이자 "일상의 차원에서 개별 가부장의 위기로 체험"[35]되었다. 한국전쟁으로 인한 최소 30만 명 이상의 전쟁미망인들은 경제활동에 나설 수밖에 없었다. 1957년 서울시에서 조사된 여성 직업조사에 따르면 미망인의 88.8%가 경제활동을 하는 것으로 나타났으며,[36] 미망인이 아닌 여성노동인구 또한 한국전쟁을 지나며서 전과 비교할 수 없을 정도로 증가했다.[37] 농업과 상업, 공업 및 서비스업에 종사하며 여성들은 집안의 가장으로서 공적 영역에 등장했으며, 이는 곧 혼인관계 및 친권과 재산권 등 법적 개인으로서의 권리에 대한 여성들의 대중적인 인식 변화와 남성들의 위기의식으로 이어졌다.[38]

---

35 주인오 외, 『한국 여성사 깊이 읽기』, 푸른역사, 2013, 343면.

36 이임하, 『전쟁미망인, 한국현대사의 침묵을 깨다』, 책과함께, 2010, 128~9면.

37 1952년 14세 이상 여성인구의 97%에 달하는 수가 경제활동에 참가했으며, 1958년에 이르러서도 전체 상업종사자의 35.4%를 차지했다.(이임하, 『여성, 전쟁을 넘어 일어서다』, 서해문집, 2004, 93~4면.)

38 이와 관련하여, 1957년 국회를 통과해 1958년 제정된 신민법 중 친족상속과 관련된 가족법을 둘러싼 논쟁에서 초대 대법원장이었던 김병로의 비판은 상징적이다. 혼외 출생자의 입적, 사실혼, 재산권 등을 둘러싼 여성 지식인들의 입장에 대해 그는 '모계주의 혹은 혼동주의'로 인해 '민족의 근본이자 근원'인 '애비의 정신'이 파괴될 것을 경계한다.(국회사무처, 『국회속기록』 제26회 제30호, 1957.11.6.; 김은경, 「1950년대 가족론과 여성」, 숙명여자대학교 대학원 박사학위논문, 2007, 178면에서 재인용.) 이와 같이 남성들은 1950년대 전후 사회의 공적 공간에 등장한 여성들을 자신들의 직장과 경제력을 박탈하는 '무서운 존재'이자 '위협'으로

옥주를 중심으로 결성된 정치단체로서의 모임은 서사 안에서 특정한 목표 의식이나 신념으로 모인 연대라고 할 수 없으나, 그들이 공유하고 있는 것은 1950년대 후반 전후 사회에서 표출되었던 여성들의 공적 욕망의 여러 갈래들이다.

두 번째로 작품 전체 서사를 움직이게 하는 원동력으로서, 옥주는 끊임없이 삼열과 익수 사이를 방해하고 신성과의 교제를 성사시키고자 한다. 처음에는 생일 기념 식사와 극장 구경과 같이 우연을 가장한 일회적인 만남을 주선했다면, 점차 삼열과의 삼각구도를 염두에 둔 전략적인 만남의 기회들을 마련한다. 삼열이 익수와의 이별을 결심한 계기가 되는 사건은 정릉에서 발생하는데, 신성과 거리를 두겠다던 익수가 신성, 옥주와 함께 정릉으로 놀러온 것을 현장에서 마주친다. 우연을 가장한 마주침은 옥주의 '남모를 계획'에 의한 것으로, 반장집 아이가 소풍을 간다는 소식에 E여중 교사인 삼열이 분명히 따라올 것을 예상하고 정릉 나들이를 추진한 것이다. 옥주는 "무슨 남의 혼사에 시기가 나서라기보다도, 삼열이에게는 미안한 일이지마는, 아무리 생각해도 익수를 놓치기는 아까운 일이니, 어디 마지막으로 셋을 한자리에 놓고 저의끼리 정말 좋아하는 것이 누구인지를 또 한 번 다루어 보고 싶"(359면)다는 생각에 이러한 '정릉놀이'를 꾸며내었

인식한다. 1956년 『여성계』에 실린 글에서는 자신을 '공처가'로 호명하는 남성기자가 한편으로는 가정을 '여성지대'로 호명하고, 여기에 귀속되어 남성 가부장의 배려와 보호 안에 머물러야 하는 여성들이 불쌍하면서도 가정의 여성은 남성을 '당당하고 용감한 남성'으로 만들지 못한다고 말한다. 또한, '남성지대'인 사회에서도 각종 영역에 진출한 여성들, 특히 '경제력을 가진' 여성들은 "힘은 없으면서도 그 가냘픈 몸으로 아양을 떨어가면서 남성들의 직장을 박탈하고 잠식해 뜯어가는가 하며는 경제력을 박탈하고 그리고 또 생리적으로 사로잡고"(189면) 말기 때문에 '사랑스러운 적'이라는 것이다.(「기자가 본 여성지대 종횡기」, 『여성계』, 1956.8.)

던 것이다. 정릉 사건으로 인해 삼열은 옥주와 신성에게 분노하는 것뿐 아니라, 익수 역시 '썩어 빠진 사람'이라는 사실을 깨닫고 약혼식의 단꿈에서 깨어나게 된다.

젊은 세대들의 연애에 적극적으로 개입함으로써 발생하는 결과는 신성과 익수의 결합 혹은 외부의 방해에도 불구하고 성취되는 삼열과 익수의 사랑과 같은 멜로드라마적인 교양서사가 아니다. 옥주의 개입은 삼열과 신성이라는 새로운 세대의 두 딸이 가진 서로 다른 삶의 태도를 적극적으로 서사화시키며, 그녀들의 인식 변화의 계기로 작동한다는 점에서 주목될 필요가 있다.

3.2. '어머니-딸'로 물려지는 젊은 세대

나이 스물다섯, 아버지가 영어는 해 놓고 볼일이라고 서두는 통에 영문학과를 택하여 졸업을 하자, 이것도 아버지의 이름 덕이라 할지, 순조롭게 모교에서 교장이 데려다가 교사를 시켰으니까 할 따름이지, 외국 유학을 하겠다든지 출세를 해 보겠다는 생각보다는 어서 시집이나 가서 안온히 가정을 지키고 들어앉았고 싶어 하는 삼열이다. 조숙한 탓도 있겠지마는, 여자란 어서 때를 놓치지 않고 시집을 가야 하는 것으로 생각하는 것이요, 또 시집이 가고 싶기도 하기는 하였다. 아버지의 정치운동이란데서 멀미가 나서 그런지, 서울 태생의 기질이나 자라난 가풍으로 그러한지 유명하여진다는 것이 도리어 머릿살 아프고, 여자가 출세하는 것이 싫지는 않으면서 엄두가 안 나고 시들한 것이다. 또는 이해타산이겠지마는 시집을 갈 바에는 스물다섯이 넘기 전에 가야 하겠고, 단란한 가정이란 것을 생각할 제, 익수가 제일 알맞은 배필이려니 싶어 은근히 기대가

큰 것이다.(296면)

작품 초반의 삼열은 25세가 되기 전 적당한 남자와 결혼을 해 가정주부가 되고자 하는 소박한 꿈을 가진 인물로 묘사된다. 물론, 여기에는 적당한 '이해타산'과 함께 꾸리게 될 '단란한 가정'에 대한 설계가 포함되어 있지만, 결국 독일 유학 후 "악단에 한번 크게 드날려 보려는"(360면) 신성과 달리 '얌전한 가정적인 성격'의 소유자이다. 그러나 자신과 약혼을 앞둔 익수가 신성과의 교제를 멈추지 않자, 약혼을 미루고 준 마지막 기회를 익수가 무시하자 최후통첩을 보냄으로써 초반과는 다른 성격으로 변화한다. 약혼 파기를 선택함에 있어 자신이 익수와 혼전관계를 가졌다는 것은 전혀 문제 삼지 않으며, 삼열은 내면의 독백과 서술의 차원에서 반복적으로 '선택'과 '책임'의 문제를 공평(평등)하게 따질 수 있는 이성적인 인물로 묘사된다. 신성과의 데이트 장면을 반복적으로 마주치고, 신성이 마련한 익수와의 삼자대면의 자리에까지 불려 나가는 모욕에도 자신의 감정을 직접적으로 표출하거나 절망하는 것이 아니라 "냉정히 자기의 앞길을 생각하여 보는 것이요, 오늘 만난 그 세 사람에 대한 분풀이를 어떻게 해야 속이 시원하겠느냐고 궁리"를 하는 "무서운 독기"(362면)가 서린 눈을 가진 인물이 된 것이다.

그러나 이것은 누구의 탓을 할 일도 못 되고, **누가 더 책임을 져야 할 일은 아니다.**(296면)

그러나 어디까지나 자기는 떳떳하다고 생각하였다. 몸을 바쳤느니, 몸을 버렸느니 하는 그런 생각은 조금도 없다. 그야 피할 수 있으면 피했어야 좋았고 또 그래야 옳은 일이지마는, 결코 큰 실수를 했다거나 무슨

> 꼬임에 빠졌다거나 하는 그런 후회는 조금치도 없다. **자기도 남자와 대등한 입장에서 애욕이나 생리적 충동에 끌려서 자기의 책임 아래에 한 노릇이니**, 지금 와서 누구를 나무랄 일도 아니요 원망할 일은 못된다고 아무 굽죌 것 없이 태연히 생각하는 것이다. 그것은 익수를 너무 사랑해서 그런 것이기도 하지마는, 언제든지 식을 올리자면 응할 익수라고 믿었기 때문이기도 하다.(385~6면)(강조: 인용자)

삼열에게 있어 익수와의 혼전관계는 혼인을 약속했다는 전제 아래, 남자와 대등한 입장에서의 애욕과 생리적 충동에 의해 일어난, 자신의 선택에 대한 자신의 책임을 져야 하는 일이다. 이 상황에서 삼열은 충분히 '혼인빙자간음죄'를 들어 신성을 물리치고 익수를 협박하여 결혼하거나, 익수를 고발할 수 있다. 그러나 삼열에게 이 사건은 남녀의 차이로 인해 여성인 자신에게만 불리하거나 수치스러운 일로 인식되지 않으며, 다만 그러지 않았으면 좋았고 옳았을 잘못된 결정에 지나지 않는다. 자신에게는 충분히 그런 선택을 할 이유와 계기가 있었고, 그 결과 역시 자신의 선택만큼의 책임만 감당하면 되는 것이다. 책임을 떠맡는 만큼, 이유 없는 의무 역시 거부한다. "저편이 자기를 인제는 아무렇게 해도 좋을 자기 사람이 되었고 자기 손아귀에 넣었다는 배짱이면야, 이편도 남자라 하고 장래의 남편이라 하여, 소중히 여기고 마음에서 우러나오지 않는 존경만 하라는 법이 있으랴"(402면)는 것이다. 삼열이 추구하는 '단란한 가정'은 남녀가 평등한 관계에서 각자의 책임과 의무를 나눔으로써 구성되는 공동체이다.

> 목발로 걸으시는 선생님이시라면 말이 끔찍스럽습니다마는, 선생님은 그 쌍지팽이를 겨드랭이에 끼고 걷는 불편과 볼모 사나움을 느껴 보신

일은 없으십니까? 원광으로 뵈오면 선생님 등 뒤에는 버팀목까지 비스듬히 서 있는 것 같애요. 호호호……. 하지만 선생님은, 왜 나는 나대로 똑바로 서서 으젓이 걷지 않느냐고 하실 거예요. 실례가 되는 이런 객설 다 취소합니다. 그러나 목발에 의지하시고 버팀목에 기대어 서 계시거던 과거는 얼른 다 집어 치우시고 꼿꼿이 서서 곧장 걸어 보세요. 반드시 제 앞에까지 와 보시라고 팔을 벌리고 기다리고 서 있는 것은 아닙니다마는. …… 우선은 선생께서 병환이 완쾌하세서 따루따루……걸음마를 타실 때까지 연기해 두는 게 어때요 호호호……. 용서하세요.(390~1면.)

집안의 체면, 옥주의 경제력과 신성이라는 새로운 여성의 매력 사이에서 자신의 가치를 저울질하고 있는 익수에게 삼열은 위와 같은 최후의 통첩을 보낸다. 삼열의 입장에서 익수는 목발처럼 '쌍지팽이를 겨드랭이에 끼고' '등 뒤의 버팀목까지 비스듬히 서 있는' 불구의 모습이다. 한쪽은 삼열에게, 다른 한쪽은 신성에게 마음을 두고 어떠한 확신도 가지지 못한 채 결단을 지연시키고만 있는 익수의 모습은 목발을 양쪽 겨드랑이에 끼고 걷는 듯한 모양새이다. 이러한 익수의 불구상태의 '병환'이 완쾌되기 전, 자신과 가정을 꾸릴 수 있는 하나의 주체가 되기 전에는 약혼마저 할 수 없다는 것이 삼열의 판단이다.

삼열의 최후통첩에 담긴 무기한 약혼 연기의 결심과 익수에 대한 전면적인 모욕의 언사는 1950년대 중후반이라는 시대적 분위기를 염두에 둘 때 그야말로 파격적이다. 1955년 수십 명의 여성들을 혼인을 빙자해 간음한 사건으로 기소된 이른바 '박인수 사건'은 1953년 10월부터 시행된 형법 제 304조로 신설된 '혼인빙자간음죄' 실시 이후 처음으로 '사회적인 파문'을 던진 사건으로 하나의 '판례'가 될 것이었다.[39] 이때 처벌받을 수 있는 경우는 '음행의 상습 없는 부녀를 기망하여 간음한 자'로 제한되었다. 결과적으로 박인수는 혼인빙자간음죄로는 무죄 언도를 받게 되고, 담당 판사의 "가치가 있고 보호할 사회적 이익이 있을 때 한하여 법은 그 정조를 보호하는 것"[40]이라는 발언은 당시 미혼여성들의 '순결'이 곧 '음행의 상습 없는 부녀'의 조건이 되었음을 보여준다. 이를 통해 여성의 '정조'가 '인권'보다 우선하는 사회적 가치였다는 사실,[41] 그리고 '음행 여부'에 따라 보호받을 수 있는 '여성'이자 낭만적인 일부일처제 결혼을 통해 정상가족 제도로 편입될 수 있는 '처/모'를 구별해왔음을 알 수 있다. 즉, 사회문화적으로는 경제적 생산 주체로서의 독신 여성을 '자유민주주의적 모델'로 긍정하면서도, 낭만적 사랑을 기반으로 하는 민주적인 '스위트 홈'의 환상을 통해 여성들을 '정상적이고 법적인' 가정제도 안으로 끌어들이는 이중적이고 모순적인 방법이 활용되었던 것이다.[42]

하지만 삼열은 중학교 교사를 그만두고 가정주부라는 '소박한 꿈'으로 되돌아가는 쉬운 길을 택하지 않는다. 익수와 그의 가족들은 약혼을 자꾸 미루는 삼열을 두고 "신성이한테 괜히 샘이 나서 그러는 거지 뭐야? 사랑 쌈이로구먼!"이라고 말하며, "공연한 일에 자꾸 신경질만 내"(378면)는 여성으로 만든다. 삼열과의 약혼 후에도 다른 여성과 데이트를 반복하는 익수는 "총각이 여자를 알게 되어 붙이는 수작부터 대담"(356면)해지는 것이지

39 「박인수피고 대법원에 상고」, 『경향신문』, 1955.10.21.

40 「법원경찰 정조관념에 견해차 무죄로 석방된 문제의 박인수사건」, 『경향신문』, 1955.07.23.

41 박정미, 「"음행의 상습 없는 부녀"란 누구인가?: 형법, 포스트식민성, 여성 섹슈얼리티, 1953~1960년」, 『사회와역사』 94, 한국사회사학회, 2012, 277면.

42 이선미, 「젊은 『여원』, 여성상의 비등점」, 권보드래 외, 『아프레걸 사상계를 읽다』, 동국대출판부, 2009.

만, 삼열의 행동은 결혼 전 여성들의 '히스테리'쯤으로 간단하게 처리되는 것이다. 하지만 삼열은 아버지가 말하는 '사나운 소문'으로 상징되는 사회적 규범에 굴복하지 않고, 여기서 더 나아가 불의의 사고로 정조를 유린당한 '비련의 여주인공'이자 '순결한 피해자'의 구도에서 벗어난다. 어디까지나 '떳떳한' 여성 주체로서 삼열은 미혼여성의 성적 욕망을 인정하고, 그 결과까지 자신의 선택과 책임으로 받아들이는 모습을 보여준다. 이러한 맥락에서 정종현이 지적하듯, 삼열이 '새로운 시대의 모랄과 인간형'[43]으로 제시되고 있음은 분명하다. 다만, 익수라는 남성인물의 선택을 받는(받을 것으로 추정되는) 대상에서 나아가, 혐오와 수치라는 규범적 통제에서 이탈하여 이를 '모욕'으로 남성에게 되돌려주는 여성 주체라는 점에서 새롭게 주목되어야 한다.

익수와의 이별 과정에서 각성하게 된 삼열과 대조적으로, 신성은 음악대학 피아노과 3년생으로 처음부터 독일유학과 예술가의 길을 꿈꿨으며 연애를 하고 결혼을 하는 것보다는 '악단에 크게 드날려 보려는' 직업적 야망을 가졌다. 옥주의 마음과 달리 익수에게 이성적으로 관심을 가지지 못했던 신성은, 삼열이 자신과 익수의 관계를 오해하고 질투하는 모습에 대한 불쾌함과 '짓궂은 생각', 그리고 어머니의 전폭적인 지원에 의해 자연스럽게 삼각관계에 들어가게 된다. 중요한 것은 서사가 진행되어도 여전히 신성이 익수와의 '로맨틱'한 관계를 원하고 있지 않다는 것인데, 그녀는 유학이라는 자신의 목적으로 보다 쉽게 달성할 수 있는 수단으로 결혼을 고려한다.

---

43 정종현, 앞의 글, 144면.

> 그러나 하여간에 신성이만은 정말 아무 영문도 몰라서 그런지, 익수의 미묘하고 복잡한 심리적 변화나, 아주 난처해하는 눈치에는 일향 무관심하게 초연한 기색이었다. (…) **실제 문제로 곰곰 따져보면, 첫대 자기와 함께 독일유학을 할 자력이 있나? 어머니 말눈치 같애서는 어떻게 주선을 해주겠다는 말이지마는 그건 못 믿을 이야기요, 기껏해야 어려운 집 홀시어머니 밑에서 맏며느리 노릇을 하라는 것이니 그나마 그 까다로운 시어머니 밑에서 될 것 같은 일이 아니다. 신성이 자신이 생각해봐도 자기와 같은 기질에 구풍이 아직 반은 남아 있는 그런 집에 들어가서 담당해낼 수도 없고 먹여 낼 것 같지가 않다.** 더구나 독일, 오스트리아를 다녀와서 악단에 한 번 크게 드날려 보려는—아니, 겸손하게 말하여 예술에 정진해보고자 하는 자기로서는 결코 가합한 자국이 아니라는 제 의사가 차차 뚜렷하여진 것이었다.(359~360면)(강조: 인용자)

삼열과 익수 사이의 신경전, 익수 자신의 내적 분열에도 불구하고 신성은 서술자의 말대로 '일향 무관심하게 초연한 기색'으로 대응한다. 어머니의 계속되는 설득에도 신성에게 독일유학 외에는 모두 '시들한 일'일 뿐이다. 여기에 신성은 시어머니를 봉양하고 남편을 모시는 현모양처의 '구풍'을 견뎌낼 수 없는 자신의 '기질적인' 문제를 더해, 결혼에 대한 자신의 의사를 점차 뚜렷하게 가지게 된다. 그렇기에 '듬직한 남편'을 맞아야 그 후에 예술도 가능하다는 옥주의 말은 신성에게 일종의 '유언'처럼 기능한다. 신성 역시 익수의 취향과 체격에 매력을 느끼지 않는 것은 아니었으나, 그녀에게 결혼은 언제나 "절박한 문제"가 아니었으며 독일유학에 비하면 익수는 "저만치 떨어져 있는 사람"(369면)에 지나지 않는다. 삼열을 속여 익수와의 삼자대면을 주선할 정도로 적극적인 모습을 보이면서도, 그녀의 머릿속에는 음악회에서 자신을 반기던 다른 남성의 얼굴이 익수와 함께 떠오르기도 하는 것이다. 결국 익수가 자신을 두고 삼열에게 달려간다고 해도, 그녀에게 아쉬운 것은 동반 유학의 문제일 뿐 익수에 대한 절절한 사랑과 미련의 감정이 아니다.

안익수와 한삼열의 관계를 깨트리고 신성과 이어주려는 옥주의 계획은 절반만 성공했고, 절반만 성공했기 때문에 '딸들'로 이어지는 새로운 세대의 서사가 가능했다. 신성의 개입을 계기로 가정주부를 꿈꾸던 삼열은 현모양처가 아닌 여성 주체로서의 인식을 갖게 되고, 익수와 결국 맺어지지 않는 신성 역시 결혼과 동반유학이라는 전형적인 결말에서 벗어난다. 미망인은 재혼하지 않고, 미혼인 여성들도 결혼하지 않는다. 아들/사위/남편으로부터 방해받지 않고 어머니로부터 딸들로 곧바로 서사가 이어지는 것이다. 즉, 삼열과 신성은 더 이상 자유연애와 결혼에 얽매이지 않을 수 있는 '젊은 세대'의 삶의 조건과 인식을 상징하는 인물이다. 중학교 교사인 여성은 결혼을 전제로 교제하던 남성과 결혼하지 않아도 괜찮고, 편모가정의 외동딸은 어머니의 돈으로 성장해 독일로 유학을 다녀와서 결국 호텔을 물려받을 것이다. 이러한 관점에서 삼열과 익수가 언제나 '한삼열', '안익수'로 작품에 호명되는 것과 달리, 신성의 성, 즉 아버지의 성은 작품에 단 한 번 등장한다는 점은 의미심장하다.[44] 옥주가 양자나 서양자를 들이지 않는 한 아버지의 '가(성)'는 폐가되고 어머니의 재산만이 남아 딸 신성에게 상속될 것이기 때문이다.

---

44 작품 후반, 음악회에서 지휘자 박정식이 신성을 보고 "오! 미스·박, 여기 오셨군요"(367면)라고 말을 거는 장면이 등장한다. 여기서 신성의 아버지의 성이 처음이자 마지막으로 등장하지만, 옥주의 성 역시 '박'이라는 사실을 염두에 둔다면 신성은 부계와 모계 모두에서 어떻게든 '박신성'이 된다는 사실은 흥미로운 설정으로 보인다.

4. 결론

『대를 물려서』가 연재되었던 1958년은 선거법 개정과 신민법 제정이라는 커다란 정치적·법적 사건들로부터 시작되었으며, 작품 안의 시간은 바로 그 해 봄부터 시작된다. 서희경은 1954-60년까지를 '이승만 이후의 정치'라고 지적하며, "권력승계를 둘러싼 소용돌이가 1960년까지의 정치를 지배했다"[45]고 본다. 문제가 되었던 것은 헌법 제55조의 '대통령 유고시 부통령의 대통령 승계 조항'이었는데, 1956년 민주당의 장면이 부통령으로 당선된 이후 제기된 개헌 논쟁 및 협상의 맥락 안에 놓여 있는 국가보안법, 선거법, 지방자치법 개정 등은 모두 대통령직 승계와 정권 이양, 보수양당체제의 형성 문제에 걸려 있었다.[46] 그렇기에 내각책임제 개헌을 둘러싼 자유당과 이승만, 자유당 내부, 민주당 신·구파 사이의 갈등에는 '대통령 계승권'을 통한 권력 문제가 놓여 있었으며, 개헌 추진에 유리한 고지를 점하기 위해 무소속 의원들의 포섭 문제가 중요해졌다.[47] 따라서, 이 시기 염상섭이 무소속 국회의원의 입당 문제와 세 가정의 '대물림'에 관심을 두었던 것은 "실존주의가 들어오고, 불안이니 부조리니 하는 유행어가 범람하게 된 뒤"[48]에도

---

45 서희경, 「1950년대 후반 '포스트 이승만 정치'의 헌정사」, 『한국정치학회』 50-4, 한국정치학회보, 2016, 78면.

46 서복경, 「제한적 경쟁의 제도화 1958년 선거법 체제」, 『선거연구』 3-1, 한국선거학회, 2013, 125~127면; 위의 글, 79면.

47 1957년 초부터 개헌을 위한 자유당 측의 무소속 의원들의 포섭이 활발해졌으며, 1959년 11월 홍순희 의원의 민주당 탈당으로 개헌저지선인 1/3선이 붕괴되기에 이른다.(김진흠, 「1956~1957년 자유당 내각책임제 개헌 시도의 정치적 의미」, 『통일인문학』 76, 건국대 인문학연구원, 2018, 216면; 서희경, 앞의 글, 96면.) 이와 같은 상황에서 1957-60년까지 자유당과 민주당 측의 의석 확보는 중요한 쟁점이 되어왔을 것으로 보인다.

'리얼리즘'으로 일관했다는 작가의 문학적 위치를 분명하게 보여주는 작업이다.

『대를 물려서』는 지금까지 남성인물들을 중심으로 '대물림'의 서사가 분석되어 왔고, 그 과정에서 여성인물들은 타락한 구여성, '아프레걸'로서의 신여성, 남성의 최종 선택을 받는 대상화된 여성으로 의미화되어왔다. 하지만 작품이 주목하고 있는 것은, 1958년에서 1959년이라는 구체적인 전후 사회의 시공간에서 벌어지고 있었던 정치적·법적 문제들이었고, 정권 말기에서 '무소속'으로서의 정치적 정체성을 놓지 않은 채 힘을 잃어가는 '아버지-가장'의 세대와, '처·모·딸'에서 벗어나 개인으로서의 여성이라는 법적 정체성을 상징하는 '어머니-호주'의 모습이다.[49] 그리고 그 다음 세대는 '아들/사위'로 이어지는 대물림이 아닌, 전형적이고 정상적인 가족제도와 낭만적 사랑의 신화에서 벗어나 있는 두 명의 딸들의 삶을 선취적으로 그려내고

48 염상섭, 「문학도 함께 늙는가 下」, 『동아일보』, 1958.6.12.

49 박옥주라는 인물은 1950년대 염상섭 소설의 여성 인물 형상화의 맥락에서도 이해할 수 있다. 『미망인』(『한국일보』, 1954.6.16.~12.6.)에서 전쟁미망인 명신과 총각 홍식의 결합은 "얌전한 신랑감이 한 십만 나와서 젊은 전쟁미망인을 살려야 하겠다"(398면)는 전쟁미망인 원호회의 회장마님의 말에 의해 정당성을 획득한다. 이때 명신과 전남편 사이의 딸은 "저의 외할머니가 떼어 가게 하구 젊은 애들끼리 예식이나 하라 하구"라는 말로 간단하게 정리된다.(염상섭, 『미망인』, 앞의 책, 401면.) 『젊은 세대』(『서울신문』, 1955.7.1.~11.21.)에는 아이를 낳지 못한다고 첩을 들인 남편과 이혼하고, 어머니와 함께 동대문에서 포목점을 운영하는 여성이 등장한다. 그녀는 상처하고 아이가 있는 남자에게 재혼하라는 주변의 성화에, "커가는 남의 자식들만 드센 속에서, 어떤 노인인지 시어머니를 받들어 가며 시집살이를 또다시 하다니 말이 됐는가?"(28면)라며 거절하고 "돈 이삼십만 환에 이 몸을 사자는" 남자의 뜻을 간파하고 코웃음을 친다.(염상섭, 『젊은 세대』, 글누림, 2017, 87면) 누가 봐도 괜찮은 조건의 재혼을 거부하는, 결혼 제도 안으로 당연하게 포섭되지 않는 여성 인물인 것이다. 그리고 이제 『대를 물려서』(1958-1959)에 이르면, 총각 혹은 재처 자리에 어떻게든 밀어 넣어졌던 미망인 여성은 당당하게 호주이자 피상속인의 위치로 옮겨가게 된다.

있다. 이러한 점에서 가부장적 호주제도가 가진 재산과 권력 분배의 문제를 역방향에서, 그리고 1950년대 시점에서 아직 오지 않은 현재로서 선취하고 있다는 것은 여성서사로서의 『대를 물려서』의 정치성을 획득하게 한다.

염상섭은 1953년 2월, 아이젠하워가 한국전쟁 종결을 걸고 당선되어 공화당으로 미국 정권이 교체된 바로 그 시점, 일본의 전후 민주주의를 논의하며 한국의 민주정치와 정치소설에 대한 글을 쓴 바 있다. 패전국인 일본과 달리 "해방되어야 할 군벌이나 천황이 있었던 것도 아니었는데 어째서 얻은 것도 자유였고 잃은 것도 자유였는지"를 자문하며, '역사적 의의'를 가진 '문헌'으로서 문학 작품은 "이 커다란 과도기에서 우리가 어떻게 살고 있는가, 또 어떻게 살았던가를 여실히 기록하여주는 작품이 나와야 될 것은 시대적 의의로도 가치 있는 일이요, 그러자면 정치라는 커다란 살림터의 커다란 부엌 속을 들여다보아야 할 것"[50]이라고 지적한다. 1958년에서 1959년에 이르는 시기는 선거법 개정으로 시작해, 2월 '진보당 사건', 12월 '국가보안법 개정', 다음해 4월 '경향신문 폐간'으로 이어지는 정치면에 있어 또 다른 '커다란 과도기'였음이 분명하다. 이처럼 혼란한 시대에 염상섭이 남한 단독정부 1세대 정치인과 그 자녀 세대의 복잡한 연애관계를 통해 하고자 했던 것은 바로 이러한 '정치라는 커다란 살림터의 커다란 부엌 속'을 세대와 젠더라는 렌즈를 통해 들여다보는 문학적 반응이라는 점에서 1950년대 후반 염상섭 장편소설의 정치성을 새롭게 살펴볼 수 있다.

---

50 염상섭, 「작가와 분위기—정치소설이 나와도 좋을 때다」, 『연합신문』, 1953.2.19.~20., 한기형·이혜령 엮음, 『염상섭 문장 전집III』, 소명출판, 2014, 217~221면.

참고문헌

1. 1차 자료

염상섭, 『미망인』, 글누림, 2017.

______, 한기형·이혜령 엮음, 『염상섭 문장 전집Ⅲ』, 소명출판, 2014.

______, 『중기 단편』(염상섭전집 10), 민음사, 1987.

______, 『젊은 세대·대를 물려서』(염상섭전집 8), 민음사, 1987.

______, 『삼대』(염상섭전집 4), 민음사, 1987.

『경향신문』, 『동아일보』, 『조선일보』, 『여성계』, 『자유세계』

2. 논문 및 단행본

공종구, 「1950년대 염상섭 소설의 여성의식과 사회·정치의식—『젊은 세대』와 『대를 물려서』를 중심으로」, 『현대소설연구』 81, 한국현대소설학회, 2021.

김경수, 「전후 염상섭 장편소설의 전개」, 『서강어문』 13, 서강어문학회, 1997.

김도민, 「1950년대 중후반 남·북한의 '중립국' 외교의 전개와 성격: 동남아시아·중동·아프리카 지역을 중심으로」, 『아시아리뷰』 10-1, 서울대학교 아시아연구소, 2020.

김영경, 「염상섭 전후 단편소설과 말년의 감각」, 『우리말글』 88, 우리말글학회. 2021.

______, 「염상섭 후기소설 연구: 해방 이후 민족공동체의 서사적 상상」, 서강대학교 대학원 박사학위논문, 2019.

김윤식, 『염상섭연구』, 서울대학교출판부, 1987.

김은경, 「1950년대 가족론과 여성」, 숙명여자대학교 대학원 박사학위논문, 2007.

김일주, 「일제하 친족 관련 법령과 호주권」, 연세대학교 대학원 석사학위논문, 2014.

김진호, 「독일문제와 제2차 베를린 위기」, 『평화연구』 20-2, 고려대 평화와민주주의연구소, 2012.

김진흠, 「1956~1957년 자유당 내각책임제 개헌 시도의 정치적 의미」, 『통일인문학』 76, 건국대 인문학연구원, 2018.

______, 「1958년 5·2 총선 연구: 부정 선거를 중심으로」, 성균관대학교 대학원 석사학위논문, 2012.

박정미, 「"음행의 상습 없는 부녀"란 누구인가?: 형법, 포스트식민성, 여성 섹슈얼리티, 1953~1960년」, 『사회와역사』 94, 한국사회사학회, 2012.

서복경, 「제한적 경쟁의 제도화 1958년 선거법 체제」, 『선거연구』 3-1, 한국선거학회, 2013.

서희경, 「1950년대 후반 '포스트 이승만 정치'의 헌정사」, 『한국정치학회』 50-4, 한국정치학회보, 2016.

이선미, 「젊은 『여원』, 여성상의 비등점」, 권보드래 외, 『아프레걸 사상계를 읽다』, 동국대출판부, 2009.

이임하, 『전쟁미망인, 한국현대사의 침묵을 깨다』, 책과함께, 2010.

______, 『여성, 전쟁을 넘어 일어서다』, 서해문집, 2004.

이태영, 『가족법 개정운동 37년사』, 한국가정법률상담소출판부, 1992.

정긍식, 「식민지기 상속관습법의 타당성에 대한 재검토: 가족인 장남의 사망과 상속인의 범위」, 『서울대학교 법학』 50-1, 서울대 아시아태평양법연구소, 2009.

정소영, 「해방 이후 염상섭 장편소설 연구」, 세종대학교 대학원 석사학위논문, 2016.

주인오 외, 『한국 여성사 깊이 읽기』, 푸른역사, 2013.

정종현, 「1950년대 염상섭 소설에 나타난 정치와 윤리: 젊은 세대, 대를 물려서를 중심으로」, 『동악어문학』 62, 동악어문학회, 2014.

최애순, 「1950년대 서울 종로 중산층 풍경 속 염상섭의 위치」, 『현대소설연구』 52, 한국현대소설학회, 2013.

허윤, 「1950년대 전후 남성성의 탈구축과 젠더의 비수행Undoing」, 『여성문학연구』 30, 한국여성문학학회, 2013.

홍양희·양현아, 「식민지 사법관료의 가족 '관습' 인식과 젠더 질서」, 『사회와역사』 79, 한국사회사학회, 2008.

홍양희, 「식민지시기 상속관습법과 '관습'의 창출」, 『법사학연구』 34, 민속원, 2006.

저자 소개

김종욱 서울대학교 및 동 대학원을 졸업했고, 현재 서울대학교 국어국문학과 교수로 재직 중이다. 주요 논저로 『한국소설의 시간과 공간』, 『한국 현대소설의 서사형식과 미학』, 『한국 현대문학과 경계의 상상력』, 평론집 『소설 그 기억의 풍경』, 『텍스트의 매혹』, 편저 『한국신소설선집』, 『심훈전집』 등이 있다. 대한제국기 신소설과 염상섭, 이기영 등 한국 리얼리즘 작가들에 대한 탐구를 이어가고 있다.

김경은 한신대학교를 졸업하고, 서울대학교 국어국문학과 대학원에서 박사학위를 받았다. 이후 서울대, 한신대, 경기대 등에서 글쓰기와 비평에 관한 강의를 했고, 서울대학교에 출강하고 있다. 주요 논저로 『이광수 소설에 나타난 불안의 기제 연구』(박사학위논문), 「『무정』읽기-영채의 경험담을 중심으로」, 「이광수의 「개척자」론-청년들의 착각을 중심으로」 등이 있다. 한국근대소설에 나타난 불안에 대해 지속적으로 공부하고 있으며, 최근에는 한국근현대문학에 나타난 '대중과 폭력'의 문제에 관해서 연구하고 있다.

유예현 덕성여자대학교를 졸업하고, 서울대학교 국어국문학과 대학원에서 박사과정을 수료하였다. 현재 덕성여자대학교에 출강하고 있다. 주요 논저로 「최인훈 소설에 나타난 공포와 죄의식 연구-'언캐니(uncanny)' 개념을 중심으로」(석사학위 논문), 「김광주의 『아방궁』과 「상해시절회상기」 연구-상해와 서울 공간 인식을 중심으로」 등이 있다. 최근에는 한일 국교정상화와 65년 체제 성립기의 소설에 관심을 갖고 연구하고 있다.

김희경 숙명여자대학교를 졸업하고, 서울대학교에서 박사과정을 수료하였다. 현재 울산대학교에 출강하고 있다. 주요 논저로 「염상섭 소설에 나타난 '가면 쓰기'의 서사 전략 연구」(석사학위 논문), 「'상상된' 탐정과 '정탐되는' 식민도시의 민낯-김내성의 장편소설 <마인>을 중심으로」, 「'번역'되는 제국의 언어와 식민지 이중언어 체제에의 도전」, 「'소년'의 발견과 전시되는 '국민-되기'의 서사」 등이 있다. 식민지 시기 한국근대문학 전반에 폭넓게 관심을 두고 있다.

천춘화 중국 중앙민족대학교 및 서울대학교 대학원을 졸업했고, 현재 숭실대학교 한국기독교문화연구원 HK연구교수로 재직 중이다. 주요 논저로 「'용정(龍井) 로컬리티'의 형성과정」, 「디아스포라 노마드와 모빌리티의 정치학: 금희 소설의 '조선족 서사'를 중심으로」, 『동아시아 식민지문학 비교연구』(공저), 『심훈 문학의 전환』(공저), 『김유정 문학 다시 읽기』(공저) 등이 있다. 동아시아 식민지문학, 중국 조선족문학에 관심이 많다.

나보령 서울대학교 및 동 대학원을 졸업했고, 현재 서울대학교 인문학연구원의 선임연구원이다. 서울대, 서울시립대 등에 출강하였다. 주요 논저로 「모범 소수자를 넘어: 이민진의 『파친코』를 통해 본 이주민 소수자 서사의 도전과 과제」, 「회우와 재편: 피난수도 부산 문학장의 조감도」, 『서울은 소설의 주인공이다』(공저) 등이 있다. 전쟁이 초래한 이동 및 이동하는 사람들의 의식과 정체성, 그들의 트랜스내셔널한 글쓰기에 대해 연구해오고 있다.

유건수 서울대학교를 졸업하고 동 대학원에서 박사과정을 수료하였다. 석사학위논문으로 이광수의 초기 문필 활동을 중심으로 '천재' 개념이 구체적인 맥락 속에서 어떻게 정착하였는지를 살펴본 「이광수 초기 문학에 드러난 천재의 의미」가 있다. 오늘날의 주요한 개념들이 근대 초기에 어떤 과정을 통하여 한국 사회에 정착하였는지에 관심이 있다.

유서현 서울대학교를 졸업하고 동 대학원에서 박사과정을 수료하였다. 현재 서울대학교에 출강하고 있다. 주요 논저로 「계용묵과 평북 방언」, 「계용묵 문학에 나타난 장애인식 연구」, 「건국기(建國期) 허준의 문학관과 정치관 - '잔등 전형 글쓰기'론」, 「한국전쟁과 '빨치산 전쟁'」, 「한국전쟁기의 (재)구성: 염상섭의 『홍염』·『사선』론」, 「김승옥 문학에 나타난 냉정의 운동성」, 「권인숙의 『하나의 벽을 넘어서』에 나타난 경험과 담론의 문제」 등이 있다. 한국현대문학 가운데 서북문학, 전쟁문학, 운동문학을 주로 살펴왔다.

장두영 서울대학교 및 동 대학원을 졸업했고, 현재 아주대학교 국어국문학과 교수로 재직 중이다. 주요 논저로 『염상섭 소설의 내적 형식과 탈식민성』, 「그들은 그것을 알지 못한 채 행하고 있다」 등이 있다. 주로 식민지시기의 한국 근대문학을 연구하였으며 1970, 80년대 한국 현대소설에 관심이 많다.

윤국희 숙명여자대학교를 졸업하고 서울대학교에서 박사과정을 수료하였다. 현재 단국대학교, 울산대학교에 출강하고 있다. 주요 논저로 「황정은 소설에 나타난 '윤리적 폭력' 비판」, 「염상섭 장편소설과 데이트: 『모란꽃 필 때』에 나타나는 연애양상과 예술가 형상을 중심으로」, 「코로나19 시기 대학 입학생의 글쓰기 경험에 대한 FGI 연구: 과제 수행 단계별 특성을 중심으로」(공저) 등이 있다. 대중소설, 페미니즘 비평, 글쓰기 교육에 관심이 있다.